BASTEI
LÜBBE
TASCHENBUCH

Über die Autorin:

Thea Falken ist das Pseudonym der Autorin Astrid Freese, die 1969 in Sachsen geboren wurde. Nach Lehre, Studium der Betriebswirtschaft und Familienzuwachs arbeitete sie als Datenerfasserin und schrieb zahlreiche Geschichten für ihre Tochter. Die erste Veröffentlichung ließ nicht lange auf sich warten. Mittlerweile hat sie über ein Dutzend Romane veröffentlicht. So nah der Tod ist ihr erster Thriller.

THEA FALKEN

SO NAH DER TOD

THRILLER

BASTEI LÜBBE
TASCHENBUCH

BASTEI LÜBBE TASCHENBUCH
Band 17801

MIX
Papier aus verantwortungsvollen Quellen
FSC® C083411

Dieser Titel ist auch als E-Book erschienen

Originalausgabe

Dieses Werk wurde vermittelt durch die litmedia.agency, Offenburg.

Textredaktion: Sandra Lode, Speyer
Umschlaggestaltung: Manuela Städele-Monverde
Umschlagmotiv: © Lanski/iStockphoto
Satz: hanseatenSatz-bremen, Bremen
Gesetzt aus der Adobe Garamond Pro
Druck und Verarbeitung: CPI books GmbH, Leck – Germany
ISBN 978-3-404-17801-8

2 4 5 3 1

Sie finden uns im Internet unter
www.luebbe.de
Bitte beachten Sie auch: www.lesejury.de

Prolog

Als meine Mutter starb, spielte ich mit unserem Nachbarsjungen im Garten Verstecken. Vergnügt und ohne einen Gedanken an die Brutalität, die sich Leben nennt.

Ich fluchte im Stillen, als das Klingeln des Telefons aus dem offenen Küchenfenster über den vertrockneten Rasen bis zu meinem Versteck hinter dem Schuppen hallte. Normalerweise bewegte sich Jacob so laut wie ein Elefant, der durch den Dschungel rannte. Aber diesmal drang nur das Klingeln an meine Ohren und schien nicht aufhören zu wollen.

Immer tiefer duckte ich mich in die Äste des Brombeerstrauchs, die mir meine nackten Arme und Beine zerkratzten. Kurz dachte ich an den Schmerz, der am Abend unter der Dusche zuschlagen würde. Doch da wusste ich noch nicht, dass das Schicksal etwas ganz anderes für mich vorgesehen hatte. Einen Schmerz, den ich niemals vergessen sollte.

»Hab dich«, rief Jacob, als das Klingeln endlich verstummte und ich die Stimme meines Vaters hörte, der den Anruf entgegennahm. Noch mehr Dornen zerkratzten meine Arme, als ich aus meinem Versteck kroch. Grummelnd, denn ich hatte unser Spiel noch nie verloren. Entsprechend frustriert sah ich in Jacobs pausbäckiges, mit Sommersprossen übersätes Gesicht. Während er grinste wie ein Honigkuchenpferd, war alles, woran ich denken konnte, ein besseres Versteck, wo er mich nicht finden würde.

Was hätte ich dafür gegeben, wenn meine Welt in dem Moment aufgehört hätte, sich zu drehen. Wenn die Zeit in dieser Sekunde für Jacob und mich eingefroren wäre. Dann hätte ich diesen gutmütigen Jungen in den nächsten Jahren auch weiterhin ansehen können, ohne gleich in Tränen auszubrechen.

Eine Stunde später sperrte mich mein Vater auf den Dachboden, der im Sommer einem Hochofen glich. Wie vieles andere an diesem Tag brannten sich seine Worte in mein Gehirn wie ein glühendes Eisen.

»Was ist denn los?«, fragte ich verängstigt, als er mich die Stiege hinaufzerrte. Seitdem Mama und ich bei ihm wohnten, war er oft wütend gewesen. Für mich war es besser, ihm in solchen Situationen aus dem Weg zu gehen. Aber diesmal gab es kein Entkommen.

»Halt's Maul, elender Bengel! Deine Mutter, diese verfluchte Schlampe, hat sich vom Acker gemacht«, zischte er und schubste mich in die Dachkammer. »Und zum Dank dafür, dass ich sie geheiratet hab, hat sie mir dieses beschissene Kuckuckskind untergejubelt.«

Vergeblich suchte ich auf dem Dachboden nach dem Kuckuck. In diese Hölle aus Hitze und Staub verirrte sich nichts, nicht mal eine lästige Fliege. Stattdessen fand ich unzählige Kisten, die voll mit den Büchern meiner Mutter waren. Es waren nicht viele Romane, denen ich mit neun Jahren etwas abgewinnen konnte. Aber nachdem ich vom Flehen, mein Vater möge mich doch herauslassen, heiser war, kroch ich mit »Robinson Crusoe« neben das runde Fenster und las. Dabei tropften meine Tränen auf das Papier, das geduldig und stumm meinen Kummer aufsog.

Die Sonne war längst untergegangen, als mein Vater zurückkam. Er schloss den Riegel auf, den ich nie zuvor an der Tür zur Dachkammer gesehen hatte, und befahl mir, in der Ecke zu bleiben, in der ich saß. Seine Worte glitten wie das Flüstern des lauen Abendwindes an mir vorbei. Nach den einsamen Stunden, die ich mit meinem quälenden Durst, meinem Hunger und »Robinson Crusoe« allein verbringen musste, wollte ich einfach nur kaltes Wasser auf der Zunge und seine beruhigenden Arme um mich spüren.

Dass er nicht meine Mutter war und ich ihre sanften Umarmungen niemals wieder spüren würde, begriff ich in dieser ersten Nacht, die ich blutend in einer Ecke lag, noch nicht. Das Verstehen kam erst, als der Dachboden zu meiner Heimat wurde.

Stück für Stück löschte mein Vater mit seinen Schlägen die Erinnerungen an meine Mutter aus. Nur Fragmente blieben mir. Ihr Lächeln, wenn sie mit einem Buch am Abend in ihrem Sessel saß. Oder ihr entrückter Gesichtsausdruck, wenn sie mir vorlas.

Diese Bruchstücke wurden zu meinen Freunden, als ich dringend Freunde brauchte. Jacob, der in der Schule neben mir saß, konnte ich nicht mehr ansehen. War meine Mutter doch an einer Krankheit gestorben, die einen Teil seines Namens trug. Sein fröhliches Gesicht und seine leuchtend blauen Augen passten nicht länger zu meinem Leben, in dem Lachen keine Berechtigung mehr hatte.

Ich konnte nicht verstehen, wer etwas so Bösem, das mein Leben für immer zerstörte, einen derart harmlos klingenden Namen wie Creutzfeldt-Jacob gegeben hatte. Ich begriff nur, wenn mein Vater seinen braunen Ledergürtel auf meinen Rücken krachen ließ, dass ich allein auf dieser großen weiten Welt war. Allein mit diesem Mann, der mit mir tun und lassen konnte, was er wollte.

Heute, Jahrzehnte später, stand ich, wie so oft, vor dem Badspiegel und verzog den Mund zu einem Lächeln, das dem meiner Mutter ähneln sollte. Es war eher eine groteske Imitation, und doch konnte ich nicht damit aufhören, ihr Lächeln nachzuahmen. Weil ich dann diesen einen Erinnerungssplitter an sie nicht vergaß und das Gefühl hatte, ihr nahe zu sein. So nah, dass ich eine Verbindung zu den wenigen Fetzen meines früheren Lebens herstellen konnte, um sie in das Fotoalbum zu pinnen, das ich nie besessen hatte.

Früher einmal tröstete mich der Gedanke, dass meine Mutter ein Album für mich angelegt hatte. Um sich mit mir an jene Augenblicke zu erinnern, in denen wir auf Fehmarn glücklich gewesen waren. Aber falls dieses Fotoalbum jemals existierte, dann hatte es mein Vater verbrannt. Wie alles andere, was ihr gehörte.

Ich wandte den Blick vom Spiegel ab und trat ans Fenster. Der warme Augustwind war erfüllt vom Duft unzähliger Rosen, von in glühende Holzkohle tropfendem Fleischfett und dem Chlor der um-

liegenden Pools. Musik hallte die schmale Straße hinab, auf der zwei Mädchen Federball spielten.

Ich lehnte mich an den Fensterrahmen und dachte an sie. *Wie jeden Nachmittag, wenn die Sonne schien, war* sie *bestimmt mit ihrer Tochter im Garten. Ich stellte mir vor, wie* sie *sich eine blonde Haarsträhne hinters Ohr strich und ihrer kleinen Tochter eine Trinklerntasse an die Lippen hielt. Die Kleine patschte in meinen Gedanken jauchzend ihre Hände auf die Tischplatte, wo ein rosa Schmusetuch lag. Und ich … ich erstarrte.*

Eine Idee raste mir durch den Kopf. Eine so einfache Idee, dass ich mich fragte, wieso ich nicht schon früher darauf gekommen war.

Ein befreites Lachen schlüpfte über meine Lippen, denn endlich war mein Plan komplett. Freude durchflutete mich, und mein Körper reagierte auf diese Emotion mit der einzigen Art, die ihm nach den Jahren auf dem Dachboden geblieben war. Mein Schwanz erigierte. Ich schloss die Hand um ihn und dachte an meinen Plan.

Bald, Süße.

Bald gehört jeder einzelne deiner Gedanken mir.

1. Kapitel

Annika Ritter
10. August, 23:10 Uhr

»Komm, lass uns einfach von hier verschwinden«, flüsterte Stefan in mein Ohr. Er trat hinter mich, zog mich an seine Brust und schloss die Arme um mich. »Jetzt gleich.«

»Das geht doch nicht«, widersprach ich halbherzig. »Wir haben das Haus voller Gäste.«

»Die super ohne uns klarkommen. Frank, Hendrik und Jonas haben vor zwei Stunden unsere Vorratskammer im Keller entdeckt. Glaub mir, es ist besser, wir tauchen unter und kommen erst in einem Monat zurück. Dann finden wir zwar nur noch leere Regale vor, aber die sind mir lieber als meine Verwandtschaft.«

Ich wusste, dass er das nicht so meinte, zumal Frank und Jonas unsere Nachbarn waren, ohne die wir wohl erst in zehn Jahren in unser Haus gezogen wären.

Die drei grinsten mir zu, als sie mir mit einer im Keller gefundenen Flasche Woodford Reserve Classic Malt zuprosteten.

Stefan stöhnte entsetzt, als sich unsere Nachbarn und Franks Schwager Hendrik den letzten Rest des knapp hundert Euro teuren Whiskys direkt aus der Flasche teilten. Brüderlich, obwohl sie nicht verschiedener hätten sein können.

Stefan hatte Frank den Spitznamen Teddybär verliehen, als sie sich das erste Mal begegneten. Denn über Franks Schmerbauch spannte sich sein weißes Oberhemd wie ein Segel bei Windstärke acht. Seine gutmütigen braunen Augen verschwanden beinah hinter einer dicken Hornbrille, und sein Doppelkinn zierte ein dunkler Kinnbart. Hendrik und Jonas hingegen wirkten, als wären sie als Sportler geboren worden. Groß, schlank, drahtig. Allerdings bestand der einzige Sport, den Jonas betrieb, darin, den Rasenmäher übers Grundstück zu schieben, wenn er Urlaub hatte. Hendrik hingegen hatte als Amateurboxer im Mittelgewicht bereits ein paar Pokale nach Hause geholt. Worauf er ebenso stolz war wie auf sein volles blondes Haar, weshalb er Jonas, dem vor drei Jahren die Hälfte seiner Haare ausgefallen war, wegen seines rasierten Glatzkopfes immer aufzog.

»Hoffentlich finden sie nicht die zweite Flasche«, ächzte Stefan.

Lachend hob ich den Kopf und sah über meine Schulter in seine grünen Augen, die vor Humor und Überschwang leuchteten. Was wohl an dem Sekt lag, den er getrunken hatte. Stefan trank kaum Alkohol, doch heute kam er nicht dazu, das Glas abzustellen. Bei mehr als fünfzig Leuten, die gratulieren wollten, erwies sich das als ebenso unmöglich, wie während der Rushhour in der Berliner U-Bahn einen Sitzplatz zu ergattern.

Irgendein Witzbold unter unseren Gästen hatte den DJ überredet, Ballermann-Musik aufzulegen. Jürgen Drews' Stimme hallte zusammen mit hämmernden Bässen über den Rasen und brachte vermutlich noch meine Gläser in der Anbauwand zum Klirren. Innerhalb von Sekunden verwandelte sich unsere Terrasse in ein Meer aus lachenden Menschen, die ihre Hüften kreisen ließen. Meinem besten Freund Bastian gelang es mit einer galanten Verbeugung, unsere betagte Nachbarin auf die Tanzfläche zu führen. Ursula Leipolds Gehstöcke standen einsam und verwaist neben ihrem Stuhl, während ihre silbergrauen Locken im Takt der Musik auf und ab wippten. Ihr Gesicht, das sonst Ähnlichkeit mit einer Walnuss hatte, glättete sich, die Andeutung eines Lächelns schlich sich in ihre Mundwinkel und ließ sie zwanzig Jahre jünger aussehen.

Der DJ spielte am Lautstärkeregler. Die Bässe schwollen an und setzten sich wummernd durch den Boden fort. Nicht zum ersten Mal am heutigen Tag war ich froh, all unsere Nachbarn eingeladen zu haben. Wir wohnten in einer ruhigen kleinen Straße, wo man noch die Bürgersteige hochklappte (wenn wir denn welche hätten), sobald sich Fuchs und Elster gute Nacht wünschten.

Ich hatte eigentlich auf all das Weiß verzichten wollen. Die unschuldige Farbe, in die sich viele Bräute kleideten, ließ mich ebenso farblos und durchsichtig erscheinen wie eine Fensterscheibe. Weshalb mein Kleid genauso rot war wie Schneewittchens Wangen.

»Nur gut, dass ich auf dich gehört habe«, sinnierte ich mit Blick zu den Lichterketten, die sich um den Zaun, die Koniferen und die Äste unserer Kugel-Trompetenbäume wanden. Was zusammen mit den weißen Gerbera, den roten Rosen plus weißen Schleifen gar nicht übel aussah. »Meine geplanten Feuerschalen wären bei dieser hämmernden Musik bald eine nach der anderen umgekippt und hätten den Garten in ein Inferno verwandelt.«

Stefan lachte, und ich fragte mich nicht zum ersten Mal, wieso ausgerechnet ich diesen Jackpot gewonnen hatte. Diesen besten aller Haupttreffer, für den ich keinen einzigen Lottoschein ausgefüllt hatte. Schon in der ersten Minute, als wir uns im Institut für Bauingenieurwesen der TU Berlin, wo Bastian und Stefan Architektur studierten, kennenlernten, kreuzte ich in Gedanken Zahlen an, gab den Lottoschein jedoch nie ab. Weil es manchmal besser war, das Glück nicht herauszufordern.

»Das Inferno hätte bestimmt toll ausgesehen«, scherzte Stefan.

Ich stöhnte, musste mir dabei allerdings ein Grinsen verkneifen. »Die Feuerwehr hätte vermutlich nach dem ersten Brand gleich hierbleiben können.«

»Kein Problem. Satt wären sie allemal geworden, und zu trinken ist auch reichlich da.« Stefan drehte mich zu sich und legte meine Arme um seinen Nacken. Ich ließ die Finger in sein nachtschwarzes Haar gleiten, das er mir zuliebe etwas länger hatte wachsen lassen. Er war wohl die Ausnahme von der Regel – oder ich. Ein normaler Bräutigam ging vor der Hochzeit zum Friseur. Stefan hatte den Salon um die Ecke vor drei Wochen das letzte Mal betreten.

Meine Freundin Nadine fand seine schulterlangen Locken höchst peinlich und total unpassend für einen renommierten Architekten, der sich eins der hochkarätigsten Bauvorhaben Berlins unter den Nagel gerissen hatte. All das hatte sie mir mit einem Knurren ins Ohr geflüstert, während sie mir am Morgen den Schleier im Haar feststeckte. Sie war meine beste Freundin, meine Arbeitskollegin in der Schule, meine Trauzeugin und, wie Bastian, meine Familie. Weshalb ich auf jeglichen Kommentar verzichtet hatte. Ich grinste nur und dachte an den Augenblick, in dem ich Stefan endlich in unserem Haus die Treppe hinauf ins Schlafzimmer ziehen würde.

»Also«, murmelte er mit Blick auf unsere Terrasse, die durch all die darauf tanzenden Menschen so bunt wie ein Kindermalbuch aussah. »Die Gelegenheit ist günstig. Keiner wird bemerken, wenn wir uns ins Auto setzen und unsere Flitterwochen ein paar Minuten früher als geplant beginnen.«

»Wir können noch nicht gehen«, protestierte ich, jedoch mit einem lang anhaltenden Seufzen. »Wenn wir uns vor Mitternacht aus dem Staub machen, werden wir dafür büßen müssen.«

Stefan senkte seine Lippen auf meine Halsbeuge. »Jeder der anwesenden Männer wird es verstehen, dass ich nicht mehr bis Mitternacht warten will, um meine Frau für mich allein zu haben.«

Ich stellte mich auf die Zehenspitzen, was auf dem Rasen und mit meinen Pfennigabsätzen schwerer als erwartet war. Dass ich von seinem Kompliment rot wurde, konnte ich nicht verhindern. Eigentlich hätte ich mich in den vergangenen fünf Jahren daran gewöhnt haben müssen, dass Stefan nichts unversucht ließ, meinem ansonsten recht blassen Teint etwas Farbe zu verleihen. Mit meinen langen blonden Haaren und den blassblauen Augen war ich das Gegenteil von ihm. Er entsprach dem brillanten Farbbild, das mit einer hochauflösenden Nikon geschossen wurde. Ich dagegen war die Schwarz-Weiß-Aufnahme, die ein Hobbyfotograf mit einer Sechzigerjahre-Kamera knipste.

»Um die Männer mache ich mir auch keine Sorgen«, erwiderte ich. »Eher um die Frauen. Angeführt von Nadine, würde mich jede, die sich nach einem goldenen Ring am Finger sehnt, lynchen, wenn ich meinen Brautstrauß nicht werfe.«

»Hat das schon mal jemand nachge…«

Von irgendwo drang ein leises Weinen an meine Ohren. Ein Geräusch, das nicht in diese Nacht gehörte und nicht zu dem Lachen unserer Gäste passte, das sicher noch zwei Straßen weiter zu hören war.

Blinzelnd öffnete ich die Lider, die so schwer waren, als hätte ich noch keine zwei Stunden geschlafen. Ich wollte den Traum festhalten, der zu verwehen begann wie Papierschnipsel, die von einer Windböe durch die Luft getragen wurden. Ich schloss die Augen wieder und konzentrierte mich auf den Fetzen, der mit Stefans Lachen davonflog. Immer weiter und weiter entfernte er sich von mir. Wurde ausgelöscht, als würde ein überdimensionaler Radiergummi die Bilder aus meinem Kopf tilgen.

»Stefan?«, murmelte ich und tastete über das Bett. Noch immer hallte Jürgen Drews' Stimme in meinen Ohren nach, dazwischen klirrten Gläser. Der DJ rief etwas, was ich nicht verstehen konnte, weil er scheinbar in einen gigantischen Staubsauger gesaugt wurde, der die letzten übrig gebliebenen Traumschnipsel aus meiner Erinnerung löschte.

Ich stöhnte, weil ich nicht aufwachen wollte. Nicht jetzt. Nicht in diesem schönen Augenblick. Dort war mein Leben. Nicht in der Realität, die sich ungewollt, aber beharrlich in mein Bewusstsein drängte.

Unter meinen Fingern spürte ich weder Satin noch ein Baumwolllaken. Ich musste auf der Tagesdecke eingeschlafen sein. Oder auf dem Sofa. Ich hob meine Lider und sah vor mir die cremeweißen Gardinen meines Schlafzimmers. Fahles Mondlicht vereinte sich mit dem Licht der Straßenlaterne gegenüber und tauchte den Raum in ein mystisches Kaleidoskop aus silber-goldenen Flecken und Schatten.

»Stefan?«, murmelte ich verschlafen und stützte mich auf den Ellbogen. Ordentlich bedeckte die salbeigrüne Tagesdecke, auf der ich lag, sein Kissen.

Eine Mauer aus Schmerz raste auf mich zu. Ich wollte mich abwenden, wollte zurück in meinen Traum fliehen, doch die Wirklichkeit kannte kein Erbarmen. Sie überfiel mich in jeder Sekunde, in der ich meine Träume loslassen musste.

»Nein«, flüsterte ich und krallte die Finger in Stefans Kissen, das nach neun Monaten längst nicht mehr nach meinem Mann roch. Die Bilder jenes Morgens, als er zum letzten Mal neben mir lag, sprangen wie ein Echo durch meinen Kopf. Sie waren immer da und erinnerten mich in jedem Augenblick daran, was ich verloren hatte.

Trauer umschloss mich wie ein Käfig, aus dem es kein Entkommen gab. Ich war darin gefangen, seit dieser feige Autofahrer meinem Mann die Vorfahrt genommen und nicht einmal den Notruf gewählt hatte, als Stefans Auto frontal in eine Kastanie krachte.

Schmerz verkrampfte meine Finger um die Tagesdecke. Ich spürte die weichen Fasern an meiner Haut und … etwas Feuchtes, Klebriges. Hatte ich Saft verschüttet, bevor ich eingeschlafen war? Ich durchforstete meine Erinnerungen, doch nur der Stapel Wäsche, den ich zusammengelegt hatte, tauchte darin auf.

Ich setzte mich auf und betrachtete die vom Mondlicht beschienene Tagesdecke, über die sich wellenförmig ein dunkler Strich zog, der dort nicht hingehörte. Ähnlichkeit mit einem verschütteten Getränk besaß er jedenfalls nicht. Als ich meine T-Shirts zusammengelegt hatte, war die Wellenlinie noch nicht da gewesen, da war ich mir sicher.

Ratlos knipste ich die Nachttischlampe an. Als ob eine Minisonne vor mir explodieren würde, stach das aufflammende, grelle Licht in meine Pupillen.

»Verdammt«, entfuhr es mir, während ich meine Augen abschirmte. Hatte ich die falsche Energiesparlampe eingedreht? Die Helligkeit brannte sich in meine Netzhaut, als würde eine Hundert-Watt-Glühbirne in der Fassung stecken.

Rasch drehte ich mich weg. Erleichterung durchströmte mich, als die künstliche Sonne und die flackernden Punkte vor meinen Augen verschwanden. Mein Blick klärte sich und erfasste einen Umriss auf der Tagesdecke. Als ob jemand mit einem gelben Farbstift den Ort markiert hätte, an dem eine Leiche gefunden worden war. Mit einem Unterschied: Derjenige hatte sich in der Farbe geirrt. Die Linie leuchtete blutrot.

»Quatsch«, murmelte ich und schüttelte den Kopf über diesen absurden Gedanken. Vermutlich war ich noch nicht richtig wach und stellte deshalb solche verrückten Theorien auf. Was ich vor mir sah, war garantiert keine Umrisslinie, sondern eine simple Falte in der Tagesdecke. Die entstanden war, als ich darauf geschlafen hatte.

Ich bückte mich, um die Decke glatt zu streichen, und fühlte erneut klebrige Feuchtigkeit unter meinen Fingern. Langsam dämmerte es mir, dass ich weder träumte noch Falten schuld an der merkwürdigen Linie waren.

Mit zusammengekniffenen Augen hob ich die Hand, sie war rot. Welcher Komiker hatte denn Farbe auf meinem Bett …?

Ich taumelte zurück, während mir ein metallisch süßer Geruch in die Nase stieg und mein Blick den Stapel weißer Oberhemden erfasste, der am Fußende auf dem Bett lag. Stefans Hemden, die ich vor einem halben Jahr säuberlich in Kisten auf dem Dachboden verpackt hatte.

Kaltes Entsetzen packte mich. Irgendjemand war in meinem Schlafzimmer gewesen. Und dieser jemand konnte nur …

»Oh mein Gott, Janina«, rief ich und fuhr herum. Im selben Moment hörte ich ihr Weinen. Leise, als ob ich sie mit meinem Ruf aus einem schönen Traum gerissen hätte. Oder als ob nicht nur eine Wand, sondern eine ganze Etage zwischen uns läge.

Wieso ist sie unten im Wohnzimmer?

Blödsinn! Mit ihren neun Monaten konnte sie zwar krabbeln und versuchte auch manchmal, sich an den Gitterstäben ihres Bettchens hochzuziehen, aber stehen konnte sie noch nicht, geschweige denn aus dem Bett klettern und die Treppe hinunterlaufen. Der Gedanke war also ebenso absurd wie der, dass Janina blutrote Farbe um mich verteilt haben könnte.

Ich erreichte den Flur, als unten ein gedämpfter Knall ertönte und das Schluchzen meiner Tochter abrupt abbrach.

»Janina!« Schlich da etwa irgendjemand durch mein Haus? Nein, unmöglich. Das war nur ein Fenster, das zugefallen war. Nichts weiter. Und doch konnte mich die reine Logik des Gedankens nicht beruhigen. Janina konnte nicht die blutrote Farbe um mich herum gemalt haben. Erst recht kam sie nicht auf den Dachboden, um die Hemden ihres Papas aus den Kisten zu holen.

Im Vorbeilaufen griff ich vom Sideboard, das im Flur zwischen Kinderzimmer und Schlafzimmer an der Wand stand, den schweren silbernen Kerzenständer. Nicht gerade die Pistole, die ich mir zum ersten Mal im Leben in meiner Hand wünschte. Aber besser als nichts.

Ich zwang mich, langsamer zu laufen, und hob den Kerzenständer über meinen Kopf. Auf keinen Fall durfte ich die Nerven verlieren. Weshalb ich mir immer wieder sagte, dass alles in Ordnung war: Meine Tochter lag in ihrem Bettchen und hatte aufgehört zu weinen, weil sie wie so oft von dem Sternenhimmel fasziniert war, der von ihrem Nachtlicht an die Decke projiziert wurde.

Und wenn nicht? Ich schloss meine Finger fester um den Kerzenständer. Dann würde ich mit jeder Faser meines Körpers meine Kleine beschützen. Was der Spaßvogel, der sich möglicherweise mein Haus für seine rabenschwarzen Scherze ausgesucht hatte, noch begreifen würde, bevor er zu Boden ging.

Denn alles, was mir geblieben war, lächelte ebenso herzergreifend wie ihr Papa. Janina war der Mittelpunkt meiner Welt. Und ich wollte sie gesund und munter – von mir aus auch verschlafen – in meinen Armen wiegen.

Jetzt!

Mit dem erhobenen Kerzenständer trat ich ins Kinderzimmer. Das Nachtlicht tauchte den Raum in ein sanftes Weißgold. Mein Blick erfasste sofort Janinas Bettchen.

Es war leer.

Auch sonst war niemand in dem Zimmer.

»Was …?« Meine Stimme versagte.

Über dem Bett waren kleine blutrote Handabdrücke auf der Tapete an der Wand. Nicht einer, auch nicht drei. Es waren viele, die zwei Worte bildeten:

Bye, Mama

Ich bekam keine Luft mehr und schwankte rückwärts, als würde ich auf einem Boot stehen, das gegen einen Orkan ankämpfte. Meinen Fingern fehlte unvermittelt die Kraft, den Kerzenständer zu halten. Mit einem dumpfen Geräusch krachte er auf den Teppich.

»Janina!« Erstickt schrie ich auf und schlang die Arme um meinen Oberkörper, durch den ein tobender Schmerz fuhr. Mein Brustkorb fühlte sich an, als würde er nicht mehr in meinen Körper passen. Als wäre er ebenso zu klein geworden wie ein Wollpullover, der in der Kochwäsche gelandet war.

Meine Beine knickten ein. Hilfe suchend tastete ich um mich und bekam die Türklinke zu fassen. Ich hielt mich an ihr fest und klammerte die Finger um sie. Alles schien stillzustehen. Die Zeit, die Welt um mich herum, nur meine Gedanken nicht. Sie rasten durch meinen Kopf wie die Lichter auf einer nächtlichen Autobahn.

»Janina!« Der Schrei quälte sich aus meiner Kehle. Zischend bekam ich endlich etwas Luft in die Lungen, woraufhin mich ein heftiges Schwindelgefühl erfasste. Mir wurde schlecht, Magensäure stieg meine Speiseröhre hinauf. Würgend versuchte ich, den bitteren Geschmack hinunterzuschlucken. Wieder und wieder, bis mein Hals nur noch aus Schmerz bestand.

Fühlte es sich so an, wenn man starb?

Die Frage stoppte meine wirbelnden Gedanken. Die Stille danach fühlte sich an, als würde ich wieder gegen eine Mauer prallen. Meine Kleine war verschwunden, und ich hing hier an dieser verdammten Türklinke.

Tu endlich was!

Die flüsternde Stimme in mir gab mir Kraft. Tränen rannen mir über die Wangen, als ich es schaffte, mich aufzurichten. Die Mattigkeit in meinen Beinen ließ mich nach vorn taumeln.

»Janina!« Ich brachte nur ein Krächzen zustande. Gleichzeitig liefen meine Gedanken Amok. *Ich werde sie niemals wieder in meinen Armen halten. Niemals wieder ihr Lachen hören, wenn ich ihren Bauch kitzle.*

Stopp! Abwehrend hob ich die Hände, um die blutigen Handabdrücke nicht mehr sehen zu müssen.

Tu was! Die leise Stimme hallte in mir nach. Anfänglich kaum hörbar, doch nun immer lauter. *Du musst Janina suchen. Und anrufen!*

Ich klammerte mich an dieses Mantra, das zu einem Singsang in mir wurde. *Suchen und anrufen! Du musst suchen und anrufen!*

Tränen rannen über mein Gesicht, während ich zurück in den Flur und zur Treppe schwankte. War Janinas Weinen doch von unten gekommen und abgebrochen, als die Haustür ins Schloss fiel? Zitternd fischte ich mein Handy aus der Jeans und stolperte die Stufen hinab. Ich konnte kaum einen klaren Gedanken fassen. Alles um mich wirkte wie ein Wasserfarbenbild, das in eine Pfütze gefallen war.

Ich aktivierte mein Smartphone, wählte eine Nummer aus dem Kurzwahlspeicher und rannte auf die Haustür zu. Als es in meinem Ohr klingelte, drückte ich die Klinke herunter – aber nichts passierte. Die Tür war noch immer so verschlossen wie am Abend, als ich den Schlüssel umgedreht hatte. Ich schloss auf, stolperte die fünf Stufen hinab und hastete zum Gartentürchen. Mondlicht vereint mit dem Schein der Straßenlaternen beleuchtete die schmale Fahrbahn vor unserem Haus. Ein paar Meter von mir entfernt huschte eine Katze über die menschenleere Straße.

Ein Knacken erklang im Handy, dann hörte ich eine vertraute Stimme. »Annika, was ist los?«, fragte Bastian verschlafen.

»Janina, sie …« Erstickt schluchzte ich auf. Träumte ich noch? Ein Albtraum? Ja, das musste es sein! Schließlich war die Haustür verschlossen gewesen. Ich wollte mich zwicken, um mich zu vergewissern, dass ich nicht schlief, als sich die blutroten Handabdrücke aus meiner Erinnerung schälten und ich würgen musste. »Janina ist nicht mehr in ihrem Bettchen!« Nach vorn gebeugt würgte ich ein zweites Mal und schmeckte Galle.

»Was?«, fragte Bastian, und ich hörte ein Knarren, als wäre er aus dem Bett gesprungen.

Ich blinzelte, um das Haus besser mustern zu können. Mein Blick flog zur Garage, aber auch zu den Fenstern unter dem dunkelblauen Dach. Alles war, wie es sein sollte. Verschlossen. Und doch …

»Sie ist weg.« Keuchend schwankte ich zurück ins Haus, in den Flur. Ich musste sie finden. Sicher gab es für all das eine logische Erklärung. Mir fiel zwar keine ein, aber …

»Was heißt weg?«, fragte Bastian. »Sie kann doch nicht einfach verschwinden.«

»Sie ist weg! Meine Kleine ist …« Ich konnte nicht mehr

weitersprechen. Den Gedanken nicht aussprechen, der wie ein Pingpongball durch mein Hirn raste. Weil ich ihn nicht zulassen durfte. Keine einzige Sekunde lang.

Klappernd landete mein Smartphone auf den Fliesen und rutschte in eine Ecke. Ich hörte Bastian etwas rufen, während ich ins Wohnzimmer lief. Mit zitternden Händen betätigte ich den Lichtschalter. Helligkeit flammte auf und gab den Blick auf eine unversehrte Terrassentür preis.

Niemand war im Haus, schoss es mir durch den Kopf. Die Beweise hatte ich vor mir.

Und doch wollte sich keine Erleichterung einstellen. Ich drehte mich im Kreis und versuchte, meine nächsten Schritte zu überlegen. Ich sollte mein Telefon nehmen und die Polizei rufen. Aber kaum tauchte die Idee auf, verflüchtigte sie sich wieder. Weil ich nur träumte. Nichts im Haus deutete auf einen Einbruch hin. Oder?

Ich schwankte zurück in den Flur und die Treppe hinauf. Meine Bewegungen waren schnell und irgendwie manisch. Wieder und wieder rutschte einer meiner Füße von einer Stufe ab, und doch konnte ich nicht langsamer laufen. Hoffnung festigte schließlich meine Schritte. Das alles war nicht passiert. Nur in meinem Traum, aber nicht real. Meine amoklaufenden Gedanken hatten mir ein Trugbild vorgegaukelt. Das war alles.

Erneut stand ich vor dem Kinderzimmer und holte tief Luft. Unter meiner Tochter konnte sich schließlich keine Erdspalte aufgetan und sie verschluckt haben. Erfüllt vom Vertrauen in diesen Gedanken, betrat ich den Raum und erstarrte.

Das Bettchen war leer.

»Oh mein Gott!« Ich träumte nicht. Ich war so wach wie mittags um zwölf. Aber wo war meine Kleine?

»Mama wird dich finden«, keuchte ich und drehte mich um. »In einer Minute liegst du in meinen Armen, mein Schatz.« Ich wusste das. Weil es nicht anders sein durfte.

Weil ich sonst wahnsinnig vor Angst um Janina werden würde.

Sie war doch mein Engel. Das Ebenbild ihres Papas. »Ich komme, Süße«, rief ich mit fester Stimme und lief in den Flur, um sie zu suchen. »Gleich habe ich dich gefunden, und dann bekommst du einen dicken Schmatzer von deiner Mama, das verspreche ich dir.«

2. Kapitel

Eric Weinsheim
10. August, 23:18 Uhr

»Es tut mir leid«, sagte ich, drückte mein Handy fester ans Ohr und stieg aus dem Wagen. Das Haus in der Rossinistraße, vor dem ich parkte, war ein Neubau mit Eigentumswohnungen, die meine Gehaltsklasse deutlich überstiegen. Fast alle Wohnungen waren hell erleuchtet. Was an dem Blaulicht der Polizeifahrzeuge liegen konnte, die vor dem Haus standen.

Früher wehte ein Geruch von Gummi und Leder durch die Straßen des Komponistenviertels. Heute befanden sich hier statt der alten Fabrikgebäude schicke Wohnkomplexe und begrünte Hofgärten.

»Kathrin?«, fragte ich, nahm mein iPhone in die rechte Hand, legte es ans Ohr und wartete weitere fünf Sekunden, ob sie etwas erwiderte. Doch sie schwieg. Mit Absicht, wie ich vermutete. Das war ihre Art, mir mitzuteilen, dass sie mit diesem nächtlichen Einsatz nicht einverstanden war. Damit, dass ich mich vom Kommissariatsleiter hatte überreden lassen, meinen Namen auf die Bereitschaftsliste setzen zu lassen. Was für Kathrin einer geistigen Umnachtung gleichkam, war für Eisfeld in der Urlaubszeit selbstverständlich.

»Ich mach es wieder gut«, versprach ich. Aber es waren fade Worte, die mir unangenehm unter die Haut krochen. Genau wie ihr beharrliches Schweigen. Ich konnte nicht gut Alleinunterhalter am Handy spielen. Nicht wenn Kathrin am anderen Ende des Hörers war. Früher einmal hatte ich sie zum Lachen gebracht. All ihre Geheimnisse waren auch meine gewesen. Diese neue Sprachlosigkeit zwischen uns, war genauso unerträglich wie das Scheidungsurteil, das ich in irgendeine Schublade meiner Küche verbannt hatte.

»Bist du noch da?« Ich lehnte mich an meinen Dienstwagen. Regenwolken verdeckten nicht nur den Blick auf die Sterne, sondern auch auf die Perseiden. Doch der Höhepunkt der funkelnden Sternschnuppen wurde ohnehin für die kommenden beiden Nächte erwartet.

Die Berliner Allee, die sich unweit von mir befand, dämmerte in ihrem kurzen nächtlichen Schlaf, bevor in wenigen Stunden der Berufsverkehr einsetzen würde.

»Kannst du Nele sagen, dass ich es wiedergutmache?«, fragte ich Kathrin, die ich leise atmen hörte.

Neles Reisetasche stand neben meiner im Flur bei mir zu Hause. Fertig gepackt. Seit zwei Tagen. In zehn Stunden sollte es losgehen. Unser erster gemeinsamer Urlaub nach der Scheidung. Nur Vater und Tochter, zusammen mit einem großen Sammelsurium an Wasserbällen, aufblasbaren Schwimmtieren, Tauchsets, Förmchen und bunten Steinen, die unseren Sandburgen den letzten Pfiff verleihen sollten. In dieser einen Woche im Sommer, die meine Tochter und ich seit Monaten akribisch planten, hatten wir uns vorgenommen, die größten Eisbecher zu essen, die wir am Wannsee finden konnten. Mord hatten wir nicht einkalkuliert.

Kathrin seufzte, klang dabei jedoch eher müde als wütend. »Nele schläft, ich rede morgen früh mit ihr.« Ich wartete darauf, dass sie mir Vorhaltungen machen würde. Darüber, wie sehr sich unsere Tochter auf morgen freute. Um dann den Sprung zu dem Tag zu schaffen, an dem ich beschlossen hatte, dass mir eine Uniform nicht genug war. Eine Woche später hatten wir uns kennengelernt. Mitten im Tiergarten, wo mich Kathrin mit ihrem Fahrrad fast umgefahren hätte. Knapp sechzehn Jahre danach zerstörte meine Entscheidung von damals unsere Ehe.

»Danke«, erwiderte ich und ging zur Haustür, die mir ein

uniformierter Beamter aufhielt. Erst als er mich grüßte, erkannte ich Volker. Wir hatten zusammen die Polizeischule absolviert. Er blieb bei der Uniform, ich tauschte diese gegen eine Anzugjacke.

»Nele verzeiht dir alles, das weißt du doch.«

Im Gegensatz zu dir, wollte ich sagen, verkniff mir die Worte allerdings. Für einen Streit mit ihr fehlte mir die Zeit.

Während ich die Treppe hinaufstieg, sah ich Kathrin vor mir, wie sie vor fünfzehn Minuten in meine Wohnung geschneit war, um auf unsere Tochter aufzupassen. Ich hatte nicht damit gerechnet, sie jemals wieder in dieser Jeansshorts zu sehen, die sie an unserem letzten glücklichen Wochenende getragen hatte. Dazu hatte sie ein geblümtes himmelblaues Bikinioberteil an und grub ihre nackten, rot lackierten Zehen in den weichen Rügener Sand.

Man sollte meinen, dass Exfrauen nach der Scheidung geschlechtsneutral wurden, aus dem Beuteschema herausfielen. Doch Kathrin hatte noch nie irgendwo hineingepasst. Weder in eine Schublade noch in irgendwelche Kategorien. Womit sie das genaue Gegenteil von mir war. Ich war berechenbar. Einschätzbar. Ich war die Drei-Tage-Wettervorhersage, die fast immer zutraf. Sie war so unvorhersehbar wie ein neuer Tag, von dem man am Morgen noch nicht sagen konnte, was er bringen würde.

Unser Jeansshorts-Wochenende stand stellvertretend für diesen Berg, von dem ich geglaubt hatte, dass er nie in unserer Ehe auftauchen würde. Auf Rügen hatten wir den Gipfel erklommen und waren dem Himmel so nah gewesen wie nach unserem Kennenlernen und zu Neles Geburt. Danach ging es mit unserer Ehe steil bergab.

»Ich werde es Nele morgen früh erklären«, versprach ich trotz meiner Ahnung, dass mir keine Zeit für ein Vater-Tochter-Gespräch bleiben würde. Nicht einmal fünf Minuten, um meiner Sechsjährigen zu sagen, warum unsere geplante Sommer-Sandburgen-Bau-Woche ausfallen musste.

»Versprich nichts, was du nicht halten kannst, Eric.« Kathrin seufzte erneut.

»Ich werde alles versuch…«

»Das weiß ich«, fiel sie mir ins Wort. »Und Nele auch. Pass einfach auf dich auf, okay?«

Verblüfft blieb ich vor der Wohnung stehen, die ich betreten wollte. Anderthalb Jahre hatte ich diese Worte von ihr nicht mehr gehört. Ich wusste, dass sie nur so dahergesagt waren. Relikte einer Zeit, die nicht mehr existierte. Und doch neigte ich den Kopf und wartete auf mehr. Wartete auf das, was sie früher angefügt hatte. Aber das Schweigen dehnte sich aus und lastete schwer auf meiner Brust. Weil ich dieser Idiot war, der trotz Scheidungsurteil nicht loslassen konnte – im Gegensatz zu Kathrin. Sie hatte einen Neuen. Einen Anwalt, der ein Ferienhaus auf Gran Canaria besaß.

»Das werde ich.« Mehr konnte ich nicht versprechen. Nicht nach jenem Tag, der auf Rügen gefolgt war.

Stille drang aus meinem Smartphone. Ich umklammerte es und wartete mit angehaltenem Atem darauf, dass sie etwas erwidern würde. Irgendetwas, was die Bilder aus meinem Kopf wischte, die ich nicht mehr zulassen wollte. Ich hatte die Schuld auf mich genommen. An jenem Tag und später. Doch sie erwies sich als zu schwer für meine Schultern. Weil ich nicht ungeschehen machen konnte, dass die Kugel fünf Zentimeter über meinem Herzen mein Fleisch, Muskeln und Gewebe zerfetzt hatte.

»Ich nehme Nele morgen früh mit zu mir, wenn sie ausgeschlafen hat. Komm vorbei, falls du Zeit hast. Sie freut sich, dich zu sehen und ich …« Sie machte eine Pause, in der ich im Kopf ihren Satz beendete: *Ich mich auch.* Wann war es für sie so schwer geworden, diese Worte auszusprechen? Worte, die ich ebenso vermisste wie ihre Hand in meiner.

»Ich könnte uns Kaffee kochen.«

Ich lauschte ihrer Stimme und hörte neben Müdigkeit etwas anderes. Etwas, was mich an die Zeit unseres Kennenlernens erinnerte. An ihr Flüstern, wenn wir nachts im Tiergarten saßen.

Ich wollte nach diesem Flüstern greifen, das sich für mich nach einer zweiten Chance anhörte. Wollte es festhalten wie den windgeschüttelten herzförmigen Luftballon, den ich Kathrin bei unserer fünften Verabredung geschenkt hatte. Doch eine leise mahnende Stimme in meinem Kopf erinnerte mich daran, dass ich mich verrennen könnte. Flüsterte mir zu, dass es da diesen Anwalt mit einem Haus auf Gran Canaria gab, mit dem Kathrin alt werden könnte.

Ich dagegen hatte nur diese beschissene Kugel, die mein Herz knapp verfehlt hatte, zu bieten. Manchmal fragte ich mich, ob ich die Patrone aus diesem Grund an einer Kette um den Hals trug. Um mich symbolisch an jenen Moment zu fesseln, in dem mir das Schicksal den stinkenden Atem des Todes ins Gesicht geweht hatte … und weitergegangen war.

»Ich würde mich freuen, mit dir einen Kaffee zu trinken«, sagte ich, als meine Partnerin Julie Reuss im Wohnungsflur auftauchte. Sie sah so ungeduldig aus wie jemand, dessen ICE seit einer Stunde Verspätung hatte. »Tut mir leid, ich muss Schluss machen.« Ich hob die Hand und deutete Reuss an, dass ich gleich kommen würde. Sie nickte und verschwand wieder.

»Bis später.« Kathrin legte auf. Hinter mir auf der Treppe erklangen Schritte, während ich das Handy in meine Jackentasche schob.

Dr. Frobel drückte sich an mir vorbei. »Eric«, grüßte er mürrisch mit diesem Blick, der besagte, dass er lieber in seinem Bett liegen würde.

»Hallo, Christian.« Ich nickte dem Rechtsmediziner zu. Er stand kurz vor der Rente, was man seinem Gesicht nicht ansah. Die feinen Lachfältchen um seine Augen deuteten auf Mitte vierzig. Doch das Bild verlor sich, wenn er wie jetzt keinen Hut trug.

Die wenigen grauen Haare, die ihm geblieben waren, zierten seinen Schädel wie ein Lorbeerkranz.

Der Doc grummelte etwas und verschwand in der hell erleuchteten Eigentumswohnung des Opfers. Ich folgte ihm, blieb allerdings mitten im Flur stehen. Die Wohnung mit ihren antiken Echtholzmöbeln, den goldgerahmten Gemälden und handgeknüpften Teppichen warf in mir die Frage auf, ob ich mich für den richtigen Job entschieden hatte. In meinen vier Wänden tummelten sich neben IKEA-Regalen noch Fransenteppiche vom nächstgelegenen Baumarkt und ein Sofa, das bereits in meiner Studentenbude gestanden hatte.

Ich wich ein paar Leuten der Spurensicherung aus und bemerkte, wie sich der Rechtsmediziner neben die Tote kniete.

Der Anblick einer Leiche sollte mich nach all den Jahren nicht mehr aus der Fassung bringen. Jedenfalls hatte das ein betagter, kahlköpfiger Lehrer behauptet, als ich meinen Hintern auf die harten Bänke der Polizeischule gedrückt hatte. Ich glaubte an den Spruch, als ich während meiner ersten Leichensektion mein Frühstück über meine Beine gekotzt hatte. Ich glaubte auch noch an diese Plattitüde, nachdem ich Hauptkommissar geworden war. Mittlerweile hatte sich mein Glaube verändert. Ich dachte nicht mehr über meinen aufgewühlten Magen nach, der neben dem letzten Essen auch noch Fassungslosigkeit verarbeiten musste, sondern eher über das verfickte Arschloch, das meinte, Berlin wäre ein überdimensionaler Spielplatz für perverse Idioten.

»Wer ist die Tote und wer hat sie gefunden?«, fragte ich Reuss, die aus dem Schlafzimmer kam. Sie war gefühlte zwanzig Jahre jünger als ich, tatsächlich waren es nur zehn. Doch im Gegensatz zu mir strahlte sie mit ihren Achtundzwanzig noch diese jugendliche Frische aus, die mir zwischen Ausbildung, Studium, Job und Scheidung verloren gegangen war.

»Hallo, Chef«, erwiderte sie und sah auf ihren Notizblock. Dabei rutschte ihr eine goldblonde Haarsträhne ins Gesicht, die sie mit einer lässigen Geste hinters Ohr strich. Ich wusste nicht, wie sie es machte, musste jedoch neidvoll feststellen, dass sie auch kurz vor Mitternacht ebenso frisch wie am Morgen aussah. Und sie duftete auch wie lenorweichgespülte Wäsche.

»Susanne Weiß, dreißig Jahre alt. Single, keine Kinder, wohnte hier allein. Wir überprüfen noch, ob sie einen Freund hatte. Ihr gehörte eine Galerie in den Hackeschen Höfen«, sagte Reuss im Telegrammstil. »Im letzten Jahr hat sie eine zweite in der Schönhauser Allee eröffnet.« Sie blätterte eine Seite ihres Notizblocks um. »Rebecca Mühlner hat das Opfer gefunden. Sie ist die Assistentin der Toten und wartet in der Küche auf Sie, Chef.«

»Besitzt Frau Mühlner einen Zweitschlüssel für die Wohnung?«, fragte ich mit Blick auf die Tür. Eine Frau im weißen Plastikanzug der Spurensicherung stellte dort gerade Fingerabdrücke sicher.

»Ja.« Reuss folgte mir zum Schlafzimmer der Toten. »Sie hat sich um ihre Chefin gesorgt, als diese sich nicht wie vereinbart nach der Landung aus New York gemeldet hat.«

»Das Opfer hatte einen Flug in die Staaten gebucht? Wozu?«

»Für heute Morgen«, bestätigte Reuss. »Sie war zur Galerieeröffnung eines Freundes eingeladen.«

Ich blieb im Türrahmen des Schlafzimmers stehen. Die Tote lag mit dem Rücken in einer Blutlache auf dem Boden. Eigentlich war es immer der leere Blick der toten Augen, der meinem Magen dieses Ziehen entlockte, das erst verschwand, nachdem der Fall aufgeklärt war.

Hier war es anders.

Die Brutalität war anders. Ich hatte schon viel gesehen. Mehr als ich mir als Greenhorn auf der Polizeischule vorgestellt hatte. Doch das hier war keine Tat im Affekt gewesen. Es gab keine Einbruchsspuren. Alle Fenster waren geschlossen. Spuren eines Kampfes gab es auch nicht. Im Wohnzimmer stand neben einem Buch, das auf dem Couchtisch lag, ein leeres benutztes Rotweinglas. Alles wirkte, als hätte es sich das Opfer in ihrem Lesesessel gemütlich gemacht und war dann allem Anschein nach vom Mörder überrascht worden. Entweder, als sie ins Bett gehen wollte, worauf die zurückgeschlagene Bettdecke hinwies. Oder er hatte am Morgen zugeschlagen, nachdem sie aufgestanden war und das zerwühlte Laken glatt gestrichen hatte.

Aber warum hat sie sich nicht gewehrt?

Die Tote lag vor dem Doppelbett auf einem cremefarbenen Teppich. Sie war nackt, ihre Beine unter dem Körper angewinkelt, die Oberschenkel gespreizt. Der Täter hatte ihre Hände mit einem Paketband vor dem flachen Bauch gefesselt. Auf ihrer Stirn war, vermutlich mit einem Brandeisen, das Wort Schlampe eingebrannt worden. Die Augen, die normalerweise starr in die ewige Dunkelheit blickten, fehlten. Stattdessen klafften dort zwei blutverkrustete Löcher.

»Er hat ihr in die Augen geschossen«, bestätigte Reuss das Offensichtliche.

Ich wies auf die angewinkelten Beine des Opfers. »Er hat sie vor sich knien lassen, demütig, um Gnade bettelnd, bevor er sie erschossen hat.« Das hier war persönlich und zeugte von sehr viel Hass und Wut. Wahrscheinlich hatte der Täter das Opfer gekannt. Vielleicht sogar intim, worauf das Wort Schlampe hindeutete.

»Wie sieht's aus?«, fragte ich den Doc.

»Rigor mortis ist voll ausgeprägt. Die Leichenflecken sind nicht mehr wegdrückbar. Ich schätze, dass der Todeszeitpunkt zwischen drei und fünf Uhr heute Morgen liegt.«

»Wodurch?«, wollte ich wissen, denn das Offensichtliche war nicht immer das Ursächliche.

»Durch die Schüsse in die Augen aus nächster Nähe. An den Rändern befinden sich Schmauchspuren.« Christian wies auf die leeren Höhlen. »Wahrscheinlich Kaliber 9 Millimeter. Der Täter hat sich die Mühe gemacht und die Kugeln eingesammelt.«

»Hat ihr der Täter das Wort postmortal auf die Stirn gebrannt?«

Christian schüttelte den Kopf. »Nein. Sie hat noch gelebt, weist aber keinerlei Abwehrverletzungen auf.«

Warum nicht? Selbst mit ihren gefesselten Händen hätte sie zuschlagen oder sich wehren können.

»Wo hat er das Brandeisen erhitzt?« Ich sah mich um, entdeckte jedoch weder im Schlafzimmer noch im Wohnzimmer einen Kamin.

»Vermutlich im Backofen. Die Tür stand offen, als die Beamten hier eingetroffen sind«, sagte Reuss. »Er muss Handschuhe getragen haben. Denn bis auf die Fingerabdrücke des Opfers hat die KT noch keine anderen am Backofen sichergestellt.«

Hinter mir betrat mein Kollege Bauer das Schlafzimmer, der von allen wegen seiner Vorliebe für Birnen nur Peary genannt wurde. Ich nickte ihm zu, wunderte mich jedoch, wieso er hier war, bis mir einfiel, dass er gleich um die Ecke wohnte.

»Chef.« Er tippte sich an die hohe, von tiefen Falten durchzogene Stirn. Er war im vergangenen Jahr fünfzig geworden. Den Begriff »Workaholic« könnte er neu definieren. Drei Ehen waren seiner Arbeitswut zum Opfer gefallen. Seinem ursächlichen Hass auf alle, die Leben nahmen. Vor vierzig Jahren hatte Peary seine Eltern ermordet aufgefunden, als er aus der Schule kam. Der Täter war nie gefasst worden. Vielleicht hätte er mit der Sache abschließen können, wenn der Mörder hinter Schloss und Riegel sitzen würde. Doch so war dieser nie abkühlende Motor, der aus Wut, Trauer und Schmerz bestand, zu Pearys Lebenselixier geworden.

»Soweit wir bislang beurteilen können, wurde nichts gestohlen«, sagte er. »Weder Schmuck noch Bargeld oder andere Wertgegenstände. Alles scheint laut Frau Mühlner an seinem Platz zu sein. Hundertprozentig sicher ist sie sich jedoch nicht.«

»Also kein Raubüberfall, bei dem der Einbrecher erwischt wurde.« Was ich auch nicht vermutete. Der Mörder hatte das Opfer gedemütigt, bevor er es erschoss. Rache schien mir hier das naheliegendere Tatmotiv zu sein. Oder wir hatten es mit einem

Perversen zu tun, in dessen Beuteschema das Opfer durch Zufall passte.

Ich wandte mich wieder an den Doc. »Ist sie vergewaltigt worden?«

»Soweit ich das bis jetzt beurteilen kann, nein. Genaueres kann ich dir nach der Obduktion sagen.«

Schiefer, Pearys Partner, schob sich in mein Blickfeld. Zu meinem Erstaunen sah er vollkommen übernächtigt aus. Normalerweise hatte er Ähnlichkeit mit den Titelfotos der *GQ*. Oder den Abbildungen eines anderen Modemagazins für Männer, weshalb ihm ein Kollege den Spitznamen *InStyle Man* verliehen hatte. Doch jetzt entdeckte ich am Kragen seines Hemdes weiße Flecken. Milchrückstände. »Wie geht's Josie und Julian?« Die Zwillinge waren heute auf den Tag zwei Monate alt und hielten ihre Eltern ganz schön auf Trapp.

»Sie haben beide Magen-Darm-Grippe. Weiß der Geier, wo sie sich die eingefangen haben.«

»Gute Besserung«, sagte ich und verdrängte die Erinnerung, als Nele vor drei Jahren mit so einem Infekt aus dem Kindergarten gekommen war. Kathrin und ich hatten danach überlegt, Küche, Bad und Kinderzimmer neu zu streichen. Trotz Medikamenten und Schonkost konnte Nele zwei Tage nichts bei sich behalten.

Schiefer verzog den Mund und blätterte durch sein Notizbuch. »Keiner der Nachbarn hat etwas gehört.«

Ich runzelte die Stirn. »Wieso nicht?« Früh am Morgen hätten die Schüsse jeden in der Nähe aus dem Schlaf reißen müssen. Es sei denn, der Täter hätte einen Schalldämpfer benutzt.

»Die Nachbarn links, Familie Wildner, ein älteres Ehepaar, sind erst heute Nachmittag aus dem Urlaub zurückgekommen. Die Eigentümer, die unter dem Opfer wohnen, sind laut Aussage von Frau Wildner von Frühling bis Herbst auf ihrem Grundstück in Brandenburg. Der Nachbar rechts, Herr Grünzig, ist schwerhörig.«

»Was ist mit der Wohnung über der des Opfers?«

Schiefer schüttelte den Kopf. »Da öffnet keiner.« Er blätterte weiter durch seine Notizen. »Frau Wildner vermutet, dass der Eigentümer der Wohnung, ein gewisser Tobias Bruch, auf Geschäftsreise ist. Sicher war sie sich allerdings nicht. Er würde aber regelmäßig nach Spanien fliegen, wo er eine weitere Bar besitzt.«

»Überprüfen Sie die Aussage«, wies ich Schiefer an. »Was hat Frau Wildner sonst noch über die Tote gesagt?«

»Dass sie ruhig und sehr gebildet gewesen ist. Ihre Mutter wäre ab und an zu Besuch hier gewesen, wohne aber nicht in Berlin. Sie hätte einen eher bayrisch klingenden Akzent.«

»Haben Sie schon die Adresse?«

»Nein, aber ich wollte gerade die Assistentin des Opfers befragen. Frau Mühlner kennt sie vielleicht.«

Ich sah zur Küche, wo die junge Frau weinend am Tisch saß. Vor sich ein Glas Wasser. »Um die Befragung kümmern wir uns. Sonst noch etwas? Hat Frau Wildner Fremde ins Haus gehen sehen? Oder auf der Straße beobachtet?«

Schiefer blätterte um. »Am Tag, bevor sie in den Urlaub geflogen sind, stand auf der gegenüberliegenden Straßenseite ein roter Opel Corsa. Nummernschild hat sie nicht erkannt, sich aber erinnert, den Wagen in den vergangenen Wochen öfter in der Nähe gesehen zu haben. Es saß ein Mann drin, der eine große Sonnenbrille trug. Sie hätte sich noch gewundert, auf wen er so geduldig wartet. Weil er bereits am Nachmittag dort stand, als sie ihre Enkeltochter aus dem Kindergarten abgeholt hat. Abends, als sie und ihr Mann in ein nahe gelegenes Restaurant essen gegangen sind, war der Kerl immer noch da.«

»Kann sie den Mann beschreiben?«

»Nein. Er trug ein schwarzes, unbeschriftetes Basecap und dazu eine große Sonnenbrille, an der Frau Wildner nichts weiter aufgefallen ist, außer dass das Gestell schwarz war. Sie meldet sich, wenn ihr noch etwas einfällt.«

Ich nickte. »Der Täter hat das Opfer also beobachtet, ihren Alltag ausspioniert. Und er wusste über die Nachbarn Bescheid.« Ich kniff die Augen zusammen. »Befragt Herrn Grünzig und Herrn Bruch, wenn er wieder im Land ist, ob ihnen der Corsa auch aufgefallen ist. Vielleicht haben sie den Mann besser gesehen und können ihn beschreiben. Oder das Kennzeichen. Redet mit den anderen Anwohnern. Der Täter hat erst zugeschlagen, als er unbemerkt ins Haus kam, ohne einbrechen zu müssen. Entweder hat ihm das Opfer die Tür geöffnet, was darauf hindeutet, dass sie ihren Mörder kannte. Oder er hatte einen Zweitschlüssel.«

»Möglicherweise arbeitet er als Hauswart«, warf Reuss ein.

»Durchaus denkbar. Wir benötigen die Telefonlisten des Opfers, ihre Bankauszüge, Kreditkartenabrechnungen. Alles.« Ich wollte mich abwenden, verharrte jedoch noch einen Moment. »Die Mordwaffe wäre auch nicht schlecht. Lasst jeden Grashalm in der Nähe umdrehen. Vielleicht hat der Täter die Pistole entsorgt.« Irgendetwas war hier seltsam. Nur entzog sich mir der Grund für dieses ungute Gefühl.

Peary nickte. »Ich kümmere mich morgen früh darum.«

Ich wollte mit Reuss in die Küche gehen, um Frau Mühlner zu befragen, als mich Christian aufhielt. »Eric, das solltest du dir ansehen.«

»Ich spreche derweil mit Frau Mühlner«, sagte Reuss und ging nach meinem Nicken zu der jungen Frau, die zusammengesunken mit einem Taschentuch in der Hand am Küchentisch saß. Sie sah ziemlich mitgenommen aus. Mitgenommener, als das Verhältnis zwischen Chefin und Angestellter eigentlich hergab. Allerdings sah man sich nicht jeden Tag einer auf so grausame Weise ermordeten Bekannten gegenüber. Der Schock konnte durchaus hinter Frau Mühlners vielen Tränen stecken, die ihr übers Gesicht rannen – oder etwas anderes.

Ich wandte mich Christian zu, der die Tote in eine Seitenlage gedreht hatte. »Was hast du für mich?«

Er hielt einen Beweismittelbeutel hoch, in dem sich eine kleine Karte, ähnlich einer Visitenkarte, befand. »Wir haben diesen Bibliotheksausweis unter der Leiche gefunden«, sagte er und gab mir die Tüte. »Er ist ausgestellt auf einen gewissen Sebastian Suarek.«

»Wo unter ihr?«, fragte ich und nahm die Tüte entgegen. Der Ausweis war laminiert, weshalb die Schrift darauf vom Blut der Toten nicht unkenntlich geworden war.

»Unter ihrer rechten Schulter.« Der Rechtsmediziner deutete auf eine Stelle auf dem blutdurchtränkten Teppich. Der Ausweis musste dort bereits gelegen haben, als das Opfer erschossen worden war.

»Danke, Doc.« Ich nahm mein Handy aus der Jackentasche und beorderte Beamte zu Suareks Adresse. »Nur observieren bis wir eintreffen«, wies ich an und legte wieder auf. Der Bibliotheksausweis unter der Leiche war eigentlich Grund genug, den Mann sofort verhaften zu lassen. Aber welcher Mörder verlor einen Büchereiausweis?

Nachdenklich sah ich zu Fabian Poller, von der KTI 21, der neben dem Fotografen stand. »Habt ihr Fingerabdrücke oder irgendetwas anderes sichergestellt?«

»Zahlreiche. Es sind zwei verschiedene, die augenscheinlich dem Opfer und ihrer Assistentin gehören. Wir überprüfen das jedoch noch.« Er wies zu dem großen hellen Kleiderschrank. »Außer im Mittelteil des Schranks. Die Schiebetür ist vollkommen sauber gewischt. Innen wie außen.«

Im mittleren Teil des Schranks befand sich eine Kleiderstange, auf der sich Kostüme aneinanderreihten. »Untersucht alle Sachen auf Fasern, Haare und andere Rückstände«, sagte ich. Es war durchaus denkbar, dass sich der Täter im Schrank versteckt hatte. Oder er hatte in ihm etwas gesucht. Auf jeden Fall hatte er nach der Tat versucht, seine Spuren zu verwischen. Ich betrachtete kurz den Bibliotheksausweis. Wie war dieser unter dem Opfer gelandet? Ein Täter, der seine Fingerabdrücke wegwischte, übersah doch keinen Ausweis, der uns direkt zu ihm führen würde.

»Geht klar«, erwiderte Fabian Poller.

Ich gab ihm den Beweismittelbeutel, nachdem ich mir die Adresse von Sebastian Suarek notiert hatte. »Habt ihr eine Zahnbürste oder von mir aus auch Socken gefunden, die auf einen Freund hindeuten?«

Poller schüttelte den Kopf. »Nein, nichts.«

»Nutzlos zu erwähnen, dass ich eure Ergebnisse gern vorgestern hätte.«

Poller verzog den Mund zu einem schmalen Lächeln. »Wir tun, was wir können.«

»Mehr wollte ich nicht hören.« Ich ging in den Flur, wo ich auf Peary traf. »Überprüfen Sie bitte einen Sebastian Suarek für mich.« Ich nannte ihm die Adresse. »Reuss und ich werden ihm einen Besuch abstatten.« Sein Ausweis unter der Leiche reichte für mich nicht, um ihn unmittelbar in Gewahrsam zu nehmen. Aber er genügte, um den Mann mitten in der Nacht aus dem Bett zu klingeln.

»Ich melde mich, sobald ich was habe«, entgegnete Peary.

Ich ging in die Küche, wo meine Partnerin am Fenster stand und telefonierte.

»Hauptkommissar Weinsheim«, stellte ich mich Rebecca Mühlner vor und setzte mich ihr gegenüber. Sie wandte mir ihr tränenfeuchtes Gesicht zu und unterdrückte ein Schluchzen. Eine feine Narbe zog sich quer über ihre rechte Wange. An ihrem Hals entdeckte ich die tätowierte Flügelspitze eines Schmetterlings, dessen restlicher Körper unter ihrem pinkfarbenen T-Shirt nicht mehr auszumachen war. Sie war ungefähr im gleichen Alter wie das Opfer. Jedoch hatte sie im Gegensatz zu ihrer ermordeten Chefin einen eher gedrungenen Körperbau und nachtschwarze, igelkurze Haare.

Da ich nicht wusste, welche Fragen meine Partnerin bislang gestellt hatte, verzichtete ich auf die obligatorischen und begann mit der offensichtlichen. »Sagt Ihnen der Name Sebastian Suarek etwas?«

Sie blinzelte mehrmals. »Nein, nichts. Den Namen höre ich zum ersten Mal.« Ihr Blick sank auf den Tisch, eines ihrer Augenlider zuckte. Eindeutig, sie kannte Suarek.

»Standen Sie sich nahe? Sie und Frau Weiß?«

Eine feine Röte kroch ihr vom Halsansatz aus ins Gesicht. »Wir sind …« Sie brach ab und schluchzte erneut. »Wir waren befreundet.«

»Hätte sie es Ihnen erzählt, wenn sie einen Freund gehabt hätte?«

Ein seltsames Glitzern tauchte in Rebecca Mühlners Augen auf. Unzweifelhaft gefiel ihr meine Frage nicht.

»Sie hatte keinen Freund.« In ihrer Stimme schwang ein merkwürdiger Unterton mit. Als ob ein Hund seinen gut gefüllten Futternapf verteidigen würde.

»Weshalb sind Sie sich da so sicher?«, hakte ich nach, denn ihre Worte beantworten nicht meine Frage.

In der feinen Röte auf ihren Wangen tauchten dunkelrote Flecken auf. »Das hätte sie mir gesagt.«

Reuss trat neben mich. Sie hatte ihr Telefonat beendet.

»Sie und Frau Weiß hatten eine Beziehung?«, sprach ich meine Vermutung aus. Frau Mühlner besaß einen Zweitschlüssel für die Wohnung des Opfers, in der sie sich offenkundig auskannte. Und sie wehrte sich ein wenig zu vehement gegen die Annahme, dass die Tote einen Freund gehabt hatte.

Rebecca Mühlner wurde blass. »Nein, hatten wir nicht. Frau Weiß war eine anständige Frau.«

»Natürlich war sie das.« Ihre seltsame Wortwahl ließ ich unkommentiert. Vorläufig. Ich erhob mich. »Vielen Dank für Ihre Hilfe, Frau Mühlner. Es könnte jedoch sein, dass wir noch weitere Fragen an Sie haben.« Sie hatte mich wegen Suarek angelogen und verschwieg mir irgendetwas. Vielleicht hatte sie mit dem Opfer eine kurze Affäre gehabt, die die Tote wegen Suarek beendete?

Mühlner sank erneut in sich zusammen und tupfte mit dem feuchten Taschentuch über ihr Gesicht. »Wer macht so etwas Schreckliches nur? Susanne hat niemanden etwas getan. Sie war immer freundlich.«

»Das versuchen wir herauszufinden, wobei wir Ihre Mithilfe benötigen«, erwiderte ich und verabschiedete mich von Frau Mühlner. Danach ging ich mit Reuss aus der Küche. Im Flur erzählte ich ihr von dem Bibliotheksausweis und sie mir von ihrer Unterhaltung mit der Assistentin der Toten.

»Das Opfer wollte um 6:45 Uhr nach Frankfurt fliegen und um 8:40 Uhr weiter nach New York. Ihre Assistentin und sie haben am Abend zuvor miteinander telefoniert. Da klang die Tote normal. Sie freute sich auf ihren Bekannten und die Galerieeröffnung.«

»Wann haben sie miteinander telefoniert?«

Reuss sah in ihren Notizen nach. »Gegen dreiundzwanzig Uhr, danach wollte das Opfer ins Bett gehen.«

»Damit fehlen uns noch vier bis sechs Stunden bis zur Tat. In denen das Opfer geschlafen haben kann oder auch nicht.« Ich erzählte Reuss von dem sauber gewischten Schrankteil und meinen Vermutungen.

»Warum sollte der Täter so lange im Schrank warten?«

Eine Frage, auf die ich vorläufig nur eine Antwort hatte. »Möglicherweise spielte die Tatzeit für ihn eine Rolle.«

Reuss folgte mir zur Wohnungstür. »Vielleicht.« Sie verengte die Augen. »Ich stimme Ihnen zu. Das Opfer und ihre Assistentin hatten was miteinander. Allerdings hat Frau Weiß früher auch Beziehungen zu Männern gehabt. Dieses Thema behagt Frau Mühlner offenbar nicht.«

»Fragt sich nur warum«, überlegte ich laut. »Haben Sie die Adresse der Mutter herausgefunden?«

»Beate Weiß, wohnt in München.« Reuss ging neben mir her zur Treppe. »Ich habe Beamte zu ihr geschickt.«

In deren Haut ich nicht stecken wollte. Einer Mutter zu sagen, dass ihr Kind ermordet worden war, war eine der schlimmsten Aufgaben, die unser Job mit sich brachte.

»*InStyle Man* hat mit Herrn Grünzig gesprochen. Ihm ist kein roter Corsa aufgefallen.« Jäh bildeten sich rote Flecken auf Reuss' Wangen. »Verzeihung, ich wollte nicht unhöflich sein.« Glühend, wie eine von innen beleuchtete Tomate, verstaute sie ihr Notizbuch in ihrer schwarzen Kostümjacke. »Es ist schwer, sich die richtigen Namen zu merken, wenn die Kollegen untereinander nur Spitznamen verwenden.«

Ich verkniff mir ein Grinsen und beugte mich zu ihr. »Wenn Sie mich mal *Agent Mulder* nennen, sind Sie für einen Monat die neue Sponsorin meines Mittagessens.«

Reue breitete sich auf ihrem Gesicht aus. Julie Reuss war erst seit sechs Wochen bei uns. Ihr Ehrgeiz reichte an meinen heran, aber ihre Lebenserfahrung noch nicht. Weshalb sie jedes meiner Worte für bare Münze nahm. »Ja, Chef.«

»Ich esse gern Chinesisch«, sagte ich und ging von ihr gefolgt die Treppe hinunter. »Wie kommt Suareks Ausweis unter das Opfer?«

»Der Täter hat ihn verloren?«, mutmaßte Reuss.

»Einen Bibliotheksausweis?«

Julie zuckte mit den Schultern. »Möglicherweise liest er gern und war vor der Tat noch in der Bücherei. Als er das Opfer überwältigte, ist der Ausweis ihm dann aus der Hemdtasche gefallen.«

Ich sah die Schlagzeile bereits vor mir. *Leseratte ermordet bisexuelle Galeriebesitzerin.* Was für ein Scheiß.

Wir erreichten die Haustür, und Reuss schüttelte über ihre

eigenen Worte den Kopf. »Sie vermuten, dass der Täter Suareks Ausweis unter der Toten platziert hat«, schlussfolgerte sie aus meinem Schweigen.

»Richtig.« Die Frage war nur, warum.

3. Kapitel

Annika Ritter
11. August, 0:05 Uhr

Mein Verstand war nur zu einem Gedanken fähig: *Du musst Janina finden!*

Irgendwo hier war sie. Ganz bestimmt. Sie spielte nur Verstecken. Und wenn ich sie gefunden hatte, konnte ich sie an meine Brust drücken, ihre duftend weiche Babyhaut unter meinen Händen fühlen und Freude in ihren Augen aufblitzen sehen.

Diese Überlegung war der Strohhalm, an dem ich mich festhielt, um nicht in meiner Panik zu ertrinken. Meine Angst brodelte unter der Oberfläche und wollte mich in die Tiefe ziehen. In eine schwarze, alles verschlingende Tiefe, in der ich mich nur noch meinen Tränen ergeben konnte. Ich durfte diesem bösen Flüstern in mir keine Chance geben. Musste es wegschließen. Diese Wogen aus Furcht. Und die Worte, die sich wieder und wieder in den Singsang schleichen wollten. Nein, Janina war nicht entführt worden. Wer würde denn so etwas Grausames meinem süßen Mädchen antun?

Niemand!

»Ganz genau!« Mein Verstand spielte mir nur einen Streich. Was ich unter keinen Umständen zulassen durfte. Ich war jetzt erwachsen, kein Kind mehr. Was bedeutete, dass ich mich nicht mehr in meine Träume flüchten konnte, wenn mich die Realität einholte.

»Sie versteckt sich nur«, flüsterte ich erstickt. Ich wiederholte die Worte etwas lauter, um mich von ihnen zu überzeugen. Danach wisperte ich sie lautlos vor mich hin, während ich ins Wohnzimmer lief. Dort ließ ich mich auf die Knie fallen und robbte über den Teppich, um jede noch so kleine Nische überprüfen zu können. Ich sah hinter die Phönixpalme, deren Wedel bis zur Decke reichten. Guckte in die schmale Ecke zwischen Anbauwand und Raumteiler, in der eine Stehlampe stand. Auf allen vieren kroch ich unter den Esstisch. »Janina!«, rief ich. »Mama hat dich gleich gefunden, und dann spielen wir Hoppe, hoppe Reiter.«

Ich wollte ihr Jauchzen hören. Und ihr Lachen, wenn ich sie durch die Luft wirbelte. Wollte ihren Bauch kitzeln und auf ihm dicke Schmatzer verteilen.

Tränen stiegen mir in die Augen, doch ich ließ sie nicht zu. Weil ich es nicht konnte. Ebenso wenig wie still sitzen und die Hände in den Schoß legen.

Meine Kleine! Ein ersticktes Schluchzen kam über meine Lippen.

Hatte ich schon im Hauswirtschaftsraum nachgesehen? Hoffnung flammte in mir auf. Janina mochte den Raum, weil es dort viel zu entdecken gab. Die bunten Sachen im Wäschekorb zum Beispiel. Oder die blauen und roten Klammern im grünen Plastikkorb.

Ich krabbelte unter dem Tisch hervor, sprang auf und rannte in den Flur. Im Zimmer neben der Eingangstür brannte Licht. Das gesamte Haus war strahlend hell erleuchtet, weil ich nicht einmal Halbschatten in den Ecken zulassen konnte. Könnte ich doch dort Janina übersehen.

Im Hauswirtschaftsraum lag Wäsche auf den cremeweißen Fliesen, die Luke der Waschmaschine stand offen. Sie war leer, dennoch tastete ich die Trommel ab. Wieder und wieder. Danach kippte ich entschlossen den Wäschekorb um. In ihm befand sich nichts. Nicht einmal eine winzig kleine Socke meiner Tochter.

Ich ließ mich auf den Boden fallen und sah unter den Wandregalen nach. Die Ecken waren in Dunkelheit getaucht. Ich rutschte vorwärts, bis ich in die Schwärze tasten konnte. Meine Finger durchtrennten Luft, aber ich spürte nichts. Nicht den Stoff von Janinas rosafarbenem Schlafoverall, auch nicht ihre weiche Haut oder ihr Haar. Nicht einmal ein Spinnennetz befand sich hier.

Wie oft hatte ich unter den Regalen schon nachgesehen? Kaum tauchte die Frage in meinem Kopf auf, schob ich sie beiseite. Ich konnte sie nicht zulassen. Erst recht nicht die Antwort. Ich musste in Bewegung blieben. Konnte meine Beine und Hände nicht stillhalten. Etwas zu tun lenkte meinen Verstand ab.

Ein Gong hallte durchs Haus, dann wurde ein Schlüssel im Schloss umgedreht. »Annika, ich bin's.«

Bastian! Ich sprang auf und lief in den Flur. Jetzt wurde alles gut. Ich wusste es. Er war seit Jahren mein Fels in der Brandung. Ohne ihn wusste ich nicht, was ich nach Stefans Tod getan hätte, war ich doch mit meinem Mann gestorben. Bastian hatte sich in den ersten Wochen, in denen ich so leblos wie eine Holzpuppe gewesen war, um Janina gekümmert. Tag und Nacht. Nicht ein einziges Mal hatte er aufgegeben und mir zwei Monate später tatsächlich ein Lachen entlockt. Durch ihn fand ich ins Leben zurück. Schritt für Schritt.

»Du bist da«, schluchzte ich und sank an die breite Brust des großen Mannes, der mitten in meinem Hausflur stand. Ich hatte ihn kennengelernt, als er noch die schmalen Schultern eines Halbstarken gehabt hatte. Manchmal schien mir unser erstes Treffen ein Jahrhundert her zu sein. Und manchmal kam es mir vor, als würden wir uns gerade erst kennenlernen. Dann spürte ich wieder, wie mir dieser einst schlaksige Junge sein Erdbeerkompott übers T-Shirt schüttete, nachdem ihm einer aus der Elften ein Bein gestellt hatte. So real, als würde ich diesen Moment gerade durchleben, obwohl er sich vor beinahe zwanzig Jahren in der Mensa unseres Gymnasiums ereignet hatte.

Bastian nahm mein Gesicht in beide Hände. »Annika, was ist passiert? Wo ist Janina?«

»Komm.« Mehr konnte ich nicht sagen. Deshalb zog ich ihn

die Treppe hinauf, wobei mir meine eigenen Füße in die Quere kamen. Weil ich rannte. Bastian war mein Fels. Mein Rettungsseil in dem Orkan, der sich Leben nannte. Gleich würde er mir sagen, dass ich nur schlecht geträumt hatte. Einen entsetzlichen Albtraum zwar, aber eben nur einen Traum.

Ich zitterte am ganzen Körper, als wir am Kinderzimmer ankamen.

Der Raum war ebenso hell erleuchtet wie alle anderen. Ich blieb im Flur stehen. Die Worte auf der Tapete waren für mich gleichbedeutend mit der Nachricht eines Arztes, dass man nur noch wenige Wochen zu leben hatte. Ich würde das nicht wissen wollen. Weil ich glaubte, dass man dann keinen einzigen Tag mehr wirklich lebte. Man versuchte es. Sah sich vielleicht Länder an, die man unbedingt vor seinem Tod noch sehen wollte. Oder tat irgendeinen Scheiß, für den man ohnehin nicht mehr zur Rechenschaft gezogen werden konnte. Aber ich glaubte nicht, dass man mit einer derartigen Nachricht unbeschwert Sonnenstrahlen auf der Haut genießen konnte. Denn sie blieb im Kopf haften. Wie ein überdimensionaler feuerroter Klebezettel, auf dem die eigene Lebensuhr rückwärtslief.

Jedoch kannte die Realität kein Mitleid. Die blutigen Worte standen auf der Kinderzimmertapete, egal, ob ich sie mir nun ansah oder versuchte, den Blick sonst wohin zu richten.

Bastian stand vor Janinas Kinderbettchen wie eine mitten in der Bewegung erstarrte Statue. Den Oberkörper hatte er nach vorn gebeugt, den rechten Arm erhoben, als wollte er meiner Kleinen ein Spielzeug ins Bett reichen. Es sah irgendwie grotesk aus, aber das war mir egal. Weil ich nicht mehr allein war. Mit meinen sich überschlagenden Gedanken. Mit meiner entsetzlichen Angst um meine Tochter.

Wie festgeklebt lehnte ich am Türrahmen und wartete darauf, dass er etwas sagte. Etwas, was Hand und Fuß hatte und mich aus meiner Panik holte. So wie in jener Nacht, als Stefan starb.

»Wir schaffen das Annika. Ich bin immer für dich und Janina da. Ruf mich an, wenn du reden willst. Ruf mich an, wenn du weinst. Ruf mich an, wenn dein Herz voller Schmerz ist.«

Er kam immer. Tag und Nacht. Und dann blieb er ein paar Wochen im Gästezimmer. Weil ich mich besser fühlte, wenn er in meiner Nähe war. Da war das Haus nicht so schrecklich still und verwaist.

»Hast du die Polizei gerufen?«, fragte Bastian und kam zu mir.

Seine Worte hallten seltsam hohl in mir nach. Wie ein Stein, der durch ein altes, leer stehendes Fabrikgebäude polterte.

»Polizei?«, fragte ich mit einer mir fremden, schrillen Stimme. »Janina spielt nur ...« Die Worte blieben mir im Hals stecken. »Oh mein Gott, nein«, brachte ich schluchzend hervor und rutschte am Türrahmen herunter. Tränen rannen mir über die Wangen, während mich Bastian in seine Arme zog. »Ich hab nur dich angerufen.«

Ein flaues Gefühl breitete sich in meinem Magen aus und ließ mich würgen. Ich hatte wertvolle, vielleicht sogar entscheidende Minuten vertrödelt. »Was habe ich getan?«, fragte ich entsetzt. Janina brauchte mich jetzt mehr als je zuvor. Und ich hatte versagt.

Bastian tippte mit einer Hand ein paar Zahlen in sein Handy. »Ich rufe die Polizei«, informierte er mich leise und drückte einen Kuss auf mein Haar. »Alles wird gut. Vertrau mir.«

Ich wusste, dass ich mich auf ihn verlassen konnte. Schon seit Jahren. Und dass er es gut mit mir meinte. Das tat er immer. Allerdings konnte ich *mir* nicht verzeihen. Wusste ich doch nicht einmal, wie viel Zeit ich mit meiner sinnlosen Suche vertrödelt hatte. Zehn Minuten, zwanzig?

Als er begann, am Telefon die brutale Wirklichkeit zu schildern, löste ich mich von ihm und ging in den Flur. Ich musste mich sammeln. Mich auf die Fragen der Polizei vorbereiten. Sie wollten garantiert wissen, was ich gehört und gesehen hatte. Was ich getan hatte und wo ich wann gewesen war.

Im Haus sah es aus, als hätte ein Orkan die komplette Einrichtung auf den Kopf gestellt. Automatisch bückte ich mich neben dem Sideboard, um die Bettwäsche und Handtücher wieder einzusortieren, die ich in meinem Wahn aus den Fächern gezerrt hatte.

»Nein.« Bastian legte eine Hand auf meinen Arm. »Alles muss so bleiben, wie es ist.«

»Aber ich habe das Chaos verursacht«, erwiderte ich und wischte mir mit zitternden Fingern übers Gesicht. Feuchtigkeit blieb an meinen Fingerspitzen haften. Tränen, die niemandem halfen. Am allerwenigsten meiner Tochter.

»Bist du sicher?« Er kniete sich neben mich und sah mich nachdenklich an. In seinen Augen entdeckte ich Zorn. Unbändigen Zorn vermischt mit schrecklicher Angst. Er liebte Janina. War ihr Patenonkel und ihr Papa-Ersatz. Viele Male hatte er sie nachts auf seinen Armen gewiegt, wenn sie nicht schlafen konnte. Hatte sie gewickelt und ihr die Flasche gegeben, um mich zu unterstützen.

»Nein, bin ich nicht«, antwortete ich und verbot mir gleichzeitig, noch eine sinnlose Träne zu weinen. Ich durfte mich nicht in meiner Furcht verlieren. Durfte der Panik nicht nachgeben.

»Lass uns runtergehen«, sagte er.

Ich nickte, und Bastian half mir auf. Zusammen gingen wir in die Küche, die ebenso chaotisch aussah wie der Rest des Hauses. Ich hatte überall nachgesehen, selbst in meinen Gewürzschubladen.

War das normal?

Du hast entsetzliche Angst und bist deshalb bereit, nach jedem Strohhalm zu greifen. Egal, wie winzig er ist.

Aber die Gewürzregale? Das war doch verrückt!

Bastian befüllte die Kaffeemaschine, und ich nahm zwei Becher aus den Schränken. Das war überhaupt nicht das, was ich tun wollte. Denn am liebsten wäre ich auf die Straße gerannt, um

Flyer mit Janinas Foto an jede Straßenlaterne zu kleben und jeden nächtlichen Spaziergänger zu fragen, ob er sie gesehen hatte. Aber ich wollte ab jetzt das Richtige tun. Für mein kleines Baby, das mich brauchte. Die Polizei würde wissen, was zu tun war. Die Beamten waren geschult und hatten Erfahrung. Ich musste warten, auch wenn es so verdammt schwer war, tatenlos zuzusehen, wie die Sekunden verrannen.

Während die Kaffeemaschine blubberte, sank ich auf einen Stuhl am Esstisch. »Janina ist doch erst neun Monate alt«, wisperte ich erstickt. »Warum sie? Warum nicht ich?«

Bastian kniete sich vor mich und ergriff meine Hände. »Ist dir in den vergangenen Wochen jemand aufgefallen? Ein Fremder, der das Gespräch mit dir gesucht und Fragen zu Janina gestellt hat?«

»Nein, niemand.« Ich schniefte. »Du weißt doch, dass ich Small Talk nicht mag, besonders nicht mit Fremden.«

»Dann jemand anderes, der sich mehr als üblich für Janina interessiert hat?«

Ich schüttelte den Kopf. »Nein.«

»Es tut mir leid, aber die Polizei wird solche Fragen stellen«, sagte Bastian und setzte sich neben mich. »War in letzter Zeit jemand hier? Ein Handwerker, jemand von der Telefongesellschaft? Ein Versicherungsvertreter?«

»Nein. Warum?«

»Die Haustür sieht nicht aus, als wäre sie aufgebrochen worden. Ist eins der Fenster eingeschlagen?«

»Nein, die hab ich als Erstes kontrolliert. Sie sind gekippt, die Fliegengitter sind in Ordnung.«

Bastian stand auf und goss uns Kaffee ein. Während er in unsere Tassen Milch und Zucker rührte, erzählte ich ihm vom Zeitpunkt meines Aufwachens bis zu seinem Eintreffen alles, was mir in Erinnerung geblieben war.

Er stellte einen Kaffeebecher vor mir ab und setzte sich wieder. »Der Entführer muss einen Schlüssel zu deinem Haus haben.«

»Was?« Ich spürte, wie mich der Schock durchlief, als wäre er ein Erdbeben. »Woher?«, fragte ich schrill. Das Haus, das Stefan entworfen hatte, bedeutete für mich Schutz. Und Geborgenheit. Wenn nicht hier, wo sollten Janina und ich uns sonst sicher fühlen?

Nirgends!

Die Antwort schoss mir wie eine Pistolenkugel durch den Kopf. Das wollte mir der Entführer also mit Stefans Hemden auf dem Bett sagen: Dass er durch meine Räume spazieren konnte, wann immer er wollte.

Meine Nackenhaare stellten sich bei dem Gedanken auf, wie dieses perverse Schwein durch mein Haus gelaufen war, während ich mit Janina einkaufen gewesen war oder wir geschlafen hatten. In dem Haus, für das Stefan und ich die Tapeten ausgesucht und an die Wände geklebt hatten. Hier war ich glücklich gewesen. Und jetzt jagten mir meine eigenen Wände Furcht ein. Ja, der Scheißkerl hatte erreicht, was er wollte. Ich fühlte mich ganz und gar nicht mehr sicher.

Bastian nahm erneut meine Hände in seine. »Hast du die Nachricht des Kidnappers gelesen?«

»Die Worte auf der Tapete sind ja nicht zu übersehen«, flüsterte ich fast lautlos.

»Die meine ich nicht.«

Ich sah auf. Direkt in seine vor Zorn dunkelblauen Augen. »Welche dann?«

»Das Blatt Papier in Janinas Bettchen.«

»Nein«, sagte ich mit einem unguten Gefühl, das sich in meinem Bauch einnistete wie eine widerliche Kröte. Ich wusste, dass ich Bastian nicht daran hindern konnte weiterzusprechen. Doch ein Teil von mir war von dem Wunsch erfüllt, mir die Ohren zuzuhalten. Eine kindische Reaktion. Ein letzter verzweifelter Schrei, alles nicht noch schlimmer zu machen, als es ohnehin war.

»Er hat ein Ultimatum gestellt.« Bastian drückte meine Hände. »Bis wann du Janina finden sollst.«

Ich schluckte, doch ohne Erfolg. Der Kloß in meinem Hals schwoll schmerzhaft an. »Wie viel Zeit habe ich?«

»Vierundzwanzig Stunden.«

Ich wollte eher sterben, als diese Frage zu stellen. Aber ich musste es tun. »Und falls ich sie nicht finde?«

Mühsam beherrscht blieb Bastians Blick auf mein Gesicht gerichtet. Doch er war voller Kummer und Hilflosigkeit. Und voll unbändigem Zorn. »Dann tötet er Janina.«

4. Kapitel

Eric Weinsheim
11. August, 0:45 Uhr

»Was haben Sie für mich?«, fragte ich Peary über die Freisprecheinrichtung und lenkte den BMW in die Dammsmühler Straße. Feine Regentropfen zerplatzten auf der Windschutzscheibe und trommelten leise aufs Dach des Wagens.

»Suarek wurde in Kiel geboren und ist freier Architekt. Seine Klientel gehört zu den Leuten, die zu Wohltätigkeitsveranstaltungen und Matineen eingeladen werden. Nicht verheiratet, keine Kinder. Als Teenager hat er ein paar alte, leer stehende Scheunen angezündet. Wurde erwischt und leistete Sozialstunden. Seitdem ist er sauber.«

»Graben Sie tiefer«, wies ich Peary an und fuhr rechts ran. Suareks Bibliotheksausweis hatte nicht aus Zufall unter dem Opfer gelegen. Irgendwo musste es da eine Verbindung geben. »Bis zum Erdkern und darüber hinaus.« Was übersetzt hieß, dass ich alles zu Suarek wissen wollte, was im System über ihn zu finden war.

»Haben Sie wieder so eine Ahnung?«, fragte Peary, wobei er das Wort *wieder* grollend betonte.

Er hatte mir den Spitznamen *Agent Mulder* verpasst, nachdem ich ihm vor fünf Jahren als Partner zugeteilt worden war und unseren ersten Fall aufgrund einer bloßen Eingebung gelöst hatte. Statt die Kontoauszüge seines Verdächtigen wieder und wieder zu prüfen, versuchte ich, hinter die Bedeutung der Sigille zu kommen, die der Killer auf den Boden unter das Opfer gezeichnet hatte, indem ich das *Necronomicon* las.

Was Peary sauer aufstieß und mir den Spitznamen einbrachte,

war weniger mein Leseeifer, sondern vielmehr die Tatsache, dass ich dieses Buch im heimischen Regal neben der *Kabbala* und über *Wer waren die Pyramidenerbauer wirklich* stehen hatte.

Während Peary unserem Chef erklärte, dass der Mörder vermutlich der durchgeknallte Ehemann des Opfers war, fuhr ich zur psychiatrischen Klinik »Alis animae« und sprach mit der Leiterin. Nach meiner Meinung musste der Mörder wegen seiner Wahnvorstellungen, Berlin würde von Satan heimgesucht werden, bereits auffällig geworden sein. Pearys Dauerbefragung des Ehemanns ergab nur, dass sein Alibi felsenfester war als das Himalajagebirge, während mein Verdächtiger schließlich den Mord gestand.

»Wo liegt die Verbindung zwischen Suarek und dem Opfer?«, fragte ich nur und nickte den Beamten auf der gegenüberliegenden Straßenseite zu.

»Er hat sie ermordet«, entgegnete Peary lakonisch. »Sein Ausweis lag unter ihr. Sie brauchen ihn nur noch einzusammeln und aufs LKA zu bringen, Fall abgeschlossen. Den Grund werde ich schon aus ihm herausbekommen.« Die Wut in seiner Stimme hätte durchaus wie ein Degen mit einem Stich töten können.

Peary war ein exzellenter Ermittler, dennoch wurde ich ihm vor die Nase gesetzt, weil er zu schnell Handschellen um die Handgelenke Verdächtiger zuschnappen ließ.

Meine Beförderung passte weder meinem Chef noch Peary in den Kram. *Agent Mulder*, also in dem Fall ich, gehörte ins Fernsehen, aber nicht auf den Stuhl, auf dem ich saß. Um mich mit einem Arschtritt aus seiner Abteilung zu werfen, hatte mein Chef inzwischen eine ellenlange Liste meiner Fehler zusammengetragen. Und jedes Mal, wenn Eisfeld mich sah, sagte er mit einem schmierigen Grinsen, dass ich nur noch einmal gegen die Regeln verstoßen müsste, um mich auf der Straße wiederzufinden.

»Finden Sie die Verbindung«, wies ich Peary an.

»Alles klar«, erwiderte er, was genauso freundlich klang wie das dumpfe Grollen eines Maschinengewehrs.

Ich beendete das Gespräch und stieg zusammen mit Reuss aus. Das frei stehende Einfamilienhaus, neben dem ich parkte, überraschte mich nicht sonderlich. Zeitlose Eleganz vereinte sich hier mit Romantik und traditionellem Flair. Eine gelungene Mischung, die garantiert in vielen Betrachtern den Wunsch weckte, auf dem Briefkasten den eigenen Namen lesen zu können.

»Nicht übel.« Reuss drückte die Klinke des Gartentürchens herunter. »Der Name des Gärtners würde mich interessieren.«

»Warum?«, fragte ich und betrat den mit unregelmäßigen Sandsteinplatten gepflasterten Weg. Bewegungsmelder registrierten unsere Anwesenheit und tauchten den Vorgarten in helles Licht. Das Haus blieb dunkel, während wir an unkrautfreien Blumenbeeten, abstrakt geschnittenen Koniferen und igelkurzen Rasenabschnitten vorbeigingen.

»Mein Rasen ist eher eine Wiese, auf dem alles wächst und blüht, nur kein Gras«, erwiderte Reuss. »Aber auf den hier könnte selbst der Platzwart des Olympiastadions neidisch werden.«

Ich grinste, ging die vier Stufen zur Haustür hinauf und klingelte. Suarek musste sein Büro im Wohnhaus haben, denn auf einer Steintafel neben der Eingangstür standen Öffnungszeiten und Telefonnummern.

Mein Handy begann zu zwitschern, als ob eine Schar Vögel in meiner Hosentasche ihre Kreise ziehen würde. »Meine Tochter findet den Klingelton klasse«, sagte ich mit einem Stöhnen. »Sie ist vorgestern sechs geworden.« Eine Stunde hatte ich gehabt, um ihr das Detektivspiel zu schenken, das ich ihr von ihrer Mama aus nicht kaufen sollte. Aber manchmal überfiel meine Ohren eine gewisse Taubheit. So wie in dem Moment, als mir Kathrin am Telefon lang und breit die Gründe auseinandergesetzt hatte, weshalb eine Puppe für Nele besser wäre. Andernfalls würde meine Tochter dann vielleicht wie ich werden, und wir wüssten ja beide, was das bedeuten würde. Doch warum sollte Nele in meine Fußstapfen treten, nur weil sie mit ihren Freundinnen einen gestohlenen magischen Ring suchen wollte? Ich hatte als Kind unzählige Matchbox Autos gehabt. Hauptsächlich Rennautos und Baufahrzeuge. Und ich war weder Rennfahrer noch Bauarbeiter geworden.

»Es scheint niemand da zu sein«, stellte Reuss mit Blick auf die dunkel gebliebenen Fenster fest, als ich mein Smartphone ans Ohr legte.

»Weinsheim.«

»Wir haben gerade die Meldung reinbekommen, dass Suarek eine Kindesentführung angezeigt hat«, sagte Peary.

»Wo?«, wollte ich wissen und stellte mein Handy auf Freisprechen.

»Französisch Buchholz, Paul-Cézanne-Straße. Suarek ist vor Ort und hat die Beamten sowie die KT ins Haus gelassen.«

»Wer wurde entführt?«, fragte ich, drehte auf dem Absatz um und hastete die Treppe zur Gartentür hinab. Reuss folgte mir.

»Janina Ritter, neun Monate alt. Fahndung läuft, Hundertschaften und eine Suchhundestaffel sind unterwegs, Nachbarn werden befragt.«

»Gab es schon eine Lösegeldforderung?«

»Nein, der Kidnapper hat ein Ultimatum gestellt. Das Mädchen muss innerhalb von vierundzwanzig Stunden gefunden werden, sonst tötet er es.«

Meine Nackenhaare richteten sich auf. »Also eine perverse Schnitzeljagd?«

»Scheiße«, fluchte Reuss hinter mir.

»Scheint so«, antwortete Peary.

»Suarek hat doch gar keine Kinder.« Ich stieg in meinen Wagen und ließ den Motor an. »Wieso hat er die Entführung gemeldet und nicht die Mutter?«

»Annika Ritter, verwitwet, ist mit den Nerven vollkommen

am Ende. Sie und Suarek scheinen befreundet zu sein. In ihrem Schock hat sie ihn angerufen, und er hat die Polizei verständigt.«

»Wir sind unterwegs«, entgegnete ich und legte auf.

Mit zusammengekniffenen Augen sah mich Reuss an, als ich den BMW auf die Straße lenkte. »Sprechen Sie Ihre Gedanken ruhig aus«, forderte ich sie auf.

»Wir finden seinen Bibliotheksausweis unter einer Leiche, und kurz darauf meldet er eine Entführung?«

»So sieht's aus.«

»Welcher Mörder verständigt denn die Polizei?«

»Ein sehr cleverer, oder einer, der seinen Kopf nur zum Haarewaschen hat.«

»Ich glaube kaum, dass Suarek zur letzten Kategorie gehört. Er hat studiert und scheint als Architekt gefragt zu sein.«

»Intelligent und clever zu sein bedeutet dennoch nicht, dass Suarek der Täter ist«, nahm ich ihr den Wind aus den Segeln. »Noch haben wir keine Ahnung, wie sein Ausweis unter das Opfer geraten ist.« Aber ich stimmte ihr zu. Suarek hatte sowohl mit dem Mord als auch mit der Entführung etwas zu tun. Aber wo war da die Verbindung?

»Rufen Sie Peary an«, sagte ich zu Reuss. »Ich will wissen, ob sich Annika Ritter und unser Opfer kennen.«

5. Kapitel

Annika Ritter
11. August, 1:21 Uhr

Ich sollte erleichtert sein, innerlich aufatmen. Zumindest ein klein wenig. In meinem Haus wimmelte es von Polizei und Männern und Frauen in den weißen Plastikoveralls der Kriminaltechnik. Seltsamerweise fühlte ich mich auf meinem Stuhl in der Küche wie auf einem Abstellgleis. Dazu verdammt, zuzusehen, wie andere Menschen versuchten, meine Tochter zu finden. Ich wusste, dass sie Fingerabdrücke im Haus sicherstellen mussten. Dass Janinas Bett und der Teppich in ihrem Zimmer auf Fasern, Haare und andere Hinweise untersucht werden mussten. Gründlich, was Zeit kostete. Nur gelang es mir immer weniger, meine Unruhe in den Griff zu bekommen. Ich war hier, meine Tochter weiß Gott wo. Sie war allein mit diesem perfiden Schwein. Mit diesem Wahnsinnigen, der zu Dingen fähig war, die ich meinem Kopf verbot, sich auszumalen. Natürlich hörte er nicht auf mich und zeigte mir blutige Bilder, die mich durch eine ganz besondere Hölle schickten.

Es klingelte an der Tür, und ich sprang beinahe wie eine gespannte Feder vom Stuhl auf. Bastian folgte mir in den Flur.

Schwüle, gewittrige Luft schlug mir entgegen, als ich die Haustür öffnete. Ein Donnergrollen rollte über den Stadtteil hinweg und übertönte kurzfristig das Rauschen des Regens.

»Hauptkommissar Weinsheim vom LKA«, stellte sich der Mann vor, der unter dem Vordach stand, und zeigte mir seinen Dienstausweis. Er war um die eins fünfundachtzig groß, denn ich musste ein gutes Stück zu ihm hinaufblicken. Sein nachtschwarzes Haar umrahmte ein ebenmäßiges, maskulines Gesicht, das aristokratisch wirkte. Wären da nicht seine zu langen dunklen Augenbrauen, die mich zusammen mit seinem intensiven Blick aus blauen, intelligenten Augen an einen Raubvogel erinnerten, der einen IQ von hundertfünfundzwanzig oder mehr besaß.

Weinsheim trug ein zerknittertes schwarzes Leinensakko zu ausgewaschenen Jeans und rauchgrauen Sneakers, die aussahen, als hätten sie bereits hundert Marathonläufe an seinen Füßen absolviert.

Die Ecke eines seltsamen Tattoos lugte unter dem Kragen seines weißen Hemdes hervor, dennoch war jeder Zoll von Weinsheim Polizist. Er strahlte seinen Beruf förmlich aus. Mit Eleganz, Würde und einer gewissen Schärfe, die selbst mir gesetzestreuem Fossil begreiflich machte, dass mit ihm nicht gut Kirschen essen war. Sofern man plante, eine Tankstelle oder Bank zu überfallen.

»Das ist meine Kollegin Reuss«, fügte er hinzu und steckte seinen Ausweis in die Innentasche seiner Jacke.

Anders als ihr Partner wirkte Reuss offen, herzlich und auf den ersten Blick sympathisch. Sie war jünger als Weinsheim, um einen Kopf kleiner und so goldblond wie ein Weizenfeld in der Septembermorgensonne. Sie reichte mir die Hand, ohne dass der Ernst auf ihrem Gesicht von einem Lächeln abgelöst wurde. Dennoch hatte ich das seltsame Gefühl, ihr meine dunkelsten Geheimnisse anvertrauen zu können.

»Annika Ritter, und das ist mein bester Freund Sebastian Suarek«, erwiderte ich und trat zurück. »Bitte, kommen Sie herein. Ihre Kollegen sind schon …« Ich machte eine unbestimmte Geste die Treppe hinauf. »Vor Ort.«

Weinsheim und Reuss wechselten einen Blick. Dabei schienen sie sich stumm zu unterhalten, denn Reuss nickte kurz darauf und trat ins Haus.

»Darf ich?«, fragte sie und sah zu meiner Treppe, wo ein Mann der Spurensicherung Fingerabdrücke vom Geländer nahm.

»Natürlich.«

»Könnten wir uns irgendwo in Ruhe unterhalten?« Weinsheim schloss die Tür hinter sich, als seine Kollegin die Stufen hinaufstieg.

»Im Büro meines verstorbenen Mannes«, antwortete ich, obwohl ich ihm eigentlich sagen wollte, dass ich alles, was ich wusste, bereits seinen Kollegen erzählt hatte. Dass es Zeitverschwendung wäre, das noch einmal durchzukauen. Weil meine Tochter von Reden allein nicht zurückkommen würde. Doch ein närrischer Teil von mir – vielleicht der letzte Rest meines kindlichen Ichs – hoffte darauf, Weinsheims Fingerschnipsen hätte die gleiche Wirkung wie die eines Hypnotiseurs. Nur dass es mich nicht aus einer Trance, sondern aus einem Albtraum holen sollte.

»Wenn Sie erlauben, würde ich mir gern zuerst das Kinderzimmer ansehen«, sagte er höflich, jedoch in einem Ton, der mich an meinen Vater erinnerte. An seinen erhobenen Zeigefinger und seinen strengen Blick, wenn ich mit schlammbespritzten Gummistiefeln und meiner bunten Kleinmädchenregenjacke durch die Küche gerannt war.

Ein Ziehen durchlief meinen Magen. Wann war ich das letzte Mal am Grab meiner Eltern gewesen? Die Geranien hatten bereits in voller Blüte gestanden. Oder waren das die vor Stefans Marmorstele?

»Ich bin gleich wieder bei Ihnen«, sagte Weinsheim und ging zur Treppe.

»Sicher«, entgegnete ich und sah in meine Küche. Irrsinnigerweise kam es mir gerade jetzt in den Sinn, Kaffee zu kochen. Nur um mich nicht zu fühlen, als säße ich in einem überfüllten Wartezimmer und wüsste, dass noch zwanzig andere Patienten vor mir an der Reihe waren.

Man blieb sitzen, weil man auf Hilfe des Arztes hoffte. Genauso ging es mir in Bezug auf die Polizei. Dennoch ließen Zweifel Schmerzen in meinen Schläfen pochen. Hier konnte ich nichts tun. Beweise zu sichern war Aufgabe der Beamten. Aber was blieb für mich?

Als Weinsheim oben um die Ecke bog, schob ich Bastian in den Hauswirtschaftsraum.

»Was …?«

»Hast du dein Handy dabei?«, fragte ich und zog aus meiner Hosentasche einen zusammengefalteten Zettel.

»Ja, warum?«

»Meins liegt in der Küche.«

»Weshalb holst du es dann nicht?«

»Weil Weinsheim gleich zurückkommen wird. Ich will aber …« Ich schloss die freie Hand zu einer Faust und fragte mich kurz, ob er mich verstehen würde, wo nicht einmal ich das Chaos in meinem Inneren begriff. Warum konnte ich nicht abwarten, was die Polizei herausfinden würde? »Ich muss etwas tun, bevor ich wahnsinnig werde«, fasste ich meine wirren Gedanken zusammen.

Bastian nahm meine Hand und löste die Faust. »Ganz egal was du vorhast, ich helfe dir.«

So simpel seine Worte auch waren, sie hatten die gleiche Wirkung auf mich wie eine kuschelige Decke an einem nasskalten Novemberabend.

»Danke«, flüsterte ich und zeigte ihm den Brief.

Er kniff die Augen zusammen und betrachtete das Blatt Papier. »Was hast du da?«

»Als du vorhin im Bad warst, hab ich den Brief des Entführers kopiert.«

Sein Gesicht nahm einen seltsamen Ausdruck an. Einen, der zwischen Bewunderung, Erleichterung und Schrecken genauso schnell hin und her switchte wie das Bild meines Fernsehers, wenn ich auf der Suche nach einem Thriller oder einer Arztserie durch die Programme zappte.

»Keine Sorge, ich sehe auch ab und zu mal Krimis«, warf ich ein, bevor Bastian etwas sagen konnte. »Ich hab Einmalhandschuhe getragen. Die hab ich mir für die Erste-Hilfe-Kurse gekauft, an denen ich alle zwei Jahre teilnehme. Teilnehmen muss, wegen meines Jobs«, fügte ich aufgrund Bastians verwirrtem Gesichtsausdruck hinzu. Den ich allerdings missverstand, wie ich an seiner nächsten Frage erkannte.

»Aber warum hast du kein …?«

»Foto mit dem Handy gemacht?«, vervollständigte ich seinen Satz. »Hab ich als Erstes. Aber der Brief ist dann so klein, dass er unleserlich ist. Sicher, er kann vergrößert werden, aber ich dachte, dass dann vielleicht das eine oder andere Detail unscharf wird. Oder wir etwas durch das ständige Hin-und-her-Schieben des Fotos übersehen. Etwas Wichtiges.« Ich atmete tief durch. »Ich weiß auch nicht. Ich wollte eine Kopie vom Original. In dem Moment erschien mir das richtig. Das war wohl blöd, was?«

»Nein!« Bastian schüttelte den Kopf. »Du hast recht. Das war genial.«

Ich biss mir fest auf die Zunge. »Und was, wenn ich doch Beweise zerstört habe? Unwiderruflich?«

Er strich mir eine Haarsträhne aus der Stirn. »Du hast Handschuhe getragen. Da kann nichts passieren.«

Vor Erleichterung, dass mich mein Verstand noch nicht völlig im Stich gelassen hatte, rutschte mir ein ganzes Gebirge vom Herzen, das noch bis in die Zehen ein Kribbeln verursachte. Offensichtlich war ich wieder teilweise in der Lage, klar zu denken, was mir nach dem Aufwachen vorhin komplett abhandengekommen war.

Wir beugten uns über den Brief, den ich mir nach dem Kopieren noch nicht genauer hatte ansehen können. Seither wimmelte es von Polizei in meinem Haus, die mich mit Fragen bombardiert hatten.

Neben einem blassen Bild, das sich über das gesamte Papier

erstreckte, hatte der Entführer noch genaue Instruktionen hinterlassen:

Nun ist's geschehen,
die Deadline steht.
In 24 Stunden,
wenn du versagst,
fällt die Träne hinab
auf das Grab.

Es sei denn,
du findest des Rätsels Lösung.
Ein Kekskrumen,
mehr ist es nicht,
doch deine Chance zu retten,
was dir aus dem Herzen spricht.

Hier ist das erste meiner Rätsel, die dich zu ihr führen werden:

Immer enger, leise, leise,
Ziehen sich die Lebenskreise,
Schwindet hin, was …

Eine Kältewelle floss durch mich hindurch. Rauschend wie eine Wasserspülung, nur dass mein Entsetzen nicht wie simples Toilettenpapier in die Kanalisation transportiert wurde.

Obwohl ich mich danach sehnte.

Dröhnend wiederholte mein Kopf die Worte, die vor mir zu verschwimmen begannen.

Lebenskreise schwinden, echote es in mir.

Sterben …

Tod …

Furcht verengte meinen Brustkorb.

»Bastian, wir müssen …«, brachte ich kaum hörbar heraus, während ein Blitz die Nacht erhellte, dem ein Donnergrollen folgte.

»Sein erstes Ultimatum endet bei Sonnenaufgang«, sagte er, als hätte er mein Flüstern nicht gehört, und tippte auf ein paar Zahlen, die unter dem Gedicht standen.

Atemlos starrte ich auf die Uhrzeit: 05.41 Uhr.

Uns blieben vier Stunden.

Vier verdammt kurze Stunden, um einen simplen Hinweis – vermutlich wieder ein Brief – in einer Stadt wie Berlin zu finden.

6. Kapitel

Annika Ritter
11. August, 1:40 Uhr

Panik drohte mich zu überwältigen, und ich hatte das Gefühl, sofort in Rekordgeschwindigkeit losrennen zu müssen, um pünktlich zu sein.

Beruhig dich, befahl ich mir stumm. *In vier Stunden kann viel passieren.* Trotzdem begann in mir der Sekundenzeiger einer Uhr rückwärtszuzählen.

Tick … tack.

Tick … tack.

Tick … tack.

Mein verschwommener Blick fokussierte sich auf den Brief, auf dem ich einen irrwitzigen Augenblick lang den passenden Schlüssel für diese perfide Aufgabe zu finden hoffte. Doch außer dem verblassten Bild, das sich über das gesamte Papier erstreckte, entdeckte ich nichts, was mich aus diesem Albtraum retten konnte.

»Ist das ein Wasserzeichen?«, fragte ich und folgte mit dem Zeigefinger den seltsamen Linien und Bögen auf dem Blatt.

»Wenn, dann ergibt es keinen Sinn«, murmelte Bastian und tippte auf das Papier. »Das hier sieht aus wie ein gebündelter Zeitungsstapel, oder?«

Das Detail, von dem er sprach, befand sich unterhalb der Gedichtzeile und erinnerte mit viel Fantasie an zwei Bündel Zeitungen. Denn auf der obersten waren eine Überschrift, ein paar unleserliche Textzeilen und ein verwaschenes Bild zu erkennen.

»Ich denke schon«, flüsterte ich und bewegte den Finger über die dunkle, fast gerade Linie im Vordergrund. »Könnte das ein Ast oder Stock sein?«

»Mh?« Zweifelnd neigte Bastian den Kopf nach links. »Hier oben ist eine kleine Querstrebe, wie für …«

»Für eine Hand«, beendete ich seinen Satz. »Das ist ein alter, einfacher Gehstock.«

Etwas, das mich an Hoffnung erinnerte, blitzte in seinen Augen auf. Nur genügte mein Blick zur Uhr, um seinen jäh aufkeimenden Optimismus nicht zu teilen.

»Und das hier«, er deutete auf einen überdimensionalen Flaschenöffner, »ist ein Stiefelknecht.«

»Sind die heute noch üblich?«

»Soweit ich weiß, gibt es sie noch zu kaufen. Ich glaube, dass dieses Wasserzeichen, oder was immer das auch ist, ein Bild aus früherer Zeit darstellt.«

»Wie kommst du darauf?«

»Das ist ein alter Kachelofen«, erklärte er und wies zu einem Viereck mit einem dunklen Loch, in dem anscheinend eine Zeitung steckte. »Dazu der alte Gehstock, der Stiefelknecht und die Tongefäße hier und hier.« Er deutete auf eine Schüssel, die auf dem Kamin stand, und auf einen Krug hinter dem Stock. »19. Jahrhundert schätze ich.«

»Steht es mit dem Gedicht in Zusammenhang?«

»Ich weiß es nicht, da ich es nicht kenne. Gedichte waren nie mein Steckenpferd. Kennst du …?«

Schritte hallten durch den Flur. Hastig faltete ich den Brief zusammen und schob ihn zurück in meine Hosentasche.

»Frau Ritter?«

»Hier«, antwortete ich Weinsheim und griff mir beim Hinausgehen aus dem Kasten neben der Tür eine Wasserflasche. Warum ich das tat, wusste ich nicht. Aber die Flasche bot mir eine Ausrede. »Kann ich Ihnen etwas zu trinken anbieten?« Die Frage fühlte sich falsch an. Ich war keine Gastgeberin, die nett sein wollte. Und Weinsheim war nicht mein Partygast, sondern hier, um meine Tochter zu finden. Nur wann wollte er endlich damit beginnen, sie zu suchen?

Überrascht sah er mich mit seinem prüfenden Blick an, und ich kam mir vor, als hätte er mich beim Lügen ertappt. »Ich kann nicht einfach auf einem Stuhl sitzen und abwarten«, sagte ich ehrlich und stellte die Wasserflasche auf den Schuhschrank. »Ich muss etwas tun.« Nur eben nicht Polizisten bewirten. Die sicherlich ihre Arbeit machten. Aber meiner Ungeduld kam ihre Korrektheit absurd vor. Was dumm war. Ein winziger Teil von mir wusste das. Doch bei dem Gedanken daran, was dieser Teufel meiner Kleinen in der Zwischenzeit antun könnte, war es schwer, vernünftig zu bleiben.

»Das verstehe ich«, erwiderte Weinsheim, während ich glaubte, in seinen Augen Mitleid zu erkennen. Was ich nicht wollte. Bedauern war für Janina genauso hilfreich wie eine normale Bedienungsanleitung für einen Blinden. »Ich verspreche Ihnen, dass wir alles Erdenkliche tun werden, um Ihre Tochter zu finden.«

Ich nickte, obwohl meine Halsmuskeln beinahe den Dienst verweigerten. Denn etwas hatte in Weinsheims Satz gefehlt: Lebend!

Mühsam schluckte ich meine aufsteigenden Tränen hinunter.

Tick … tack.

Tick … tack.

Tick … tack, hallte es in mir nach. Zweihundertdreizehn Minuten reichten locker, um nach Mallorca, Italien oder in die Türkei zu fliegen. Doch genügten sie auch, um ein simples Blatt Papier in einer Metropole mit über drei Millionen Einwohnern zu finden?

»Bitte«, sagte ich und ging zu Stefans Büro. Weinsheim und Bastian folgten mir. In den vergangenen Monaten hatte ich diesen Raum nur betreten, um ihn zu putzen oder zu lüften. Dies war Stefans Reich gewesen. Hier hatte er oft bis in die Nacht gearbeitet. Manchmal war er dabei eingeschlafen, und ich fand ihn am Morgen mit dem Kopf auf dem Schreibtisch.

Dunkle schwere Möbel dominierten das Büro, in dem ich alles gelassen hatte, wie es war. Nur stand jetzt neben der kleinen Sitzgruppe aus Leder ein Laufgitter, in dem meine Tochter spielte, wenn ich sauber machte.

Ich wies zu einem Sessel und setzte mich Weinsheim gegenüber auf die Couch. »Wie wollen Sie Janina finden?«

»Die Fahndung nach ihr läuft bereits auf Hochtouren. Kollegen befragen Nachbarn und suchen nach Spuren. Dann haben wir auch noch den Hinweis des Entführers«, erwiderte er, während sich Bastian neben mich auf das Sofa setzte und meine Hand nahm. Er drückte meine eisigen Finger und ich ließ die Geborgenheit kurz auf mich wirken, die diese einfache Geste in mir auslöste.

»Er hat den Brief nicht umsonst zurückgelassen, Frau Ritter. Er wird uns zum Täter führen. Wir haben noch etwas mehr als zweiundzwanzig Stunden, um Janina und ihn zu finden. Vorher wird er ihr nichts tun.«

Seine Worte sollten mich beruhigen, wofür ich ihm dankbar war. Aber ich kannte die Bedingungen des Täters. »Warum dann die Rätsel und die Fristen, in denen ich sie lösen muss? Und weswegen entführt er überhaupt meine Tochter? Ich habe keine Millionen auf dem Konto oder Brillantschmuck im Safe.«

Weinsheim wollte den Kopf schütteln, unterließ es jedoch. »Den meisten Entführern geht es um Geld. Um was es ihm geht, werden wir wissen, sobald er sich noch einmal meldet. Deshalb werden wir eine Fangschaltung installieren, sofern Sie einverstanden sind.«

Ich stimmte zu, obwohl ich in Weinsheims Augen sah, dass er ebenso wenig wie ich an die Möglichkeit glaubte, der Täter könnte sich per Telefon melden. Dann hätte er den Brief mit den Anweisungen nicht zurückgelassen.

»Und wenn nicht? Was will er dann?«

Weinsheim zögerte mit seiner Antwort, was die Uhr in meinem Inneren schneller ticken ließ. Begriff ich doch durch dieses kurze Schweigen, dass ich mir simples Geld als Tatmotiv wünschte. Dann könnte ich das Lösegeld übergeben und meine Tochter wieder in die Arme schließen. Ein einfacher Deal, sah man von den tausend Dingen ab, die dabei schiefgehen konnten. Doch dem Entführer lag es so fern, mir diesen Albtraum zu erleichtern, wie einer Katze die Möglichkeit, eine einmal gefangene Maus wieder laufen zu lassen.

»Ich weiß, dass das alles schwer für Sie ist, trotzdem muss ich Ihnen ein paar Fragen stellen.« Erst als ich nickte, fuhr er fort. »Sie haben meinen Kollegen bereits ein Foto von Janina und eine Liste Ihrer Verwandten, Bekannten und Freunde gegeben?«

Als ich erneut nickte, richtete er seinen Blick fest auf meine Augen. »Können Sie mir sagen, wer von ihnen einen engeren Umgang mit Janina hat?«

»Keiner von ihnen ist zu so einer Tat fähig«, begehrte ich auf, als ich seine Frage begriff.

»Bitte, Frau Ritter.« Weinsheim richtete sich im Sessel auf und unterstrich durch diese Geste meine Annahme, dass er den Täter in meinem engeren Freundeskreis vermutete. Was leider oft zutraf, wenn ich an die vielen Krimis und Thriller dachte, die ich gesehen hatte.

Ich schluckte trocken. »Bis auf die Eltern meines verstorbenen Mannes habe ich keine Familie mehr. Sebastian und meine Freundin, Nadine Kirschner, sind meine Familie, und im weiteren Sinn gehören dazu auch viele meiner Nachbarn. Frank Thiele und seine Familie, Jonas Berger und natürlich Frau Leipold.« Jemand von ihnen zu verdächtigen kam mir völlig absurd vor. Ich kannte sie alle seit Jahren.

»Wer von ihnen besitzt einen Schlüssel zu Ihrem Haus?«

»Nur Bastian und Nadine.«

Weinsheim notierte etwas auf einem kleinen Block, riss den Zettel ab und besah sich danach das Büro, als würde er seine nächsten Worte überlegen. »Was haben Sie gestern Abend getan? War etwas anders als sonst?«

»Bis zu meinem Aufwachen nicht.« Ich schüttelte den Kopf. »Ich habe wie immer meine Kleine nach dem Abendessen gebadet und sie danach ins Bett gebracht. Anschließend habe ich aufgeräumt und zwei Folgen meiner Lieblings-Arzt-Serie angesehen. Nach dem Duschen habe ich noch Wäsche im Schlafzimmer zusammengelegt und bin dabei eingeschlafen. Janinas Weinen und ein Knall haben mich später aufgeweckt.«

»Lässt sich Janina gern von Fremden auf den Arm nehmen?«, fragte Weinsheim.

»Nein, dann schreit sie laut.«

Er nickte. »Was ist danach passiert?«

Ich schluckte hart und knetete meine Finger. »Und dann hab ich … diese Umrisslinie gefunden und …«, zittrig holte ich tief Luft, »und die blutigen Handabdrücke.«

»Danke«, sagte Weinsheim sanft und nickte mir zu. »Ist Ihnen in den vergangenen Tagen irgendetwas seltsam vorgekommen?«, stellte er die Frage, die Bastian vorhergesehen hatte. »Bitte, versuchen Sie, sich an alles zu erinnern. Jedes Detail kann wichtig sein.«

Ich verneinte, ebenso wie viele seiner anderen Fragen, die unter anderem das Wasserzeichen und das Gedicht betrafen. Ob ich beides kennen würde oder ob ich Streit mit einem meiner Bekannten hätte. Je öfter ich mit Nein antwortete, desto hilfloser wurde ich. Dabei hallte der Sekundenzeiger meiner inneren Uhr laut in mir wider. Ich krampfte meine Finger um die Sofalehne, entspannte meine Hand gleich darauf wieder und bemerkte bei meiner nächsten verneinenden Antwort, dass ich die Fingernägel in das Leder gebohrt hatte.

»Bitte, Herr Hauptkommissar, all diese Fragen haben mir bereits Ihre Kollegen gestellt«, entfuhr es mir, ohne nachzudenken. Ich wollte aufspringen, zwang mich jedoch, sitzen zu bleiben. Mit den Resten meiner Geduld, die eigentlich längst nicht mehr vorhanden waren. »Meine Tochter ist in den Händen eines Verrückten, der …« Ich presste die Lippen aufeinander, ehe ich ansatzweise aussprach, was mir meine verfluchte Fantasie vorgaukelte.

Mir wurde übel, und ich bereute meine Leidenschaft für Thriller und Arztserien. Ohne diese Passionen würde ich jetzt vermutlich weniger Blut vor mir sehen.

»Finden Sie meine Kleine, bitte!«, flehte ich und sprang auf. »Bevor er das tun wird, weswegen er sie entführt hat. Sie ist doch noch so klein.« Ich schluchzte erstickt und verbannte die Bilder aus meinem Kopf. Was mir leichter fiel, als gedacht. Aber nur, weil mich ein anderer Gedanke in einen dunklen Sog zog. Was, wenn er Janina verkaufen wollte? Manche Elternpaare waren sicher bereit, für die Erfüllung ihres Kinderwunsches Unsummen zu bezahlen.

Die Tür des Büros, die Bastian geschlossen hatte, ging auf, und Reuss betrat den Raum. Sie ging zu Weinsheim und sprach leise ein paar Augenblicke mit ihm, nachdem er ihr den Zettel mit seinen Notizen von vorhin gegeben hatte. Ich versuchte gar nicht erst zu lauschen, sondern gab meiner Ungeduld nach und lief im Zimmer auf und ab. Die Bewegung beruhigte mich ein wenig, gaukelte sie doch meinem Verstand vor, endlich etwas zu tun.

Bastian folgte mir, hielt mich auf und zog mich an sich. Die Wärme seiner Umarmung tat mir gut und klärte mein Gedankenchaos. Für diesen einen Moment, der genügte, um eine längst fällige Entscheidung zu treffen.

»Frau Ritter, könnte ich einen Augenblick mit Herrn Suarek allein sprechen?«, fragte Weinsheim.

Überraschung glitt über Bastians Gesicht. Stumm sahen wir uns an, und ich glaubte in seinen Augen die gleiche Eile zu erkennen, die mich erfasste. Dennoch nickte er, und ich löste mich von ihm. »Natürlich«, erwiderte ich und ging zu Weinsheim. Ich wollte noch etwas sagen, vergaß jedoch meine Worte, als er aufstand und meine Hand ergriff. Worüber er seltsamerweise genauso überrascht war wie ich.

»Wir finden Ihre Tochter und denjenigen, der sie entführt hat. Das verspreche ich Ihnen.«

Seine Worte und der Klang seiner Stimme gaben mir das Gefühl, in einem Gerichtssaal zu stehen und Zeugin seines Eides zu sein. Ich ahnte, dass Weinsheim nie leichtfertig Versprechen gab, trotzdem blieb ich bei meinem Entschluss.

»Danke, Herr Hauptkommissar«, sagte ich und folgte Reuss aus dem Büro. Im Haus herrschte noch die gleiche Betriebsamkeit wie zuvor. Was vielleicht der Grund dafür war, dass mich Reuss bat, mit ihr in die Küche zu gehen.

»Hauptkommissar Weinsheim ist einer der besten Ermittler, die wir haben. Sie können ihm vertrauen«, sagte sie und legte mir mit einer beruhigenden Geste die Hand auf den Unterarm.

Ich zwang mich zu einem Nicken und zu den nächsten Worten, weil sie eine Lüge waren. »Ich bin im Wohnzimmer, wenn Sie mich brauchen.« Ich rang mir ein mattes Lächeln ab und ging steif aus der Küche. Das grelle Licht im Haus stach mir unangenehm in die Augen, während ich die Treppe hinaufstieg.

Die Ausrede, im Wohnzimmer zu warten, war mir beinah genauso glatt über die Lippen gekommen wie eine simple Pizzabestellung am Telefon. Ich hatte keinen Plan, nur die Gewissheit, dass ich in meinem eigenen Haus zur Untätigkeit gezwungen wurde.

Vor mir befanden sich noch drei Stufen, als auf dem Absatz oben ein Fotograf auftauchte, der mich von Größe und Statur an ein Fass erinnerte. Sein hellblaues Oberhemd wies neben der Speisekarte des Abends noch unzählige Kaffeeflecken auf, die sich mit himbeerroten Tupfen abwechselten. Genervt rollte er mit den Augen, als sein Handy zu klingeln begann. Er blieb mitten auf dem Treppenabsatz stehen, schnaufte laut und tupfte sich mit einem karierten Sechzigerjahre-Stofftaschentuch die Stirn trocken. Halbherzig schob er das Tuch zurück in die Tasche seiner Hose und zog aus der gleichen sein iPhone. Dabei segelte das Taschentuch zusammen mit einem abgegriffenen Schlüsseletui zu Boden. Es schlug mit einem leisen dumpfen Geräusch auf dem Teppich auf, wovon der Mann nichts mitbekam, denn er schnappte mit hochrotem Gesicht pfeifend nach Luft.

»Verfluchte Scheiße«, brüllte er in den Hörer, lief los und quetschte seine mindestens hundertzwanzig Kilo an mir vorbei. Der Geruch von Kaffee, Pommes und Bratensaft vermischt mit Schweiß stieg mir in die Nase und ließ mich kurz würgen, bevor es mir gelang, flach durch den Mund zu atmen.

»Nein, verdammt. Ich hab dir doch gesagt, dass du die Datei noch nicht an die Mail anhängen sollst. Muss man dir denn alles aufschreiben? Bist du zu blöd, um eine einfache Anweisung …«

Ich zwang meine Ohren an dieser Stelle, sich aus der Unterhaltung auszuklinken, stieg die restlichen Stufen hoch und senkte den Blick auf den Teppich. Das abgegriffene braune Lederetui lag dort neben dem fleckigen Stofftaschentuch und beinhaltete vermutlich den Autoschlüssel des Fotografen.

Ich kniff die Augen zusammen und sah über die Schulter zu Stefans Büro hinunter, dessen Tür noch immer geschlossen war. Ohne Bastian wollte ich das Haus nicht verlassen, allerdings hatte ich nicht vor, noch länger zu warten. Mir schien bereits jetzt eine Ewigkeit vergangen zu sein, seitdem ich aufgewacht war.

Ein Blick zurück in den Flur verriet mir, dass die Männer und Frauen der Spurensicherung offenbar an das Verhalten des Fotografen gewöhnt waren, denn keiner hielt in seiner Arbeit inne.

Ohne nachzudenken, schob ich mit dem Fuß das Etui zusammen mit dem Taschentuch eine Stufe hinab und beförderte beides von dort durch den Zwischenraum hinunter ins Erdgeschoss. Die Schlüsseltasche landete zwischen meinen Blumensäulen auf dem

Boden. Das Stofftuch schwebte nach unten, senkte sich auf den Kopf einer kniehohen Bronzeskulptur, die uns Frank und seine Frau zur Hochzeit geschenkt hatten, und rutschte letztlich von dort auf die Fliesen.

Auf meiner Unterlippe kauend, fragte ich mich nach dem Grund für diese Aktion, als ich in mein Schlafzimmer eilte. Weinsheims Befragung konnte nicht mehr ewig dauern, schließlich war Bastian nicht hier gewesen, als Janina entführt worden war.

Eben! Warum also befragt er Basti so lange? Das ist doch seltsam, oder nicht?

Ich lief zu meinem Kleiderschrank und ignorierte dabei die Tatsache, dass die Kriminaltechnik Stefans Hemden, meine Tagesdecke und diverse andere Dinge in Tüten verpackt hatte. Ich wusste, dass es ihre Aufgabe war, Spuren zu sichern und diese zu analysieren. Was jedoch Tage dauern konnte.

Tage, die Janina nicht mehr hatte.

Energisch schluckte ich meine aufsteigenden Tränen hinunter, griff wahllos in meinen Schrank, warf ein paar Sachen in einen Rucksack und zog ein dünnes Sweatshirt über mein Top.

»Leute, raus damit, wer hat meinen Autoschlüssel? Das ist nicht witzig, echt jetzt!« Die dröhnende Stimme des Fotografen hallte die Treppe herauf. Früher, als ich gedacht hatte.

»Wieso verdächtigst du immer uns, René?«, fragte eine Frau. »Du verlegst doch alles, was dir in die Hände fällt.«

Ich nahm mein Handyladekabel und meine Allergienotfallmedikamente aus einer Schublade, verstaute beides, schulterte den Rucksack und ging in den Flur.

»Ich muss weg, verdammt! Macht nicht so einen Scheiß.«

Unten wurden Stimmen laut. Proteste, weil der Fotograf die Leute der Spurensicherung weiter geräuschvoll beschuldigte, ihm den Schlüssel entwendet zu haben.

Ich erreichte die Treppe in dem Moment, als die Bürotür geöffnet wurde. Weinsheim erschien im Türrahmen und schüttelte den Kopf, als die Lautstärke im Haus zunahm.

Sein »Beruhigt euch«, ging in einer weiteren Vorhaltung von René unter. Missmutig zog Weinsheim die Brauen zusammen. Ein paar Sekunden verharrte er so, dann schien sich seine Geduld zu erschöpfen. Er lief zu dem Fotografen und schob diesen in die Küche. »Wann hatten Sie Ihren Schlüssel das letzte Mal in den Händen?«

»Als ich hier angekommen bin«, antwortete René, während ich die Stufen hinabeilte.

»Dann muss er im Vorgarten oder im Haus sein«, schlussfolgerte Weinsheim trocken.

»Genau! Und das bedeutet, dass …«

»Was ist denn los?«, fragte Bastian, der seltsamerweise ziemlich blass um die Nase aussah.

»Erklär ich dir später.« Ich ergriff seine Hand und zog ihn hinter mir her zur Eingangstür. Niemand beachtete uns, alle Augenpaare waren auf den Fotografen gerichtet, dessen Gesicht vor Wut hochrot leuchtete.

Ich nahm meinen Hausschlüssel vom Haken und öffnete die Tür.

»Was wird das?«, fragte Bastian merkwürdig misstrauisch.

»Wir verschwinden.«

»Das geht nicht«, widersprach er und ließ mich damit erstarren.

»Wieso nicht?« Er hatte mir doch vorhin versprochen zu helfen, oder hatte ich mich da verhört?

Bastian kratzte sich an der Schläfe, sein Blick erfasste kurz mein Gesicht, bevor er sich auf einen Punkt hinter mir richtete. »Weinsheim hat noch ein paar Fragen an mich.«

Der Ernst in seiner Stimme verpuffte wirkungslos an meiner Ruhelosigkeit, als hätte sich diese wie ein Schild vor mir aufgebaut. »Ich kann nicht mehr warten.« Ich hatte schon jetzt das Gefühl, dass die Zeit wie feiner Sand durch meine Finger rieselte. Schneller und schneller. »Das erste Ultimatum des Entführers endet bei Sonnenaufgang. Ich muss Janina finden.« Ich holte tief Luft und drückte seine Hand. »Wenn ich muss, gehe ich ohne dich, aber ich hätte dich lieber bei mir.«

Ein paar unendlich lang erscheinende Sekunden verstrichen, bevor er langsam nickte. »Ich helfe dir. Immer, das weißt du doch.«

Erleichtert zog ich ihn die Eingangstreppe hinab zu seinem Wagen, der am Straßenrand parkte. Ein paar letzte Regentropfen zerplatzten auf meiner Nase, kühler Wind ließ mich frösteln. Die Diskussion im Haus begleitete uns durch den Vorgarten. Kaum saß ich im Mercedes und hatte den Rucksack im Fußraum verstaut, ließ Bastian auch schon den Motor an. Er lenkte das Auto an den Polizeiwagen, nächtlichen Gaffern und zwei Männern der Spurensicherung vorbei, die den Asphalt nach Reifenspuren untersuchten.

Gleichzeitig mit dem Zettel fischte ich mein Handy aus der Hosentasche und aktivierte es. Bastian erreichte das Ende der Straße und bog nach links ab, ohne dass uns jemand aufhielt.

Ich sank tiefer in den Sitz, faltete das Blatt auseinander und zwang mich, nicht auf die Uhr zu sehen. Die Sekunden verstrichen, auch ohne dass ich dabei zusah.

Im Schein meines iPhones begann ich zu lesen:

Immer enger, leise, leise,
Ziehen sich die Lebenskreise,
Schwindet hin, was prahlt und prunkt,
Schwindet hoffen, hassen, lieben,
Und ist nichts in Sicht geblieben,
Als der letzte dunkle Punkt.

»Was bedeutet das?«, fragte Bastian in einem Tonfall, in dem sich Wut und Bestürzung vermischten.

»Tod«, flüsterte ich erstickt. Der Täter zählte bereits Janinas verbleibende Stunden. Zählte ihre sich enger ziehenden Lebenskreise und verhöhnte mich.

Für meine Hoffnung, sie retten zu können.

Indem er mir vor Augen hielt, dass ich nichts tun konnte.

Schwindet hoffen, hassen, lieben,
Und ist nichts in Sicht geblieben,
Als der letzte dunkle Punkt.

Der Schock erfasste mich innerhalb von Sekunden.

Dann kam die Angst.

7. Kapitel

Oft, wenn ich am Fenster lehnend auf die Nachtlichter Berlins blickte, konnte ich das Gefühl nicht abstreifen, dass mein Leben nicht mir gehörte. Dass es sich hierbei verhielt wie mit der Reisetasche, die man in Eile vom Förderband im Flughafen nahm, um im Hotel festzustellen, dass auf dem Adressanhänger nicht der eigene Name stand. Eine simple Verwechslung zweier identischer Gepäckstücke. Aber für wen – wenn nicht für mich – war dann mein Leben vorherbestimmt gewesen?

Meine Mutter hatte davon gesprochen, dass ich ganz sicher einmal ein Fußballstar werden würde oder ein begnadeter Herzchirurg, der Leben rettete. Für sie wollte ich mir vorstellen, dass ich in einen OP-Kittel gekleidet durch die Flure eines Krankenhauses ging. Weil ich wusste, dass sie dann glücklich wäre. Aber ich konnte dieses Bild nicht in mir heraufbeschwören. Nicht einmal eine verschwommene Ahnung dessen, was sie sich gewünscht hatte. Denn all diese Träume hatte mir mein Vater vor beinah zwanzig Jahren aus dem Leib geprügelt.

»Zieh die Hose runter«, sagte er oft und zog seinen Gürtel aus den Schlaufen. Danach nahm er ihn doppelt, holte aus, so weit er konnte, und ließ das Leder auf meine Haut klatschen. »Wiederhole, was ich sage«, wies er mich dabei an. »Ich bin ein elendes Stück Scheiße.«

»Ich bin ein elendes Stück Scheiße.«

»Lauter!«, befahl er, nachdem der Riemen erneut auf meinen Hintern geklatscht war. »Ich höre gar nichts.«

Ich schrie die Worte in der Hoffnung, er würde aufhören. Würde mich endlich in Ruhe lassen und mich wie meine Mutter in die Arme nehmen. Doch das Klatschen verstummte nicht. Er holte wieder und wieder aus und verhöhnte mich wegen meiner Tränen, die wie kleine Bäche meine Wangen hinabrannen.

Ich wiederholte die Worte noch, als er mich längst auf den Dachboden gesperrt hatte. Unfähig, die Hose über meinen wie Feuer brennenden Hintern zu ziehen, zog ich sie aus und kniete mich auf sie. »Ich bin ein elendes Stück Scheiße«, murmelte ich und durchwühlte die Kisten meiner Mutter. Vielleicht fand ich ein Bild von ihr in einem der Bücher. Oder einen als Lesezeichen benutzten alten Einkaufszettel. Der Gedanke trocknete meine Tränen. Ich sehnte mich nach etwas von ihr. Etwas, was ich berühren, anfassen konnte. Und wenn es nur ein Zettel war, auf dem sie Brot, Butter, Milch und Eier notiert hatte.

Buch um Buch stapelte sich neben mir, als ich endlich fündig wurde. Ein zusammengefalteter Brief, den jedoch meine Mutter nicht geschrieben hatte, wie ich an der Handschrift erkannte. Ich wollte ihn zurücklegen, als mir ein Satz ins Auge stach:

»Es steht dir natürlich frei, einen Vaterschaftstest machen zu lassen.«

Der Brief war an meine Mutter gerichtet, denn ihr Name und unsere alte Adresse standen links oben. Der Absender war jedoch nicht mein Vater, sondern ein mir unbekannter Mann.

Der Brief fiel mir aus der Hand, denn mein Herz klopfte vor Aufregung wie wild. Ich wusste nicht genau, was ein Vaterschaftstest war, hatte aber eine Ahnung.

Ich vergaß meine Schmerzen und durchsuchte die Kisten meiner Mutter nach einem Lexikon. Als ich eins entdeckte, zitterten meine Finger vor Nervosität.

Vaterschaftstest: genetischer Test, der dazu dient, festzustellen, ob eine bestimmte männliche Person der Vater eines bestimmten Kindes ist.

Bedeutete das, dass dieser Mann, der unten im Wohnzimmer saß und Bier trank, gar nicht mein Vater war? Aber er war der Mann meiner Mutter, wie konnte das denn sein?

»Und zum Dank dafür, dass ich sie geheiratet habe, hat sie mir dieses beschissene Kuckuckskind untergejubelt«, hörte ich ihn in meiner Erinnerung brüllen.

Saß ich einem Irrtum auf, als ich annahm, dass mich dieser Mann wie ein Vater lieben müsste? Hatte ich unrecht mit dem Gedanken, dass er durch seine Prügel die Trauer um meine Mutter verarbeitete und alles eines Tages besser für mich werden würde?

Ich faltete den Brief auseinander und las weiter.

»Allerdings werde ich ohne gerichtlichen Beschluss mein Blut für diesen Test nicht zur Verfügung stellen.«

Ich ließ das Blatt sinken und dachte an meine Mutter. Dabei spürte ich ihre Arme um mich und hörte sie in meiner Erinnerung sagen: »Ich bin so stolz auf dich, mein Großer. Eines Tages, das weiß ich, wirst du ein berühmter Professor oder Arzt sein.«

»Mama, ich repariere doch so gern kaputte Sachen.«

»Ja, das kannst du gut. Aber irgendwann, wenn du längst aus dieser Jeans herausgewachsen bist, wirst du Menschen heilen«, erwiderte sie und strich mir übers Haar. »Du bist klug und hast geschickte, ruhige Hände. Das ist wichtig für einen Arzt.«

Ordentlich faltete ich den Brief und verstaute ihn in der Kiste. Am nächsten Tag schmuggelte ich ein Blatt Papier und einen Briefumschlag in die Dachkammer. Zwei Stunden dachte ich über die Worte nach, die ich schreiben wollte. Dieser mir fremde Mann war offensichtlich mein richtiger Vater. Er musste mich nur erst einmal kennenlernen, und dann konnten wir zusammen Fußball spielen oder Fahrrad fahren. Das hatte ich schon so lange nicht mehr getan.

Ein halbes Jahr wartete ich auf eine Antwort von ihm, bevor ich begriff, dass etwas schiefgelaufen war. Tagelang grübelte ich über den Grund nach, bevor mich der Gedanke, dass er vielleicht umgezogen war, nicht mehr losließ. Schließlich nahm ich all meinen Mut zusammen und benutzte entgegen dem Verbot meines Vaters das Telefon. Ich musste die Auskunft anrufen und mich vergewissern. Die nette Frau am anderen Ende bestätigte mir die Adresse des Mannes. Er war also nicht umgezogen, wohnte noch immer dort, wo ich meinen Brief hingeschickt hatte. Aber warum antwortete er dann nicht? Wollte er seinen Sohn nicht kennenlernen?

Natürlich blieb mein eigenmächtiges Handeln nicht unentdeckt. Während ich für diesen einen Anruf zehn Schläge mit dem schweren braunen Ledergürtel kassierte, begriff ich, dass mein Vater mich nicht kennenlernen wollte. Er wollte mich nicht. Ich war ihm keinen kurzen Brief, geschweige denn eine Geburtstagskarte wert.

Nachdem mich mein Nicht-Erzeuger auf den Dachboden gesperrt hatte, fand ich in einer der Kisten ein Buch, das mich vom ersten Moment an fesselte. Vielleicht lachte das Schicksal, als es mir »Das Parfüm« in die Hände legte. Heute glaube ich jedoch, dass es diesen Wink mit dem Zaunpfahl längst bereut hat.

Im Gegensatz zu mir.

Dieses Buch erweckte meine Fantasie, die mich wärmte wie eine knisternde Flamme.

8. Kapitel

Eric Weinsheim
11. August, 2:57 Uhr

»Was haben Sie für mich?«, fragte ich Schäfter. Er war der Teamleiter der Spurensicherung und ein sportlicher Typ »made in Italy«, obwohl er in Berlin geboren worden war. Seinen Nerd-Charakter verbarg er hinter einem einnehmenden Lächeln und strahlend dunklen, beinah schwarzen Augen, von denen sich Reuss bislang bei jedem Treffen hatte einfangen lassen.

»Wir haben Haare an der Zudecke des Mädchens sichergestellt.« Schäfter zeigte mir ein kleines Röhrchen. »Sie sind hell, fast weiß und kurz.«

»Von Janina?« Ich betrachtete das kaum erkennbare Büschel.

Schäfter wies zu einem gerahmten Bild, das über dem Wickeltisch der Kleinen hing. »Sie ist dunkelhaarig. Ich denke, die Haare sind nicht menschlichen Ursprungs.«

»Tierfell?«

Er nickte. »Aller Wahrscheinlichkeit nach. Frau Ritter besitzt allerdings kein Haustier.« Er drehte sich um und sah zu den blutigen Handabdrücken auf der Tapete. »Das ist Rinderblut, vermute ich. Genaueres dazu und zum Fell kann ich in ein paar Stunden sagen.«

»In ein paar Minuten wäre mir lieber«, entgegnete ich trocken.

Schäfters trauriger Blick streifte meinen. »Mein Sohn ist elf Monate alt. Ich möchte mir nicht ausmalen, was Frau Ritter gerade durchmacht.«

Überrascht davon, dass er ein Kind hatte, antwortete ich ehrlich: »Sie geht durch die Hölle.« Bislang hatten wir immer angenommen, dass Schäfter Frauen schneller wechselte als Models ihre Garderobe an einem Abend. »Liefern Sie mir Ergebnisse«, fügte ich hinzu und deutete auf den eingetüteten Brief des Entführers, den Schäfter gerade verpackte. »Einen Fingerabdruck, DNA, von mir aus auch die Papiersorte oder den Drucker, den der Kidnapper benutzt hat. Ich brauche etwas, um die Kleine zu finden.«

»Ich melde mich, sobald wir etwas haben.« Er klappte seinen Metallkoffer zu, grüßte Reuss, die soeben das Zimmer betrat, und ging in den Flur.

»Ritter und Suarek sind verschwunden«, bestätigte Reuss, was ich bereits geahnt hatte. »Mit seinem Wagen.« Sie blieb vor mir stehen und fuhr sich, zum ersten Mal seit ich sie kannte, müde über die Augen.

»Renés Autoschlüssel war eine Ablenkung«, entgegnete ich und wusste nicht genau, ob ich Annika Ritter dafür bewundern oder ihr bei unserem nächsten Treffen eine Standpauke halten sollte.

»Wofür?«

Ich verzog den Mund. »Würden Sie als Mutter tatenlos auf einem Stuhl sitzen können?«

Reuss' Augen wurden groß. »Sie heißen ihre Aktion gut?«

»Das hab ich nicht gesagt«, wehrte ich ab. »Ich weiß allerdings, dass meine Exfrau Himmel und Hölle in Bewegung setzen würde, wenn unsere Tochter gekidnappt worden wäre.« Und ich auch. Ich wandte mich ab und blickte zu den grausigen Handabdrücken. »Warum ist er das Risiko eingegangen, das Mädchen aus dem Haus zu entführen?«

»Er?« Reuss verengte die Augen. »Babys und Kleinkinder werden meist von Frauen entführt.«

»Ich kenne die Statistik«, erwiderte ich und schüttelte den Kopf. »Nein, das hier ist eindeutig die Handschrift eines Psychopathen. Dabei geht es ihm nicht um Janina, es geht um die Mutter. Er will sie in Panik versetzen, deshalb die blutigen Handabdrücke und der Brief.«

»Warum? Aus Rache?«

»Das erscheint mir plausibel. Das Motiv hat auf jeden Fall einen persönlichen Ursprung. Doch der Kindsvater kann es nicht sein. Er starb kurz vor der Geburt der Kleinen.«

»Es muss jemand aus ihrem Umfeld sein«, sinnierte Reuss. »Er hat es geschafft, sich einen Schlüssel für das Haus zu beschaffen. Zudem kennt er ihre Gepflogenheiten.«

»Was bringt Sie darauf?« Ich war zu der gleichen Schlussfolgerung gelangt. Nicht nur wegen der Statistiken, sondern vor allem wegen der persönlichen Note der Entführung. Aber ich wollte, dass Reuss ihre Gedanken mit mir teilte.

Sie ging zum Bett der Kleinen und deutete von dort zu dem Bild über dem Wickeltisch. »Janina hat auf jedem Foto, das ich gesehen habe, dieses rosa Schmusetuch in den Händen. Aber das Kuschellämmchen fehlt. Der Kidnapper muss es mitgenommen haben. Er wusste, dass sie es mag.«

Ich nickte. »Wir haben zweiundzwanzig Stunden. Was bedeutet, dass das Mädchen vorläufig in Sicherheit ist.«

Reuss' Blick verlor sich auf der bunten zartrosafarbenen Tapete. »Das *vorläufig* gefällt mir nicht. Wir haben nichts.« Sie schluckte. »Gar nichts.«

»Das stimmt nicht.« Ich gab ihr eine Kopie des Entführerbriefes. »Finden Sie heraus, von wem das Gedicht stammt und was das seltsame Wasserzeichen zu bedeuten hat. Der Entführer hat den Brief nicht umsonst im Bettchen zurückgelassen.«

Sie nahm das Blatt und las die Zeilen. »Er hat ihn geschrieben, um Annika Ritter noch mehr Angst einzujagen.«

»Auch.« Ich schüttelte den Kopf. »Aber vordergründig will er spielen.«

»Wozu?«, fragte sie mit zusammengekniffenen Augen und blasser Nase.

Die Antwort darauf würde ihr nicht gefallen. Zumindest die, die mir einstweilen einfiel. »Er hat alles inszeniert. Die Blutumrandung auf Annika Ritters Tagesdecke, die Hemden ihres verstorbenen Mannes auf dem Bett, die schrecklichen Abschiedsworte auf der Tapete. Janina hat nicht geschrien, als er sie aus dem Bett in die Arme genommen hat. Ergo kennt sie ihren Entführer, hat vermutlich schon mit ihm gespielt.« Ich deutete zur Wand. »Um das alles herzurichten, hat er sich Zeit gelassen und ist methodisch vorgegangen. Die meisten Kindesentführer handeln schnell, er nicht. Weil er diesen Moment ausgekostet hat. Vermutlich hat er dabei in Vorfreude auf das Kommende geschwelgt.«

Ich bemerkte die Gänsehaut, die sich über Reuss' Arme ausbreitete, während ein Anflug von Zorn in ihren Augen aufblitzte. »Er hasst Annika Ritter und will sie für irgendetwas bestrafen.«

»Ja, das scheint mir sehr wahrscheinlich.«

»Aber warum?«

»Wenn wir die Antwort wissen, kennen wir auch den Täter.«

»Suarek?«

Ihre Vermutung überraschte mich nicht. Er stand Annika Ritter nahe, kannte Janina und besaß einen Schlüssel zum Haus. Trotzdem befand sich sein Name auf meiner Verdächtigenliste nicht ganz oben. Aufgrund einer Ahnung, nicht wegen der Beweise, die momentan alle zu ihm führten. »Er hat sowohl eine Verbindung zum Mordopfer als auch zu Janina«, entgegnete ich.

»Aber?«, hakte sie nach.

»Muss sich immer ein *Aber* in meinen Sätzen verbergen?«

Sie lächelte matt. »Nicht immer, jedoch oft. Sie glauben ihm, dass er unschuldig ist?«

Ich wollte nicken, unterließ es allerdings. Weil es noch nicht lange her war, dass mich meine Arroganz beinah das Leben gekostet hatte. *Hochmut kommt vor dem Fall*, hallte es in mir nach, wobei ich nicht sicher war, ob eine verdammte Kugel durch zu viel Stolz abgefeuert werden konnte.

»Er wirkte glaubhaft betroffen und hat mir versichert, das Mordopfer seit Jahren nicht mehr gesehen zu haben.«

»Warum ist er dann abgehauen?«

»Ist er das wirklich?« Ich hob die Augenbrauen und sah Suarek wieder vor mir, als er neben Annika Ritter auf dem Sofa saß. Er hatte sie kaum aus den Augen gelassen, immer bestrebt, ihr zu Hilfe zu eilen, wenn sie ihn brauchte. Die Gefühle, die sich dabei auf seinem Gesicht abzeichneten, gingen über Freundschaft hinaus. Was jedoch eine bloße Vermutung von mir war, die nichts mit handfesten Beweisen zu tun hatte. »Er hat die Polizei gerufen und ist hiergeblieben, als die Kollegen eintrafen, statt vorher abzuhauen. Warum also jetzt?«

»Um sie im Auge zu behalten?«

»Mhmm?«, murmelte ich. »Und wenn er der Entführer ist, wo hat er dann das Mädchen?«

»Bei einem Komplizen?«

»Bislang deutet nichts auf einen …« Schritte im Flur unterbrachen mich.

»Wir haben die Fangschaltung installiert«, informierte mich ein Kollege. »Wir geben Ihnen Bescheid, sobald sich der Entführer meldet.«

»Eine Frau sollte den Anruf entgegennehmen, solange die Mutter nicht im Haus ist.«

»Alles klar.« Er wandte sich ab und ging zur Treppe.

»Klemmen Sie sich hinter Ihren Computer und lösen Sie das Rätsel«, wies ich Reuss an. »Wir müssen vor ihm dort sein, denn er wird die Einhaltung seines Ultimatums persönlich überwachen.«

Sie nickte. »Was werden Sie tun?«

»Mit Nadine Kirschner reden. Zuvor werde ich allerdings einen alten Freund aus dem Bett klingeln.« Ich nahm mein Handy aus der Jackentasche, das in diesem Moment zu zwitschern begann. »Wir müssen Annika Ritters Smartphone überwachen. Zu ihrer eigenen Sicherheit. Denn ich fürchte, dass sie in weit größerer Gefahr schwebt, als ihr bewusst ist.«

»Das befürchte ich auch.« Reuss verzog den Mund. Sie wusste genauso gut wie ich, dass die Chancen schlecht standen, eine richterliche Genehmigung zur Handyortung zu erhalten. Aber falls es mir gelang, den alten Freund meines Vaters von der Gefahr zu überzeugen, in der ich Annika Ritter wähnte, sollte ich diese bald in den Händen halten.

Das Zwitschern meines Telefons verstummte, während ich überlegte, was mich der nächtliche Anruf bei Anton Hartmund kosten würde. Vermutlich eine der wenigen Dreierkisten der *Cohiba Esplendidos*, die ich von meinem Vater geerbt hatte. Was nicht weiter tragisch war, denn ich rauchte nicht. Erst recht keine kubanischen Zigarren. Allerdings könnte mein alter Freund von der Staatsanwaltschaft für meine Frechheit, ihn um diese Uhrzeit aus dem Bett zu klingeln, auch etwas anderes verlangen. Zum Beispiel meine letzte Flasche des über zwanzig Jahre gelagerten *Aberfeldy* Single Malt Whiskys, was mich im Urkern meines Selbst treffen würde. Der Inhalt dieser Flasche war nicht für Antons Kehle bestimmt, auch wenn er mit meinem Vater seit der Schule befreundet gewesen war.

Diesen Whisky wollte ich an dem Tag öffnen, an dem ich den Kerl, der mich zu den Würmern schicken wollte, hinter Gitter gebracht hatte. Die Zeitungen hatten ihn damals *Schwarzer Tod* genannt, denn jede der fünf Frauen, die er erst vergewaltigt und dann bestialisch ermordet hatte, hatte am Tag zuvor ihren Ehemann begraben.

»Viel Glück«, wünschte mir Reuss für das bevorstehende Gespräch mit Anton, der etwa so freundlich wie ein eingesperrter Löwe war, wenn noch kein Kaffee das Blut in seinen Venen ersetzte.

»Überprüfen Sie ähnliche Entführungen der vergangenen fünf Jahre«, erwiderte ich und sah zur Tapete. »Das hier ist nicht seine erste Tat.«

Reuss nickte, und ich legte mein Handy ans Ohr, das erneut wie ein Vogelschwarm zu zwitschern begann. »Weinsheim.«

»Wir haben bislang keine Hinweise darauf gefunden, dass sich Ritter und Weiß kennen«, entgegnete Peary ohne einen Gruß. »Sie wohnen, beziehungsweise wohnten in verschiedenen Stadtteilen, haben auch, soweit wir derzeit wissen, keine gemeinsamen Interessen. Weiß war ein Workaholic und malte, um sich zu entspannen. Annika Ritter besitzt eine Kino-Dauerkarte und verreist gern, soweit ich das auf ihrer Facebook-Seite sehen konnte. Die einzige Gemeinsamkeit ist eine BVG-Jahreskarte.«

»Okay, was habt ihr noch?«

»Weiß hat in Göttingen Kunstgeschichte studiert und ist anschließend zwei Jahre nach Paris gegangen, bevor sie ihre Galerie in den Hackeschen Höfen eröffnet hat. Ritter hat in Berlin ihren Master of Education gemacht und danach ihren Vorbereitungskurs als Lehrerin an einer Grundschule in Pankow absolviert, wo sie auch jetzt noch beschäftigt ist. Aber ...« Er verstummte, und mir gelang es, drei Sekunden der Stille zu lauschen, bevor sich meine Geduld erschöpfte.

»Aber?«

»In Annika Ritters Leben gibt es einige Leichen.«

Ich wechselte das Handy in die andere Hand und ging aus dem Zimmer. »Was für Leichen?«

Peary holte tief Luft. »Die Akten sollten Sie sich selbst ansehen, Chef.«

Ich hob die Augenbrauen. »Okay, ich komme.«

9. Kapitel

Annika Ritter
11. August, 3:18 Uhr

Aus fünf simplen Buchstaben setzte sich das Wort Angst zusammen. Fünf Buchstaben, die nicht annähernd die Dunkelheit beschreiben konnten, in die ich fiel. Angst tilgte die Logik aus meinem Kopf und ließ von meiner rationalen Handlungsfähigkeit in etwa so viel zurück wie ein ausgehungerter Hund von einer saftigen Keule.

Wiederholt öffnete ich die Hand und schloss sie zur Faust. Als wollte ich etwas festhalten, das sich letztlich doch nur als Luft herausstellte. Ich suchte einen Schwimmring, ein Stück Holz, ein Seil, als wäre ich eine Ertrinkende auf hoher See. Ohne Land in Sicht. Aber dafür panisch wassertretend. Wegen des Überlebensinstinkts, der trotz aller Furcht genau wusste, dass in der schwarzen Tiefe unter mir der Tod lauerte.

Wir befanden uns bereits auf der regenfeuchten 109, Richtung Berlin Mitte, als ich mich aus meiner Schockstarre lösen konnte. »Wo willst du hin?«, fragte ich mit krächzender Stimme.

Bastian überholte auf der Mittelspur einen alten VW Golf, der rechts neben uns abbiegen wollte. »Ich hoffe, dass *du* mir das sagen kannst.«

Seine Worte entlockten mir beinah ein irrwitziges Lachen. Ich fühlte mich noch immer, als hätte mich eine der Polarbahnen, die in Sibirien die Schienen vom Schnee befreiten, von vorn erwischt und blutend in einem eiskalten Schneeberg liegen gelassen.

Ohne Unterbrechung kreiste das schreckliche Gedicht durch meinen Kopf. Er war mir vertraut. Zumindest hatte ich den Eindruck, das Klanggebilde der Silben zu kennen. Nur ruhte der Name des Autors begraben unter den Sorgen, die vordergründig meinen Verstand beschäftigten.

»Verdammt«, fluchte ich und streckte nebelhafte Finger aus, um nach dem Gedicht in den geistigen Schubladen meiner Erinnerung zu suchen. Doch alles, was ich fand, glich dem leeren Innenhof eines zum Abriss freigegebenen Hauses. Da war nichts, außer kahle Wände, dunkle Löcher und zerbrochene Fensterscheiben.

»Wir finden Janina.« Bastians Hand schloss sich um meine Finger. »Das weiß ich.«

Ich lächelte ihn an, oder versuchte es zumindest. Was an meiner inneren Uhr scheiterte, die nicht mit dem Ticken aufhören wollte. Aber Bastian hatte ein Lächeln verdient. Dafür, dass er mich nicht allein ließ. Und dafür, dass er versuchte, mein Rettungsseil zu sein.

»Wie?«, fragte ich kaum hörbar und glaubte, ein Rauschen von Luft zu hören. Denn ich war dabei zu fallen. In diese kalte Dunkelheit, die man umgangssprachlich Wahnsinn nannte. Mit etwas anderem konnte ich die Flucht aus meinem Haus nicht erklären. Welcher geistig gesunde Mensch inszenierte ein Ablenkungsmanöver, um vor der Polizei zu fliehen, die nur helfen wollte?

Mir fielen zig Antworten auf diese Frage ein. Aber vielleicht waren das alles Ausreden, die meine bereits vor Monaten zerbrochene Seele fand? Bastian und Janina waren die Pflaster gewesen, die die Wunden meines Ichs geheilt hatten. Wochen nachdem die Polizistin mit den grell geschminkten Lippen mir gesagt hatte, dass mein Mann bei einem Unfall mit Fahrerflucht den Tod gefunden hatte. Ich konnte mich an jedes ihrer Worte erinnern. Sogar an den Farbton ihres Lippenstifts. Rot, wie das Blut, das Stefan aus den Wunden getropft war, bevor er wegen eines feigen Autofahrers, der ihm die Vorfahrt genommen hatte, qualvoll sterben musste. Jedoch konnte ich mich nicht erinnern, wie ich ins Krankenhaus gelangt war, um Stefan zu identifizieren.

Und jetzt hatte ein perfides Schwein mein kleines Mädchen entführt. Den Mittelpunkt meiner Welt. Den Grund, warum ich mich nach dem Tod meines Mannes nicht in meiner Trauer verloren hatte.

Ich merkte erst, dass ich die Nägel in meine Handfläche grub, als mir Schmerz durch den Unterarm schoss. Ein Stechen, das mich in die perverse Realität zurückholte.

»Wie sollen wir Janina in Berlin finden?«, wiederholte ich, weil ich nicht sicher war, ob ich vorhin laut gesprochen hatte.

»Wozu gibt es Internet?« Bastian ließ meine Hand los, tastete über meine Beine und legte mir mein Smartphone in die Finger, das ich wohl vorhin losgelassen hatte.

Als ob jemand ein Rollo hochgezogen und blendenden Sonnenschein in ein dunkles Zimmer gelassen hätte, lichtete sich das Wirrwarr meiner Gedanken. Genau deshalb hatte ich mein Handy aus der Tasche genommen. Und genau deshalb hatte ich im Hauswirtschaftsraum Bastian gefragt, ob er seins dabeihatte. Weil ich den Autor herausfinden wollte. Den Schlüssel des Rätsels, wie ich vermutete. Ich aktivierte mein Handy und die mobilen Daten. Meiner Intuition folgend, gab ich die erste Zeile des Verses in das Google-Feld ein und drückte auf »Suchen«.

Eine Liste öffnete sich, und ich stieß den angehaltenen Atem aus.

»Es ist von Fontane«, keuchte ich und fragte mich, wo meine Erleichterung blieb. Ich hielt doch den Schlüssel zur Lösung des Entführerrätsels in den Händen. Oder nicht?

»Theodor Fontane?«

»Es heißt *Ausgang*«, sagte ich nach einem Nicken und klickte mich immer schneller durch die Links. Ich fand nur zwei Quellenangaben. *Ein Hausband der Lyrik*, erschienen 1904, und Gedichte von Fontane, die 1905 vom *J. G. Cotta'sche Buchhandlung Nachfolger* herausgegeben worden waren.

Ich biss mir auf die Unterlippe und las die Angaben wieder und wieder. Ich verglich die Jahreszahlen, die Verlage, die Titel der Bücher. Fontanes Gedichtband kam in Stuttgart und Berlin heraus, der *Hausband der Lyrik* erschien in München im Kunstverlag. Die einzige Verbindung zur Hauptstadt war der *J. G. Cotta'sche Buchhandlung Nachfolger,* weshalb ich mir die Verlagsgeschichte genauer ansah. Ich stolperte über große Namen wie Schiller und Goethe und bekam feuchte Hände, als ich weiter durch die Einträge scrollte.

»Adolf und Paul Kröner eröffneten 1901 in Berlin eine Filiale«, sagte ich.

»Wer?«

»Die Besitzer des Verlages, der Fontanes Gedichtband herausgegeben hat. Stuttgart war der Hauptfirmensitz, in Berlin hatten sie …« Mein Hals wurde eng, als ich weiterlas. »Die Filiale wurde 1934 wieder geschlossen.«

Bastian hielt an einer roten Ampel. »Und wo war sie?«

Ich blinzelte. »Na, in Berlin.« Meine Worte waren im Wageninneren noch nicht verhallt, als ich laut wegen meiner Dummheit aufstöhnte. Spielte mein Verstand gerade außerhalb meines Kopfes Pingpong, oder hatte er ein Last-Minute-Angebot angenommen und war nach Bali in den Urlaub geflogen? »Du hast recht, natürlich. Warte, vielleicht finde ich die genaue Adresse.«

Ich klickte mich weiter durch die Einträge, doch ich stieß in jedem Link auf die gleichen Angaben.

… eröffnete 1901 eine Filiale in Berlin …

»Und wo, verflucht?«

Tick … tack

Tick … tack

Tick … tack

Ein Schweißtropfen löste sich von meinem Nacken und rann mir den Rücken hinab.

Uns blieben zwei Stunden und neun Minuten. Ein Blick zum Armaturenbrett bestätigte meine Annahme. Offenbar ging meine innere Uhr genauer als die Weltzeituhr auf dem Alexanderplatz.

Hoffnungsvoll scrollte ich durch eine PDF-Datei und fand Namen, Daten, Fakten … aber keine Anschrift.

Enttäuschung stach mir wie Nadeln in die Haut. »Hier ist keine Adresse.«

Bastian gab Gas, als die Ampel auf Grün schaltete, und ich erschauerte bis ins Mark. Ich mochte vielleicht mit Fontanes Namen den Schlüssel in den Händen halten, wusste aber nicht, in welches Schloss ich diesen stecken sollte.

»Die Spur endet hier.« Tränen stiegen mir in die Augen, doch ich schluckte sie herunter und betrachtete noch einmal den Entführerbrief, bevor ich ihn zusammengefaltet in meine Hosentasche schob. »Fontane kann das Bild auf dem Brief nicht gemalt haben. Er war Schriftsteller, Journalist, Erzähler und Theaterkritiker, aber kein Maler.«

Unfassbar müde und mit einem Fuß auf der Schwelle zur Tür mit der Aufschrift Panik schloss ich die Lider. Was sollte ich tun?

Du musst Janina suchen, wisperte meine innere Stimme.

Und wie? Ich habe keine Ahnung, was ich mit dem Namen anfangen soll. Oder mit dem Titel des Gedichts. *Ausgang!* In welchem Kontext sollte ich den betrachten? Das Wort Ausgang hatte verschiedene Bedeutungen. In Verbindung mit dem Gedicht war es offensichtlich, dass Fontane das Ende des Lebens gemeint hatte. Aber was, wenn der Entführer etwas anderes mit dem Vers transportieren wollte? Einen tieferen Sinn, der sich irgendwo in den Worten versteckte? Mit Ausgang konnte auch eine Tür gemeint sein. Eine, durch die ich gehen musste, um zum nächsten Hinweis zu gelangen. Doch durch welche?

Du hast den Autor, echote die Stimme in mir. *Was viel besser ist als noch vor zehn Minuten, wo du gar nichts in der Hand hattest. Such weiter.*

Beinah brach ich vor Hoffnungslosigkeit in Tränen aus. »*Wo denn?*«

»Was findest du im Internet noch über Fontane?«, fragte Bastian unvermittelt.

Mit bleischweren Lidern sah ich zu ihm. »Seine Biografie«, antwortete ich, ohne nachzusehen. Ich hatte Fontane während meines Studiums mehrmals gegoogelt. »Zum Beispiel. Dazu noch …«

Energisch schüttelte er den Kopf. »Das hab ich nicht gemeint. Was hat Fontane mit Berlin zu tun?«

Die ermattende Schwere, die meinen Körper gefangen hielt, floss nach dieser Frage aus mir heraus. Elektrisiert setzte ich mich in meinem Sitz auf. »Die Schauplätze seiner Werke sind fast immer in Berlin. Und es gibt eine Gedenkstätte von ihm hier.«

Ein sanftes Lächeln erreichte Bastians Augen, und ich war mit einem Mal nicht mehr sicher, ob ich meinen inneren Dialog eben wirklich stumm geführt hatte.

»Danke«, sagte ich und gab meiner Erleichterung nach. Ich beugte mich zu ihm und hauchte ihm einen Kuss auf die Wange. Als Ersatz für das Lächeln, das mir vorhin nicht gelingen wollte.

Sein Blick verließ wiederholt die vom Scheinwerferlicht und Straßenlaternen beleuchtete Straße vor uns und ruhte kurz auf meinem Gesicht. »Es gibt da etwas, was ich dir erzählen muss.«

Er sah zurück zum Asphalt und trat kurz auf die Bremse, als eine der zahlreichen Ampeln der Prenzlauer Allee gelb aufleuchtete. Dann entschied er sich um und gab Gas. Das Auto schoss über die Kreuzung, während ich nichts mit der merkwürdigen Gefühlsmischung in seinen Augen anzufangen wusste. Bastian verkörperte praktisch Ruhe. Anscheinend hatte er als Baby meine Anteile von Geduld in die Wiege gelegt bekommen. Deshalb musste ich mich irren, was die Panik betraf, die sich nun in seiner Mimik widerspiegelte.

»Was?«, fragte ich.

»Kurz nachdem Stefan und du zusammengekommen seid, hab ich in einer Bar eine junge Frau kennengelernt. Sie wohnte zu der Zeit in Paris und war zu Besuch bei ihren Eltern in Berlin. Wir sind ein paarmal miteinander ausgegangen und …«

Er schwieg, und ich musste kurz lächeln. »Schon klar, was das *und* bedeutet.«

Doch Bastian erwiderte mein Lächeln nicht. Im Gegenteil. Der tödliche Ernst auf seinem Gesicht tilgte meins von den Lippen und glitt mir wie ein kalter Schauer über den Rücken. »Was ist los?«, fragte ich alarmiert.

»Susanne ist ermordet worden.«

»Ermordet?«, wisperte ich mit der Hand vor dem Mund. »Oh mein Gott! Das ist ja entsetzlich.«

»Deshalb wollte Weinsheim mit mir sprechen.«

Verwirrt kniff ich die Augen zusammen. »Wieso? Was hast du damit zu tun? Ihr hattet doch nur ein paar Dates, oder?« Ich wusste, dass er damals eine Frau kennengelernt hatte, aber ich war ihr nie begegnet. Bastian hatte ein Geheimnis um sie gemacht, weshalb ich für kurze Zeit annahm, sie wäre die Richtige für ihn.

»Unter Susannes Leiche lag mein alter Bibliotheksausweis.«

»Was?« Meine Hände verkrampften sich um mein Handy, als könnte es mir den gleichen Halt wie eine Mauer, eine Säule oder ein Baum bieten. Vielleicht weil meine Beine ein Zittern durchlief, obwohl ich saß. »Unter ihrer Leiche?« Wie war er *darunter* gekommen? Die Frage spülte kurzfristig all meine anderen Gedanken aus dem Kopf.

»Ich weiß nicht, wie er dorthin gelangt ist.« Bastian gab Gas, und mich durchfuhr der irrwitzige Gedanke, dass wir uns nun wirklich auf der Flucht vor der Polizei befanden. Mein bester Freund hatte ganz sicher nichts mit dem Mord zu tun. Aber Weinsheim wäre ein miserabler Ermittler, wenn er Bastian nicht als Verdächtigen auf seine Liste gesetzt hätte. Ganz oben. »Ich hab das Fehlen des Ausweises in meiner Brieftasche nicht mal bemerkt. Vermutlich, weil ich seit mindestens einem Jahr nicht mehr in der Bibliothek war.«

»Aber wie kommt er dann unter das Opfer?«

»Das hat mich Weinsheim auch gefragt, und ich wusste keine Antwort. Seitdem denke ich ständig darüber nach, ohne dass mir eine logische Erklärung einfällt.«

»Die muss es aber geben«, erwiderte ich bestimmt und sah auf. Zuckende blaue Lichter tanzten über den Asphalt. »Bremsen!«

»Was haben Bremsen damit zu tun?«, fragte Bastian verwirrt.

»Verflucht, halt an«, rief ich und deutete nach vorn. »Da ist eine Polizeikontrolle.«

Bastians Hand landete auf meiner. »Annika, ganz ruhig. Wir sind doch keine flüchtigen Verbrecher.«

»Bist du sicher?«

Bastian gab keine Antwort. Er fuhr einfach weiter geradeaus und schüttelte den Kopf.

»Fahr rechts rein«, schrie ich und setzte mich kerzengerade auf. Ich wusste nicht, warum das zuckende Licht meine Fluchtinstinkte weckte. Doch alles, woran ich denken konnte, war, dass wir nicht angehalten werden durften.

Nicht jetzt.

Nicht in diesem Moment.

»Ich bin unschuldig, Annika. Daher werde ich mich …«

»Janina und ich brauchen dich«, rief ich, weil mein Blick zur Uhr die Erklärung für meine Panik lieferte. Uns blieben zwei Stunden. »Bitte, Bastian. Weinsheim wird dich mit aufs Revier nehmen, sobald er dich in die Finger be…«

»Scheiße«, fluchte er, sah in den Rückspiegel und riss das Lenkrad herum. Die Bremsen quietschten. Das Heck des Mercedes brach aus und rutschte immer weiter auf die Kreuzung, während sich der Wagen querstellte. Ich wurde hin und her geschleudert, ehe ich mich festhalten konnte. Irgendjemand hupte hinter uns. Schweiß brach mir aus allen Poren. Im Fernsehen wirkten solche Manöver immer toll. Atemberaubend, spannend. Aber die Wirklichkeit sah anders aus. Sicher, ich hielt den Atem an. Vor Angst, der Wagen könnte sich überschlagen oder in die Straßenbahn krachen, die ratternd hinter uns die Kreuzung überquerte.

Bastian gab Gas. Kurz schien sich der Motor des Wagens zu verschlucken, bevor der Mercedes nach einem Hüpfer auf die Wisbyer Straße zuschoss. Schlingernd wie ein Bob auf einer Eisbahn, der in voller Fahrt die Bande gestreift hatte. Bastian gab dem Auto etwas Spiel. Als sich der Mercedes stabilisierte, fragte ich mich, ob mein bester Freund in einem anderen Leben die deutsche Tourenwagen-Meisterschaft gewonnen hatte.

Dann bemerkte ich neben mir einen Schatten. Meine Nackenhaare kräuselten sich. Entsetzt schrie ich auf, ohne den Radfahrer aus dem Blick zu lassen, der Schlangenlinien fahrend die Straße zu passieren gedachte.

»Pass auf!«, rief ich und grub in dem panischen Moment, in dem ich auf den grauenvollen Aufprall wartete, die Finger ins Leder.

Bastian riss das Lenkrad nach links, um dem Radfahrer auszuweichen. Das Auto hüpfte über die niedrige Bordsteinkante, und wir wurden durchgeschüttelt, als säßen wir auf einer schleudernden Waschmaschine. Mit einem entsetzlichen Knirschen streifte der Außenspiegel die Fußgängerampel. An Drähten hängend schabte das zerborstene Metall des Spiegels über den Lack, während Bastian die Kontrolle zurückgewann und den Wagen auf die Straße lenkte. Der Radfahrer erreichte hinter uns den gepflasterten Mittelstreifen und stieg, uns wüste Beschimpfungen hinterherschickend, von seinem klapprigen Gefährt.

»Das war knapp«, japste ich und sank tief in meinen Sitz. Mein Herz raste.

»Jupp«, grummelte Bastian, gab Gas und schoss an parkenden Autos vorbei. »Die Aktion wird nicht unbemerkt geblieben sein.«

Er wich mit fünfzig Sachen einem dunklen Peugeot aus, der aus einer Einfahrt kam und beschleunigte weiter.

»Hey«, protestierte ich und klammerte meine Hand um den Türgriff, weil ich erneut unsanft hin und her geschleudert wurde. »Du musst jetzt nicht zu Nico Rosberg mutieren. Langsam!«

»Wir müssen das Auto loswerden.« Er beschleunigte auf siebzig, wechselte auf die rechte Spur und überholte den Lieferwagen irgendeiner Bäckerei. Ich sah nur noch Ähren auf dem weißen Lack, da waren wir auch schon vorbei.

»Wieso? Wir brauchen das …« Unsanft wurde ich in den Sitz gedrückt, als Bastian hart auf die Bremse trat und sie gleich darauf wieder losließ. Der Mercedes schoss bei Dunkelgelb auf die Kreuzung, Bastian riss das Lenkrad nach links und beschleunigte. Schlitternd rutschte der Wagen auf die Straßenmitte, bockte kurz, und ich sah im Rückspiegel das Blaulicht eines Polizeiwagens aufblitzen, bevor es wieder aus meinem Blickfeld verschwand.

»Oh mein Gott!« Jetzt fühlte ich mich endgültig, als würde ich in eine enge Zelle mit Eisenstangen gehören. Wie sollte ich ein Vorbild für meine Tochter sein, wenn ich in einer Nacht mindestens zehn Gesetze brach?

Bastian drückte das Gaspedal durch. Der Mercedes schoss auf die Stahlheimer Straße zu.

»Was hast du vor?«, rief ich und atmete pfeifend aus, als der Wagen die Kreuzung passierte und im nächsten Moment an einer Litfaßsäule vorbeijagte.

Bastian raste die Straße hinunter, bremste an einer Querstraße scharf ab und bog auf diese ein, während ich zurückblickte. Kein Blaulicht.

»Wir müssen zu Fuß weitergehen.« Er quetschte den Mercedes in eine enge Parklücke unter einem Laubbaum und schaltete den Motor aus. »Wo ist die nächste U-Bahn-Station?«

Mein Kopf hinkte der ganzen Situation wie ein verwundetes Tier hinterher. Denn ich sah noch immer den betrunkenen Radfahrer auf uns zukommen, während ich mit eiskalten Fingern den Gurt löste. »Vinetastraße … nein, warte, Schönhauser Allee.«

Meine Tür ließ sich nur einen Spalt weit öffnen, durch den mein Rucksack passte, jedoch nicht mehr. Kühle Nachtluft strich mir über das erhitzte Gesicht, und ich begann zu zittern. Denn in der Luft lag das durchdringende Geräusch sich nähernder Sirenen.

Panik überrollte mich.

»Bist du sicher?«, fragte Bastian, während er ausstieg und ich die Tür auf meiner Seite mit schweißnassen Händen wieder schloss.

»Ja«, log ich. Ich war mir nicht einmal mehr sicher, welchen Wochentag wir heute hatten.

Ich warf Bastian meinen Rucksack zu und kletterte auf den Fahrersitz. Oder versuchte es. Doch Furcht war eine Killerin des Verstandes. Angstwellen durchliefen mich und reduzierten mich auf irrationale, uralte Instinkte, die mich dazu brachten, ständig über meine Schulter zu blicken. Hin zur Stahlheimer Straße. Als wären die Polizisten in ihrem Wagen Bären auf der Jagd, die in mir ein wehrloses Opfer sahen. Wiederholt verlor ich die Balance, prallte mein Knie an die Mittelkonsole und fand mit meinen feuchten Händen keinen Halt.

Meine innere Uhr hielt den Moment für geeignet, mir die Zeit anzusagen: eine Stunde und zweiundfünfzig Minuten.

Tick … tack

Tick … tack

Tick … tack

Sollten wir von der Polizei erwischt werden, wäre ein Alkoholtest nach dieser Jason-Bourne-Aktion vermutlich unser geringstes Problem. Es war eher wahrscheinlich, dass die Gittertür hinter uns zufiel, die ich vor mir sah, wann immer ich die Augen schloss.

»Annika, schnell!« Die Dringlichkeit in Bastians Stimme zwang mich, meine Panik hinunterzuwürgen. Schweiß rann mir die Wirbelsäule hinab, als ich es mit seiner Hilfe endlich aus dem Auto schaffte. Das schmerzhafte Pochen in meinem Knie ignorierend, schlug ich die Tür zu und wandte mich um.

Ich wollte nur noch rennen.

Weg von hier.

Weg von den Sirenen, die laut von den Häuserwänden widerhallten.

Sie dürfen uns nicht erwischen.

Ohne nachzudenken, sprintete ich los. Sprang über die Bordsteinkante und umrundete einen Baum.

Nervenzerfetzend bohrten sich die Sirenen in meine Ohren. Blaues Licht huschte in Intervallen über Mauerwerk, was mein Herz in meinen Schläfen pochen ließ, als würden gigantische Hämmer Metall bearbeiten.

»Annika!« Bastians warme Hand schloss sich um meine. Abrupt kam ich nicht mehr vorwärts, landete dafür aber an seiner Brust.

»Was machst du da?«, rief ich erschrocken. »Sie sind gleich hier.«

»Es ist zu spät zum Weglaufen«, sagte er mit einem mahnenden Tonfall, der es schaffte, sich durch meine Angst zu kämpfen. »Wir haben nur eine Chance. Spiel mit, okay?«

»Wobei?«

Bastian antwortete nicht. Mein Rucksack baumelte an seinem Unterarm, in der Hand hielt er eine geöffnete Flasche Rotwein. Was hatte er vor, und wo hatte er die …?

Autobremsen quietschten hinter uns, und Bastians Lippen trafen die meinen.

10. Kapitel

Eric Weinsheim
11. August, 3:29 Uhr

Nadine Kirschner wohnte in einem hübschen weiß getünchten Altbau in der Rennbahnstraße, im Stadtteil Weißensee.

Auf mein Klingeln hin tat sich nichts. Nicht einmal Licht flammte in der Wohnung im zweiten Stock auf. Daher legte ich den Zeigefinger auf die Klingel und zählte in Gedanken bis zehn, ehe ich die Hand wieder sinken ließ. Keine fünf Sekunden später öffnete sich über mir ein Fenster.

»Was soll denn das?«, rief eine Frau, in deren Stimme eine gehörige Portion Verärgerung mitschwang.

»Nadine Kirschner?«

»Wer will das wissen?«

»Hauptkommissar Weinsheim, LKA«, stellte ich mich vor. »Ich müsste Ihnen ein paar Fragen stellen.«

»Um diese Zeit?« Ihre Verärgerung war hörbar in Besorgnis umgeschlagen. »Was ist denn passiert?«

»Können wir das in Ihrer Wohnung besprechen?«

»Natürlich, einen Moment bitte.« Das Fenster über mir schloss sich, kurz darauf hörte ich den Summer für die Haustür. Ich öffnete sie, trat in den Flur und eilte die knarzenden, weiß gestrichenen Holzstufen hinauf. Ich war nicht verwundert, als ich Frau Kirschners Wohnungstür geschlossen vorfand. »Zeigen Sie mir Ihren Dienstausweis«, hörte ich sie durch die Tür gedämpft sagen.

Ich hielt ihn vor den Spion. »Tut mir leid, dass ich Sie um die Uhrzeit aus dem Bett klingeln muss.«

»Nun, jetzt bin ich wach.« Frau Kirschner öffnete die Wohnungstür, fest in eine rosafarbene lange Strickjacke gewickelt, die ihren schlanken Körper betonte. Anscheinend mochte sie Rosa, denn sie hatte ihre nackten Zehennägel in der gleichen Farbe lackiert. Schulterlanges blondes, vom Schlaf leicht zerzaustes Haar umrahmte ihr schmales Gesicht.

»Was ist mit meiner Mutter?«, fragte sie mit vor Schreck weit aufgerissenen Augen.

Ich schüttelte den Kopf. »Es geht nicht um Ihre Mutter. Darf ich reinkommen?«

»Bitte.« Sie trat mehrere Schritte in den Flur zurück, ohne mich aus den Augen zu lassen. »Weshalb sind Sie dann hier?« *Und das um diese Uhrzeit?* Sie sprach den Satz nicht aus, aber er stand ihr deutlich ins Gesicht geschrieben.

»Janina Ritter ist vor ein paar Stunden aus ihrem Kinderzimmer entführt worden«, antwortete ich und schloss hinter mir die Wohnungstür.

»WAS?« Nadine Kirschner wurde blass, Tränen schimmerten jäh in ihren blauen Augen. »Unmöglich! Sie müssen sich irren. Wer würde denn so was tun?«

»Das will ich herausfinden. Bitte, können Sie mir ein paar Fragen beantworten?«

»Natürlich«, wisperte sie und deutete mit bebender Hand auf den Raum links von ihr. Das Wohnzimmer, in das sie mich führte, war hell und modern eingerichtet. Orchideen in fast jeder Farbe und Größe nahmen den meisten Platz vor den hohen Fenstern für sich in Anspruch. Welche Farbe der Teppich hatte, konnte ich nicht mit Bestimmtheit sagen. Denn überall, auch auf dem Couchtisch, den Sesseln und dem Sofa, lagen Bücherstapel.

»Das ist ja entsetzlich«, hauchte sie und fischte ihr Handy aus einer der Taschen der Strickjacke. »Ich muss sofort Annika anrufen. Oh mein Gott! Was ist … ist mit ihr? Geht es ihr gut? Hat der Entführer …?«

»Ihr geht es den Umständen entsprechend.« Ich kam mir bei diesen Worten wie ein Arzt vor. »Können Sie sich jemanden vorstellen, der das getan haben könnte?«

Frau Kirschner blinzelte heftig. »Janina entführen? Um Gottes willen, nein. Sie ist doch noch so klein.«

»Hat Frau Ritter mit jemandem Streit? Einem Nachbarn oder Arbeitskollegen?«

Sie lächelte matt. »Als Annika klein war, haben sich ihre Eltern sehr oft gestritten, und beide sprachen dann auch genauso oft von Scheidung. Ihren Vater nur noch sporadisch sehen zu dürfen war für Annika der ultimative Albtraum. Deshalb ist sie immer eingeschritten, so klein sie auch war.« Sie hob ihren Blick und sah mir in die Augen. »Was ich damit sagen will: Sich mit Annika zu streiten ist gar nicht so einfach. Sie ist harmoniesüchtig und tut beinah alles dafür, um den Frieden aufrechtzuerhalten.«

Ein Streit war also nicht der Auslöser für die Entführung. Was dann? »Ist Ihnen in letzter Zeit etwas ungewöhnlich vorgekommen, wenn Sie Ihre Freundin besucht haben?«

Mit bebender Hand strich sich Frau Kirschner eine Haarsträhne aus der Stirn. »Nein, nichts. Allerdings war ich auch ein paar Tage in London, wo ich eine Ausstellung besucht habe.« Sie wies auf die Bücher am Boden. »Ich arbeite ehrenamtlich für das Landesamt für Denkmalpflege und bereite mich intensiv auf eine archäologische Ausgrabung vor, an der ich in einem Jahr teilnehmen will. Zwar nur als Grabungshelferin, aber besser als nichts.«

»Frühes Mittelalter?« Ich deutete auf einen Stapel Bücher, auf dem zuoberst »Europa im frühen Mittelalter« lag.

»Eine Palastanlage am Rhein, die etwa im 8. Jahrhundert erbaut worden ist.« Ihre Augen begannen ein wenig zu leuchten, als sie eins der Fachbücher betrachtete. »Faszinierend, oder?«

Ich ging nicht auf ihre Frage ein, denn ich war nicht hier, um mit ihr nett über Geschichte zu plaudern. Bei dem Thema könnte es passieren, dass ich die Zeit vergaß. »Ist Ihnen etwas aufgefallen, bevor Sie nach London gefahren sind?«

Nadine Kirschner straffte sich. »Nein, nichts. Wir waren vergangenen Samstag zu viert, also Annika, Janina, Bastian und ich, im Tiergarten. Da war alles ganz normal.«

»Wann haben Sie das letzte Mal mit Frau Ritter gesprochen?«

»Gestern Nachmittag, nach meiner Landung in Tegel. Wir haben uns für morgen verabredet.« Sie sank auf die Sessellehne und sah mich mit einem Blick an, den ich vor Jahren einmal bei meiner Ex-Frau gesehen hatte. Als ich nach meiner OP aus der Narkose erwachte, saß Kathrin neben meinem Bett und betrachtete mich mit der gleichen Mischung aus Angst, Wut und Besorgnis, mit der mich Frau Kirschner gerade ansah. »Finde diesen Kerl, der dich angeschossen hat«, hatte Kathrin gesagt, »ansonsten tue ich es. Aber dann kann ich für nichts garantieren.«

»Annika klang wie sonst auch, und ich habe Janina im Hintergrund brabbeln gehört. Kada, immer wieder Kada. Sie mag die Laute, wissen Sie.«

Ich wollte nicht an die Zeit erinnert werden, als Nele zu brabbeln begann, daher konzentrierte ich mich auf die nächste Frage. »Haben Sie eine Katze?«

»Nein, das erlaubt der Vermieter nicht. Warum?«

»Was ist mit Sebastian Suarek? Besitzt er eine Katze?«

»Soweit ich weiß, hatten seine Eltern früher einen Bauernhof und auch Katzen. Aber als seine Adoptivmutter starb, hat sein Vater den Hof verkauft.«

»Und was ist mit den Nachbarn von Frau Ritter?«

Sie hob nachdenklich die Schultern. »Das kann ich Ihnen nicht mit Sicherheit sagen. Da laufen öfter welche rum. Wem die gehören, weiß ich nicht.«

»Wo waren Sie heute Nacht zwischen dreiundzwanzig Uhr und Mitternacht?«

»Im Bett. Warum?«

Erneut überhörte ich ihre Frage. »Kann das jemand bestätigen?«

Verwirrt blinzelte sie. »Nein, ich lebe allein. Glauben Sie etwa, ich hätte Janina entführt?«

Als ich nicht antwortete, huschte Entsetzen über ihr Gesicht. »Janina ist fast so etwas wie eine Tochter für mich. Ich habe vor drei Jahren im vierten Monat mein Baby verloren, wissen Sie. Seitdem …« Sie richtete den Blick auf den Fußboden und verkrampfte ihre Hände ineinander. »Seitdem verbringe ich jede freie Minute mit Lesen. Früher war die Archäologie nur ein Hobby für mich, etwas zum Abschalten. Jetzt ist sie meine Passion.«

»Nur noch ein paar letzte Fragen«, sagte ich. »Haben Sie einen Freund?«

Ein seltsamer Laut hallte nach meiner Frage durchs Wohnzimmer, den ich nicht genau bestimmen konnte. Irgendetwas zwischen einem freudlosen Lachen und einem Schnauben. »Ich habe einen Bekannten, mit dem ich ab und an ausgehe. Als Freund würde ich ihn aber nicht bezeichnen.«

Aha, er war also verheiratet. »Ist er ein Arbeitskollege?«

»Wir kennen uns vom Landesamt für Denkmalpflege.« Eingehend musterte sie mich, und ich kam bei diesem Blick nicht umhin, an meinen Mathelehrer in der Fünften zurückzudenken. Wenn mich Siebold so angesehen hatte, war ich bereit, ihm jede Schandtat zu gestehen, nur damit er wieder woanders hinsah. »Sie wollen seinen Namen, stimmt's?«

»Ja.« Meine Antwort überraschte sie nicht, dennoch huschte für einen Augenblick Ablehnung über ihr Gesicht.

»Annika und er kennen sich nicht. Sie weiß nur, dass es da jemanden gibt. Ich wollte die Beziehung schon längst beenden, aber …«

»Frau Kirschner, sollte er nichts mit der Entführung zu tun haben, bleibt Ihr Geheimnis auch Ihr Geheimnis.« Mehr als das konnte ich ihr nicht versprechen, und das wusste sie auch.

Sie nickte nachdenklich. »Wenn Ihnen der Name hilft, Janina zu finden, dann bitte. Er heißt Christian Hellwig, aber er hat Janina ganz sicher nicht gekidnappt.«

»Welches Auto fahren Herr Hellwig und Sie, und welche Farben haben die Fahrzeuge?« Ich beobachtete sie genau, doch ich entdeckte weder Ungeduld noch Wut über meine Fragen in ihren Augen. Nur Sorge.

»Er fährt einen schwarzen Opel Insignia und ich einen weißen Golf.«

»Danke.« Ich wandte mich um und ging in den Flur.

»Sie finden Janina doch, bitte!« Frau Kirschner eilte mir hinterher und hielt mich kurz am Arm fest.

»Wir geben unser Bestes«, entgegnete ich und verabschiedete mich von ihr. Während ich die Treppe hinabeilte, nahm ich mein Handy aus der Jackentasche und wählte Pearys Nummer.

»Oberkommissar Bauer.«

»Überprüfen Sie einen gewissen Christian Hellwig und Annika Ritters Freundin Nadine Kirschner. Und schicken Sie einen Beamten zu ihrer Adresse. Er soll die Wohnung und sie im Auge behalten.« Sie hatte ihr Kind im vierten Monat verloren und diesen Verlust, wie die zahlreichen Bücher auf ihrem Fußboden bewiesen, noch nicht überwunden. Offenherzig lieferte sie mir damit einen Grund für die Entführung. Einen Grund, der schon öfter Frauen dazu bewogen hatte, Babys zu kidnappen.

Nach meiner Meinung hatte die Tat eindeutig ein Mann begangen. Noch fehlten uns Beweise für einen Komplizen, generell sprach jedoch beim derzeitigen Stand der Ermittlungen nichts gegen einen weiblichen Mittäter.

11. Kapitel

Annika Ritter
11. August, 03:51 Uhr

Er küsste mich? JETZT? Auf jedem Stück bloßer Haut spürte ich das Licht der Straßenlaterne neben uns. Wir standen mitten auf dem Fußweg Ecke Stahlheimer und Kuglerstraße. Nichts konnte uns verbergen. Außer vielleicht komplett schwarz getönte Scheiben. Die der Polizeiwagen garantiert nicht hatte. Allerdings schaltete endlich jemand die nervtötende Sirene aus.

»Nimm die Flasche und leg dein Bein um meine Hüfte«, flüsterte Bastian mit Nachdruck und senkte erneut den Mund auf meinen.

Voller Panik tat ich, worum er mich gebeten hatte. Ich nahm die Rotweinflasche, die er vermutlich aus dem Kofferraum genommen hatte, in die eine Hand und hielt mich mit der anderen an ihm fest, um mein Bein um ihn legen zu können. Ich war bereit, jeden Strohhalm zu ergreifen, der sich mir bot. Ganz egal, ob er fünf Millimeter oder zehn Zentimeter lang war.

Eine Wagentür öffnete sich. Schritte erklangen. »Haben Sie eine dunkle Limousine vorbeifahren sehen?«

Bastian küsste mich weiter. Als ob ihm im Moment nichts wichtiger wäre, als meine Lippen auf seinen.

»Hallo?«, fragte die Polizistin und tippte ihm auf die Schulter. »Haben Sie ein Auto hier vorbeirasen sehen?«

Mit einem Grollen löste er sich von mir. »Per l'amor di Dio!«, fluchte er zornig. »Ihr mir wollen Nacht versauen? Ihr kein Herz haben, hä?«

Verblüfft lauschte ich seinem gebrochenen Deutsch und Italienisch. Offenbar hatte er von seinem toskanischen Schwager mehr aufgeschnappt, als ich bislang angenommen hatte.

»Wie bitte?«, fragte die Streifenpolizistin pikiert. »Haben Sie nun etwas gesehen, oder …?«

Ich ließ sie nicht weitersprechen, sondern schwenkte die Flasche, drehte mich halb zu ihr und kicherte laut. »Isser nich süß?«, lallte ich bis über beide Ohren grinsend.

Ein abfälliger Ausdruck erschien auf dem Gesicht der wasserstoffgefärbten Riesin, die sich nur auf Zehenspitzen erheben musste, um einen Basketballkorb mit den Fingern zu erreichen. Mein Nacken würde bald zu schmerzen beginnen, wenn ich noch länger zu ihr hochsah, trotzdem konnte ich sie nicht aus den Augen lassen. Sie hatte etwas von einem Bullterrier an sich, das mir Magenschmerzen verursachte.

Der Blick des Terriers, der über die parkenden Autos schweifte, ließ mein Herz stolpern. Noch ein Stück weiter und sie würde Bastians Mercedes entdecken, dessen dunkle Lackierung zwischen dem feuerroten Ford und dem orangefarbenen Skoda auffiel wie ein schwarzer Fussel auf einem weißen Pullover.

»Hab ick in der Nachtbar eene Straße weiter uffjegabelt«, redete ich im breitesten Berlinerisch weiter, das ich kannte. »Ick glob, seine Freunde sind noch dort. Wenn Se wollen, Frau Polizistin, könnt ick da bestimmt wat arrangieren.«

Ich tat, als würde ich mir ein paar Schlucke aus der Flasche gönnen, und taumelte einen Schritt zurück, wobei ich großzügig Wein auf dem Pflaster verteilte. Das Platschen lenkte endlich den Blick des platinblonden Bullterriers zu mir zurück.

»Dove abiti, Carissima?«, fragte mich Bastian rau, zog mich zu sich und strich mit seinen Fingern langsam über meinen Arm. »Du mir verraten, wo du wohnen?«

Ich schmiegte mich enger an ihn und seufzte theatralisch. »Klingt es nich wundervoll, wat er da sagt?«, flötete ich zuckersüß.

»Ick liebe Italiener. Die sind eenfach … grrrrr … göttlich. Wenn Se verstehen, wat ick meene.«

»Wir vertrödeln hier nur unsere Zeit«, schimpfte der Polizist, der am Wagen stehen geblieben war. »Die haben nichts gesehen. Komm, lass uns weiterfahren.«

»Ich weiß nicht.« Zweifelnd kniff sie die Augen zusammen. »Sie müssen doch das Auto gehört haben. Es hatte mindestens sechzig Sachen drauf.«

»Nicht hören, sie sehen«, sagte Bastian. Mein Rucksack krachte hinter mir auf den Fußgängerweg, seine Hände umfassten meinen Hintern. »Sie schön wie Sonne über Meer.«

Er drückte mich an sich, und ich gluckste. »Ick fürchte, zum Bett werden wir's nich mehr schaffen. Zum Glück hab ick eenen Teppich im Flur.«

Der Bullterrier stieß ein angewidertes Stöhnen aus.

»Jetzt komm schon«, ermahnte sie ihr Kollege. Er stieg ins Auto und schloss die Tür. Fluchend wandte sie sich ab, kurz darauf fuhr der Polizeiwagen die Stahlheimer Straße hinunter.

Ich hatte keine Zeit für die Erleichterung, die ich eigentlich spüren müsste, als das Auto zwischen den Bäumen verschwand. Ich gönnte mir nur ein Seufzen, dann löste ich mich von Bastian und ging in die Knie.

»Wir könnten es durchaus in eine Laienspielgruppe schaffen«, sagte er mit einem kleinen schiefen Grinsen, als ich die Weinflasche abstellte und den Rucksack aufhob.

»Vielleicht«, erwiderte ich und rannte los. Ich wollte nicht über das, was eben passiert war, nachdenken und schon gar nicht darüber sprechen. Ich besaß null schauspielerisches Talent. Zumindest hatte ich das bislang geglaubt. Trotzdem war es mir leichtgefallen, in diese Rolle zu schlüpfen, die mir eigentlich nicht passen sollte. Die mir aber der Streifenpolizist, ohne mit der Wimper zu zucken, abgekauft hatte. Okay, der Bullterrier nicht. Aber sie war von Natur aus misstrauisch. Und diensteifrig. Dennoch hatte sie nicht weiter nachgehakt. Irgendetwas mussten wir also richtig gemacht haben.

»Beeil dich«, rief ich Bastian zu und rannte an Häusern, Bäumen, parkenden Autos und einem Zeitungsboten vorbei, der mich über seine Brille hinweg mit müden Augen ansah.

Dicht gefolgt von Bastian überquerte ich die Kuglerstraße und bog auf die Greifenhainer Straße ein. Die kühle Nachtluft roch nach Benzin, regenfeuchtem Asphalt und einem Hauch Kaffee. Ich hörte Geschirr aus einem geöffneten Küchenfenster klappern und wünschte mich an ebenjenen Tisch, der offenbar gerade gedeckt wurde. Mit frischen Brötchen, Butter, Erdbeermarmelade und einer großen Kanne Kaffee. Nicht weil ich Hunger hatte, sondern weil ich mich danach sehnte, dass das aufhörte.

Die Angst, die zerstörerische Fähigkeiten besaß. Sie brannte sich in meine Seele wie ein glühendes Eisen, das Schmerz und tiefe Narben zurückließ.

Tick … tack

Tick … tack

Tick … tack

Meine innere Uhr wisperte im Hintergrund. Unaufhörlich. Unparteiisch. Unsensibel. Sie lenkte meine Gedanken zu den wenigen Informationen zurück, die wir hatten. Meine Recherche nach der Berliner Verlagsfiliale war im Sande verlaufen. Die Zeit war hier die unüberwindbare Mauer, an der wir zu scheitern drohten. Die Filiale war vor über einem Jahrhundert eröffnet worden. Wo konnte es darüber heute noch Aufzeichnungen geben, an die wir schnell herankamen?

In den alten Stadtkarten im Landesarchiv? Vermutlich, aber ohne Adresse nützte uns eine Karte nichts.

Im Handelsregister?

Abrupt hielt ich an. Bastian rannte an mir vorbei und blieb dann schlitternd stehen.

»Was?«, fragte er und sah sich prüfend um. »Kommen sie zurück?«

Mein Mund war wie ausgetrocknet. »Wir haben noch immer keine Adresse.« Ich schaffte es, die Ansagerstimme meiner inneren Uhr zum Verstummen zu bringen, was nicht viel nützte. Ich wusste auch so, dass die uns zur Verfügung stehenden Minuten bald zweistellig wurden. »Ohne die Anschrift laufen wir sinnlos durch die Gegend.«

Mit zitternden Fingern zog ich mein Handy aus der Hosentasche und schaltete es ein. Kurz darauf zeigte es mir mehrere Anrufe in Abwesenheit von einer Berliner Nummer und Nadine. Eine SMS von ihr verriet mir, dass Weinsheim mit ihr gesprochen hatte. Schnell tippte ich zurück, dass ich mich später bei ihr melden würde und sie sich keine Sorgen machen solle. Danach aktivierte ich die mobilen Daten meines Handys und gab eine Anfrage für das Archiv des Handelsregisters in die Google-Suchmaske ein.

Ich landete beim Landesarchiv. »Die Datenbank Berliner Gewerbebetriebe von 1930–1945 liegt im Lesesaal vor«, las ich laut und atmete erleichtert auf. Ich spürte noch keinen festen Boden unter den Füßen, aber ich sah ein Licht vor mir. »Das passt. Die Filiale wurde erst 1934 geschlossen.«

Bastian schüttelte den Kopf. »Es ist mitten in der Nacht.«

»Aber online …«, warf ich ein.

»Die Einsicht in Karten oder einen bestimmten Bestand muss vorher beantragt werden.«

»Was?«, fragte ich ungläubig.

»Das sind Daten, wo Rechte Dritter, aber auch urheber- und persönlichkeitsrechtliche Vorschriften gelten. Man kann nicht einfach ins Landesarchiv hineinspazieren und Auskunft verlangen.«

Das Gewicht eines Gebirges rollte auf mich.

Wir steckten in der nächsten Sackgasse.

Druck baute sich hinter meinen Augen auf. Schmerzhaft, als würden mir Tränen helfen, die Adresse zu finden.

Mein Handy begann zu klingeln. Die Rufnummer war unterdrückt. Normalerweise ignorierte ich solche Anrufe, doch heute nahm ich das Gespräch an und beging damit den wohl größten Fehler. Denn mit diesem Gespräch übertrat ich die Schwelle der Tür mit der Aufschrift »Wahnsinn«.

»Ja?«

Ich hörte ein Brabbeln und dann klar und deutlich »Kada.«

»Janina«, rief ich und mutierte innerhalb einer Sekunde zu einer Mutter, die wegen der Stimme ihrer Tochter den Verstand verlor. »Geht es dir gut, meine Süße?« Atemlos wartete ich tatsächlich auf eine Antwort. Für wenige Augenblicke. Dann rollten mir Tränen übers Gesicht, als ich begriff, dass sie meine Frage nicht beantworten konnte.

Ein Jauchzen gefolgt von einem Lachen erklang. Als ob ihr jemand den Babybauch kitzeln würde. »Kada«, plapperte sie zwischen zwei Zungenschnalzern.

»Dein Lämmchen«, schluchzte ich. »Mama ist hier, Süße. Ich bin immer bei …«

Ein lauter Knall unterbrach mich. Dann war die Leitung tot.

Entsetzt schrie ich auf.

»Annika? Annika! Was ist denn los?«

»Er hat … Oh mein Gott.« Wimmernd sank ich zu Boden. »Nein. Oh bitte, nein«, weinte ich und hörte noch einmal den Knall in meinen Ohren nachhallen. Diesen unmissverständlichen Knall, den ich schon oft im Fernsehen gehört hatte. »Neeeiiiinnnn!« Mein Verstand wehrte sich gegen das eben Gehörte, aber ich wusste es. »Er hat sie erschossen«, brachte ich mühsam heraus, bevor meine Welt in Dunkelheit versank.

In absoluter Schwärze.

12. Kapitel

Eric Weinsheim
11. August, 4:16 Uhr

Mit einem Pappkarton voller dampfender Kaffeebecher betrat ich das Büro in der Keithstraße. »Was haben wir?«

Schiefer, der an seinem Schreibtisch saß, drehte sich zu mir. Er hatte ein Telefon zwischen Ohr und Schulter geklemmt und in der Hand einen Kugelschreiber. »Auf Christian Hellwig ist ein schwarzer Insignia zugelassen. Er ist verheiratet, hat zwei Kinder und hat sich bis auf einen Punkt in Flensburg noch nie was zu Schulden kommen lassen.«

»Nadine Kirschner ist ledig und fährt einen weißen Golf III. Sie stammt aus Bielefeld, wo ihre Mutter noch lebt. Mehr haben wir noch nicht«, ergänzte Reuss.

»Und Annika Ritters Handy ist ständig besetzt«, warf Schiefer ein.

»Versuchen Sie's weiter.« Ich stellte meine Last auf dem schmalen Tisch ab, um den sich vier Stühle gruppierten. »Haben die Suchhunde was gefunden?«

»Die Spur endet mitten auf der Straße«, antwortete Reuss. »Er muss die Kleine mit einem Auto weggebracht haben.«

»Reifenspuren?«, fragte ich hoffnungsvoll.

»Die KT ist noch dran«, erwiderte Schiefer und wählte erneut. »Aber der Regen hat sie vermutlich weggespült.«

»Suchmannschaften?«

Reuss schüttelte den Kopf. »Durchkämmen weiterhin den Stadtteil, Kollegen befragen Nachbarn.«

»Wer von ihnen besitzt einen roten Corsa?«

»Keiner«, sagte Schiefer. »Ich checke gerade die Firmen, für die Ritters Nachbarn arbeiten. Bis jetzt kein Ergebnis.«

»Was ist mit den unmittelbaren Nachbarn? Gibt es da was Auffälliges? Vorstrafen?«

»Ich bin noch am Prüfen«, erwiderte Schiefer und wählte erneut Ritters Handynummer. »Wir hätten da Frau Leipold, Rentnerin, verwitwet, achtzig Jahre alt. Sie hat weder einen Führerschein noch Vorstrafen. Dann wäre da noch Jonas Berger, ledig, neunundzwanzig, arbeitet seit Jahren auf verschiedenen Bohrinseln und ist kaum zu Hause. Auf ihn ist auch kein Auto zugelassen, und das System spuckt auch keine Vorstrafen oder Ähnliches über ihn aus. Schließlich hätten wir noch Frank Thiele, einundvierzig, Lkw-Fahrer. Mehr hab ich noch nicht.«

»Graben Sie tiefer«, wies ich an.

»Das Gedicht ist von Theodor Fontane.« Reuss rollte mit ihrem Stuhl zum Besprechungstisch und nahm sich einen Kaffee. »Ich überprüfe gerade alles, was ich zu ihm im Netz finden kann.«

»Konzentrieren Sie sich dabei auf Berlin.« Ich sah auf meine Armbanduhr. Der Wettlauf hatte begonnen. Gegen das Ultimatum und die viel zu schnell verstreichende Zeit.

»Das war Schäfter«, rief Peary von seinem Schreibtisch in der hinteren Ecke. Er knallte den Hörer aufs Telefon und sprang auf. »Der Entführer muss Handschuhe getragen haben. Sie haben weder an der Haustür noch im Kinderzimmer andere Fingerabdrücke als die von Ritter, Suarek oder der Kleinen gefunden.«

»Oder er hat keine getragen«, knurrte Schiefer und wählte erneut Annika Ritters Nummer. Als keiner im Raum etwas sagte, kniff er die Augen zusammen. »Bin ich echt der Einzige, der Suarek verdächtigt?«, fragte er nach einem Rundumblick und legte auf, weil offenbar wieder besetzt war.

»Nicht wirklich«, grollte Peary mit Blick zu mir und ging zum

Besprechungstisch, hinter dem die Opfertafel stand. Auf dem Whiteboard hafteten Fotos von Susanne Weiß und Janina Ritter neben den Bildern von Suarek und Annika Ritter. Reuss hatte mit ihrer femininen Handschrift bereits alle Daten unter die Bilder geschrieben, die wir hatten. »Chef, wir haben genug Indizien für einen richterlichen Durchsuchungsbeschluss, oder was meinen Sie?«, fügte Peary hinzu.

Ich sank auf die Tischkante. Er wusste wie alle anderen von meiner Freundschaft zu Anton. Die ich nur dann nutzte, wenn ich handfeste Beweise hatte und sofort einen Beschluss benötigte. »Ich bezweifle, dass wir Janina in Suareks Wohnung finden.«

Schiefer kniff die Augen zusammen. »Selbst wenn sie dort nicht ist, finden wir vielleicht Hinweise, wo sie sein könnte.«

Das war durchaus möglich. Ich nahm mir einen Kaffeebecher und drehte ihn in den Händen. Dabei ersparte ich mir einen weiteren Blick zur Uhr. »Anton Hartmund sitzt in einem Urlaubsflieger und landet erst in sechs Stunden in Berlin Tegel.« Mein Anruf bei ihm zu Hause hatte Antons Tochter aus dem Schlaf gerissen, die auf die beiden Hunde und das Haus aufpasste, während ihre Eltern im Urlaub waren.

Die Neuigkeit ließ Reuss ernüchtert die Lippen aufeinanderpressen, während Schiefer und Peary fluchten.

»Scheiße!«

»Was haben wir noch?«, fragte ich und trank ein paar Schlucke. Meine Enttäuschung verband sich auf meiner Zunge mit dem Kaffee und ließ die schwarze Flüssigkeit noch bitterer als sonst schmecken.

»Die Zeit ist einfach zu knapp, und es ist mitten in der Nacht.« Schiefer verpasste einer Schublade seines Schreibtischs einen Fußtritt. Was einen lauten Knall zur Folge hatte und Reuss zusammenzucken ließ.

»Was ist mit den Leichen in Annika Ritters Leben?«, fragte ich Peary.

»Vor sechzehn Monaten starben ihre Eltern im Schlaf bei einem Hausbrand. Die Ermittler stellten Benzin als Brandbeschleuniger fest, doch der Brandstifter konnte nicht gefasst werden.«

»Gab es Verdächtige?«

Peary wühlte auf seinem Schreibtisch und fand schließlich unter einem Stapel Computerausdrucke seinen Notizblock. »Ein Teenager, der als Feuerteufel bekannt war. Doch er hatte ein wasserdichtes Alibi.«

»Und das wäre?«

Peary verzog den Mund. »Er lag wegen einer Blinddarmoperation in der Nacht im Krankenhaus.«

Ich wollte fluchen, unterließ es jedoch. »Sonst nichts?«

»Suarek musste in seiner Jugend Sozialstunden ableisten, nachdem er ein paar alte Scheunen abgefackelt hatte.«

»Notiert«, erwiderte ich. »Gab es noch mehr Opfer?«

»Vor neun Monaten starb Annika Ritters Mann bei einem Verkehrsunfall. So wie der Unfall rekonstruiert wurde, hat ihm ein unbekanntes Fahrzeug die Vorfahrt genommen. Rote Lackspuren wurden am schwarzen BMW des Opfers gefunden. Und jetzt ratet mal.«

»Suareks Mercedes ist schwarz«, sagte Reuss und schob ihren Bleistift zwischen die Lippen.

»Den hat er erst vor sechs Monaten gekauft. Davor besaß er einen knallroten Audi.«

»Wie ein paar hundert andere Berliner«, warf ich ein. Vor der Wohnung von Susanne Weiß hatte eine Nachbarin einen roten Corsa gesehen. Zufall? Vermutlich nicht. Nur wäre der Corsa nach dem Kräftemessen mit dem BMW von Stefan Ritter Schrott gewesen, der Audi hingegen nicht. Ich verengte die Augen. Bislang hatten wir nur Indizien und Theorien, aber die führten geradewegs zu Suarek. Trotzdem passte hier irgendetwas nicht zusammen. »Wurden die Lackspuren eindeutig einem Audi zugeordnet?«

Peary verzog das Gesicht. »Nein. Es gab auch keine Zeugen oder Hinweise, denen die Beamten hätten folgen können. Deshalb haben sie den Fall als Unfall zu den Akten gelegt.«

»Wurden Reifenspuren sichergestellt?«

Peary blätterte durch eine Akte. »Ja. Die des BMW und die von Winterreifen der Marke Michelin Alpin, die sich keinem bestimmten Fahrzeug zuordnen lassen, definitiv aber auf einen Audi passen.«

»Was uns momentan nicht weiterhilft.« Erneut drehte ich den Kaffeebecher in den Händen. »Schiefer, weiten Sie die Fahrzeugüberprüfung auf Annika Ritters Familienangehörige, alle Nachbarn, Freunde, Bekannte und Arbeitskollegen aus.«

»Okay.«

Zufälle gab es bei Tötungsdelikten nicht. Das war das Erste, was ich auf der Polizeischule gelernt hatte. Es war möglich, dass der Verkehrsunfall ein Unfall mit Fahrerflucht war. Aber er könnte durchaus auch ein getarnter Mord gewesen sein, und dann liefe der Täter noch frei herum.

»Wo war der Brandherd im Haus von Ritters Eltern?«, fragte ich Peary, der erneut durch seine Notizen blätterte.

»Im Ankleidezimmer.«

»Also direkt neben dem Schlafzimmer?«

Peary nickte. »Chef?«

Ich überhörte seine Frage und trank einen Schluck Kaffee. »Der Brandstifter hat sich erst Zutritt zum Haus verschafft und ist dann ohne Skrupel durchs Schlafzimmer in die Ankleide spaziert, um dort in Ruhe das Feuer zu legen. Das war nicht die Tat eines jugendlichen Feuerteufels, der Scheunen abfackelt. Das könnte durchaus auch ein geplanter Mord gewesen sein.«

Schiefer, Reuss und Peary nickten zustimmend, weshalb ich weiter laut nachdachte. »Der Täter hatte es eindeutig auf Annika Ritters Eltern abgesehen. Dann hätten wir zwei Morde, die mit ihr in Verbindung stehen, vielleicht sogar drei, wenn der Unfall ein kaschierter Mord gewesen ist. Die Frage ist nur, ob sie von ein und demselben Täter verübt worden sind. Und wie Susanne Weiß und die Entführung des kleinen Mädchens da hineinpasst. Was wissen wir über Ritters Eltern?«

»Ihr Vater war Geschäftsführer einer Reederei, die Mutter Hausfrau.«

»Einer Reederei?«

»Ritter und Suarek stammen nicht aus Berlin. Bis zum Studium wohnte Ritter bei ihren Eltern in Kiel. Suarek lebte in einem Vorort von Kiel.«

»Wir brauchen mehr Informationen zu Ritter und Suarek. Die Kollegen in Kiel sollen uns alles schicken, was sie haben.«

»Chef?«, wiederholte Peary.

»Ich hab da so eine Ahnung«, entgegnete ich und stellte verwundert fest, dass Peary meine Antwort nicht mit seinem üblichen Augenrollen quittierte. Als ich diese Worte das letzte Mal zu ihm gesagt hatte, hatten wir es mit einem Dreifachmörder zu tun, der seinen Opfern über dem Einschussloch in der Brust ein Petruskreuz einritzte. Da die Opfer alle Prostituierte waren, vermutete Peary hinter dem Mörder einen wütenden Kunden. Ich hingegen suchte ihn zuerst in der Berliner Gothic-Szene, stieß dort auf eine geheime satanistische Untergruppe, die sich in der Gothic-Gemeinschaft zu tarnen versuchte, und fand dort den Täter. Meine Ermittlungen beruhten damals auf Ahnungen, denen nur das Petruskreuz zugrunde lag. Eine echte Spur hatte ich nicht, dennoch stellte ich den Killer. Danach bat Peary unseren Chef um einen neuen Partner.

»Haben Ritters Nachbarn etwas gesehen?«

»Soweit die Befragungen bislang ergeben haben, nichts«, sagte Peary. »Sie haben alle tief und fest geschlafen.«

»Was ist mit Überwachungskameras? Bankautomaten etc.?«

»Die checke ich gerade«, meldete sich Schiefer zu Wort. »Bis jetzt hab ich nichts.«

Mein Telefon klingelte. »Weinsheim.«

»Wir haben an zwei Kostümen des Opfers rote und weiße Tierhaare sichergestellt.«

»Welche Rasse?«

»Kann ich noch nicht mit Bestimmtheit sagen.«

»Und wenn Sie sich weit aus dem Fenster lehnen würden, was würden Sie dann sagen?«

Poller seufzte schwer. »Katze. Das Fell stammt von einer gewöhnlichen Hauskatze. Aber das ist noch nicht bestätigt.«

»Von der gleichen wie an Janina Ritters Bett?«

»Mit hoher Wahrscheinlichkeit.«

»Danke«, erwiderte ich und legte auf. »An der Kleidung im Schrank des Opfers hat die KT Katzenhaare sichergestellt. Der Täter muss sich bereits in der Wohnung befunden haben, als sie nach Hause kam. Die einzige Möglichkeit, sich zu verstecken, war ihr Kleiderschrank.«

»Warum hat er das Risiko einer Entdeckung in Kauf genommen?«, fragte Reuss.

»Weil er es als minimal einschätzte. Er musste vor dem Opfer in der Wohnung sein, um etwas zu tun.« Ich wählte Pollers Handynummer, der nach dem zweiten Klingeln abnahm.

»Wenn ich mich recht entsinne, standen im Wohnzimmer des Opfers eine geöffnete Rotweinflasche und ein Glas.«

»Ja.«

»Haben Sie bereits den Tox-Befund vom Wein vorliegen?«

Poller setzte zu einem Lachen an, unterbrach sich dann jedoch. »Nein.«

»Ich brauche den Befund so schnell wie möglich«, sagte ich und legte auf.

Reuss fluchte. »Nachdem er dem Opfer ein Betäubungsmittel in den Wein gemixt hatte, ist er in den Schrank gekrochen und hat dort gewartet, bis sie nach Hause kam und es sich gemütlich machte. Mit Sicherheit hat er ihr ein schnell wirkendes Mittel ins

Getränk geschüttet. Zwei oder drei Schlucke, und schon war sie ihm hilflos ausgeliefert.«

»Er ist auf Nummer sicher gegangen, obwohl das Opfer eine zierliche Frau war.« Was darauf hindeutete, dass der Täter entweder an einem körperlichen Gebrechen litt und sich deswegen unterlegen fühlte oder von Angst zerfressen wurde. Angst davor, dass sein Plan wegen einer Frau scheitern könnte, die in Todesangst wild um ihr Leben kämpfte.

»Ich habe Annika Ritter auf die Mailbox gesprochen«, sagte Schiefer im selben Moment. »Es ist nicht mehr besetzt, sie geht aber trotzdem nicht ans Handy.«

»Okay, hoffen wir, dass sie sich meldet.«

»Chef?«, fragte Peary und deutete auf den Bildschirm seines PCs. Ich ging zu ihm und beugte mich über den Schreibtisch, auf dem sich Akten, Ordner und leere Kaffeebecher stapelten. »Ich hab mal durch die Facebook-Seite des Opfers gescrollt und ein Foto von ihr und Suarek gefunden.«

Ein Foto, das Susanne Weiß erst vor fünf Monaten gepostet hatte und auf dem der lächelnde Suarek eine rot-weiß getigerte Katze im Arm hielt.

Ich schob meine Hände in die Hosentaschen und ballte sie zu Fäusten. Intuition hin oder her, die Beweise ließen mir keine andere Wahl. »Okay, gebt eine Fahndung nach Suarek raus.«

»Chef«, rief Reuss und sah über ihrem Bildschirm zu mir. »Ich glaub, ich hab da was zu dem Gedicht gefunden.«

13. Kapitel

Annika Ritter
11. August, 4:46 Uhr

Die Angst, das eigene Kind verloren zu haben, war der größte Feind, den der Verstand einer Mutter haben konnte. Meine Gedanken versiegten, als hätte jemand in mir den Hauptschalter umgelegt. Ich fand mich in völliger Leere wieder. In einem Universum voller Schmerz, der meine Seele zerschnitt wie ein Filetiermesser.

Es dauerte, ehe sich eine Stimme zu mir durchkämpfte.

»Annika, nicht. Janina ist nicht tot. Glaub mir, bitte!«

»Du hast den Schuss nicht gehört«, wehrte ich die Hoffnung in Bastians Worten ab.

Er sah mir lange in die Augen. »Sie lebt, glaub mir. Alles andere ergibt keinen Sinn.«

Zweifel schnürten mir den Hals zu, dennoch nickte ich zögerlich. »Wo ist der Sinn hinter der Entführung?«

»Ich weiß es nicht«, sagte er und zog mich an sich. Ich saß auf der Treppe eines Wohnhauses und hatte keine Ahnung, wie ich hierhergekommen war. Vermutlich hatte mich Bastian getragen oder mir beim Laufen geholfen. »Aber *er* wird ihn wissen.«

»*Er* ist verrückt.« Ich schniefte und wischte mir mit dem Taschentuch, das mir Bastian reichte, das Gesicht trocken. »Wahnsinnig … ein perfides Schwein.«

Bastian stand auf und zog mich auf die Füße. »*Er* ist einer der Gründe, warum ich mir manchmal wünsche, Selbstjustiz wäre legal.«

Ein Moped knatterte an uns vorbei, während ich in meiner

Hand eine imaginäre Pistole wog. Könnte ich schießen, wenn er vor mir stehen würde?

Ja, antwortete meine blutende Seele.

Aber erst nachdem Janina gesund zu Hause ist, fügte mein zurückgekehrter Verstand hinzu.

»Was machen wir jetzt?«, fragte ich und wusste nicht, ob ich über den Umstand erleichtert sein sollte, dass sich keine Waffe in meinem Rucksack befand.

Bastian nahm meine Hand. »Wir gehen zur U-Bahn-Station.«

»Wir haben kein Ziel.«

»Aber vielleicht hat Weinsheim eins?« Er gab mir mein Handy. Auf dem Display wurden mehrere Anrufe in Abwesenheit angezeigt.

»Und wenn *er* es wieder ist?«

»Die Nummer ist nicht unterdrückt und gehört laut Auskunft zum LKA. Das habe ich überprüft.«

»Er wird uns ins Kommissariat bestellen.«

»Und wenn nicht?« Bastian ging los, und ich folgte ihm. Vorbei an weiteren parkenden Autos, Häusern, Baustellenabsperrungen, einem Café und Bäumen. Wir überquerten die Rodenbergstraße, eilten an einer Bar vorbei, bis …

Schlagartig blieb ich neben einer Eingangstür stehen. Einen Meter vor mir rankten sich von einer Fensterbank rot blühende Geranien. Wie Schuppen fiel es mir beim Anblick der Blumen von den Augen. »Fontanes Grab«, murmelte ich und aktivierte das Internet.

»Was?«

»Das Gedicht hat mit dem Tod zu tun. Ich dachte, dass …« Ich unterbrach mich, bevor ich die Vermutung aussprach, die mich erneut in die Leere schicken würde. »Es hat mit dem Ausgang des Lebens zu tun. Und wenn das endet …« Ich wies zu den Blumen.

»Landen wir alle bei den Würmern.«

»So hätte ich das nicht gesagt, aber ja.«

»Wo ist er beerdigt worden?«

»Friedhof II, Berlin Mitte«, las ich vor, nachdem ich mich durch den Wikipediaeintrag von Fontane gescrollt hatte. »Der ist in der Liesenstraße.« Ich rief das Liniennetz der Berliner Verkehrsbetriebe auf, gab Start, Ziel sowie die Zeit ein. Nach einem Blick auf die Uhr fluchte ich. »Die nächste Bahn fährt gleich«, rief ich und rannte los. Vorbei an einem Parkplatz zur Brücke, von der man über eine Treppe zu den Bahngleisen gelangte.

»Halt!« Bastian griff nach mir und zog mich zurück. Fußgänger und zwei Radfahrer eilten an uns vorbei, während unter mir auf den Schienen ein Rattern vermischt mit einem Quietschen erklang.

»Warum nehmen wir kein Taxi?«

»Ich hab nur zwanzig Euro dabei«, antwortete ich und wollte mich umdrehen. Das Quietschen einen Stock unter mir wurde immer lauter. Die S42 hielt am Bahnsteig.

»Ich hab das Fünffache im Portemonnaie.«

»Und was, wenn wir das Geld später noch brauchen?«

Auf Bastians Stirn entstand eine tiefe Falte. »Dann hole ich am Geldautomaten neues.«

In jedem Kriminalfilm war es eine miese Idee, die Kreditkarte zu benutzen. Vielleicht schüttelte ich deshalb den Kopf, riss mich los und stürmte die Treppe hinab. Bevor ich die letzte Stufe erreichte, erklang ein Gong. Fauchend glitten die Türen der Bahn zu, und ich sah nur noch die Rücklichter, als ich am Bahnsteig ankam.

Die nächste fuhr erst in zehn Minuten.

14. Kapitel

Als die U-Bahn in der Station Reinickendorfer Straße einfuhr, hielt ich es nicht mehr auf meinem Sitz aus. Ich sprang hoch und biss mir gleichzeitig auf die Zunge. Ich fühlte mich, als würden mich meine Zweifel entzweireißen. In den einen Teil, der daran glaubte, dass wir auf dem richtigen Weg waren. Und in diesen nagenden anderen Teil, der wie eine gefräßige Ratte meinen Glauben an die Richtigkeit meiner Entscheidung in sich hineinstopfte.

»Annika, wir müssen noch eine Station fahren«, sagte Bastian, der neben mir saß, und zog mich zurück auf meinen Platz.

»Und was, wenn wir hier falsch sind und ich mich irre?« Gehetzt sah ich auf mein Handy.

Dreiundzwanzig Minuten und zwölf Sekunden bis Sonnenaufgang.

Bis er Janina töten würde.

Falls sie noch lebte.

»Das tust du nicht. Wir sind richtig, das weiß ich.«

Selbst in seinen Augen sah ich keine Zweifel. Was mich keinesfalls beruhigte. Die Zeit reichte nicht, um den Fehler meiner Gedankengänge zu korrigieren.

Einen Fehler, der tödlich für Janina enden könnte.

Panisch trommelte ich mit den Fingern auf meinen Oberschenkel und sah zu den geöffneten U-Bahn-Türen. »Jetzt schließt euch endlich«, betete ich leise. »BITTE!«

»Ganz ruhig.« Bastian legte seine Hand auf meine klopfenden Finger. »Wir schaffen das. Du hast gesagt, es ist nicht weit vom U-Bahnhof Schwarzkopfstraße bis zum Friedhof.«

»Laut Karte nicht«, murmelte ich und versuchte, nach einer

Erinnerung zu greifen, die sich irgendwo in meinem Kopf versteckte. Etwas, was eine meiner Kolleginnen in der Schule zu mir gesagt hatte. Etwas, was mit Fontanes Grab oder dem Friedhof in Zusammenhang stand.

Doch ich bekam den Gedanken nicht zu fassen. Es war, als würde er von einer jener Nebelbänke verborgen werden, die an einem feuchtkalten Novembermorgen einen kompletten Wald umhüllen konnten.

»Ich irre mich, ganz bestimmt«, sagte ich und fuhr hoch, als ein Warnton erklang und sich die Türen endlich schlossen. Die Bahn fuhr an, und ich stolperte in den Gang. Beinah wäre ich über die ausgestreckten Beine eines jungen Kerls gefallen, der mit Kopfhörern in den Ohren auf der Bank gegenübersaß und auf seinem Handy tippte. Er zog seine Füße an sich und bedachte mich mit einem genervten Blick aus blassblauen Augen, während ich eine Haltestange zu fassen bekam.

Ich murmelte eine Entschuldigung und ging zur Tür. Vor der sich bereits sieben Asiaten versammelt hatten. Vier Männer und drei junge Frauen. Aufgeregt plappernd und wie mir schien ein wenig angeheitert. Kamen sie jetzt erst aus einer Karaoke-Bar?

Mein Blick glitt hinaus in die Dunkelheit des U-Bahn-Tunnels. Mit jedem Rattern unter mir strich ich eine Sekunde ab. Und noch eine, dann noch eine.

Die Zeit begann zu rennen, als würde sie ferngesteuert werden. Von *ihm*. Von diesem Entführer, der mich zu einer hilflosen Marionette machte.

Ich hatte nichts mehr im Griff.

Er zog an meinen Fäden.

An denen ich hing bis …

… bis einer von uns beiden bekam, was er wollte.

Was ich wollte, war klar. Darüber machte ich mir auch keine Sorgen.

Aber über das, was er begehrte.

Denn das war nichts, was sich mit Geld bezahlen ließ.

Der Fahrer der Bahn betätigte die Bremse. Gleichzeitig wandte ich mich um und sah mich Bastian gegenüber. Dankbar legte ich ihm kurz die Hand auf den Oberarm. Mein bester Freund war wie dieser Fels, an dem ich mich kurz vor dem Ertrinken aus eiskaltem Wasser hochziehen konnte.

Hatte ich diese Freundschaft verdient?

Die Bahn hielt, und der Gedanke entschwand aus meinem Kopf. Fröhlich schnatternd stiegen die Asiaten aus. Ich versuchte mich in eine Lücke zwischen einem Mann und einer Frau zu quetschen und scheiterte, als die kleine Asiatin genau auf der weißen Linie des Bahnsteigs abrupt stehen blieb. Sie wies zu dem Schild über der Sitzgruppe in der Mitte des Bahnsteiges, auf dem die Richtungen angegeben waren, wo welche Straße an welchem Ausgang zu finden war. Ich konnte mich abfangen, bevor ich gegen die Frau prallte, sah mich dann jedoch einem schier unüberwindlichen Hindernis aus Asiaten gegenüber.

Bastian griff nach mir und schleuste mich durch die menschliche Mauer. Nur unwillig machte uns die Gruppe Platz, die sich in ihrer Diskussion, in welche Richtung sie nun musste, offenbar gestört fühlte.

»Wohin?«, rief Bastian.

»Links«, antwortete ich und begann zu rennen. Ich eilte an rot gestrichenen Säulen, die die Decke stützten, Passanten und einem Mülleimer vorbei auf die graue Steintreppe zu. Ich hatte sie erreicht, als ein Tuten erklang, sich die Türen schlossen und die Bahn weiterfuhr.

Neunzehn Minuten!

Tick … tack

Tick … tack

Tick … tack

Ich nahm immer zwei Stufen auf einmal, wich zwei älteren Frauen aus und erreichte keuchend die Straße. Links von mir war der Asphalt aufgebaggert worden. Wegen der Baustelle wurde der Verkehr von einer Ampel über die rechte Straßenseite geregelt.

Als wir in der Bahn saßen, musste es erneut zu nieseln begonnen haben. Ein paar vereinzelte Regentropfen versanken im Sand der Baugrube und zerplatzten noch auf meinem Gesicht, doch der Himmel über mir wurde bereits heller.

Ein Umstand, der mich die wenigen Schritte zur Fußgängerampel hasten ließ. Ich betätigte den Drücker, im gleichen Moment fuhr ein Polizeiwagen an mir vorbei.

Wie Bienenstiche fuhr mir der Schreck in die Glieder.

»Oh mein Gott«, wisperte ich, als die Bremsen des Wagens quietschten. Meine Kehle zog sich zusammen.

»Nur ein Fußgänger«, flüsterte Bastian. »Sie haben nur wegen eines Fußgängers gebremst.«

Vorsichtig spähte ich nach rechts. Tatsächlich, der Wagen fuhr weiter.

Ein zittriges, schrilles Lachen entschlüpfte meiner Kehle. Ich war auf dem besten Weg, mich in ein paranoides Häufchen Elend zu verwandeln. Die Zielgerade lag bereits vor mir. Es schien, als wären es nur noch Sekunden, bis ich sie überqueren würde.

»Wo müssen wir hin?«, fragte Bastian.

»Über die Chausseestraße, dann die übernächste rechts.« Ich zeigte in die angegebene Richtung.

Wir hasteten über die Straße, obwohl die Fußgängerampel rot war.

»Schneller«, rief ich und verschloss meine Ohren vor meiner inneren Uhr. Nur blieb es bei einem Versuch. Ich konnte nichts aussperren, was immer lauter in mir tickte.

Wir rannten fast in ein blaues Moped mit Anhänger, das die Wöhlertstraße hinabgeknattert kam. Verzweifelt wich ich dem Gefährt im letzten Augenblick aus. Der Fahrer sah uns verwundert hinterher, ebenso die Fußgänger, die wir überholten, wie ich nach einem Blick zurück erkannte. Dabei trat ich auf einen spitzen Stein und geriet ins Straucheln. Schmerz raste mein Bein hinauf, während ich blindlings nach Bastians Arm griff.

»Geht es?«, fragte er besorgt.

»Ja«, log ich und hastete mit meinen dünnen Stoffschuhen weiter. Die sich allenfalls zum Shoppen eigneten oder für einen langsamen Spaziergang durch den Zoologischen Garten, aber nicht für einen Spurt, bei dem es um Leben und Tod ging.

Wir waren fast auf Höhe der Total-Tankstelle, als meine Lungen vor Anstrengung zu fiepen begannen. Das Stechen in meinem Fuß wurde immer schlimmer und verlangsamte meine Schritte.

Vierzehn Minuten!

Verzweifelt wünschte ich mir, dass meine innere Uhr vorgehen würde und wir deshalb noch etwas mehr Zeit zur Verfügung hätten, doch das tat sie nicht.

Ich bog rechts auf die Liesenstraße ein, verlagerte beim Rennen mein Gewicht mehr auf mein linkes Bein, was zur Folge hatte, dass ich durch das Hinken noch langsamer vorwärtskam.

Verdammt!

Ich biss die Zähne aufeinander, ignorierte Bastians besorgten Blick und rannte mit pochendem Fuß weiter. Vermied aber tunlichst das Kopfsteinpflaster rechts und links der Gehwegplatten. Mein Rucksack hüpfte auf meinem Rücken auf und ab wie ein Ball auf einer polierten Platte.

»Wir sind gleich da«, keuchte ich, eilte an parkenden Autos, Bäumen und einem roten Backsteinhaus vorbei, das relativ neu aussah. Ein Radfahrer fuhr auf der Straße an uns vorbei, ein dunkelgrauer Transporter bog auf die Neue Hochstraße ein.

Im heller werdenden Licht bemerkte ich hinter dem Backsteinhaus rote Pfosten, zwischen denen sich graue Metallzaunfelder spannten.

»Das muss es sein«, rief ich und beschleunigte meine Schritte.

Zwölf Minuten!

Und ich hatte keine Ahnung, wo genau sich das Grab von Fontane auf dem Friedhof befand.

Hoffentlich gab es Hinweisschilder.

Wie ein ICE in voller Fahrt streifte mich erneut der Gedanke, dass ich mich irrte. Dass sich das Gedicht nicht auf die Zeit nach dem Tod bezog, sondern auf den Tod an sich.

Mir wurde schwarz vor Augen, und ich stolperte über meine Füße, die mir vorkamen, als gehörten sie einem Riesen.

Beinah riss ich einen Radfahrer von seinem Gefährt, als ich mit den Armen rudernd mein Gleichgewicht wiederfand.

»Verdammte Scheiße«, brüllte der junge Kerl, als er wegen mir ausweichen musste und dabei fast gegen eine Linde krachte. »Pass doch auf, blöde Kuh.«

Ich sparte mir eine Entschuldigung, für die ich sowieso keine Luft zur Verfügung hatte. Meine Panik und mein Körper benötigten nach diesem Lauf jedes Quäntchen Sauerstoff, das sie bekommen konnten.

Bastian erreichte vor mir das Tor und wies zu einer schwarzen Steinplatte mit weißer Schrift:

Friedhof der Oberpfarr- und Domkirche zu Berlin

»Das ist der falsche«, keuchte ich. »Fontane liegt auf dem Friedhof II der Französisch-Reformierten Gemeinde.«

»Liesenstraße 6?«, fragte Bastian und zeigte zu einer zweiten Platte, die am Pfosten rechts von mir angebracht war.

»Nein, 7«, rief ich und trat vom Tor zurück. Mein Blick glitt suchend über die Zaunfelder links von mir. »Ist da vorne noch ein Eingang?«

»Sieht so aus. Komm.«

Wir rannten weiter. Meine Knie fühlten sich wie Pudding an, trotzdem überholte ich Bastian. Panik hatte auch etwas Gutes. Sie verlieh Kräfte, die man eigentlich nicht zu besitzen glaubte.

Im gleichen Moment, als ich vor dem Tor ankam und mein Blick das weiße Schild streifte, lichtete sich der Nebel um meine Gedanken.

»Der Friedhof in der Liesenstraße hat Öffnungszeiten«, hörte ich meine Kollegin Claudia in meiner Erinnerung sagen.

Und als ob mich das Schild mit der schwarzen Schrift verhöhnen wollte, stand dort:

Öffnungs- und Schließzeiten auf unserem Kirchhof
März bis Oktober von 8.00 Uhr – 20.00 Uhr
November bis Februar von 8.00 Uhr – 17.00 Uhr

Mit der Verzweiflung einer vor Angst panischen Mutter rüttelte ich am Tor.

Ohne Erfolg.

Es war abgeschlossen.

15. Kapitel

»Das gibt's doch nicht«, stöhnte Bastian mit weit aufgerissenen Augen.

Ich trat zurück und besah mir den Zaun. Er hatte oben verflucht spitz aussehende Zacken. »Wir müssen drüberklettern.«

»Was?«

Wie der Glockenschlag des Elizabeth Towers zur vollen Stunde hallte meine innere Uhr in mir wider.

Neun Minuten!

»Komm, hilf mir rauf.«

»Du willst da echt jetzt …?«

»Haben wir eine andere Wahl?«

Bastian betrachtete erst mich, dann den Zaun, der über mir aufzuragen schien wie der K2. Unüberwindlich für eine Sportniete wie mich.

Motorengeräusche drangen von der Straße zu uns. Bastian fuhr herum und sah zu dem Transporter mit der bunten Aufschrift an der Seite, der die Liesenstraße heraufgefahren kam. Bevor ich Einwände erheben konnte, rannte er los.

»Was machst du …?«

Bastian blieb mitten auf der Straße stehen. Genau vor dem Transporter, der weiter auf ihn zurollte.

»Komm runter«, brüllte ich und lief los. In dem Moment stieg der Fahrer auf die Bremse.

Aber zu spät.

Der Kastenwagen schlitterte weiter auf Bastian zu.

Schreiend und mit den Armen wedelnd, erreichte ich die Bordsteinkante.

Eine Nasenlänge vor Bastian kam der Transporter zum Stehen.

»Sind Sie wahnsinnig?«, brüllte der Fahrer und schob den Oberkörper durch das geöffnete Fenster. Mit seinem langen grauen Vollbart erinnerte er mich an den Weihnachtsmann. Nur trug er keinen roten Mantel, sondern eine weiße Latzhose plus T-Shirt, auf dem sich ein Kaleidoskop von Farbspritzern vereinte. Offenbar arbeitete er für einen Malerbetrieb.

»Nein, aber verzweifelt«, entgegnete Bastian mit einem Blick, der die härteste Stahlplatte erweichen könnte. »Wir benötigen dringend Ihre Hilfe.«

»Spinner«, schrie der Fahrer mit erhobener Faust.

»Bitte, meine Frau hat ihre Medikamente gestern Abend auf dem Friedhof verloren.«

»Nicht mein Problem«, fauchte der Mann mit hochrotem Kopf.

»Sie verliert sonst unser ungeborenes Kind. Bitte, wir benötigen nur kurz die Leitern, die Sie auf dem Dach haben.«

Der Fahrer ließ die Faust sinken und sah zu mir. Ich musste ein jämmerliches Bild abgeben, denn sein Blick wurde so weich, als würde eine Hebamme ihm zum ersten Mal seine gerade geborene Tochter in den Arm legen.

»Sie sind schwanger?«, fragte er mit brüchiger Stimme.

Ich nickte und legte die Hände auf den Bauch. »Zum zweiten Mal. Unser erstes Kind habe ich vor einem Jahr verloren.« Die Tränen, die mir in die Augen traten, hatten mit meiner inneren Uhr zu tun, was er allerdings nicht wusste.

Die Fahrertür öffnete sich. Der Mann sprang behänder heraus, als sein korpulenter Körper vermuten ließ. »Wissen Sie, ich habe drei Enkelkinder«, erzählte er, während er sich anschickte, die Alu-Sprossenleitern, die offenbar zu einem Set gehörten, auf dem Dach zu lösen. »Sie sind meine kleinen Sonnenscheinchen. Egal wie abgespannt ich von der Arbeit komme, wenn sie mich anlächeln, ist die Welt wieder voller bunter Farben.«

Mit Bastians Hilfe wuchtete er die beiden Leitern vom Dach.

Ich trat zurück und eilte zum Tor. Neben dem eine Frau mit einem knallroten Vintage-Filz-Hut stehen geblieben war, die ihren weiß-braunen Chihuahua Gassi führte, der offenbar eine schwache Blase hatte.

»Was machen Sie da?«, fragte sie mit schriller Stimme und zusammengekniffenen Augen, die von tiefen Falten umgeben waren. Sie sah zur Straße und zu den Leitern, bevor sie mich mit einem empörten Blick musterte.

»Wir wollen nichts stehlen«, beteuerte ich und sah mich hektisch um. Auf der Straßenseite gegenüber radelten zwei junge Frauen vorbei, die sich unterhielten und nichts von dem mitbekamen, was um sie herum passierte. Doch ein Stück weit die Straße herauf war ein Mann an seinem Auto stehen geblieben und beobachtete uns misstrauisch.

»Das ist verboten«, keifte die Frau neben mir und drohte mir mit ihrem erhobenen Zeigefinger, an dem ein Ring mit einem großen weißen Klunker steckte. Aufgeregt bellend hüpfte ihr Chihuahua an seiner roten Leine wie ein Springball auf und ab. »Sie entweihen die Gräber.«

»Nein, bitte. Sie missverstehen das«, rief ich bestürzt. »Wir haben nicht vor, irgendetwas zu beschädigen.«

»Hören Sie auf damit«, echauffierte sie sich, als der Maler eine Leiter an das geschlossene Tor stellte und Bastian mit der zweiten Anlegeleiter auf der Schulter die Sprossen hochstieg. Sie schien nicht schwer zu sein, aber die Länge stellte sich als Problem heraus. Ihre Beine schleiften über den Boden, während Bastian höherstieg. Erst als er die Mitte der Leiter erreicht hatte, konnte er seine Last über den Zaun heben. »Sie sollen aufhören«, schrie die Dame neben mir erbost. »Oder ich rufe die Polizei!«

»Bitte nicht«, flehte ich und schluchzte. »Ich habe gestern Abend hier meine Medizin verloren. Ich brauche sie, ansonsten …«

Die Frau mit dem altmodischen Hut kreischte auf, als Bastian seine Leiter auf der anderen Seite des Tores anstellte und über den Zaun kletterte. Knurrend stürzte sich der kleine Hund auf den Maler, der neben mich trat, wurde jedoch von seiner Leine aufgehalten.

»Ich mach das«, sagte der Weihnachtsmann mit weißer Latzhose und schob mich resolut zur Leiter. »Gehen Sie.«

»Sind Sie sicher?«, fragte ich, statt ihm vor Erleichterung um den Hals zu fallen. Was mir kurzfristig durch den Kopf schoss. Aber ich unterließ es, denn die alte Dame wirkte nicht, als hätte sie mein Geschluchze überzeugt. Im Gegenteil. Sie zog fluchend und schimpfend ein schwarzes Handy mit großen Tasten aus ihrer Leinenjacke. Offenbar wild entschlossen, ihren Worten nun Taten folgen zu lassen.

»Ja, und jetzt beeilen Sie sich«, erwiderte der Maler.

»Danke!«, wisperte ich und drückte kurz seine raue große Hand, in der meine gänzlich verschwand.

Vier Minuten!

Oh Gott!

Voller Panik kletterte ich die Sprossen hoch und auf der anderen Seite wieder runter. Wüste Beschimpfungen und Gekläffe folgten mir. Mein rascher Blick über die Schulter bestätigte meine Vermutung. Die alte Dame hatte das Handy ans Ohr gelegt, obwohl der Maler beruhigend auf sie einredete.

Noch mehr Neugierige versammelten sich um das Tor. Stimmen wurden laut, zwei etwa siebzehnjährige Mädchen holten ihre Smartphones raus und knipsten.

Himmel!

Ich sah mein Bild schon auf einem Fahndungsplakat: *Wer kennt diese dreiste Friedhofsschänderin, die keinen Respekt vor der Totenruhe hat?*

Entsetzt wandte ich mich ab und rannte mit schmerzendem Fuß blindlings über den gepflasterten Streifen zu dem Weg, der vor mir zwischen jungen Bäumen zu einem Mahnmal führte. Bastian stand rechts neben einem Schild, von dem ich hoffte, dass es ein Hinweisschild zu Fontanes Grab war.

»Was steht da?«, rief ich und eilte weiter, ohne innezuhalten.

»Die Öffnungszeiten der Fontane-Dauerausstellung«, antwortete er und folgte mir.

»Nichts weiter?«, fragte ich und wusste die Antwort bereits, bevor er den Kopf schüttelte.

Schlitternd kam ich vor dem Mahnmal zum Stehen. Es war eingezäunt, aus rotem Granit, jedenfalls nach meinem Dafürhalten, und schien eine Miniversion des Washington Monuments zu sein. Mit an Verzweiflung grenzender Idiotie hoffte ich darauf, Fontanes Namen zu entdecken, obwohl ich das Foto seines Grabes im Internet gesehen hatte und es keinerlei Ähnlichkeit mit diesem Mahnmal besaß.

»Das ist Französisch«, sagte ich und wies auf die goldene Schrift im unteren Bereich des an einen Obelisken erinnernden Denkmals.

»Weiter!«, rief Bastian und rannte los.

Nur wohin? Das Mahnmal stand mitten auf einer Wegkreuzung.

»Beeilt euch«, schrie der Maler hinter uns am Tor. »Die alte Vettel hat die Bullen gerufen. Ich glaub, sie kommen auch schon! Ich höre Sirenen.«

Zwei Minuten!

Ich stolperte weiter. Einfach geradeaus. Alles vor mir verschwamm zu einer grünbraunen Fläche, in die Blumen bunte Tupfer malten.

Bastian bog nach links ab, ich entdeckte beim Umrunden des Denkmals hinter diesem ein kleines Gebäude mit rosafarbenen Mauern und einem roten Dach. Auf der Glastür stand etwas, das ich von meiner Position aus nicht entziffern konnte. Aber irgendetwas sagte mir, dass sich vor mir Fontanes Dauerausstellung befand.

»Hier«, rief ich und beschleunigte meine Schritte. Ich rannte an alten Grabsteinen und Rhododendronbüschen vorbei und suchte vergeblich nach dem schwarzen Grabmal, das mir von dem Foto im Internet in Erinnerung geblieben war.

Irrte ich mich mit meiner Annahme, dass sich Fontanes Grab in der Nähe der Ausstellung befinden musste?

Wo war Bastian? »Hast du was gefunden?«, rief ich und stellte mich auf die Zehenspitzen, um über einen Busch hinwegsehen zu können. Zwischen Birken mit ihren tief hängenden Ästen und Kastanien entdeckte ich weitere Grabsteine. Aber nirgendwo ein Lebenszeichen.

Eine Minute!

»Bastian, komm!«, rief ich und rannte zu dem Gebäude, das tatsächlich die Ausstellung beherbergte. Davor drehte ich mich im Kreis und ließ den Blick schweifen. Doch ich konnte kaum etwas sehen, Tränen verschleierten mir die Sicht. Egal, wie oft ich sie verzweifelt aus den Augen wischte.

Einer Intuition folgend wandte ich mich nach rechts und lief weiter. In das Knirschen meiner Schritte mischte sich das Geheul von Sirenen. Der Maler hatte recht gehabt. Die Polizei war fast da.

Ich rannte links an Büschen vorbei und entdeckte weiter vorn eine rote Stele mit einer Steinbüste obendrauf. Offenbar gehörte diese einer berühmten Persönlichkeit. Nicht Fontane, aber vielleicht lag er in der Nähe?

Ich lief schneller und blieb schlitternd vor dem Grabmal aus rotem Granit stehen. Keuchend las ich:

Leopold A. F. Arends,
dem Begründer der nach ihm benannten Stenographie

Mein Blick schweifte von der Inschrift ab, bevor ich den Rest gelesen hatte …

… und blieb auf dem Mann haften, der wenige Schritte von mir entfernt vor einem eingezäunten Doppelgrab lag.

Mit dem zertrümmerten Gesicht nach oben.

Würgend taumelte ich rückwärts, bis ich gegen eine harte Brust stieß. Starke, sich wie Fremdkörper anfühlende Hände griffen nach mir, während ich bittere Galle auf der Zunge schmeckte.

Null Minuten!

Das Ultimatum war abgelaufen.

Und vor mir lag ein Toter.

16. Kapitel

»Oh mein Gott«, brachte ich zwischen einem Schluchzen und einem Würgen heraus. Zittrig hob sich meine Brust, und ich schmeckte den Tod auf der Zunge. Atmete ihn tief in meine Lungen. Diesen metallisch-süßen Geruch, der sich überall in mir festzusetzen drohte.

Bitte, oh bitte, lass mich aus diesem Albtraum erwachen.

Aber er wurde noch schlimmer, als ich die Uhr am Handgelenk und den Siegelring am Ringfinger des Toten erkannte. »Das ist … Dr. Hoffmann«, keuchte ich und würgte erneut. Mein Psychologe hatte praktisch kein Gesicht mehr. Seine Lippen waren aufgeplatzt und blutverschmiert. Splitter des Kinns ragten aus der Haut, die bläulich unterlaufen war. Eine tiefe Furche zog sich von seinem Ohr bis zu seiner Nase, die durch einen harten Gegenstand zertrümmert worden war.

Fliegen ließen sich auf den Wunden nieder. Gierig, als wäre Dr. Hoffmann das Büfett, auf das sie seit Wochen gewartet hatten.

Meine verwundete Seele hielt diesen Augenblick für geeignet, in ein Traumwunderland zu flüchten. Um sich zu retten. Vor dem Grauen, das sie nie wieder würde vergessen können. Ich spürte warmen Sand unter meinen nackten Zehen, hörte Meeresrauschen und sah einen strahlend schönen Sonnenaufgang über Palmen. Erleichtert atmete ich durch. Ohne Schmerz. Ohne …

»Sie kommen!« Bastians Griff um meine Oberarme wurde fester. »Annika, sie kommen.«

»Nein.« Abwehrend hob ich die Hände. Denn ich wusste, wenn ich jetzt zurückkehren würde, würde etwas in mir zurückbleiben. Etwas Kaltes. Etwas entsetzlich Dunkles.

Bastian schüttelte mich. »Die Polizei ist fast da.«

Mit dem Satz kam das Grauen zurück.

Ich riss die Augen auf. Sirenen heulten und hämmerten mir einen entsetzlichen Gedanken in den Kopf.

Er musste wegen mir sterben.

Schluchzend versuchte ich, mich aus Bastians Händen zu befreien, doch er hielt mich mit eisernem Griff fest. »Bitte, lass mich los. Ich muss ihm helfen.« *Denn er lebt noch, er* muss *noch leben. Er darf nicht wegen mir gestorben sein. Nein, bitte nicht.*

»Er ist tot, Annika«, erwiderte Bastian bestimmt.

»Das kann nicht sein.« Ich schaffte es, mich mit einem Ruck zu befreien. Doch für meine Knie war die Situation zu viel. Sie gaben unter mir nach, und ich sank zu Boden. »Oh bitte nicht.«

»Es tut mir leid.« Bastian lief los. Kieselsteine spritzten nach allen Seiten, als er vor der Leiche schlitternd stehen blieb und sich neben sie kniete.

»Was machst du da?«, fragte ich, als er den Toten zu untersuchen begann. Zuerst glaubte ich, er würde am Handgelenk den Puls prüfen, allerdings besah er sich die Hände, dann tastete er über die Beine, die in Lauftights steckten.

»Wir benötigen den zweiten Hinweis. Er muss hier irgendwo sein.«

»Aber das ist doch gar …«

»Doch, das ist Fontanes Ruhestätte.« Bastian deutete hinter sich zu einem schwarzen polierten Grabstein mit goldener Schrift, den ich aus dem Internet kannte. »Von ihm und seiner Frau, die danebenliegt.«

Graue verschnörkelte Poller mit Ketten umzäunten das Doppelgrab von Theodor und Emilie Fontane, auf dem Efeu wuchs.

Die Wahrheit ließ sich nicht mehr aufhalten, sosehr ich das auch wollte. »Dann musste Dr. Hoffmann wegen mir sterben?« Blankes Entsetzen schüttelte mich. Ein bitterer Schwall erreichte meine Kehle, und ich erbrach Magensäure, vermischt mit Galle.

»Nicht wegen dir und schon gar nicht wegen Janina. Solche Gedanken darfst du nicht zulassen«, sagte Bastian mit ernstem Blick. »Der Irre hat ihn getötet, nicht du.«

»Wegen mir …«

Blaulicht blitzte in Intervallen durch die Blätter der Bäume.

»Hier ist nichts«, fluchte Bastian. »Diese verdammte Leggings hat nicht mal Taschen.«

»Das sind Tights. Er ist jeden Morgen gejoggt«, kam es mir automatisch über die Lippen, nur wusste ich nicht, warum. Warum dieses Detail, das er mir einmal nach einer Sitzung anvertraut hatte, mir in diesem Augenblick wichtig erschien.

Gehetzt blickte Bastian zum Tor. »Wir müssen weg.«

Jäh kam Leben in mich. So als hätte jemand einen Defibrillator auf meine Brust gedrückt. Ich sprang auf und hastete vorwärts. »Nicht ohne den Hinweis.« Ohne ihn würde ich Janina niemals finden.

Zweite Chancen vergebe ich nicht.

Diese Worte des Entführers waren das Einzige, was in meinem Kopf haften blieb, als ich neben Dr. Hoffmann auf die Knie sank. Mein keuchender Atem donnerte laut in meinen Ohren und übertönte alles.

Nur nicht die heulenden Sirenen.

Meine Hände entwickelten ein Eigenleben. Sie glitten über die Leiche. Über den glatten Stoff der Tights und die des schwarzweißen Adidas Laufshirts. Feuchtes Blut blieb auf meinen Fingern zurück.

Ein Schluchzen schüttelte mich.

»Bitte, verzeihen Sie mir«, stammelte ich wiederholt. »Es tut mir unendlich leid. Das habe ich nicht gewollt.«

Nichts davon hatte ich gewollt. Erst recht nicht Janina. Aber das kümmerte diesen perfiden Mörder ebenso wenig, wie sich die

Fliegen darum scherten, dass sie ihre Eier in den Wunden eines völlig unschuldigen und liebenswerten Mannes platzierten.

Ich schrie auf, während Bremsen vor dem Friedhof quietschten.

»Annika, wir müssen los. Wir sitzen hier in der Falle.«

»Nein, nein, nein.« Fieberhaft tastete ich weiter. Irgendwo musste der Hinweis sein!

Ohne ihn war Janina verloren.

Denk nach!

»Das Shirt!«, rief ich und sprang gebückt auf. »Laufshirts haben oft auf dem Rücken einen Reißverschluss.«

Bastians Hand umklammerte meinen Unterarm, als ich mich anschickte, Dr. Hoffmann auf den Bauch zu drehen.

»Es ist zu spät.«

»Hilf mir. Wir können …«

»Sie werden uns mitnehmen. Willst du das?«

Tief atmete ich durch. Eine simple Frage, die mit Ja oder Nein zu beantworten war.

Aber war sie das wirklich. So einfach?

Was passiert, wenn ich Ja sage?

Mein Kopf zeigte mir sofort die Antwort. Ich sah mich in einer Zelle sitzen, was nach den letzten Stunden kein Wunder wäre. Und es gab nichts, was ich dort drinnen tun konnte. Außer zu beten.

Meine Kehle schnürte sich zu. »Nein.«

Ich stolperte los. Nur waren meine Beine die Leidtragenden meiner in unterschiedliche Richtungen ziehenden Gefühle. Ich wollte auf die Knie sinken, um den zweiten Hinweis zu finden, und gleichzeitig rennen. Weg von der Polizei. Weg von dem Kerker, in dem ich durch Weinsheim landen würde.

Schritte hallten über die Liesenstraße und den Fußweg vor dem Kirchhof.

Uns blieb wahrscheinlich nicht einmal eine Minute, bevor es hier vor Polizisten wimmelte.

Mehr taumelnd als wirklich laufend folgte ich Bastian, der mich vorwärtszog. An weiteren Gräbern vorbei, zwischen Büschen und Bäumen entlang zu einer Mauer, die von Efeu überwuchert wurde.

»Wo willst du hin?«, keuchte ich.

»Da ist ein Durchgang zu dem anderen Friedhof.« Er rannte zu einer verrosteten Gittertür, die offen stand. Wir hasteten hindurch, gleich danach bog Bastian unvermittelt nach links ab. Beinah stolperte ich über meine Füße, doch ich riss mich zusammen und bekam unerwartet etwas mehr Festigkeit in meine weichen Beine.

»Wohin jetzt?«

Gehetzt sahen wir uns um. Rechter Hand stand eine Kapelle aus rotem Backstein, dahinter entdeckte ich die gleichen grauen Zaunfelder wie an der Straßenseite des Friedhofs.

»Da!« Bastian wies nach vorn. Über weitere Gräber hinweg zu einer Mauer.

Ein lautes Quietschen ertönte.

»Sie sind da.«

Gehetzt sah ich mich um. Blaulicht stach schmerzhaft in meine Augen, vielleicht sah ich deshalb niemanden.

»Komm«, flüsterte Bastian und lief weiter.

Ich hörte Kies knirschen. Unter vielen Schuhen. Die scheinbar einer Armee aus Polizisten gehörten.

In mir blieb nur ein Gedanke zurück.

Weg von hier.

Bloß weg von hier.

Und ich begann zu rennen.

Nicht um mein Leben.

Sondern um das meiner Tochter.

17. Kapitel

Der Schlaf ist nicht der kleine Bruder des Todes. Wenn überhaupt, so hat der Tod nur eine Schwester, die sich Dahinsiechen nennt. Der Schlaf ist viel zu friedlich, viel zu erholsam, um mit dem Tod verwandt zu sein. Er lässt uns träumen, wo es im Tod keine Träume mehr gibt. Er lässt uns fliegen, Millionen zählen, ein Star sein, wo uns der Tod mit vollständiger Leere füllt.

Er lässt ein sabberndes Baby die letzten Stunden seines erbärmlichen Lebens buchstäblich verpennen. Eine Gnade, könnte man meinen, aber ich behaupte, dass Barmherzigkeit eine Schlampe ist. Eine Lügnerin, die Güte vorgaukelt, um dir dann später vom Leben gewaltige Arschtritte verpassen zu lassen. Arschtritte, von denen du dich nicht mehr erholen kannst. Weil du so unverrückbar an die Barmherzigkeit des Lebens glaubst, dass du fortan nur noch nach dem Weg Ausschau hältst, der dich aus dem Tal hinauf auf den Berg bringt. Du hast keinen Blick mehr für etwas anderes und bist von deiner Suche derart abgelenkt, dass du gar nicht merkst, dass das Schicksal nicht einmal eine Anhöhe für dich vorgesehen hat – bis es zu spät ist. Bis das Dahinsiechen beginnt. Bis die Vorbotin des Todes an deine Tür klopft. Sie bittet nicht darum, von dir hereingelassen zu werden. Sie zwingt dir einfach den letzten Schachzug auf, den dein ach so gnädiges Leben für dich vorgesehen hat.

Wenn ich eins von meinem Stiefvater gelernt hatte, dann war es die Lebensweisheit, dass es das Leben selbst ist, das dir Güte und Menschlichkeit mit blutigen Fingern mitten aus dem Herz reißt.

»Ich bin ein elendes Stück Scheiße.«

Mein Körper war von dieser – seiner – Lehre gezeichnet. Bis tief hinab in meine Seele. Wenn einem Kind nichts mehr blieb, außer diese Worte, dann wurden sie zur Wahrheit. Zur Offenbarung, an der es festhielt, weil sie seine einzige Stütze war. Eine Säule, die jedem Sturm und jedem Orkan widerstand.

»Ich bin ein elendes Stück Scheiße.«

Genau das hatte ich meinem Stiefvater gesagt, als ich ihn die Treppe hinab in den Tod stürzte. Sein Entsetzen tat mir nicht weh. Seine Panik verursachte nicht einmal ein winziges Kribbeln auf meiner Haut. Er hatte mich vollständig verwandelt. Er hatte mich erschaffen.

Und dann verfluchte er mit seinen letzten armseligen Worten sein Lebenswerk.

Welche Ironie.

Es war nicht so, dass ich ihn hasste. Er war mir genauso gleichgültig wie das verwelkte Laubblatt, das auf einer dreckigen Pfütze schwamm. Damals, bevor ich wusste, dass er nicht mein richtiger Vater war, habe ich versucht, mit ihm zu reden. Ihm meine Gefühle zu erklären, meinen Schmerz, meine Trauer. Ich habe versucht, ihm beizubringen, dass ich ein Kind war. Dass ich sein Sohn war, der sich gern an seine Brust schmiegen würde. In seine Arme, wo ich ihm von der Schule erzählen wollte. Von meiner Deutschlehrerin, die von meinem letzten Aufsatz über Robinson Crusoe derart begeistert gewesen war, dass sie ihn der ganzen Klasse vorgelesen hatte. Meine Ohren brannten gleichermaßen feuerrot von meiner Scham und meinem Stolz.

Doch mein Vater befahl mir, für ihn ein Bier aus dem Kühlschrank zu holen, nachdem er von der Arbeit nach Hause kam, und drückte mir einen Spaten in die Hand, um das Gemüsebeet umzugraben. Als ich nach vier Stunden ins Wohnzimmer zurückkehrte, saß er in seinem Fernsehsessel und wiegte im Schlaf eine Whiskyflasche in den Armen, als wäre sie das Kind, das er abgöttisch liebte. Mit knurrendem Magen kniete ich mich neben ihn, bettete meinen Kopf auf die Armlehne und wünschte mir, ich könnte eine Flasche sein.

Drei Monate später wollte ich ihm von Becky erzählen. Zahnspangen-Becky, die seit Beginn des neuen Schuljahres neben mir saß und mir den ersten Liebesbrief meines Lebens geschrieben hatte. Auf

Butterbrotpapier fragte sie mich zwischen Leberwurstflecken und klebrigen Brotkrumen, ob ich sie nach der letzten Stunde hinter der Turnhalle treffen wollte. Sie hatte strähniges schulterlanges blondes Haar, einen Überbiss und ein großes herzförmiges Muttermal unter dem linken Auge. Bei unserem ersten Treffen musste ich es immer wieder ansehen. Dieses kleine dunkle Herz, das mich hoffen ließ, ich müsste keine Flasche sein, um in den Arm genommen zu werden.

Für das Versprechen, sie abschreiben zu lassen, durfte ich Becky küssen. Sie war ein Jahr zurückgestuft worden, doch statt Mathe zu pauken, schob sie mir lieber ihre Zunge in den Mund und ließ mich in ihre Unterhose sehen. Zwischen ihre Beine.

Mit dem Gedanken, eine Freundin – meine erste – zu haben, lief ich nach Hause, wo mich mein Stiefvater bereits erwartete. Er hatte früher in der Uni Schluss gemacht, weil seine Vorlesung über moderne Politische Theorie wegen eines herrenlosen Rucksacks, aus dem es verdächtig tickte, gestrichen worden war.

»Wo warst du?«, brüllte er mich mit glänzenden Augen an und schwenkte eine Whiskyflasche.

»Ich hab mich mit einem Mädchen getroffen«, erklärte ich stolz. »Wir haben uns geküsst.«

Er torkelte in den Flur, seine dunkelblaue Krawatte hing schief auf seinem Bauch. »Und jetzt glaubst du, ein Mann zu sein?«, lallte er und lachte schallend. Etwa zehn Sekunden. Dann packte er mich an meinem Hemdkragen, so fest, dass ich kaum noch Luft bekam. »Sag mir, was du bist!«

»Ich bin ein elendes Stück Scheiße«, flüsterte ich vor Angst, etwas Falsches zu antworten.

Er beugte sich zu mir, sein scharfer Whiskyatem kroch mir in die Nase und ließ mich würgen. »Ganz genau«, erklärte er, wobei ihm Schweißtropfen über das blasse, aufgedunsene Gesicht liefen. »Und weißt du was? Deine kleine Freundin ist genauso ein elendes Stück Scheiße wie du. Sie ist nichts weiter als eine Nutte. Eine Schlampe. Weil das alle Weiber sind. Verstehst du?«

»Nein, Vater.«

»Was wollte sie für den Kuss?«

Es kam mir nicht in den Sinn zu lügen. Warum auch? »Dass ich sie bei Arbeiten und von meinen Hausaufgaben abschreiben lasse.«

»Siehst du? Siehst du!« Er ließ mich los und bohrte immer wieder seinen Zeigefinger in meine Brust, während er das noch dreimal wiederholte. »Ich hab's doch gesagt, sie alle prostituieren sich.« Er trank ein paar kräftige Schlucke aus seiner Flasche. »Genau wie deine Mutter.«

»Mama war nicht so. Mama war lieb.« Sie hatte mich geliebt.

Ich sah seine Faust nicht kommen. Sie traf mich unterhalb des linken Auges und schleuderte mich durch den Flur. Hart schlug ich auf den Holzdielen auf, und als ich hochsah, stand er bereits über mir. »Deine Mutter war eine verdammte Dorfmatratze!« Sein zweiter Schlag zertrümmerte meine Nase. Warmes Blut rann mir übers Kinn und tropfte auf mein Hemd. »Sie hat jeden Schwanz in ihre Pussy gelassen, der dick und heiß war.«

»Nein, nein!«, rief ich entsetzt und hob schützend meine Arme über den Kopf, als er erneut zuschlagen wollte. »Bitte, nicht. Bitte, Vater.«

Mit wutverzerrtem Gesicht zog er mich an meinem blutbespritzten Hemd nach oben und drückte mich an die Wand. »Dein Vater war irgendein Wichser, der deine Nuttenmutter für zwanzig Mark ficken durfte.« Er lachte schallend, Sabber lief ihm aus dem Mund. »Es würde mich nicht wundern, wenn er ein besoffener Matrose war, der in jedem Hafen eine andere flachgelegt hat. Hast du das kapiert?«

»Ja, Vater«, antwortete ich voller Angst. Ich zitterte vor Schmerzen, mein linkes Auge schwoll zu, und mir wurde von dem Blutgeruch übel. Ich wollte weinen, doch ich wusste aus Erfahrung, dass er dann nicht aufhören würde, mich zu verprügeln. »Meine Mutter war eine Nutte. Genauso eine, wie Becky es ist.«

Er nickte und ließ mich endlich los. Meine Knie gaben unter mir nach und ich rutschte an der Wand nach unten. »Vergiss das nie«, warnte er mich.

Nun, ich vergaß diesen Augenblick tatsächlich nie, aber ich war Jahre später so dumm, seine Worte in den Wind zu schlagen.

Er brachte mich ins Krankenhaus und erzählte dem Arzt, dass ich den Tod meiner Mutter nicht verkraften würde und in einem Tobsuchtsanfall meinen Kopf gegen einen Baum geknallt hätte. Immer wieder.

Ich flehte stumm um Hilfe, darum, dass einer von ihnen – der Arzt, die Krankenschwestern, irgendjemand – die Wahrheit erkennen würde. Die Wahrheit sehen würde, wo meine Großeltern, unsere Nachbarn und meine Lehrerinnen sie schon nicht sahen. Doch im Gegensatz zu meinem Stiefvater musste ich unsichtbar sein. Sie alle, einschließlich seiner Eltern, hatten nur Blicke für ihn. Für den angesehenen Universitätsprofessor, der traurige Märchen über ein verlorenes Kind erzählen konnte, dem er in den kommenden Jahren mehrfach die Nase, einmal das Schienbein, ein paar Fingerknöchel und zweimal den linken Unterarm brechen sollte.

18. Kapitel

Annika Ritter
11. August, 5:54 Uhr

Der Friedhofsausgang rechter Hand von mir war nicht nur abgeschlossen, er führte auch auf die Liesenstraße, weshalb er nicht infrage kam. Ohne weiter darüber nachzudenken, rannte ich auf den Zaun vor mir zu. Dahinter entdeckte ich das Backsteingebäude, an dem wir vorhin vorbeigelaufen waren.

»Hier«, rief Bastian und deutete zu der kleinen Kirche links von uns. »Dahinter können wir über den Zaun zu einem Innenhof klettern.«

»Kommen wir von dort aus auch raus zur Chausseestraße?«

»Warum sollten wir nicht?«

Ich wies nach links zu einem Tor, das sich zwischen Backsteinhaus und Friedhofszaun befand. Offenbar war das Areal um das Wohnhaus komplett umzäunt worden. »An der Tiefgarage dort könnten wir uns vielleicht vorbeizwängen.«

»Damit könntest du recht haben.«

Ich rannte zum Zaun und unterdrückte den fast unbändigen Drang, am Haus nach oben zu gucken. Der Gedanke, dass uns Bewohner beobachteten, kroch wie ein glitschiger Wurm durch meine Eingeweide. Aber egal, ob jemand am Fenster stand und die Polizei rief, wir mussten irgendwie von diesem Friedhof fliehen.

»Komm«, wies ich Bastian an, hielt mich am Pfosten fest und stellte einen Fuß auf die unterste Querstrebe. Glücklicherweise waren die Zaunfelder hier nicht ganz so hoch wie die zur Straße hin, weshalb ich fünf Sekunden später auf der anderen Seite stand.

Ich zwang Luft in meine Lungen, fischte ein Taschentuch aus meiner Jeans und wischte meine mit Blut besudelten zitternden Hände sauber, während Bastian über den Zaun kletterte. Gleich darauf lief ich los, denn ich ahnte, dass die Polizisten inzwischen Dr. Hoffmanns Leiche vor Fontanes Grab entdeckt hatten. Spätestens jetzt, falls noch nicht geschehen, würden sie eine Fahndung nach Bastian und mir herausgeben.

Wegen Mordes an einem unschuldigen Psychologen.

Panik verengte mir den Hals, trotzdem zügelte ich meine Schritte. Ich wollte rennen, so schnell und so weit ich konnte, nur hinderte mich der Blick zum Wohnhaus links von uns daran.

»Sie beobachten uns bestimmt«, wisperte ich, nahm Bastians Hand und schmiegte mich lächelnd an ihn, als wäre die Welt in Ordnung und wir nicht gerade verbotenermaßen über einen Friedhofszaun geklettert. »Wenn wir jetzt abhauen, wird vielleicht einer misstrauisch und benachrichtigt die Polizei.«

Bastian sah zum Wohnhaus, das mittig weiß verputzt war und an den Außenseiten eine rotbraune Klinkerfassade besaß. Eigentlich sollte es um diese Uhrzeit noch verschlafen vor sich hin dösen. Aber selbst der taubste Langschläfer konnte bei dem Aufgebot an blau gekleideten Beamten wohl nicht mehr von einem Strandurlaub auf den Malediven träumen. Hier und dort bemerkte ich Leute, die aus ihren Fenstern guckten, andere standen auf ihren Balkonen oder drückten ihre Nasen an Scheiben platt.

Meine Beine wurden bei jedem Schritt schwerer. Müdigkeit zerrte meinen Körper in die eine Richtung, Angst zog mich in die entgegengesetzte.

Bastian legte einen Arm um mich, und ich schmiegte mich enger an ihn, um das Bild eines verliebten Pärchens für die Anwohner aufrechtzuerhalten. Ich bewunderte ihn dafür, als er leise lachte und seine Lippen auf mein Ohr senkte, während wir langsam zum Tor weiterliefen.

Ich bekam vor lauter Anspannung keine Luft. Weil es auf

der Hand lag, dass irgendjemand im Wohnhaus in der Lage sein könnte, eins und eins zusammenzuzählen.

Und leider war die Rechenaufgabe zu Bastian und mir relativ simpel. Ein fliehendes Pärchen plus ein Heer Polizisten konnte nur Bonnie und Clyde ergeben. Oder eine Version des Gaunerpaars.

Ein alltägliches Geräusch ließ mich zusammenfahren. Aus einem geöffneten Schlafzimmerfenster drang das Klingeln eines Weckers.

Reiß dich zusammen. Du kannst das!

Meiner inneren Stimme zu widersprechen, fehlte mir die Kraft. Ich benötigte jedes Fitzelchen, um weiterzulaufen.

Beim nächsten Schritt haben sie euch.

Schweiß sammelte sich in meinen Handflächen, und mir wurde heiß, als hätte die Luft um uns herum schlagartig asphaltflirrende fünfundvierzig Grad angenommen.

Unter meinem Schuh brach knackend ein Zweig, und mir entfuhr vor Schreck beinah ein spitzer Schrei.

»Wir haben's gleich geschafft«, flüsterte Bastian und riskierte einen Blick zum Wohnhaus. Damit brachte er etwas fertig, was ich nicht konnte.

Mir genügte bereits die Vorstellung, jemand könnte dort mit einem Handy auf seinem Balkon stehen und telefonieren – oder uns fotografieren.

»Oh Gott.« Ich schluckte hart. Anscheinend stand die Chance gut, dass ich in diesem Wahnsinn, den der Kidnapper über Janina und mich gebracht hatte, aus Sorge verrückt wurde. Schon jetzt litt ich an Verfolgungswahn und anderen Störungen, die Dr. Hoffmann genau hätte benennen können.

»Hier lang«, sagte Bastian und zog mich am Ende des Weges zum Friedhofszaun. Zwischen ihm und der Tiefgaragenausfahrt wuchsen Büsche, deren Zweige mir über Arme und Rücken kratzten, als wir uns an ihnen vorbeidrängten.

Mit angehaltenem Atem folgte ich Bastian und wartete bei jedem Schritt darauf, dass uns jemand aufhalten würde.

»Was tun Sie denn da?« In meinem Kopf hallte dieser Satz hundertfach wider, während ich mir wünschte, mich klein wie eine Maus machen zu können.

Tiefe Erschöpfung ergriff von mir Besitz, als wir die Liesenstraße unbehelligt erreichten. Janinas Entführung, die blutigen Handabdrücke über ihrem Bettchen, der Entführerbrief, die Flucht aus meinem Haus und durch halb Berlin und Dr. Hoffmanns Leiche hatten mich seelisch und körperlich ausgelaugt. Tränen sammelten sich in meinen Augen, und ich hatte das Gefühl, keinen einzigen Meter mehr laufen zu können.

Bis dieser Ruf über den Asphalt hallte.

Bis jemand rief: »Da! Da sehen Sie!«

Oh mein Gott! Sie haben uns entdeckt!

Der Gedanke genügte, um mich augenblicklich lossprinten zu lassen. »Lauf«, rief ich Bastian zu und rannte nach einem hastigen Blick die Liesenstraße hoch und runter in Richtung Neue Hochstraße.

Ein Schleier schob sich vor meine Augen und bescherte mir einen Tunnelblick. Das Einzige, was ich noch klar und deutlich vor mir sehen konnte, war der Fußweg, auf den ich zusteuerte.

Jeder normale Mensch wäre stehen geblieben oder hätte zumindest zu demjenigen gesehen, der diese Worte brüllte. Hinweg über das Stimmengewirr der Gaffer, die sich um die Friedhöfe drängten, als würden dort gefeierte Hollywoodstars Autogrammkarten verteilen.

Aber in meiner neuen Normalität, die sich seit dem Aufwachen auf der blutbesudelten Tagesdecke in meinem Leben breitmachte, gehörte Angst dazu wie atmen. Bis gestern hatte eine große schwarze Spinne, die über meiner Anbauwand die Tapete im Wohnzimmer hinaufkrabbelte, den Gipfel meiner Furcht dargestellt. Jetzt hielten reine Fluchtinstinkte und Panik meinen Körper fest im Griff.

Mein pfeifender Atem hallte in meinen Ohren wider, als ich nach einem gefühlten Marathonlauf neben Bastian mit dumpf pochendem Fuß den Bürgersteig erreichte.

»Wo willst du hin?«

»U-Bahnhof Reinickendorfer Straße«, keuchte ich und bezwang den Drang, mich umzusehen, obwohl ich mich vergewissern wollte, ob der Rufer ein Polizist war, der Bastian und mich entdeckt hatte.

Wer sonst?

Der Gedanke ließ mich an parkenden Autos, Bäumen und Toreinfahrten vorbeihetzen, an denen *»Ausfahrt frei lassen«*- oder *»Parken verboten«*-Schilder befestigt waren.

U-Bahnhof Reinickendorfer Straße, blitzte es wieder und wieder in meinem Kopf auf wie die Leuchtwerbung eines Spielcasinos. Mein Fluchtinstinkt kümmerte sich nicht um den knappen Kilometer, der uns von dem Bahnhof trennte. Er kümmerte sich auch nicht um das Seitenstechen, das oberhalb meiner linken Hüfte mit jedem zweiten Schritt zunahm.

Ich presste die Hand in meine Taille und lief neben Bastian weiter, bis uns unverhofft ein junger Mann stoppte.

Schlitternd kamen wir vor dem Radfahrer zum Stehen, der pfeifend sein glänzendes Mountainbike aus einer Toreinfahrt schob.

Verwirrt blickte er von Bastian zu mir, dann hellte sich sein Gesicht auf.

Er löste die simple Mathematikaufgabe binnen Sekunden, obwohl er nicht einmal gegenüber des Friedhofs wohnte.

Unwillkürlich wich ich einen Schritt zurück. Nur konnte ich damit nichts an der Erkenntnis des Radfahrers ändern.

Seine Augen wurden größer, und als er den Mund zu einem Ruf öffnete, blieb für mich die Zeit stehen. In Zeitlupe sah ich, wie der junge Mann mit einer Hand in unsere Richtung gestikulierte und wie sich gleichzeitig Bastians Faust auf das Gesicht des

Blondschopfs zubewegte. In gerader Linie, um dann sein Kinn zu treffen. Ich schrie auf, doch da taumelte der Radfahrer durch den Schlag auch schon rückwärts in die Toreinfahrt zurück, aus der er gekommen war.

»Weiter!« Bastian ergriff meine eiskalten Finger. Stolpernd folgte ich ihm, während hinter uns ein lautes Scheppern erklang.

»Grundgütiger«, keuchte ich erschrocken. »Du hast ihn k. o. geschlagen.«

»Er hätte uns verraten und die halbe Berliner Polizei auf den Hals gehetzt.«

»Das kannst du nicht wissen«, protestierte ich, jedoch lahm. Denn auch ich hatte es in den Augen des Radfahrers gesehen. Dieses Aufblitzen von: Ich weiß etwas.

Er wollte *Hier* rufen. *Hier sind sie.*

»Das ist nicht richtig«, japste ich. »All das hier. Wir. Das, was wir tun. Vor der Polizei fliehen, unschuldige Passanten niederschlagen, die Straßenrallye mit dem Streifenwagen. Lügen.«

Ich schluckte hart.

Bastian war ebenso wie ich ein gesetzestreues Relikt aus der Steinzeit. Einmal abgesehen von den Scheunenbränden in seiner Jugend, die er aus pubertärem Frust heraus gelegt hatte, als er erfuhr, dass er adoptiert worden war. Aber er erfuhr die Wahrheit nicht von seinen Eltern, sondern von einem Kerl aus seiner Klasse, der Bastian hasste, weil sich das Mädchen, auf das er stand, für Bastian entschieden hatte.

Und nun mutierten wir innerhalb einer Nacht zu Rowdys.

Hinter uns erklangen laute Schreie. Der Radfahrer hatte sich schnell erholt und rief aus Leibeskräften um Hilfe.

»Oh Mist«, entfuhr es mir kaum hörbar.

Sie haben uns gleich.

Wir fielen auf diesem fast menschenleeren Fußweg auf wie zwei schwarze Fussel auf einer strahlend weißen Bluse. Mein gehetzter Blick erfasste zahllose parkende Autos, Bäume, Baustellenschilder und Häuserwände, aber nichts, wo wir uns verstecken konnten.

Gleich war alles aus. Ich wusste es. Dass wir nur noch Sekunden davon entfernt waren, in Handschellen abgeführt zu werden.

19. Kapitel

Eric Weinsheim
11. August, 6:09 Uhr

»Zwei Paar Fußabdrücke«, sagte Reuss und deutete auf den regenfeuchten Boden.

»Von Suarek und Ritter, doch das Opfer wurde bereits vor dem Regen hier abgelegt.«

Reuss kniff die Augen zusammen und ging in die Hocke. »Sie haben recht. Das Erdreich unter ihm ist trocken.«

»Checken Sie die Vermisstenmeldungen der letzten Tage«, wies ich Reuss an und streifte mir Handschuhe über.

»Chef?«

»Wir finden in seiner Laufkleidung sicher keine Brieftasche.« Die Nike-Tights besaßen zwar auf dem Rücken eine kleine Tasche mit Reißverschluss, aber dort passte allerhöchstens ein iPod rein.

»Eher seinen Hausschlüssel.«

Ich nickte. »Einige Hämatome in seinem Gesicht nehmen bereits eine blauviolette Färbung an, was bedeutet, dass ihm die Wunden vor ein bis zwei Tagen zugefügt worden sind.«

»Warum ändert der Täter seine Vorgehensweise? Erst ermordet er eine Frau Anfang dreißig durch Schüsse in die Augen. Jetzt einen Mann, der etwa fünfzig Jahre alt ist, durch einen Stich ins Herz?«

»Weil er kein üblicher Serienkiller ist. Die Opfer sind für diesen Psychopaten Mittel zum Zweck.«

Reuss ballte die Linke zur Faust. »Sind das nicht alle Opfer?«

»Ja, jedoch geht es diesem Killer um Annika Ritter, nicht um das Ausleben seiner kranken Fantasien. Zumindest nicht vordergründig«, schränkte ich ein, als ihr Blick auf das zertrümmerte Gesicht des Opfers fiel. »Wir müssen wissen, wer er ist«, murmelte ich und betrachtete seine rechte Hand, an der sich kein Ehering befand. Dafür fiel mir an seinem Mittelfinger im Bereich des Fingerendglieds ein unter der Haut liegender Knubbel auf. »Er ist Rechtshänder, hat eine sitzende Tätigkeit und schreibt trotz Computerzeitalter viel mit der Hand.«

Überrascht hob Reuss die Augenbrauen. »Woran erkennen Sie das?«

Ich zeigte ihr die kleine Wölbung an seinem Finger. »Das ist eine Hornhautverdickung, die sich durch Beanspruchung bildet. Zum Beispiel beim Halten und Führen eines Kugelschreibers oder Füllers.«

»Wer schreibt denn heute noch mit der Hand?«

»Sie, unter anderem.« Ich wies auf ihren Notizblock, von dem eine Ecke aus ihrer Jackentasche schaute.

»Touché.« Sie wandte sich ab, um zu telefonieren. Was ich nur am Rande bemerkte, denn ich konnte den Blick nicht von den glanzlosen Augen des Unbekannten abwenden. Die in Panik erstarrt waren, als er seinem unausweichlichen Tod ins Angesicht sehen musste. Seinem Killer, der in einem einzigen Sekundenbruchteil gnadenlos all das auslöschte, was sich das Opfer noch erträumte, sich noch von seinem Leben ersehnt hatte.

Kalte Wut packte mich.

Der Mörder hatte den letzten verzweifelten Schrei seines Opfers gehört, seine letzte Bitte um Gnade, sein letztes Flehen, ihn nicht zu töten.

Und hatte all das kaltschnäuzig ignoriert.

Dieser sadistische Psychopath mochte einerseits durchgeknallt und pervers sein, andererseits hatte er seine brutal-blutigen Neigungen im Griff. Denn er ließ von seinem menschlichen Spielzeug ab und tötete es, als es sein Plan erforderte.

Sein Plan für Annika Ritter.

Das Ultimatum, das er ihr gestellt hatte, lief ab, zuvor jedoch wollte er in aller Ruhe die Leiche vor Ort platzieren.

Hier, vor Fontanes Grab, hatte er für Ritter ein beschissenes kleines Gruselkabinett erschaffen, um ihre Höllenfahrt zu beschleunigen. Um ihre Furcht und ihr Entsetzen zu schüren, bis sie gefangen in ihrer Panik zu einer bloßen Marionette in seinen Händen wurde.

Sie sollte diese brutal zugerichtete Leiche hier finden und einen Nervenzusammenbruch erleiden. Vermutlich kannte Ritter das Opfer aus diesem Grund sogar. Er war nicht willkürlich vom Mörder ausgewählt worden, sondern zu einem bestimmten Zweck. Dieser Sadist wollte Annika Ritter Stück für Stück näher an diesen dunklen Abgrund führen, den der Verstand einer Mutter nicht überlebte, wenn er hineinstürzte.

Mein Handy zwitscherte. Ohne auf das Display zu sehen, nahm ich das Gespräch an.

»Weinsheim.«

»Die KT hat weder Fingerabdrücke noch DNA am Entführerbrief sichergestellt. Das Papier ist gewöhnliches, wie man es in jedem Supermarkt kaufen kann, und der Drucker ist ein einfacher Tintenpatronendrucker älteren Baujahrs.«

Wie ich bereits vermutet hatte. »Was hat die KT noch?«

»Vorläufig nichts weiter, aber die Kollegen aus München haben mit der Mutter des Opfers gesprochen«, berichtete Peary. »Sie sagt, ihre Tochter hätte keinen festen Freund.« Er machte eine Pause. »Oder eine feste Freundin, sie wäre da ziemlich unkonventionell gewesen. Aber es hätte einen Mann in ihrem Leben gegeben, den sie nicht vergessen konnte.«

»Den Namen kennt sie nicht?«

»Nein. Beate Weiß hat immer gehofft, ihre Tochter käme noch zur Vernunft und würde ihr bald Enkelkinder schenken. Ihr Liebesleben war wohl stets ein Streitpunkt zwischen Mutter und Tochter.«

»Ich verstehe«, erwiderte ich. »Schiefer soll sich noch mal mit Rebecca Mühlner unterhalten, irgendwas verschweigt sie uns.« Ihre Eifersucht zum Beispiel. Frau Mühlner war definitiv in ihre Chefin verliebt gewesen. Was, wenn sie von dem Mann wusste, der dem Opfer viel bedeutet hatte?

»*InStyle Man* ist auf dem Weg nach Westend. Tobias Bruch hat eine Freundin, die am Branitzer Platz eine Villa besitzt.«

»Der Nachbar von Opfer Nummer eins ist also wieder in Berlin?«

»Bruch ist am Nachmittag des achten August nach Madrid geflogen und kam einen Tag später zurück.«

»Wann genau?«

»20.25 Uhr in Schönefeld.«

»Er könnte etwas gesehen haben, wenn er nach der Landung nach Hause gefahren ist.«

Peary schwieg, dafür hörte ich Papier rascheln. »Zwei Wochen vor ihrem Tod hat Susanne Weiß mehrere Anrufe auf ihr Handy von einer nicht zurückverfolgbaren Nummer erhalten«, sagte er schließlich. Offenbar war das Thema Bruch für ihn erst einmal erledigt. »Am Anfang hat sie die Gespräche angenommen, die jedoch nicht länger als dreißig Sekunden gedauert haben. Später hat sie den Anrufer ignoriert.«

»Telefonterror?«

»Sieht danach aus. Der Stalker hat auch nachts angerufen.«

Er war sicher nicht erfreut darüber, dass sie ihn missachtete. »Hat die KT das Handy von Frau Weiß gefunden?«

»Nein. Der Täter muss es mitgenommen haben.«

»Checken Sie ihre SMS, der Täter hat das Smartphone nicht umsonst verschwinden lassen.«

»Alles klar. Ach, und Chef, Frau Weiß hat gestern Morgen ihre Flüge storniert. Kurz nach drei Uhr.«

Das lag innerhalb unseres Tatzeitfensters. »Telefonisch?«

»Von ihrem Festnetz aus. Die Flughafenangestellte konnte

sich noch an den Anruf erinnern, weil Frau Weiß wirres Zeugs geredet hätte, als hätte sie Drogen eingeworfen.«

»Wir brauchen dringend den Tox-Befund, machen Sie noch mal Druck.«

»Geht klar.«

»Kann sich die Flughafenangestellte an den genauen Wortlaut erinnern?«

»Vage. Frau Weiß könne nicht nach New York fliegen, denn sie müsse etwas gutmachen. Etwas, was sie einem besonderen Menschen angetan hat, den sie nicht verletzen wollte.«

Suarek? War er der Mann, den das Opfer nicht vergessen konnte?

Fragte sich nur, in welchem Zusammenhang sie die letzte Äußerung gemacht hatte und wie klar sie zu dem Zeitpunkt noch bei Verstand gewesen war. Vermutlich hatte die Droge oder das vom Killer verabreichte Medikament da bereits seine Wirkung entfaltet.

»Hat das Opfer danach noch jemanden angerufen oder ihren Computer benutzt?«

»Keine weiteren Anrufe, zumindest keine, die in ihrem Festnetztelefon gespeichert sind. Ihr Laptop ist noch in der Technik, aber nach den vorliegenden Ergebnissen hat sie von ihm aus am neunten August gegen zweiundzwanzig Uhr das letzte Mal ihre Mails abgerufen.«

Eine Stunde später telefonierte das Opfer mit ihrer Angestellten, vier Stunden danach stornierte sie ihre Flüge. Was war dazwischen geschehen?

»Schiefer soll sich nach dem Gespräch mit Bruch melden.« Ich wollte auflegen, doch Peary hielt mich davon ab.

»Frank Thiele, der Lkw-Fahrer, lebt seit Kurzem getrennt und hat wohl seinen Job verloren, vermutet Frau Leipold. Denn er wäre die Woche über zu Hause statt wie sonst unterwegs. Die Kollegen haben weder Berger angetroffen, der auf einer Bohrinsel arbeitet, noch Frank Thiele.«

»Überprüfen«, wies ich Peary an. »Was ist mit den Autos?«

»Moment.« Ich hörte das Klappern einer Tastatur.

»Auf Berger ist ja keins zugelassen, Thiele besitzt einen dunkelblauen Ford Mondeo, aber … auf seine achtzehnjährige Tochter ist ein Lexus CT 200 angemeldet.«

»Farbe?«

»Florentinerrot.«

»Machen Sie Thiele ausfindig und bringen Sie ihn aufs LKA.«

»Verstanden.«

Ich legte auf, im gleichen Moment knirschte neben mir Kies. Reuss und Christian.

»Verschwindet«, grummelte der Doc, als ich zur Seite trat.

Ich unterdrückte jedweden Protest und schob Reuss zum Weg zurück. Wenn Christian in dieser bärbeißigen Stimmung war, diskutierte ich nur mit ihm, wenn seine üble Laune Leben in Gefahr brachte.

»Haben Sie einen Namen?«, fragte ich Reuss und folgte ihr zu Fontanes Gedenkstätte.

»Vorgestern wurde ein Psychologe von seiner Sprechstundenhilfe als vermisst gemeldet, der nach Größe und Alter der Tote sein könnte. Falls die Zahnunterlagen das bestätigen, handelt es sich bei dem Opfer um Dr. Peer Hoffmann, geschieden, sechsundvierzig Jahre alt.«

»Vorgestern«, murmelte ich und schloss kurz die Augen. Ich musste mich nicht weit aus dem Fenster lehnen, wenn ich dem in meinem Kopf entstehenden Täterprofil das Adjektiv akribisch hinzufügte. Auch wenn die Brutalität der Morde auf sadistischen Jähzorn hinwies, deutete alles andere auf gewissenhafte Planung, an der der Killer bis ins kleinste Detail gefeilt hatte.

Er war ein Perfektionist, ein Pedant, wenn es um diese Sache ging. Und die Umgebung, die er herrichtete, erschuf, wie ein Künstler sein Meisterwerk. Erst das weibliche Opfer, das er nackt vor sich knien lassen und dann mit dem Wort Schlampe gebrandmarkt hatte. Dann die blutigen Handabdrücke über Janina Ritters Bett und jetzt die Leiche eines Psychologen vor dem Grab Fontanes. Nicht ein Detail passte auf den ersten Blick zusammen, aber es waren Puzzleteile, die ein Ganzes ergeben würden, wenn ich endlich begriff, wie sie ineinanderpassten.

Eins stand fest: Diese kranke Mühe, die sich der Täter mit diesem, seinem Bravourstück gab, deutete darauf hin, dass er Aufmerksamkeit erregen wollte. Er wollte in die Geschichte eingehen wie da Vinci mit seiner *Mona Lisa*.

»Darf ich Sie was fragen, Chef?«

»Natürlich.« Sie durfte mich alles fragen, ob ich ihr antworten würde, stand auf einem anderen Blatt.

»Mir ist aufgefallen, dass Sie sich nie Notizen machen, dennoch merken Sie sich jede Kleinigkeit. Besitzen Sie ein eidetisches Gedächtnis?«

Ich hob die Augenbrauen. Ihre Offenheit überraschte mich nicht, sondern eher der Umstand, dass sie sich beinah sechs Wochen Zeit gelassen hatte, um die Frage an mich zu richten. Ich nahm an, dass sie ihre Antwort bereits auf den Fluren oder in den Frühstücksräumen des LKA bekommen hatte, wofür vieles sprach. Schiefer und Peary hatten auf die Weise alles über mich erfahren, was nicht in meinem Lebenslauf stand. Reuss sicher auch, nur schien sie nichts auf Tratsch zu geben.

Was ich ihr hoch anrechnete, schließlich lagen Beileidsschreiben von Kollegen auf ihrem Schreibtisch, als sie mir zugeteilt worden war. Die Karten erschreckten sie, und ich wartete Tage darauf, dass sie um Versetzung bat, was nicht geschah. Bereits damals wurde mir bewusst, dass sie aus härterem Holz geschnitzt war, als ihr charmantes Lächeln erkennen ließ.

»Meine Mutter war Requisiteurin, mein Vater Theaterschauspieler.«

Verblüffung zeichnete sich deutlich auf ihrem Gesicht ab. Eine Reaktion, die mir nicht neu war. Irgendwie schien es für viele Menschen unvorstellbar zu sein, dass der Spross einer Künstlerfamilie Hauptkommissar wurde.

»Aber trotz der Leidenschaft meines Vaters für Shakespeare, Schiller und Goethe hatte er ein Problem«, erzählte ich weiter. »Es fiel ihm schwer, Texte zu lernen. Er war ein exzellenter Schauspieler, jedenfalls behaupteten seine Fans und Kritiker das, dennoch bekam er oft nur kleinere Rollen oder war die Zweitbesetzung der Hauptrolle.«

»Das tut mir leid«, murmelte Reuss mit einem Hauch Mitleid in den Augen.

Ich lächelte matt, während wir weitergingen. »Ich war neun, als meine Eltern auf die grandiose Idee kamen, dass ich meinem Vater beim Lernen helfen sollte. Er lernte Texte besser, wenn er sie nicht allein in einem stillen Kämmerlein paukte, sondern einen Partner hatte. Meine Eltern glaubten, dass meinem Vater dadurch der Durchbruch gelingen könnte und … dass diese Übungen für mich die perfekte Vorbereitung auf meine zukünftige Schauspielerkarriere sein würden.«

Reuss' Augen wurden noch größer.

»Ich brachte es nicht übers Herz, ihnen zu sagen, dass ich es hasste. Die Texte, das Theater, einfach alles. Ich wollte mit meinen Freunden spielen und überlegte daher, wie ich meinen Vater dazu bringen konnte, schneller zu lernen. Ich forderte ihn auf, wiederholt eine Seite zu lesen. Erst leise, dann laut, doch das funktionierte nicht. Also las ich ihm seine Rolle vor. Immer und immer wieder.« Ich schwieg einen Moment und fragte mich, warum ich ihr gegenüber derart redselig war. Vielleicht, weil es lange her war, dass mir ein Kollege eine persönliche Frage gestellt hatte.

»Mir fiel es nicht auf, aber meinem Vater«, erzählte ich weiter. »Dass ich seine Texte irgendwann Wort für Wort wiedergab, ohne auf ein Blatt sehen zu müssen. Er bekam einen Tobsuchtsanfall und stand kurz davor, alles hinzuschmeißen.« Ich schwieg erneut, um meine Erinnerungen daran zu hindern, mir jenen Tag noch einmal zu zeigen. Jenen Tag, an dem ich voller Hoffnung, dass ich endlich wieder mehr Zeit zum Spielen haben würde, das Haus meiner Eltern verließ.

»Das muss schrecklich für Ihren Vater gewesen sein«, murmelte Reuss mitfühlend. »Zu sehen, dass Sie seine Texte schneller beherrschten als er.«

Mein Vater brauchte Wochen, um das zu verarbeiten. Wochen, in denen er kaum ein Wort mit mir sprach. »Meine Mutter bat mich, künftig so zu tun, als ob ich ablesen würde, und ich liebte sie zu sehr, um ihr diesen Wunsch abzuschlagen. Natürlich kam mein Vater dahinter und bekam den nächsten Wutanfall. Von dem er sich erst erholte, als er mitbekam, dass ich ältere Texte genauso rasch vergaß, wie ich sie auswendig lernte. Denn das passierte ihm nicht. Was er einmal verinnerlicht hatte, beherrschte er auch noch nach Jahren.«

Reuss nickte verständnisvoll. »Dadurch hatte er Ihnen etwas voraus und musste sich nicht mehr als …« Sie brach ab und sah betreten auf den Weg zum Mahnmal.

»Als Versager fühlen?«, vollendete ich leise ihren Satz.

»Er hat sich bestimmt mies gefühlt«, versuchte sie abzumildern, was mein Vater damals durchmachen musste.

»Hat er. Aber was ich eigentlich damit sagen wollte: Ich habe kein eidetisches Gedächtnis, doch ich kann mir gut merken, was ich lese und höre. Zumindest bleibt es für eine Weile in meinem Gedächtnis.«

»Gut?« Reuss blinzelte verblüfft und strich sich eine Haarsträhne hinters Ohr. »Ich hätte gern Ihr Gehirn, dann könnte ich mir die viele Schreiberei ersparen«, fügte sie hinzu und nahm ihren Notizblock aus ihrer Jackentasche.

»Glauben Sie mir, das wollen Sie nicht wirklich«, entgegnete ich trocken. »Mein Kopf hat auch ein paar ordentliche Macken.« Meine Mutter nannte meinen Büchergeschmack liebevoll außergewöhnlich, Direktor Dölling nannte ihn exzentrisch und befahl mir, den Grimoirescheiß mit nach Hause zu nehmen.

»Wer hat die nicht?« Reuss grinste kurz. Was mich erneut überraschte. Trug ich doch nicht ohne Grund den Spott-Spitznamen *Agent Mulder*.

»Waren Ihre Eltern enttäuscht, als Sie sich für die Polizei entschieden?«

Ich schloss die Augen und schüttelte den Kopf. »Jedes Jahr im Februar fuhren sie mit mir nach Österreich, wo meine Eltern im Zillertal ein Wochenendhaus besaßen. Auch wenn ich ihre Theaterleidenschaft nicht teilte, so mochte ich wie sie Wintersport. Zwei Tage vor meinem sechzehnten Geburtstag brach ich mir beim Snowboarden das Bein und begleitete sie deshalb nicht zu einer geplanten Skitour.«

Ich weiß nicht, wie oft ich mir jenen Tag bereits in Erinnerung gerufen hatte. Wie oft ich die Stunden noch einmal durchlebte, in denen ich verzweifelt versuchte, sie zu erreichen. Noch nie im Leben hatte ich solche Angst gehabt, wie von dem Moment an, wo sie am Morgen in ihr Auto stiegen und losfuhren, bis zu dem Augenblick, als es am Abend an der Haustür klingelte. Ich wusste, wer davorstand, noch ehe ich einen Blick nach draußen geworfen hatte. Und ich wusste, was geschehen war, bevor der Polizist ein Wort sagte.

»Was ist passiert?«, fragte Reuss leise und ging neben mir her zu dem im Morgenlicht glänzenden kleinen Obelisken.

»An jenem Tag lösten sich mehrere Lawinen in Oberösterreich, Vorarlberg und Tirol und begruben zahlreiche Menschen unter sich. Meine Eltern wurden schwer verletzt geborgen, starben dann allerdings auf dem Weg ins Krankenhaus an inneren Blutungen.«

»Oh mein Gott«, wisperte Reuss und drückte kurz meine Hand. »Das tut mir leid.«

»Das ist zweiundzwanzig Jahre her«, erwiderte ich, als sie noch etwas sagen wollte, doch ich schüttelte den Kopf. Wir hatten genug über meine Vergangenheit gesprochen.

»Ritter und Suarek?«, fragte ich daher.

»Die Kollegen suchen noch.«

»Weit können sie nicht gekommen sein. Wir müssen sie finden. Postieren Sie Beamte vor der Schule und den Wohnungen von Ritters Freunden. Irgendwo tauchen die beiden sicher auf.«

Reuss suchte meinen Blick und hielt ihn fest. »Also glauben Sie nun auch, dass Suarek etwas mit den Morden zu tun hat?«

Etwas ja, aber was, war mir immer noch ein Rätsel.

20. Kapitel

Annika Ritter
11. August, 6:29 Uhr

Ich schluchzte leise, während meine Beine vor Hilflosigkeit wie gelähmt waren. Ich stolperte, fiel jedoch nicht, weil Bastian weiterhin meine Hand hielt. Allerdings zog er mich vorwärts, denn er lief noch immer, wodurch ich erneut ins Straucheln geriet.

»Wat habt ihr denn ausjefressen, hä?«

Die unerwartete Stimme einen halben Meter über mir trieb meinen Puls in unbekannte Höhen.

Während ich mit einem rudernden Arm um mein Gleichgewicht kämpfte und mit dem anderen Bastian zurückzog, erfasste ich im Augenwinkel eine beinah zahnlose alte Frau, die den Kopf aus einem Fenster im ersten Stock des Wohnhauses neben uns streckte.

»Annika, komm«, rief Bastian, doch ich fand meine Balance wieder und hielt ihn auf, ehe er weiterrennen konnte.

Eine Idee reifte in meinem Kopf. »Mein Ex ist ein Bulle und hetzt mir jeden Polizisten auf den Hals, seit ich ihn abserviert habe«, log ich die zahnlose Frau schamlos an. »Er ist ein Arschloch und kann es nicht akzeptieren, dass ich mich neu verliebt habe.«

Bastian riss bei meinen Worten verblüfft die Augen auf, die Frau hingegen schnalzte missbilligend mit der Zunge.

»Solche Kerle sind das Letzte, lass dir das gesagt sein, mein Täubchen«, erwiderte sie im reinsten Hochdeutsch und tastete ihre knallbunte Schürze ab, bis sie fand, was sie suchte. Etwas Silbernes flog klirrend auf Bastian zu, der den Schlüsselbund geschickt aus der Luft fing.

»Der lange, alte ist fürs Tor«, fügte die Frau hinzu und wies nach links. »Beeilt euch.«

Ich hielt mich nicht damit auf, ihr zu danken, sondern folgte Bastian zu dem dunkelbraun gestrichenen Holztor, das aufsprang, als sich nähernde schwere Schritte über das Pflaster donnerten.

»Oh Gott«, keuchte ich und schob mich eilig hinter meinem Freund in die Dunkelheit des Durchgangs. »Wenn sie uns gesehen haben …«

»Haben sie nicht«, unterbrach mich Bastian und schloss die Tür. »Bestimmt nicht.«

Nach Luft ringend lehnte ich mich an die rau verputzte Wand, stemmte die Arme in die Hüften und versuchte, zwischen den Pfeifgeräuschen meiner Lungen, Stimmen auf der Straße auszumachen. Ich hörte Schritte und Rufe.

In der nächsten Sekunde würde jemand ans Tor hämmern. Der Radfahrer war sicher über Bastians Kinnhaken derart empört gewesen, dass er uns nicht aus den Augen gelassen hatte, nachdem er wieder auf die Füße gekommen war.

Andererseits hatten die vielen Polizeiwagen in dieser Gegend für derartigen Trubel gesorgt, dass vermutlich jeder Anwohner der Neuen Hochstraße auf den Beinen war. Was bedeutete, dass wahrscheinlich noch mehr Leute aus ihren Fenstern gesehen hatten als die zahnlose Frau.

»Sie sind in Richtung Grenzstraße gelaufen«, hörte ich in dem Moment die Frau gedämpft durchs Holz des Tores rufen. »Wenn ihr euch beeilt, holt ihr sie noch ein, ehe sie eine Bahn erwischen.«

Ich drückte meine Hand auf den Mund, um mein Keuchen zu ersticken. In dem hellhörigen Durchgang könnte ein kleiner losgetretener Stein lautstark polternd über den Beton rollen, was unter Umständen auf der Straße zu hören sein würde.

Bastian presste die Lippen aufeinander und lehnte sich neben mich an die kühle Wand, in die Buchstaben, Herzen und diverse Schimpfwörter eingeritzt waren.

Meine Arme zitterten ebenso wie meine Beine, Schweiß rann mir in Strömen den Rücken hinab. Haarsträhnen klebten mir im Nacken, und ich fragte mich für einen Augenblick, wie ich auf dem obligatorischen Foto aussehen würde, das von Häftlingen geschossen wurde, ehe diese im Gefängnis landeten.

Vermutlich sah ich aus wie eine Irre.

»Sie laufen vorbei«, flüsterte Bastian kaum hörbar und neigte den Kopf zur Seite, um weiterzulauschen.

Tatsächlich schienen die schweren, von Einsatzschuhen stammenden Schritte vor dem Tor leiser zu werden, dennoch atmete ich nicht befreit auf. Dazu fehlte mir die Kraft. Ich rutschte einfach an der Wand hinab und presste meine Hände auf die Augen.

Ich hatte keine Tränen mehr, trotzdem gab ich mich diesem Moment der Dunkelheit hin. Ich wollte wie die drei japanischen Affen nichts sehen, nichts hören und nichts sagen, wenigstens ein paar Herzschläge lang. Um zu verstehen, warum Janina und mir das passierte.

»Wollt ihr zwei hier ein Kaffeekränzchen veranstalten?«

Mir entfuhr beinah ein Schrei, ehe ich die Augen aufschlug und die fast zahnlose Frau am anderen Ende des Durchgangs stehen sah.

»Vielen Dank für Ihre Hilfe«, entgegnete ich und sprang trotz meiner weichen Knie auf. »Mein Ex hetzt uns bereits die halbe Nacht durch Berlin«, log ich erneut und schwor mir gleichzeitig, nie wieder zu flunkern, wenn Janina gesund und munter in meinen Armen lag.

Mitleid vertiefte den Strahlenkranz der Fältchen um ihre Augen. »Kommt erst mal rein. Bei mir könnt ihr etwas zur Ruhe kommen, ihr seht beide fix und fertig aus.«

»Wir wollen Ihnen keine Umstände ma…«, begann ich, doch die Frau unterbrach mich mit einer ablehnenden Handbewegung.

»Papperlapapp, das bisschen Kaffeekochen bekomme ich auf

meine alten Tage noch hin.« Sie winkte uns, und wir folgten ihr ein kleines Stück über den Hinterhof zu einer offen stehenden Haustür.

Ich erwartete jederzeit einen lauten Ruf, der die Polizei auf uns aufmerksam machen würde. Deshalb hielt ich den Kopf gesenkt und fragte mich, ob meine an paranoide Wahnvorstellungen heranreichende Neurose noch heilbar war.

Wahrscheinlich nicht.

»Übrigens, ich bin Helena«, sagte die Frau, als wir im Halbdunkel des Treppenaufgangs standen.

»Ich bin Basti«, erwiderte mein bester Freund und deutete auf mich. »Und das ist Anni.«

Helena zeigte uns ihr fast zahnloses Lächeln. »Soso. Basti und Anni.« Sie lachte schallend. »Aus welcher Schnulze habt ihr denn die Namen?«

Bastian stöhnte, während ich verlegen das gusseiserne Treppengeländer musterte.

»Schon gut, ich wollte euch nur auf den Arm nehmen«, entgegnete Helena und ging vor uns die Stufen hinauf. Schwerfällig, als hätte sie Schmerzen in den Beinen. »Ich dachte, euch tut ein bisschen Humor gut, so fertig wie ihr ausseht. Na, kommt schon, meine Katzen und ich beißen nicht.«

Alles in mir, vor allem meine Angst um Janina, wollte umkehren und auf die Straße hinauslaufen. Und von dort immer weiter, bis ich meine Kleine endlich wieder an mich drücken konnte.

»Ein Kaffee tut uns bestimmt gut«, sagte Bastian leise zu mir.

Zögernd nickte ich, was mir schwerfiel. Kaffee war das Letzte, was ich jetzt brauchte.

»Komm.« Er schob mich sanft vorwärts und deutete mit dem Kopf zur ersten Etage hinauf, wo Helena in ihrer Wohnungstür auf uns wartete. »Wir sollten die Pause nutzen und etwas essen. Solange die Polizei da draußen ist, schaffen wir es ohnehin zu keiner Bahn.«

»Wir wissen nicht, wann das nächste Ultimatum endet«, widersetzte ich mich und schluckte aufsteigende Galle hinunter. »Wir wissen gar nichts.«

Schlagartig rückte diese Tatsache wieder in den Vordergrund. Ich hatte sie nicht vergessen, aber mein Fluchtinstinkt hielt es scheinbar für angebracht, sie zu verdrängen.

Bis jetzt.

Druck baute sich in meinem Kopf auf, als würde die nackte Realität ein Stahlband um meine Stirn legen – hinter der Schmerz zu hämmern begann.

»Wir haben nichts in den Händen«, sagte ich kaum hörbar und registrierte nur am Rand, dass mich Bastian an seine Brust zog. »Wie sollen wir Janina finden?«

»Uns wird etwas einfallen«, entgegnete er beruhigend und lehnte seinen Kopf an meinen. »Vertrau mir, okay?«

Ich nickte erneut und ließ mich von ihm die Stufen hinauf in Helenas Wohnung schieben.

Als wir den Flur betraten, hantierte sie bereits in der Küche, zwei Katzen streiften schnurrend um ihre Beine.

»Ja, ja, ihr kriegt gleich, ihr zwei Schleckermäuler«, sagte sie mit einem Lachen in der Stimme und sah zu uns. »Das sind Cici und Dasja«, stellte sie die Katzendamen vor, die bis auf ein paar weiße Tupfen schwarz waren. »Ich hab sie zusammen mit ihrem Bruder aus einem Stoffsack gerettet, den irgendein Dreckschwein in die Havel geworfen hat. Cici und Dasja haben überlebt, ihr Bruder nicht.«

»Das tut mir leid«, erwiderte ich und musste mich an Bastian lehnen, weil ein Zittern meine Beine erfasste.

»Das ist schon lange her, Kindchen«, winkte Helena ab und stellte zwei Näpfe vor den Katzen ab. Erst jetzt bemerkte ich, dass sie unter ihrer Schürze noch ihr weißes Nachthemd trug und ihre Füße in rosafarbenen Plüschpantoffeln mit großen Bommeln steckten. Offenbar war sie, wie viele andere Anwohner an diesem

Morgen, durch das Sirenengeheul der Polizeiwagen aus dem Bett gescheucht worden.

Während Helena etwas aus dem Kühlschrank nahm, sah ich mich verstohlen in der Wohnung um. Die zwar nicht groß, dafür aber blitzblank sauber war. Unzählige gerahmte Fotos schmückten die Wände des schmalen Flurs, von dem weitere Türen abgingen. Zwei kleine Mädchen sahen mich von einem Bild aus lachend an und ließen mein Herz schmerzhaft klopfen. Sie waren älter als Janina, hatten aber beide dunkles Haar und blaugrüne Augen.

»Das sind meine Enkelinnen«, sagte Helena und trat mit einem vollen Tablett hinter uns in den Flur. »Caroline und Melissa, sie sind Zwillinge.«

»Sie sind hübsch. Wie alt sind sie?«, fragte ich und betrachtete das nächste Bild.

»Neun.« Helena deutete mit ihrem Kopf zu einem Foto neben ihrer Garderobe, auf dem die Mädchen mit silberglänzenden Zahnspangen in die Kamera lächelten. »Ich sehe sie leider nicht oft. Mein Schwiegersohn hat vor vier Jahren auf dem Frankfurter Flughafen einen Job angenommen, deshalb ist die ganze Familie dorthin gezogen. Was auch gut ist«, fügte sie murmelnd hinzu und schob sich an uns vorbei. »Denn wenn sie mich jetzt sehen würden, dann …«

Den Rest verstand ich nicht mehr, weil Helena das Wohnzimmer betrat und dort den runden Esstisch in der Ecke neben dem Fernseher ansteuerte.

Einmal mehr wunderte ich mich über die Sauberkeit und die moderne Einrichtung. Die Anbauwand war keine zehn Jahre alt und bestand nicht aus folierten Spanplatten, sondern aus Massivholz. Offenkundig bekam Helena eine gute Rente, aber warum ließ sie sich dann nicht die Zähne richten?

»Kommt, sonst wird der Kaffee kalt«, rief sie und deckte den Tisch.

»Das ist wirklich nicht nötig«, versuchte ich es erneut, brach dann allerdings ab, weil Helena energisch den Kopf schüttelte. Dabei löste sich ihr offenbar eilig gesteckter Haarknoten am Hinterkopf, wodurch ihre silbergrauen Locken über die Schultern hinabfielen.

»Nun, das Frühstücksbüfett des Waldorf Astoria ist es nicht, aber ich verspreche, dass ich leckeren Kaffee koche.« Sie grinste, stellte Butter und Marmelade neben die Zuckerdose und schob uns zwei Stühle zurecht.

»Vielen Dank«, sagte Bastian und legte Helenas Schlüssel auf die Garderobe, ehe er meine Hand in seine nahm und mich zum Tisch zog. Er drückte mich auf einen Stuhl, setzte sich auf den anderen und goss uns Kaffee ein. Ich sah unterdessen Helena nach, als sie in die Küche zurückging. Dabei bemerkte ich erneut, dass sie leicht humpelte.

»Können wir helfen?«, fragte ich, weil sie scheinbar Schmerzen hatte.

»Danke, mein Täubchen, aber nein, es geht schon. An manchen Tagen schmerzt mich das künstliche Hüftgelenk, die Operation und der Unfall sind noch nicht lange her, wisst ihr.«

»Unfall?«, fragte Bastian.

Helena verzog die Lippen. »Nun ja, beim Kräftemessen zwischen meinem Fahrrad und einem entgegenkommenden Auto habe ich verloren. Ich habe mir das Hüftgelenk gebrochen, hatte zahlreiche Verletzungen im Gesicht und habe mir bei dem Aufprall sechs Schneidezähne plus drei Backenzähne ausgeschlagen. Pech, denn es war meine Schuld, ich habe den Ford übersehen. Jetzt liege ich im Streit mit meiner Versicherung, die sich bislang weigert, mir die Kosten für die Zähne zu erstatten.« Sie lächelte matt. »Aber es scheint, als hätten sie ein Einsehen. Was auch Zeit wird, denn so wie ich aussehe, kann ich unmöglich auf die Straße gehen.«

»Oh nein, das tut mir leid«, sagte ich betroffen. »Ich hoffe, dass die Versicherung die Kostenübernahme nun schnell bestätigt.«

»Danke, Schätzchen. Das ist lieb von dir.« Helena wandte sich um, tätschelte ihren Katzen die Köpfe und ging dann Kosenamen flüsternd in die Küche.

Bastian rührte uns Zucker und Sahne in den Kaffee und reichte mir eine Tasse. »Wie geht's dir?«, fragte er leise.

»Gut.« Ich zwang mich zu einem Lächeln, obwohl ich wusste, dass er meine Lüge durchschaute. Wir kannten uns zu lange, um uns noch etwas vormachen zu können.

Unsere Freundschaft war irgendwie immer einfach gewesen. Anders als die zwischen Nadine und mir. Sie verkomplizierte viele Dinge, wo Bastian nicht reden wollte, sondern handelte. Wenn ich es schaffen sollte, Janina zu finden, dann mit ihm.

»Vielleicht kommen wir über den Hinterhof zur Chausseestraße«, sinnierte ich und schloss kurz die Augen, während ich den Kaffeeduft tief einatmete. Allein der Geruch der Röstbohnen ließ neuen Elan durch meine Adern fließen.

»Durchaus möglich«, entgegnete Bastian und beugte sich zu mir. »Trotzdem sollten wir warten, bis sich da draußen die Lage beruhigt hat.«

»Wir können nicht lange hierbleiben.« Ich nippte an meiner Tasse und stöhnte leise, als die heiße Flüssigkeit meine Kehle hinabrann. »Irgendwer hat uns womöglich doch hier reingehen sehen und spricht in diesem Augenblick mit der Polizei. Ich will Helena da nicht mit reinziehen.«

»Du hast recht.« Bastian verengte grübelnd die Augen, während aus der Küche ein dezentes Klappern erklang. »Trotzdem brauchen wir einen Ort zum Ausruhen.«

»Ich will nicht ausruhen.« Ich sprang auf, stellte meine Tasse mit einem Knall auf den Tisch zurück und ging zum Fenster. Erstaunt stellte ich fest, dass ich auf keinen Hinterhof, sondern das grüne Blätterdach zahlreicher Bäume blickte. Offenbar ein kleiner Park. »Ich will Janina finden«, sagte ich und sah zu Bastian. »Solange meine Kleine in den Händen dieses Perverslings ist, finde ich keine Ruhe.«

»Das weiß und verstehe ich.« Bastian stand auf und kam zu mir. Er zog mich in seine Arme und lehnte meinen Kopf an seinen. »Ich mach mir auch Sorgen um Janina … aber auch um dich«, fügte er nach einem kurzen Zögern hinzu.

In diesem Moment öffnete Helena in der Küche das Fenster. »Hey Süßer, willste zu mir raufkommen? Ick hab meen Bett noch nich jemacht, dat is noch schön kuschlig warm.«

Sie redet mit einem Polizisten.

Der Gedanke schoss durch meinen Kopf und wollte nicht verschwinden. Auch nicht, als mich die Hoffnung erfasste, er würde meiner paranoiden Wahnvorstellung entspringen. Mein Mund wurde trocken, und ich versteifte mich, denn eine männliche Stimme schallte zum offenen Küchenfenster herein.

»Haben Sie … gesehen … wir durchsuchen … nach den Flüchtigen …« Der Rest ging im Dröhnen eines vorbeifahrenden Motorrads unter.

Doch nicht paranoid.

Ich nahm mir keine Zeit, Helenas Antwort zu lauschen, sondern drehte mich aus Bastians Armen und eilte zur Wohnzimmertür.

»Annika?«

»Wir sitzen hier in der Falle«, keuchte ich und stolperte fast über eine Katze, die sich an meinen Beinen reiben wollte.

Verdammt.

Wir hatten uns selbst diese Falle gestellt, indem wir Helenas nett gemeintes Angebot annahmen. Stattdessen hätten wir versuchen sollen, über den kleinen Park zu entkommen. Sobald der Polizist Einlass in die Wohnung verlangte, schnappte die Falle zu, genau wie die vergitterte Tür der Zelle, in die man Bastian und mich danach stecken würde.

Vor Angst um Janina wurde mir schlecht.

Rasche Schritte folgten mir, dann fasste Bastian nach meiner Hand, um mich aufzuhalten. »Wenn wir rausgehen, laufen wir der Polizei direkt in die Arme.«

»Nicht wenn wir hinten rausgehen.«

»Warte«, sagte Bastian leise, was ich kaum verstand, denn Helena lachte in diesem Augenblick wie eine Schankmagd. Laut und dreckig.

»Du weest nich, wat dir entjeht, Süßer.«

Die Antwort des Polizisten verhallte ungehört von mir im Verkehrsrauschen der Straße. Umso deutlicher vernahm ich das Piepsen meines Handys.

Eine E-Mail oder SMS.

Bevor ich nachsehen konnte, schloss Helena das Fenster. Scheinbar war der Beamte weitergegangen, denn sie grinste uns siegessicher an und steckte Weißbrotscheiben in ihren Toaster.

»Das wollte ich schon immer mal machen«, sagte sie. »Hat Spaß gemacht.«

»Der Polizist hat sich einfach abwimmeln lassen?«, fragte ich erstaunt und ließ mich von Bastian zurück zum Stuhl bringen. Auf den er mich drückte, bevor er sich auf seinen setzte.

Helena folgte uns und nickte dabei wiederholt, stolz wie mir schien. »Der, mit dem ich gesprochen habe, konnte mir vor lauter Ekel wegen meiner fehlenden Zähne nicht mal ins Gesicht sehen. Er hat gemacht, dass er zu seinen Kollegen kam, die ans Nachbartor klopften.«

»Sie suchen immer noch nach uns«, sagte ich entmutigt. Denn sie suchten uns nicht wegen eines simplen Friedhofseinbruchs. Dafür würden die Polizisten allenfalls Zeugenaussagen aufnehmen und die Straftat protokollieren.

Doch hier ging es nicht um einen Einbruch, sondern um Mord.

Ich sprang auf, dabei rutschte mir das Handy aus der Hosentasche und landete polternd auf dem Teppich. Das Display aktivierte sich und zeigte mir, dass neben einigen Anrufen auch eine Facebook-Privatnachricht eingegangen war.

Verwirrt verengte ich die Augen. Nur Nadine schrieb mir ab und an über Facebook, aber meine Freundin stand in ihrem Urlaub selten vor neun auf.

»Was ist los?«, wollte Bastian wissen.

Ich setzte mich, dabei verdunkelte sich das Display. Ich zögerte nur einen Herzschlag lang, ehe ich es erneut aktivierte.

»Eine Facebook-PN.« Ein ungutes Gefühl schnürte mir den Brustkorb zu, und eine lauter werdende Stimme in mir schrie: *Ignorieren*!

Ich weiß nicht, was passiert wäre, wenn ich auf die Stimme gehört hätte. Vielleicht wäre dann alles anders abgelaufen. Wahrscheinlich sogar.

Aber ich habe sie ignoriert.

»Von wem ist sie?«, wollte Bastian wissen, als ich den Messenger öffnete.

»Jane Doe«, las ich leise und spürte einen kalten Schauder auf meinem Rücken. Dieser weitere Hinweis, dass etwas ganz und gar nicht stimmte, hätte mir zu denken geben sollen. Nur hatte meine Neugier da bereits die Kontrolle über meinen Verstand übernommen.

Es dauerte nur ein paar Sekunden, ehe das Bild heruntergeladen war. Und als ich es dann betrachtete, brauchte ich in etwa genauso lange, um zu erkennen, wer fotografiert worden war.

Ein stummer Schrei bildete sich in meiner Kehle. Da war so viel Blut. Überall Blut. Auf Stefans Stirn, auf seinen Wangen, auf seinem Oberhemd.

Und seine toten Augen sahen blicklos direkt in die Kamera.

Das Letzte, was ich von meiner Umwelt wahrnahm, bevor mich das nackte Grauen in eine Ohnmacht schickte, war ein lautes Klingeln an der Tür.

21. Kapitel

Eric Weinsheim
11. August, 6:35 Uhr

»Halten Sie mich auf dem Laufenden, Weinsheim«, brüllte Dölling, Direktor des Landeskriminalamtes, durch mein Handy. »Ach und noch was, wenn der Leichenfund vor Fontanes Grab vor meiner Pressemitteilung auch nur tröpfchenweise bei den Medien durchsickert, werfe ich Sie den Paparazzi zum Fraß vor, verstanden?«

»Klar und deutlich.«

»So eine verdammte Scheiße«, fluchte Dölling. »Wissen Sie, was das für Berlin bedeutet?«

»Ich kann es mir ansatzweise vorstellen.«

»Ach wirklich? Da haben Sie mir etwas voraus. Ich will es mir nämlich gar nicht ausmalen. Finden Sie den Dreckskerl, verstanden. Am besten vor meiner Pressekonferenz um neun.«

Wenn ich Dölling nicht kennen würde, hätte ich der Versuchung erliegen können, sein Ultimatum in die Kategorie Scherze einzusortieren. Nur wusste ich, dass er selbst dann nicht flachste, wenn er einen Witz riss.

»Wir tun, was wir können«, erwiderte ich trocken und sah auf, als ein Schatten auf mich fiel. Reuss trat vor mich, und ich bemerkte, dass ich während des Telefongesprächs mit Dölling zum Eingang des Kirchhofs zurückgegangen war.

Ich schob meine Hand über die Sprechmuschel meines Handys. »Ist der Doc fertig?«, fragte ich leise.

Reuss schüttelte den Kopf. »Noch fünf Minuten.«

»Ich gehe davon aus, dass Ihr Team tut, was es kann«, schnappte

Dölling. »Mir ist egal, wie Sie es anstellen, aber bringen Sie mir diesen Mistkerl.«

Ich holte tief Luft und überlegte meine nächsten Worte. Ein paarmal war ich bereits in den zweifelhaften Genuss gekommen, Dölling in dieser explosiven Verfassung zu erleben. Aber diesmal ging es um meinen Kopf. Es war nur allzu logisch, dass er im Falle eines Scheiterns einen Sündenbock brauchte. Wegen der Brisanz des Falls würde er mich der Presse jedoch nicht einfach nur zum Fraß vorwerfen, er würde ihnen meinen Kopf vor die Füße rollen.

Dabei ging es in erster Linie nicht einmal um die Leiche selbst, sondern darum, dass der Täter sein Opfer vor dem Grab des weltbekannten Schriftstellers abgelegt hatte. Berlin an sich würde diese negative Schlagzeile sicher überstehen, nur könnten Dölling und das LKA hier einige Federn lassen, falls uns Pannen bei den Ermittlungen unterliefen.

»Ich brauche mehr Leute.« Überwachungsbänder und Anruflisten mussten gesichtet und verglichen werden, Zeugenaussagen aufgenommen und Nachbarn befragt werden. Uns lief die Zeit davon, denn der Täter hatte eine perverse Schnitzeljagd geplant, bei der er uns immer noch zehn Schritte voraus war. Zehn verdammte Schritte, die ich hasste.

Mein Team war seit Stunden im Einsatz und würde durchhalten, egal wie lange es dauerte, diesen Scheißkerl zu fassen. Aber jeder von uns hatte nur zwei Hände.

Einerseits hätte ich nichts dagegen gehabt, wenn mich Dölling von diesem Fall abziehen würde, mutierte dieser doch bereits jetzt zu einer politischen Angelegenheit, in deren Mühlen ich ungern geraten wollte. Andererseits ging es hier um ein neun Monate altes Mädchen, das nicht zum Gegenstand taktischer Rangeleien werden durfte.

»Ich rede mit der Staatsanwaltschaft«, fauchte Dölling. »Schicken Sie mir eine Liste.«

»Schon geschehen. Sie befindet sich in Ihrem Postfach. Ich brauche auch noch …«

»Sparen Sie sich den Atem. Sie haben doch zu tun, oder irre ich mich?«

… einen Durchsuchungsbeschluss für Suareks Wohnung, vollendete ich meinen Satz in Gedanken. »Sie irren sich nicht.« Auf der Fahrt in die Liesenstraße hatte ich Reuss das Steuer überlassen, um Dölling eine Mail zu schreiben. Sein Dienstgrad reichte im Gegensatz zu meinem, um entscheidungsbefugte Leute aus dem Bett zu scheuchen.

»Ich kümmere mich darum. Weitermachen, Weinsheim.« Dölling unterbrach das Gespräch, und ich sah zu Reuss, die ihre Erleichterung darüber kaum verbergen konnte, dass sie nicht in meiner Haut steckte. Der Direktor hatte diese Stelle nicht wegen seines liebenswürdigen Charmes inne. Er war ein Choleriker, der höchstpersönlich seinen Jähzorn auf einer Skala zwischen eins und zehn bei dreizehn einsortiert hatte.

»Ritter und Suarek?«, fragte ich und hoffte wider Erwarten auf eine positive Antwort von Reuss. Ich verstand, was in Annika Ritter vorging. Die Angst um ihre Tochter trieb sie an, jedoch fürchtete ich um ihr Leben. Und nun, nach dem zweiten Leichenfund noch viel mehr als zuvor.

»Sie sind wie vom Erdboden verschwunden«, bestätigte Reuss meine Vermutung und ging neben mir her in Richtung Dauerausstellung. »Die Sprechstundenhilfe des Opfers, Marion Weinert, hat bei ihrer Vermisstenanzeige angegeben, dass ihr Chef regelmäßig morgens joggte.«

»Sie muss befragt werden.« Wir umrundeten das Denkmal und gingen an kleinen Büschen und grauen Grabsteinen vorbei zu dem rosa verputzten Gebäude, in dem sich die Fontane-Dauerausstellung befand. »Er lief wahrscheinlich immer die gleiche Strecke, das hat es dem Killer leicht gemacht, ihn zu verfolgen und von der Straße weg zu entführen.« Ich kniff die Augen zusammen. »Er lebte allein?« Was auf der Hand lag, denn seine Sprechstundenhilfe hatte ihn als vermisst gemeldet.

»Soweit wir bislang wissen. Seine Exfrau ist nach der Scheidung mit den beiden Söhnen, sieben und neun, nach Hannover zurückgezogen, wo sie vor ihrer Ehe mit dem Opfer gewohnt hat.«

Hinter uns erklangen Schritte. Ich drehte mich um und bemerkte einen älteren Mann mit Schnauzbart und schwarzer Hornbrille, der sich als Verwalter des Kirchhofs vorstellte.

»Fragen Sie ihn, wer alles einen Schlüssel zum Kirchhof hat«, bat ich Reuss. Das Opfer war zu schwer, um vom Täter über den Zaun gehoben worden zu sein, was bedeutete, dass er auch für den Friedhof einen Schlüssel besitzen musste.

Sie nickte und reichte dem Verwalter die Hand. Im selben Moment begann mein Handy zu zwitschern.

»Weinsheim.«

»Hallo, Chef«, entgegnete Schiefer. »Bruch ist nach seiner Rückkehr aus Madrid zu seiner Freundin gefahren und hat auch dort übernachtet.«

»Also hat er nichts beobachtet?«

»Nicht in der Mordnacht. Aber vor seinem Abflug nach Spanien ist ihm ein roter Transporter vor dem Haus aufgefallen, der beim Losfahren Öl verloren hat.«

»War er sich sicher, dass er einen Transporter und keinen Corsa gesehen hat?«, hakte ich nach.

»So ziemlich, ja«, bestätigte Schiefer.

Ich nickte, und das nächste Puzzleteil rückte in meinem Kopf an den richtigen Platz. Der Täter hatte das zweite Opfer von hinten bewusstlos geschlagen, danach musste alles schnell gehen, ehe ein Passant auf ihn aufmerksam wurde, was den Transporter erklärte. Und im Gegensatz zu einem kleinen Corsa konnte ein Transporter das Kräftemessen mit einem BMW wie dem von Ritter durchaus überstehen. Unser Killer konnte auf zwei Fahrzeuge zugreifen. »Fahren Sie zum Haus des zweiten Opfers und sprechen

Sie mit den Nachbarn. Der Täter hat Dr. Hoffmann beobachtet, wahrscheinlich mehrere Tage hintereinander, um sicherzugehen, dass er immer zur gleichen Uhrzeit die gleiche Strecke joggte. Vielleicht ist einem Anwohner der rote Lieferwagen aufgefallen.«

»Geht klar.«

»Hat Bruch das Nummernschild des Transporters gesehen?«

»Berliner Kennzeichen, mit einer sechs oder acht, an mehr kann er sich nicht erinnern.«

»Fragen Sie in den Werkstätten nach, der Täter kann mit einer defekten Ölwanne nicht weit gekommen sein. Fangen Sie mit den Kleineren an. Mit denen, die auch gern mal ein Auto unter der Hand reparieren. Und sagen Sie mir Bescheid, sobald Sie einen Transporter finden, der auch in den Tagen nach Stefan Ritters Unfall in eine oder die gleiche Werkstatt gebracht worden ist.«

»Wenn ja, finde ich ihn.« Schiefer mochte zwar in einem Anzug aussehen, als würde er regelmäßig für die Fashion Week in Paris als Model gebucht werden, allerdings war er auch unser bester menschlicher Lügendetektor. Er spielte seit seinem zehnten Lebensjahr Poker und hatte dadurch gelernt, jedes Pokerface zu durchschauen. Seine inneren Alarmglocken fingen an zu klingeln, sobald ihm jemand ein Märchen auftischte.

»Gut.« Ich legte auf und wählte Pearys Nummer.

»Ich hab mir Rebecca Mühlners Facebook-Seite angesehen«, sagte er, kaum dass er abgehoben hatte. »Größtenteils sind ihre Beiträge nicht öffentlich, bis auf ein paar Ausnahmen. Über eine dieser Ausnahmen habe ich ihre Exfreundin gefunden. Sandra Hofmeister hat vor drei Monaten gepostet, dass Rebecca aus ihrer gemeinsamen Wohnung überraschend ausgezogen ist und die Beziehung beendet hat.«

»Machen Sie Frau Hofmeister ausfindig und fragen Sie sie nach dem Grund der Trennung.« Peary dachte zwar in engen Schemata, über die er oft nicht hinauskam, dennoch verhielt er sich wie eine Zecke, die Blut roch, wenn er ermittelte. »Halten Sie mich auf dem Laufenden«, sagte ich und legte auf. Danach ging ich zu Christian, der nach wie vor neben der Leiche kniete.

»Was hast du für mich?«

»Mehrmalige stumpfe Gewalteinwirkung an Gesicht, Kopf und Oberkörper«, antwortete er und sah mit müden Augen zu mir hoch, in denen Frustration, Wut und Erschöpfung um den ersten Platz kämpften. »Verursacht durch einen länglichen Gegenstand, vermutlich aus Holz. Ich habe Splitter in den Schürfungssäumen und Haaren des Opfers gefunden.«

»Todesursache?«, fragte ich und sah zu Reuss, die zu uns kam.

»Soweit ich vorläufig sagen kann, starb er durch den Stich ins Herz, ausgeführt mit einem einschneidigen Messer, das ihm bis zum Heft in die Brust gestoßen wurde. Der Todeszeitpunkt liegt zwischen zweiundzwanzig Uhr und Mitternacht. Die Leiche wurde danach bewegt.«

Was mich nicht überraschte, denn ich ahnte bereits, dass das Opfer nicht hier ermordet worden war.

»Was meinst du, wie viel wiegt er ungefähr?«

Der Doc neigte den Kopf. »Achtzig Kilo, schätze ich.«

»Ich auch.«

»Zu schwer zum Tragen«, warf Reuss ein und sah vom Kirchhoftor zu Fontanes Grab. »Er muss ihn die hundert Meter bis hierher hinter sich hergezogen haben.«

»Nein.« Die KT hätte Schleifspuren gefunden, die diese Annahme bestätigen würden. Dafür hatte die Spurensicherung zwei parallel verlaufende identische Vertiefungen in der Nähe von Fontanes Grab entdeckt. Vertiefungen, die von Abstellbögen einer Schubkarre stammen könnten.

Schäfter, der uns offenbar zugehört hatte, trat zu uns. »Wir haben eine Schubkarre hinter dem Verwaltungsgebäude entdeckt, in der der Täter das Opfer durchaus transportiert haben könnte.« Er zeigte uns ein kleines Glasröhrchen. »An den Griffen haben wir das sichergestellt.«

»Katzenfell?«

»Weiß und rot. Vermutlich das Gleiche wie in Frau Ritters Haus.«

»Habt ihr Fingerabdrücke sichergestellt?«

»Nein, keine. Auch kein Blut.« Schäfter verpackte das Röhrchen und wandte sich ab. »Ich melde mich, wenn wir die Untersuchungsergebnisse vorliegen haben.«

»Doc, was hast du noch?«, fragte ich Christian.

»Das hier.« Er gab mir einen Beweismittelbeutel, in dem sich ein weiterer Brief des Entführers befand.

»Das Wasserzeichen sieht anders aus«, sagte Reuss und zog aus der Gesäßtasche ihrer Jeans die Kopie des ersten Entführerschreibens. »Hier, sehen Sie?« Sie hielt die beiden Blätter aneinander.

Es sah anders aus, nur interessierten mich in erster Linie die Worte, die über der Uhrzeit auf das Papier gedruckt waren:

Im Dauerlauf hinabgerannt,
zu des Dichters ödem Land,
komm folge Glücks Spuren,
zu des Ritters letzter Stund'.
13.11 Uhr

»Sagt Ihnen der Vers etwas?«, fragte Reuss hoffnungsvoll.

Offenbar war sie, wie jede meiner Deutschlehrerinnen, zu der Fehleinschätzung gelangt, dass ich als Sohn glühender Shakespeare-Bewunderer ein literarisches Genie sein musste.

»Nein, nichts.« Nach dem Tod meiner Eltern hatte ich mich Jahre bemüht, ihre Hingabe zu verstehen. Aber diese Sensibilität blieb mir bis heute verwehrt.

Reuss wirkte enttäuscht. »Dichter, Ritter?«, murmelte sie nachdenklich.

»Mehrere Dichter wurden geadelt«, erwiderte ich. »Goethe und Schiller zum Beispiel.« Zumindest das wusste ich.

Reuss schüttelte den Kopf. »Ritter klingt für mich eher nach tiefstem Mittelalter. Nach quietschenden Rüstungen, Lanzen und Pferden. Goethe und Schiller haben später gelebt.«

Ich sah auf die Uhr, es war kurz nach sieben. »Wir müssen den Kidnapper finden, ehe er in etwas mehr als sechs Stunden sein drittes Opfer irgendwo ablegt.« Wozu ich es nicht kommen lassen wollte.

Reuss fuhr sich durchs Haar, Wut blitzte in ihren Augen auf. »Wir haben immer noch nichts.«

»Doch, wir haben viele kleine Puzzleteile, die wir nur richtig anordnen müssen.«

»Und wie?«

Ich lächelte ihr aufmunternd zu, auch wenn mir nicht danach war, weil sie recht hatte. Wir hatten nicht viel in den Händen, uns fehlte ein entscheidender Hinweis. »Mit guter alter Polizeiarbeit.«

Ich fotografierte den zweiten Entführerbrief und schickte Peary das Bild. Dann wählte ich seine Nummer.

»Chef?«

»Ich habe Ihnen ein Foto geschickt. Geben Sie es Brewitz, sie soll herausfinden, von wem der Vers stammt und was das verdammte Wasserzeichen im Hintergrund bedeutet.«

»Wird erledigt.« Ein Poltern drang durch den Hörer, dicht gefolgt von einem Rascheln. »Oha, was sehe ich denn da?«, knurrte Peary unvermittelt.

»Was ist los?«

»Auf den Schwager von Ritters Nachbarn Frank Thiele ist ein kirschroter Renault-Transporter zugelassen und … sowohl der Schwager als auch Thiele sind vorbestraft.«

Überrascht verengte ich die Augen. »Weswegen?«

»Diebstahl und Drogenbesitz.«

»Beide aufs LKA bringen«, ordnete ich an und legte auf. Ich verstaute mein Handy in der Jackentasche und sah zu Christian. »Wo hast du das Schreiben gefunden?«

»Es klebte am Rücken.«

»Hatte das Opfer sonst noch was bei sich?«

»Nichts.«

»Kein Haustürschlüssel?«, fragte Reuss.

»Nein. Die Hose hat zwar hinten eine kleine Tasche, doch die war leer.«

»Gut möglich, dass das Opfer seinen Schlüssel während des Joggens irgendwo deponiert hat.« Das Klirren und Klappern konnte beim Laufen ziemlich nerven, wie ich aus Erfahrung wusste. Dennoch zweifelte ich an meiner Theorie. Ich vermutete eher, dass der Täter den Schlüssel an sich genommen hatte.

»Also ich höre beim Joggen immer Musik«, murmelte Reuss. »Wo ist sein Handy oder sein MP3-Player?«

»Das müsst ihr herausfinden«, erwiderte Christian, stand auf und winkte seinen Assistenten, damit sie die Leiche abtransportierten.

»Danke, Doc«, sagte ich.

»Ich melde mich, wenn ich die Obduktion abgeschlossen habe.« Christian zog seine Handschuhe aus und sah mich prüfend an. »Ich will dich heute außerhalb der Rechtsmedizin nicht noch mal sehen, verstanden?«

»Wie du weißt, liegt das nicht an mir.«

»Doch, liegt es.« Christian sah über die Schulter zu mir. »Bring den Scheißkerl hinter Gitter.«

Ich ersparte mir eine Erwiderung. Zum einen, weil der Doc ohnehin weiterging, und zum anderen, weil außer mir keiner meiner Kollegen den Grund kannte, wieso Christian Rechtsmediziner geworden war.

Bei den Ermittlungen im Fall eines Raubmords war ich mehr oder weniger zufällig darübergestolpert. Es gab zwar nur geringfügige Parallelen zu unaufgeklärten Morden, die teilweise fünfundzwanzig Jahre zurücklagen, trotzdem rollte ich die Fälle wieder auf. Dabei fand ich heraus, dass Christians Schwester das erste

Mordopfer dieses Serienkillers gewesen war, der fünf Frauen ausgeraubt und getötet hatte. Er änderte seine Methode, dennoch waren zwei Dinge immer gleich. Der Täter behielt seine Opfer mindestens eine Woche bei sich, und er würgte sie vor ihrem Tod mehrmals, ehe er sie schließlich auf verschiedene Arten ermordete.

»Was haben Sie von dem Verwalter erfahren?«, fragte ich Reuss.

»Es gibt drei Schlüssel für das Tor. Einen hat der Friedhofsmitarbeiter, der auch für das Auf- und Zuschließen des Tores verantwortlich ist. Den zweiten besitzt der Verwalter und den dritten die Gärtnerin. Der Mitarbeiter, ein gewisser Dirk Bennewitz, ist auf dem Weg hierher. Die Gärtnerin, Natascha Voss, hat seit vorgestern Urlaub.«

»Schicken Sie einen Kollegen zu ihr. Ein anderer soll die Aussage von Bennewitz aufnehmen, sobald er hier ist.«

Reuss nickte und zückte ihr Handy. Nach dem Anruf ging ich mit ihr in Richtung Kirchhofausgang. »Der Täter hatte Dr. Hoffmann circa achtundvierzig Stunden in seiner Gewalt.«

»Wo?«

Das war die Preisfrage. »Irgendwo abgeschieden, wo er unbemerkt kommen und gehen kann. Ich denke, dass er ein Einzelgänger ist. Da er sich in den letzten zwei Tagen vollkommen auf seinen Plan für Annika Ritter konzentriert hat, vermute ich, dass er keine Familie hat. Eine Frau oder Freundin würde Fragen stellen, und er wäre gezwungen, sich Lügen auszudenken, in denen er sich verheddern könnte. Zudem ist er geduldig, pedantisch und sadistisch veranlagt, aber ich nehme an, dass er diese Gefühle in der Öffentlichkeit gut verbergen kann.«

»Warum vermuten Sie das?«

»Weil Annika Ritter ihn in die Nähe ihrer Tochter gelassen hat. Es ist definitiv jemand aus ihrem Umfeld. Er ist gebildet, hat sich im Griff und hat im Moment Zeit, seinen Plan umzusetzen.

Entweder weil er krank ist, Urlaub hat oder weil er aus einem anderen Grund zu Hause ist.«

»Arbeitssuchend?«

Ich schüttelte den Kopf. »Nein. Er strebt nach Anerkennung und Macht. Ein Typ wie er kann nicht zu Hause sitzen. Er muss sich in seinem Job beweisen, wo er wahrscheinlich erfolgreich ist.«

»So wie Suarek?«

Ich stöhnte, doch ihre Schlussfolgerung lag auf der Hand. Ihr intensiver Blick ließ mich erst los, nachdem ich nickte. Egal was mein Bauch sagte, ich konnte den Architekten noch nicht von meiner Verdächtigenliste streichen.

»Nehmen Sie Suareks Wohnung unter die Lupe, ich rede mit der Sprechstundenhilfe.« Denn ich ahnte, dass ich in seinen Akten nicht nur Ritters Namen finden würde.

22. Kapitel

Annika Ritter
11. August, 7:24 Uhr

Ich war dreizehn, als ich das letzte Mal aus einem Fenster kletterte. Um mich verbotenerweise mit meinem Freund zu treffen. Allerdings baumelten meine Beine damals nicht zwei Meter über dem Erdboden, nachdem ich sie übers Fensterbrett geschwungen hatte. Meine Mutter liebte Rosen und ich mochte in dem Alter ihr Rosengitter, das zwischen dem Fallrohr und dem Küchenfenster angebracht war.

»Lass los, ich fang dich auf«, rief mir Bastian verhalten zu.

Schweiß rann mir aus jeder Pore. Nicht, dass ich eine komplette Sportniete wäre, halb traf es wohl eher. Wegen Sport hätte ich mich fast für ein Betriebswirtschaftsstudium entschieden.

Schweißtropfen lösten sich von meinen Schläfen, und durch meine Finger zog ein stechender Schmerz. Vielleicht schaffte ich es noch, mich eine weitere Minute an der Natursteinfensterbank festzuklammern, aber vermutlich kugelten mir vorher die Schultern aus.

»Annika«, rief Bastian bittend zu mir herauf. »Vertraust du mir nicht?«

Ich war froh, dass er nicht unser Zeitproblem ansprach. *Beeil dich, sie kommen*, wäre für mich jetzt genauso hilfreich wie für einen Ertrinkenden die Fotografie eines Rettungsrings.

Durch Helenas geöffnetes Schlafzimmerfenster hörte ich sie mit ihrer Nachbarin reden. Quasselstrippe Rosi, wie Helena ihre betagte Freundin genannt hatte, die mit frischen Bäckerbrötchen vor ihrer Wohnungstür aufgetaucht war.

»Oh Gott, heute ist Freitag, nicht wahr?«, hatte sie mit einem hektischen Blick in Richtung ihres Flurs gefragt, als ich nach wenigen Augenblicken aus meiner Ohnmacht erwachte.

Erfolglos versuchte ich, mich zu erinnern, welchen Wochentag wir hatten. Jedoch wusste ich in der Sekunde nicht einmal meinen Geburtstag.

»Ja, warum?«, antwortete Bastian.

»Weil ich jeden Dienstag und Freitag mit meiner Nachbarin frühstücke.« Leichenblass sprang Helena auf. »Dienstags bei ihr, freitags bei mir. Ihr zwei müsst sofort verschwinden.«

»Ich komme gleich«, rief Helena, als Rosi erneut klingelte. »Geduld gehört nicht zu ihren Stärken«, fügte sie leiser hinzu und lief zu einem bis zur Decke reichenden Gummibaum. Dahinter befand sich eine weitere Tür, in der sie stehen blieb. »Tut mir leid, dass ich euch rauswerfen muss. Rosi ist eine Liebe, aber sie ist schlimmer als die Bildzeitung. Alles, was sie weiß, muss sie erzählen. Wenn sie euch hier entdeckt, kann sie nicht anders, als das postwendend den Beamten da draußen zuzutragen.«

Helena verschwand, und ich wechselte mit Bastian einen kurzen Blick. Er sah traurig aus … und hungrig. Offenbar konnte er sich nur schwer von dem gedeckten Tisch lösen, während mir der Appetit gänzlich vergangen war.

»Kommt«, rief Helena mit unüberhörbarer Eile in der Stimme.

Wir folgten ihrer Bitte und fanden uns in ihrem Schlafzimmer wieder.

»Hier, zieh die an.« Ungeachtet meines Rucksacks, den ich immer noch auf dem Rücken trug, half mir Helena in eine Strickjacke, die mindestens zehn Jahre älter war als ich. Sie hatte dunkelbraune Knöpfe mit dem Durchmesser von Eierbechern. Danach stülpte sie Bastian und mir je ein Basecap mit dem Berliner Bären auf den Kopf und warf meinem besten Freund ein rot kariertes Flanellhemd zu, das sein Leben als Putzlappen gefristet haben musste.

»Von meinem verstorbenen Mann«, keuchte sie, eilte zum Fenster und öffnete es. »Ich halte Rosi fünf Minuten im Flur hin, aber dann müsst ihr verschwunden sein, klar?«

Und deshalb hing ich jetzt hier und schaffte es nicht, meine Finger von dem verdammten Fensterbrett zu lösen.

Es sind nur zwei Meter, allerhöchstens.

Die ausreichten, um sich das Fußgelenk zu verstauchen oder das Bein zu brechen. Und dann?

»Du bist vorhin wie ein Äffchen über den Friedhofszaun geklettert«, sagte Bastian unter mir. »Das hier ist fast genauso.«

Vorhin war eine Ewigkeit her. Zwischen dem Moment und dem Jetzt lag meine selbstzerstörerische Entscheidung, die Facebook-Nachricht zu öffnen. Die mich hinabführte zu dem dunklen Kellergrab meines Herzens, das ich vor vielen Jahren Stefan geschenkt hatte. Auf seiner Beerdigung hatte ich es mit ihm begraben, und nun verlor ich mich im Labyrinth meiner Trauer.

Blut.

Überall Blut.

Ich konnte es nicht vergessen. Egal ob ich meine Augen offen hielt oder schloss. Sein blutüberströmtes Gesicht, an das ich noch vierzehn Stunden vor dem Unfall meine Hände gelegt hatte. Seine aufgeplatzten Lippen, die meine an jenem Morgen ein letztes Mal berührt hatten. Zärtlich und mit dem Versprechen auf einen leidenschaftlichen Kuss am Abend.

Ich krallte meine Finger immer fester in den porösen grauen Naturstein der Fensterbank. Ein Nagel brach ab und ich glaubte, die Wärme herausfließenden Blutes zu spüren.

Oh Gott!

Ich fühlte den sich nähernden hysterischen Anfall wie die drückende Schwüle einer heraufziehenden Gewitterfront. Druck baute sich in meinem Kopf auf, als wäre er zwischen die Spannbacken einer monströsen Schraubzwinge geraten.

»Basti«, flüsterte ich erstickt und blinzelte gegen die Tränen an, die sich in meine Augen drängen wollten. »Du musst weg von hier. Verschwinde. Jetzt!«

»Ich lasse dich nicht hier, keine Chance. Du schaffst das, vertrau mir. Hörst du, Annika? Du musst nur loslassen.«

Loslassen?, hallte es in meinem Kopf wider wie in einer leeren Kathedrale.

Wie sollte ich loslassen, wenn das Heben meines kleinen Fingers bereits meine Kraftreserven vollkommen erschöpfte?

»Ich kann nicht.« Ich war so müde. Meine bleischweren Lider offen zu halten fühlte sich an wie der Kampf gegen einen Boxer, der viermal olympisches Gold gewonnen hatte, während man selbst noch nie die erste Runde überlebt hatte.

Ich wusste, dass ich verlieren würde.

Nicht irgendwann.

Sondern bald.

»Geh«, wisperte ich. »Mach schon, bitte.« Bastian durfte nicht geschnappt werden. Nicht wegen mir und meinen verkrampften Händen.

»Annika, wenn du jetzt nicht loslässt, rufe ich lautstark die Polizei.«

Was?

WAS?

»Ich werde es tun, das schwöre ich dir. Helenas fünf Minuten sind gleich abgelaufen.«

»Warum?« Der Schmerz in meinen Fingern verdichtete sich zu einem quälenden Ziehen, das meine Arme entlangraste. »Warum gehst du nicht einfach?«

»Ich gehe nicht ohne dich. Also, du hast noch fünf Sekunden. Fünf … vier …«

Himmel! Ich träumte das alles nur.

»… drei …«

»Nicht, bitte«, flehte ich. *Oh bitte, nicht. Zwing mich nicht dazu.*

»… zwei …«

Ich fühlte mich plötzlich unendlich einsam und zu Tode erschöpft.

»… eins …«

Ich ließ los.

Nicht, weil ich in meinem ausgelaugten Körper noch ein Quäntchen Mut fand. Auch nicht, weil ich Angst hatte, dass Bastian tatsächlich die Polizei auf uns aufmerksam machen würde.

Nein, mir ging schlicht und ergreifend die Kraft in den Fingern aus.

23. Kapitel

Sie war immer noch im Spiel – ebenso wie er. Dieser Kerl, der um sie herumscharwenzelte wie ein treuer Dackel.

Ich hatte mir große Mühe mit meinem Geschenk für ihn gegeben. Es war perfekt gewesen. Die Inszenierung, jedes Detail, selbst das Publikum in seinen blitzblank polierten Timberland-Schuhen. Der Vorhang öffnete sich in genau dem Moment, als die Zuschauer voller Erwartung von ihren Sitzen sprangen – aber der Vorhang fiel nicht unter dem tobenden Applaus meiner Bewunderer.

Und nun lief der Dackel immer noch frei herum. Nur wenige Meter vor mir.

Wie konnte das passieren? Wie hatte ich die beiden derart unterschätzen können?

Oder hatte meine Performance einen Fehler?

Ausgeschlossen. Selbst das Worte Schlampe stand auf der Stirn der Hure, wo ich es haben wollte. Genau in der Mitte. Unübersehbar. Unauslöschbar. Vereint mit ihr für die Ewigkeit.

Mein Stiefvater sagte früher oft, der Teufel würde im Detail stecken. Damit meinte er nicht nur die Bierflasche, die ich für ihn im Flur parat stellen musste, bevor er von der Arbeit kam. Oder den gedeckten Tisch im Wohnzimmer, wo neben seinem Teller die Zeitung liegen musste, die ich zuvor aus dem Briefkasten zu holen hatte. Inklusive seiner Post, die geöffnet und auseinandergefaltet unter der Tageszeitung sein sollte. Nein, er meinte jeden Augenblick vom Aufstehen bis zum Zubettgehen. Bei genauer Planung würde niemals etwas dem Zufall überlassen bleiben, behauptete er.

Ich verstand mit zehn Jahren nicht, dass die Tasse, die ich abspülte und trocken wischte, genau an den gleichen Platz gehörte, von dem ich sie weggenommen hatte, um ihm Kaffee einzugießen. Ich begriff auch nicht, warum die löchrige alte Decke im rechten Winkel meine flohverseuchte Matratze auf dem Dachboden bedecken musste, die mein Bett darstellte.

Ich wusste in dem Alter nicht, dass mein Stiefvater verrückt war, zwangsgestört. Wenn das Leder seines Gürtels auf meine Haut klatschte, war mir egal, dass sich sein Wahn anankastische Persönlichkeitsstörung nannte. Auch wenn er danach von mir verlangte, die von mir frisch gewaschene Wäsche akkurat auf Falte zu legen, statt mit mir zum Arzt zu fahren, damit dieser meine blutenden Wunden versorgte, war mir seine Neurose scheißegal. Ich hatte Schmerzen, die ich laut ihm verdiente, um zu begreifen, dass Ordnung nicht nur das halbe Leben, sondern das ganze war.

Seine Studenten nannten ihn einen Fanatiker, wenn er seine drei perfekt gespitzten Bleistifte vor seinen Vorlesungen akkurat parallel auf seinem Pult sortierte. Unsere Nachbarin, Jacobs Mutter, bekam immer leuchtende Augen, wenn sie uns samstags selbst gebackenen Kuchen brachte.

»Oh bitte, verraten Sie mir doch, welche Putzfrau Sie beschäftigen«, bat sie jedes Mal, wobei sich ihr Blick voller Verzückung auf den staubfreien Möbeln des Wohnzimmers verlor.

»Das ist ein Staatsgeheimnis«, antwortete Ralf regelmäßig und schickte mich in die Küche, um Kaffee zu kochen. Wahrscheinlich, damit ich ihr nicht erzählen konnte, dass die Putzfrau meinen Namen trug.

Ich wunderte mich immer, warum er sich vor ihren Besuchen eine Krawatte umband, nannte er sie doch Nutten-Gerda, sobald sie wieder ging.

Sechs Wochen nach dem Tod meiner Mutter sprach ich sie einmal mit diesem Namen an und kassierte von ihr eine Ohrfeige, die noch zwei Stunden später brannte. Danach schien ich mich für sie in Luft verwandelt zu haben, denn an den vielen nachfolgenden Samstagen, an denen sie uns Streuselkuchen brachte, sprach sie kein einziges Wort mehr mit mir.

Auch nicht an jenem Tag im Januar. Die Temperatur lag knapp über null, eisiger Wind zwickte mich ins Gesicht und in die Finger. Ich pustete warmen Atem auf meine Fingerspitzen, in denen ich kaum noch etwas fühlte, damit ich mit dem kleinen Schlüssel den Briefkasten öffnen konnte. Dennoch fiel er mir mehrmals in den matschigen Schnee vor unserm Zaun, ehe es mir gelang, die Post und die Zeitung aus dem Briefkasten zu nehmen.

Auf meinem Weg zur Haustür bemerkte ich nicht, dass mir ein Brief für Ralf aus den steif gefrorenen Händen fiel und in einer Pfütze landete. Mir blieb auch keine Zeit, mich umzuschauen, denn ich hatte mich nach der Schule heimlich zum fast zugefrorenen See geschlichen, um Enten zu füttern. Aber ich durfte nicht zum See gehen. Ich durfte nie irgendwohin gehen, außer direkt nach Hause.

Zähneklappernd deckte ich für Ralf den Tisch und legte seine Post akkurat neben seinen Teller mit den von mir geschmierten Butterbroten.

Die Haustür flog mit einem Knall auf, als ich mit meinem Schulranzen die Treppe hinauf zur Dachkammer gehen wollte, um Hausaufgaben zu machen, bevor es draußen ganz dunkel wurde.

»Was ist das?«, fragte Ralf ziemlich ruhig, was mir eine Warnung hätte sein sollen.

Ich stellte den Rucksack auf der untersten Stufe ab und drehte mich zu ihm. Doch so intensiv ich ihn und den Flur auch betrachtete, ich kam nicht dahinter, was er meinte.

Eiskalter Wind fauchte in den schmalen Gang, in dem alles dort stand, wo es hingehörte. Selbst mein dünner Parka, der mir im vergangenen Winter bereits zu klein gewesen war, hing ordentlich auf einem Bügel an der Garderobe. Der Wind wehte feinen Schneegriesel in den Flur, der den glänzenden Holzfußboden mit weißen Punkten übersäte, bevor sie schmolzen.

Nun, zu rätseln bekam mir nie gut, weshalb ich das unterließ. »Was meinst du?«, fragte ich deshalb und versuchte mühsam, mein

Zähneklappern zu unterdrücken. Ich trug nichts weiter als einen dünnen Rollkragenpullover und eine Jeans.

Er kniff seine kleinen Augen zusammen, wodurch sie kaum noch in seinem dicken Gesicht auszumachen waren. »Wie lange geht das schon? Wie viele Briefe für mich hast du bereits entsorgt?«

Ich trat einen Schritt auf ihn zu. Und dann noch einen. Mir war furchtbar kalt, und er war immer warm. Das wusste ich von den wenigen Augenblicken, in denen meine Angst vor meinen Albträumen größer war als die Furcht vor seinem braunen Ledergürtel. Dann kniete ich mich nachts neben sein Bett, legte meinen Kopf auf sein Laken und lauschte in der Dunkelheit seinem Schnarchen. Oft musste ich von seinem alkoholgeschwängerten Atem würgen, und einmal hätte ich es fast nicht mehr ins Badezimmer geschafft, um mich dort zu übergeben. Seitdem versteckte ich eine durchsichtige Tüte vom Fleischer in einer kleinen Ritze unter den abgewetzten Dielenbrettern neben meiner Matratze. Dass er sie bei seinen täglichen Kontrollgängen auf dem Dachboden noch nicht entdeckt hatte, lag vermutlich an dem uralten Nachttopf, der dort stand.

»Ich habe noch nie einen Brief für dich entsorgt«, antwortete ich wahrheitsgemäß. »Ich lege dir immer alle neben dein Abendessen.«

»Und was ist das hier?«, schrie er und knipste das Licht im Flur an. Mir wäre lieber gewesen, er hätte endlich die Haustür geschlossen, durch die stetig mehr Flocken in den Flur fauchten.

Die trübe Lampe beleuchtete etwas Schmutzig-Graues in seiner Hand, von dem es tropfte. Ich trat noch einen Schritt auf ihn zu. Einen, der mich gefährlich nah in die Reichweite seines Gürtels brachte. Den er jedoch nicht in der Hand hielt.

Aber ich ging diesen einen Schritt auf ihn zu, der mir endlich offenbarte, was Ralf in seiner Faust umklammerte. Einen völlig durchweichten Umschlag vom Autohaus um die Ecke.

Er hatte schon oft solche Briefe bekommen, die er im Winter im Kamin verbrannte und im Sommer in die Papiertonne warf.

Ich durchforstete meinen Kopf und fand das Wort, das er dann je-

des Mal benutzte. Scheißwerbung. *»Es tut mir leid, er muss mir aus den Fingern gerutscht sein. Bitte, sei mir nicht böse, es ist doch nur Werbung.« Das* Scheiß *ließ ich sicherheitshalber weg, denn er mochte es nicht, wenn ich fluchte.*

»Nur Werbung?«, brüllte er. »Entscheidest du jetzt, welche Post wichtig ist und welche nicht?«

»Nein, natürlich nicht. Das entscheidest du.« Durch den dichter fallenden Schnee hindurch sah ich Nutten-Gerda an unserem Zaun entlanglaufen. Sie trug eine weiße Wollmütze und einen dicken Schal um den Hals, um den ich sie zitternd beneidete.

»Offenbar nicht. Denn wie kann es sonst sein, dass dieser wichtige Brief in einer Pfütze liegt statt neben meinem Abendessen.«

Ich verstand nicht, warum er sich derart aufregte. Aber das verstand ich ohnehin nie. Seine zwanghafte Kontrollsucht hatte ihn unter anderem dazu gebracht, sich nicht von seiner treulosen Ehefrau scheiden zu lassen. Mich – das Kuckuckskind – hasste er inbrünstig, dennoch hatte ihm meine Mutter mit mir das beste aller Geschenke gemacht. Ich war seinem Wahn ausgeliefert. Mir konnte er seine Störung aufzwingen, ohne dass jemand einschritt.

Nutten-Gerda blieb an unserem Zaun stehen und winkte lächelnd. »Hallo, Nachbar, ist der Schnee nicht wunderschön?«

Ralf reagierte nicht, dennoch schöpfte ich aus ihrer bloßen Anwesenheit eine Kelle Mut. »Meine Handschuhe haben überall Löcher und passen mir nicht mehr richtig. Meine Finger waren furchtbar kalt und des…«

Ralfs Gesicht nahm die Farbe des Lippenstifts an, den Nutten-Gerda immer auftrug, wenn sie uns samstags besuchte. »Willst du etwa sagen, dass das meine Schuld ist?«, brüllte er durch den Flur.

Mitten in meiner Kopfschüttelbewegung holte er aus. Seine Hand klatschte auf meine Wange, mein Kopf flog zur Seite, und ich verlor das Gleichgewicht. Ich taumelte gegen die Wand und sah deshalb nicht, dass Ralf den hölzernen Schuhlöffel von der Garderobe nahm.

»Natürlich hast du das behauptet«, schrie er, und ein scharfer,

brennender Schmerz zog durch die Hand, mit der ich meine Wange bedeckte.

Etwas knackte in einem meiner Finger, eine warme klebrige Flüssigkeit rann mir über die Haut, deren Geruch mir in den vergangenen Wochen allzu vertraut geworden war.

Ich schrie auf, als Ralf den Schuhlöffel mit dem langen Holzgriff erneut auf meine Hand krachen ließ. Der furchtbare Schmerz vernebelte mir den Kopf. »Bitte nicht, Vater!«, schluchzte ich und hob schützend die Arme. »Bitte, hör auf. Ich tu's nie wieder.«

Noch einmal und noch einmal krachte der Stiel auf meine Unterarme, Finger und auf meinen Kopf. Ich weinte vor Schmerz und bettelte, er möge aufhören. Und ich flehte im Stillen, Nutten-Gerda würde durch unseren Vorgarten geeilt kommen und Ralf davon abhalten, mich wieder und wieder zu schlagen.

Aber sie kam nicht.

Als er endlich von mir abließ, sah ich den Grund. Sie war gegangen.

An diesem Tag begriff ich nicht mehr, warum. Ralf brachte mich zum Arzt, zwei Finger meiner linken Hand waren gebrochen, und ein paar Platzwunden mussten genäht werden. Vor lauter Schmerzen verstand ich nicht, was sie flüsterten. Ich hoffte nur, als der Arzt sagte, dass ich sehr krank wäre, ich müsste in ein Krankenhaus, ganz weit weg von Ralf.

Allerdings kam ich in kein Krankenhaus. Er fuhr von da an zwei Mal die Woche mit mir zu einem Psychologen, der bei mir autoaggressives Verhalten diagnostizierte, dessen Auslöser der Tod meiner Mutter war. Ein Trauma, das ich nicht verarbeitet hatte.

Vier Jahre später vermerkte der Psychologe in seiner dicken Akte über mich, dass er mich geheilt hatte – und ich gratulierte ihm zu seinem Erfolg. Zu dem Erfolg, einen ehemals psychisch gesunden Jungen von seiner Störung befreit zu haben.

Aber eigentlich gebührte Nutten-Gerda diese Ehre. Ich wollte mich dafür bei ihr bedanken, nur brachte sie uns samstags keinen Ku-

chen mehr. Sie hatte einen Mann gefunden, der sie Gerda nannte und mit ihr nach Mexiko flog, um ihr die Maya-Pyramiden zu zeigen.

Meinen Lehrerinnen, meinen Großeltern und all jenen, für die ich Luft war, wollte ich nicht danken, nachdem ich begriff, dass gläserne Durchsichtigkeit das Beste war, was mir seit dem Tod meiner Mutter passieren konnte.

Für meinen Stiefvater wurde ich zu dem unsichtbaren Butler, der seinem Herrn korrekt, demütig und loyal diente, und entging so nach und nach seinen Schlägen.

Für alle anderen war ich schon Luft, nur musste ich lernen, diesen Umstand zu akzeptieren. Es fiel mir leichter, als ich begriff, wie wertvoll es sein konnte, in der breiten Masse unterzugehen. Nicht aufzufallen. Niemals.

Ich war nie Klassenbester, denn ich schummelte immer ein oder zwei Fehler in meine Arbeiten. Ich war nie Letzter, weder in der Mittagessenschlange noch nach dem Pausenklingeln.

Nach und nach wurde ich vergessen. Der Junge, dessen Mutter an dieser Jakob-Krankheit starb. Nicht einmal die Bibliothekarin kannte meinen Namen, obwohl wir uns mindestens einmal in der Woche sahen.

»Hast du schon wieder alle Bücher gelesen?«, fragte sie jedes Mal.

»Gestern Abend habe ich das letzte ausgelesen«, antwortete ich dann immer.

Ihr schmales Lächeln war das Einzige, auf was ich mich die Woche über freute – bis mir auch das egal wurde.

Sie behauptete stets, dass ich vier Jahre gebraucht hätte, um mich durch die Ortsbücherei zu lesen, tatsächlich waren es drei. Ich las jedes Buch, das mir in die Hände fiel, selbst die, die sie mir wegen der Altersbeschränkung nicht hätte ausleihen dürfen.

Ich hatte Zeit, denn bis auf die Enten am See hatte ich keine Freunde, sondern nur Bekannte. Ich lernte zu lächeln, wenn es angebracht war, und das war es trotz meiner tiefen inneren Narben immer.

Niemand sah meine Narben, nur ich wusste, wo sie waren und von wo aus sie mich mit diesem Schmerz quälten, der meine Tage und Nächte bestimmte. Jede einzelne Stunde, jede Minute. Nichts lenkte mich ab – bis auf meine Albträume.

Ich wachte schreiend auf, wenn ich in Farbe sah, wie das Blut meines Stiefvaters an die weiße Tapete spritzte. Ich schämte und verfluchte mich dafür, dass ein Teil von mir jeden einzelnen roten Tropfen genoss. Dafür, dass ich mich lebendig fühlte, und dafür, dass ich diese Bilder nicht mehr aus meiner Erinnerung streichen konnte.

Ein Jahr vor meinem Schulabschluss sagte meine Klassenlehrerin zu Ralf, dass ich zu einem ruhigen, klugen und stets freundlichen jungen Mann herangewachsen wäre, der sehr viel erreichen könnte, wenn er etwas mehr aus sich herausgehen würde und risikobereiter wäre.

Mein Stiefvater interessierte sich für die Worte nicht, mir hingegen gingen sie lange Zeit nicht aus dem Kopf.

Monate, um genau zu sein.

Und dann verstand ich sie.

Reue bohrte sich bis dato in meinen Körper, suchte sich ein nettes Plätzchen und hockte sich dorthin wie eine verdammte Riesenkröte. Ich war wegen dieser aufgeblähten Aga-Kröte nie ein Risiko eingegangen, weil ich glaubte, kein Ziel vor Augen zu haben. Nichts, für das es wert wäre, zu kämpfen.

Doch da irrte ich.

Denn meine Albträume zeichneten ein anderes Bild. Eins von Rache, von Genugtuung, von Leben.

Und ich wollte haben, was sie mir zeigten.

Ich wollte frei sein.

Frei von Schuldgefühlen.

Frei von Albträumen.

Frei von Schmerzen.

Frei von Angst.

Für immer.

24. Kapitel

Annika Ritter
11. August, 8:52 Uhr

Die Tür der U5 schloss sich hinter Bastian und mir mit einem Rattern. Mit meiner schweißnassen Hand fand ich im morgendlichen Gedränge eine Haltestange, um die ich meine Finger krallte, aber um den Kopf zu heben und mich in der Bahn umzusehen, fehlte mir die Kraft.

Keuchend lehnte ich mich gegen Bastian, der hinter mir stand. Mein Mund war wie ausgetrocknet, meine Knie zitterten im Rhythmus der Räder, während die U5 Fahrt aufnahm.

Wir waren bis zum U-Bahnhof Wedding gelaufen, um etwaige Verfolger abzuschütteln und natürlich auch, weil sich der Gedanke wie eine Zecke in meinem Kopf festgebissen hatte, die Beamten würden an der Station Reinickendorfer Straße auf uns warten.

Adrenalin und Angst hatten Hand in Hand gearbeitet, um meinem Körper auf unserer Flucht vor der Polizei zu olympischen Höchstleistungen zu verhelfen.

Kurzfristig.

Nun, in der relativen Sicherheit der Bahn, verglühte das Adrenalin, als wäre es ein Feuer, dem der Sauerstoff entzogen wurde.

Dafür kehrte mein Entsetzen zurück. Während der vergangenen Minuten hatte mein auf Urinstinkte gepolter Körper meinen Schock in einen Pausenraum verbannt, um mich nicht zu lähmen. Jetzt schüttelte mich ein trockenes Schluchzen und der Videorekorder meiner Erinnerungen spulte zu dem Moment, als ich die Facebook-Nachricht geöffnet hatte.

»Er war dort«, flüsterte ich und sah über meine Schulter zu

Bastian. »Der Entführer war am Unfallort.« An dem Ort, an dem Stefan verblutet war.

Er war dort und hat nicht geholfen.

Schmerz raste in einer Welle durch meinen Körper.

Stefan könnte noch leben, wenn dieser Sadist den Notruf gewählt hätte.

Stattdessen hatte er meinen Mann im Todeskampf fotografiert. Die nächste Schmerzwelle schüttelte mich, und Grauen griff nach mir.

Er hat Stefan sterben lassen.

Ich werde Janina niemals wiedersehen. Denn er hat kein Herz, kein Mitgefühl. Kein Erbarmen.

»Annika?«

Meine Gedanken liefen Amok und peitschten Panik durch meinen Körper. *Du musst hier raus. Du musst Janina suchen, denn er wird sie töten, wenn du versagst.*

Ich fuhr herum und schlug die Hand weg, die nach mir fassen wollte.

»Annika!«

Starke Finger schlossen sich um meine Oberarme. In dem Moment hielt die Bahn, und die Tür glitt auf.

Suchen und finden.

Du musst suchen und finden, bevor er Janina etwas antut.

Mit einer Kraft, die mein erschöpfter Körper nicht mehr haben dürfte, schüttelte ich die Hände ab und drängte mich in das Getümmel der Fahrgäste, die aussteigen wollten.

»Verdammt, Annika, rede mit mir.«

In diesem Moment trat mir jemand kräftig auf den Fuß. Der unerwartete Schmerz zerriss meine Gedankenschleife und holte mich in die Wirklichkeit zurück.

Die Frau vor mir drehte den Kopf zu mir. »Verzeihung.«

Bevor ich etwas erwidern konnte, wurde sie von der Fahrgastwoge hinaus auf den Bahnsteig gespült.

Erneut schlossen sich Finger um meinen Oberarm. »Annika, was ist los? Ich dachte, wir fahren bis Alt-Tegel.«

Einer jähen Eingebung folgend schüttelte ich den Kopf. »Nein, lass uns aussteigen.« Ich ließ mich auf den Bahnsteig schieben und trat dann zur Seite, um auf Bastian zu warten.

»Was ist los?«, fragte er erneut und musterte prüfend mein Gesicht. Offenbar gefiel ihm nicht, was er entdeckte, denn er nahm meine Hand und zog mich in dem Gedränge zur Seite.

»Sie werden uns vermutlich eher in der U6 als in der U8 suchen«, flüsterte ich. Ein überdrehtes Kichern kribbelte für ein paar Sekunden in meinem Hals. Paranoid zu sein hatte auch seine Vorteile. Die psychische Störung legte Schalter im Kopf um, die ich bislang nicht zu besitzen glaubte. Aber offenbar war jeder Verstand in der Lage, in einer solchen Situation Fluchtwege zu planen.

»Ich verstehe zwar nicht genau, worauf du hinauswillst. Aber mir genügt im Augenblick auch, wenn du mir sagst, was du vorhast.«

»Wir sind hier am U-Bahnhof Leopoldplatz mit Übergang zur U9. Mit dieser Bahn können wir bis Osloer Straße fahren und dort in die U8 steigen.«

»Um wohin zu fahren?«

»Alexanderplatz«, antwortete ich und sah mich um. Ein älterer Mann stand nur einen Schritt von mir entfernt und wischte sich mit einem Taschentuch den Schweiß vom Nacken. Neben ihm lief ein blonder Kerl mit Vollbart und großer Sonnenbrille auf und ab und telefonierte.

»Was willst du am Alex?«

Ich blinzelte verwirrt, denn ich hatte auf die Frage keine Antwort. »Ich weiß es nicht. Ich … versuche einfach nur, vom Friedhof wegzukommen.« So weit es ging.

Langsam schüttelte er den Kopf. »Wir brauchen einen Plan, etwas zu essen und einen Ort, wo wir uns ausruhen können. Am besten in der Reihenfolge.«

Ausruhen? Ich riss meine Hand aus seiner. »Wie kannst du jetzt an Schlafen denken? Liegt dir nichts an …?«

Stopp, schaltete sich mein Verstand dazwischen, bevor ich Janinas Namen aussprach. *Zähl von zehn an rückwärts und hol tief Luft.*

»Sie ist für mich wie meine eigene Tochter«, sagte Bastian mit diesem Ernst, den ich vor Stefans Unfall nie an ihm bemerkt hatte.

»Ich weiß«, erwiderte ich kleinlaut und biss mir auf die Unterlippe. »Tut mir leid. Es ist nur …« … *dass ich wahnsinnig vor Angst werde,* beendete ich den Satz stumm.

»Du musst das nicht allein durchstehen.« Bastian strich mir über das verschwitzte Gesicht. »Ich bin bei dir und habe nicht vor zu verschwinden. Alexanderplatz klingt gut, dort können wir etwas essen und über unsere nächsten Schritte nachdenken, okay?«

Ich nickte und folgte ihm an hellgrün gestrichenen Säulen vorbei zur Rolltreppe. Hinter mir erklang ein helles Lachen. Ein paar Meter von mir entfernt lehnte ein etwa vierzehnjähriges Mädchen an einer Säule und scherzte mit ihrer Freundin. Und ich fragte mich, wie Janina in dem Alter aussehen würde. Ein Bild tauchte in meinem Geist auf. Ein zartes Gesicht mit wunderschönen blaugrünen Augen, das umrahmt wurde von …

Tick … tack!

Meine innere Uhr ließ das Bild von Janinas zukünftigem Ich in tausend Scherben zerbersten, stattdessen sah ich ihren blutdurchtränkten Schlafoverall vor mir.

25. Kapitel

Eric Weinsheim
11. August, 9:38 Uhr

»Thiele und sein Schwager, Hendrik Bachmann, sind verschwunden«, informierte mich Reuss per Handy, als ich die Stufen zur Praxis des zweiten Opfers hochstieg. Diese befand sich in der Nähe des Pankower Rathauses im ersten Stock eines orange getünchten Hauses.

»Was ist mit dem Transporter von Bachmann?«

»Nicht auffindbar. Die Fahndung ist raus. Bachmann ist auch nicht bei der Arbeit erschienen. Er ist Polier bei Hoch&Tief.«

»Ist auf ihn oder seine Frau ein roter Corsa zugelassen?«, fragte ich und betrat die Praxis.

»Nein, nur der Transporter. Er ist ledig.« Reuss holte tief Luft, was bedeutete, dass sie noch mehr schlechte Nachrichten hatte. »Die Gärtnerin, Natascha Voss, ist gestern nach Ägypten in den Urlaub geflogen. Ihr Chef hat mir ihre Handynummer gegeben, aber sie nimmt die Gespräche nicht an. Ich hab ihr auf die Mailbox gesprochen. Und Dr. Frobel hat bestätigt, dass es sich bei dem zweiten Opfer um Dr. Peer Hoffmann handelt. Die Zahnunterlagen belegen das eindeutig.«

»Notiert. Was haben Sie in Suareks Wohnung bislang gefunden?« Die alten dunklen Holzdielen der Praxis knarrten unter meinen Schuhen, während die Erinnerungen an meine eigenen Therapiesitzungen aus dem geistigen Raum fliehen wollten, in den ich sie verbannt hatte.

Reuss atmete erneut hörbar ein. »Die Brieftasche des zweiten Opfers. Sie lag auf dem Couchtisch.«

»Gut sichtbar?«, fragte ich mit zusammengekniffenen Augen.

»Ich weiß, was Sie denken. Dass sie dort für uns platziert worden ist.«

»Kein Killer bewahrt Souvenirs seines Opfers mitten im Wohnzimmer auf. Im Keller vielleicht oder unter einem losen Dielenbrett im Schlafzimmer. Für ihn immer zugänglich, damit er die Tat wieder und wieder durchleben kann. Aber auf dem Couchtisch?«

»Sie haben recht, das war auch mein erster Gedanke, als wir die Geldbörse gefunden haben.«

»Gibt es Einbruchsspuren?« Was ich nicht vermutete, weil es bislang keine gab. Der Killer kam irgendwie an die Schlüssel, nur wie?

»Nein. Das Haus war verschlossen, als wir eintrafen, und nichts deutet darauf hin, dass vor uns jemand hier war.«

»Die KT soll trotzdem alles auf den Kopf stellen.« Irgendwie kam der Täter in die Häuser, und ich musste wissen wie. »Habt ihr sonst noch was gefunden?«

»Einen Brief vom ersten Opfer, in dem sie die Beziehung zu Suarek beendet.«

»Wie alt?«

»Über fünf Jahre.«

Was die Aussage von Suarek bekräftigte, dass er Susanne Weiß seit Jahren nicht gesehen hatte.

»Hat die KT Katzenhaare sichergestellt?«

»Bislang noch nicht, und es deutet auch nichts darauf hin, dass Suarek einen Stubentiger besitzt.«

»Okay, fahren Sie nach der Durchsuchung ins LKA und finden Sie zusammen mit Brewitz heraus, was der Vers bedeutet.«

»Geht klar. Ach, das hätte ich fast vergessen, Eisfeld will uns um elf im Besprechungszimmer sehen.«

»Verstanden.« Ich legte auf und sah zu der Frau, die auf einem Stuhl hinter dem Tresen saß, der sich gegenüber der Eingangstür befand. »Frau Weinert?«

»Ja?« Sie hob den Kopf und wischte sich verstohlen über das feuchte Gesicht. Auf den ersten Blick wirkte sie durch die pinkfarbenen Strähnen in ihren kurzen blonden Haaren wie Ende zwanzig. Doch der ernste Zug um ihre rissigen Lippen machte deutlich, dass sie durchaus zehn Jahre älter sein konnte.

»Hauptkommissar Weinsheim«, stellte ich mich vor und zeigte ihr meinen Dienstausweis. »Ich hätte ein paar Fragen an Sie.«

»Natürlich«, wisperte sie eifrig, sprang auf und umrundete den Tresen. Die Finger ineinander verknotet, deutete sie mit dem Kopf auf eine Tür links von mir. »Wir können in den Warteraum gehen, ich … habe allen Patienten von Dr. Hoffmann abgesagt.« Sie schluckte. »Das ist so schrecklich. Was … was mache ich denn jetzt? Ich hab die Stelle erst seit vier Monaten.«

Sie schniefte, fischte ein Taschentuch aus ihrer weißen Capri-Jeans und schnaubte kräftig hinein. Schwarze Mascara malte dunkle Ränder unter ihre blaugrünen Augen. Offenbar hatte sie bereits eine Weile auf ihrem Stuhl gesessen und geweint.

»Könnten Sie mir Dr. Hoffmanns Büro zeigen?« In das ich eigentlich keinen Fuß setzen wollte. Nur hatte der Staatsanwalt meiner Vermutung zugestimmt, dass wir in Dr. Hoffmanns Akten nicht nur Annika Ritters Namen, sondern auch den des Täters finden könnten. Es kam einer Suche in einem Heuhaufen gleich, die Akten aufs Geratewohl zu durchforsten. Aber wir brauchten auch nur einen Namen, der in Ritters oder Suareks Leben ebenfalls auftauchte, um eine Verbindung herzustellen. »Ich habe hier einen Durchsuchungsbeschluss«, fügte ich hinzu und zeigte ihr die richterliche Anordnung.

Marion Weinert zuckte zusammen, als hinter mir schwere Stiefelschritte erklangen. Zwei uniformierte Beamte traten in den Vorraum, in dem sich außer dem Tresen nur noch eine Garderobe aus Nussbaum, ein verchromter Usha-Schirmständer und ein zwei Meter hoher Flaschenbaum in einem Steingefäß befanden.

Frau Weinert verschlug es einige Augenblicke lang die Sprache. Sie schluckte mehrmals, straffte dann den Rücken und ging vor mir her am Tresen vorbei zum Therapieraum.

Das Zimmer wirkte mit seinen wuchtigen weißen Sitzmöbeln, den Palmen, kleinen Marmorskulpturen, gerahmten Gemälden und den hellbraunen Teppichen vordergründig behaglich, jedoch antiquiert. Landhaus-Vitrinen und mit Schnitzereien versehene Eckschränke verliehen ihm die Atmosphäre gediegenen Reichtums, nur versetzten mich die massiven Möbel anderthalb Jahre zurück in die Vergangenheit.

»Wie fühlen Sie sich?«, hörte ich Dr. Dehnert in meiner Erinnerung fragen.

»Gut.« Ich setzte mich ihm gegenüber auf einen Ledersessel und verzog keine Miene, als meine Narbe dabei schmerzte. Mein Arzt meinte, dass sie verheilt wäre, nur tat sie noch immer so weh wie nach der Operation. »Ich weiß nicht genau, was ich hier soll.« Was eine Lüge war. Vorschrift war Vorschrift. Ich war bei einem Einsatz beinah tödlich verwundet worden, und bevor ich auch nur in die Nähe meines Schreibtischs durfte, musste mir ein Psychologe meine Diensttauglichkeit bestätigen.

»Nur reden.« Dr. Dehnert lächelte hinter seiner Brille. Ich schätzte ihn auf fünfundfünfzig, getrennt lebend, was ich aus dem hellen Streifen Haut an seinem Ringfinger schloss, wo er bis vor Kurzem seinen Ehering getragen hatte. Unverkennbar hatte er ein Verhältnis mit seiner Sprechstundenhilfe, denn ihn umgab das gleiche Parfüm wie sie. Chloé, wenn mich meine Nase nicht täuschte.

»Über was?«, fragte ich und betrachtete seine Kleidung. Er hatte nicht zu Hause geschlafen, wie mir ein kleiner Rotweinfleck am Kragen des blauen Oberhemdes verriet.

»Über was immer Sie wollen.«

Ich lächelte unbestimmt. »Wussten Sie, dass sich bei einer faulenden Leiche die Haut zunächst grünlich färbt? Das liegt daran, dass Bakterien das rote Hämoglobin zu Schwefelverbindungen im Blut abbauen.«

Dr. Dehnert lehnte sich in seinem Sessel zurück und machte sich ein paar Notizen, ohne mich lange aus den Augen zu lassen. Offenkundig schockierten ihn meine Worte nicht.

»Sie haben eine solche Leiche vor dem …« Er machte eine Pause. »… Unfall gefunden?«

Der Schuss auf mich war kein Unfall gewesen, sondern versuchter Mord.

»Eine Woche davor. Das Opfer lag seit zwei Tagen in ihrer Wohnung. Einen Tag vor ihrer Ermordung hat sie ihren Ehemann begraben, der nach einem Sturz von einem Baugerüst starb. Zum Zeitpunkt ihres Todes war Sonja Thiele sechsundzwanzig Jahre alt. Pat Kirchner, drei Jahre, verlor innerhalb von vierzehn Tagen Mutter und Vater.«

»Ihr Verdächtiger hat auf Sie geschossen?«

Meiner, nicht der von Peary. Mein damaliger Partner und mein Chef verstanden nicht, wieso ich nicht aufatmete, als der Trauerredner Jörn Stahlfuß für die fünf Morde lebenslänglich bekam. Fand die Spurensicherung doch an jedem Opfer seine DNA. Ich glaubte ihm jedoch, als er behauptete, unschuldig zu sein, obwohl er für keinen der Morde ein Alibi besaß.

Der eigentliche Täter lief nach meiner Meinung noch frei herum und würde irgendwann wieder töten. Nicht heute, nicht morgen, aber irgendwann.

»Eric?«

Ich schrak aus meinen Gedanken und blickte auf. »Habt ihr was gefunden?«, fragte ich Philipp.

»Das solltest du dir ansehen.«

Frau Weinert stand in einer offenen Tür links von mir und wirkte noch aufgelöster als zuvor. Sie zupfte an ihren Fingern und wippte dabei auf ihren Füßen auf und ab.

»Ich habe damit nichts zu tun«, wiederholte sie mehrmals, während ich Philipp ins Büro des Opfers folgte. Ich kannte ihn seit fast zwei Jahrzehnten. Nach meiner Ausbildung zum mittleren Polizeidienst war ich mit ihm Streife gefahren, ehe ich für drei Jahre auf die unbequemen Bänke der Polizeifachhochschule zurückkehrte.

Philipp fuhr sich durch das blonde Haar, in dem sich erste graue Strähnen zeigten. »Es muss nichts zu bedeuten haben, aber ein Aktenschrank stand offen, als wir den Raum betreten haben. Alle anderen sind sorgfältig verschlossen, deshalb finde ich das seltsam.«

In Momenten wie diesen fragte ich mich oft, wieso Philipp bei der Streife geblieben war. Wenn er als Erstes an einem Tatort ankam, sicherte er diesen nicht nur akkurat ab, er hatte auch ein kriminalistisches Auge.

»Ist dir sonst noch was aufgefallen?«, fragte ich und betrat vor ihm das Büro, das im Gegensatz zum Therapiezimmer, bis auf einen Flachbildfernseher, relativ nüchtern eingerichtet war. Die Wand hinter dem dunklen Schreibtisch schien eine stumme Zeugin von Dr. Hoffmanns Qualifikationen zu sein. Neben seiner staatlichen Approbation und seinem Diplom entdeckte ich zahlreiche Weiterbildungszertifikate in silbernen Bilderrahmen.

»Das Opfer hat viel Wert auf Ordnung gelegt, deshalb passte der offene Schrank für mich nicht«, sagte Philipp.

»Dr. Hoffmann hat seine Schränke immer abgeschlossen?«, fragte ich die Sprechstundenhilfe.

Marion Weinert nickte eifrig.

»Besitzen Sie einen Schlüssel?«

»Ja, aber ich hab ihn noch nie benutzt. Dr. Hoffmann hat die Akten allein geführt, ich hab doch nur Termine vereinbart.«

Ich streifte mir Handschuhe über und ging zu den Hängeregisterschränken, die die gesamte gegenüberliegende Seite vom Schreibtisch einnahmen. Jedes Fach war sorgfältig in alphabetischer Reihenfolge beschriftet worden, bis auf die Fächer des offenen Schranks. Auf ihm hatte Dr. Hoffmann nur Jahresangaben notiert. »Das sind seine älteren Akten?«

»Ich weiß nicht.« Frau Weinert trat näher und keuchte erschrocken. »Da fehlt eine Akte.«

»Woher wissen Sie das?«

»Dr. Hoffmann hatte einen kleinen Ordnungstick, wenn ich das so sagen darf. Ich mein, man soll ja nicht schlecht über Tote reden.« Sie schniefte. »Oh Gott, er war sehr nett. Warum musste er auf die Weise sterben?« Sie wischte sich mit einem Taschentuch das Gesicht trocken und atmete laut ein. »Okay, manchmal hat er mich mit seiner Ordnung genervt. Aber deswegen weiß ich auch, dass er in jedem Fach genau zehn Hängeakten aufbewahrt.«

»Immer zehn?«

»Ganz egal, ob noch Platz war, oder nicht, es waren immer zehn.«

Ich musste meinen Verstand nicht übermäßig anstrengen, um zu rekonstruieren, was passiert war. Der Täter hatte Dr. Hoffmann den Hausschlüssel entwendet und war in seine Wohnung eingedrungen, um dort den Schlüssel für seine Praxis an sich zu bringen.

Ich nahm mein Handy, das in der vergangenen Stunde bis auf den Anruf von Reuss seltsam still gewesen war, aus der Tasche und forderte die KT an, damit sie hier alles auf den Kopf stellte.

»Hat Dr. Hoffmann elektronische Aufzeichnungen über seine ehemaligen Patienten?«, fragte ich und musterte die Beschriftung auf dem Schrank: 1998–2003. In dieser Zeit musste unser Täter bei Hoffmann in Therapie gewesen sein.

»Keine, von denen ich weiß«, antwortete Frau Weinert. »Vielleicht zu Hause, auf seinem privaten Laptop.«

Ich wählte Pearys Nummer, bekam jedoch nur den Anrufbeantworter an den Apparat.

»Frau Weinert, befindet sich die Akte von Annika Ritter noch an ihrem Platz?«, fragte ich und bemerkte ihr kurzes Zögern, ehe sie zum betreffenden Schrank ging und diesen öffnete.

»Sie ist noch da«, bestätigte sie meine Vermutung. Also war Annika Ritter eine Patientin von Dr. Hoffmann gewesen.

»Können Sie mir sagen, ob etwas in ihrer Akte fehlt?«

Die Sprechstundenhilfe blätterte die recht dünne Hängeakte durch und wurde leichenblass. »Die Mitschnitte der Therapiesitzungen fehlen.«

»Könnte es sein, dass Dr. Hoffmann während der Sitzungen keine Kamera laufen ließ oder die Aufzeichnungen mit nach Hause genommen hat?«

»Nein und nein. Er hat jede Sitzung, natürlich mit Einverständnis, aufgenommen, damit ihm kein Detail entging. Er hat sich die Aufzeichnungen und seine persönlichen Notizen immer hier angesehen, oftmals bis tief in die Nacht. Nichts davon hat je diesen Raum verlassen. Zumindest nicht, seitdem ich hier arbeite.«

»Wie lange hat Dr. Hoffmann diese Praxis hier schon?«

Sie kniff die Augen zusammen. »Seit über zehn Jahren, soweit ich weiß.«

Ich nickte und wählte die Nummer von Kommissarin Ilka Brewitz. Sie war drei Jahre älter als Reuss und vom Äußeren das genaue Gegenteil meiner Partnerin. Ernst, verschlossen und eine Einzelgängerin, seit ihr Mann vor vier Jahren durch eine von Bakterien verursachte Meningitis gestorben war.

»Brewitz.«

»Hallo, Ilka.« Unsere letzte Begegnung außerhalb des LKA lag sieben Wochen zurück und war ebenso kurz wie heiß gewesen.

»Eric.« Ich hörte ein Lächeln in ihrer Stimme, zumindest wollte ich das glauben. Am Tag meiner Scheidung saß ich mit Ilka im Fahrstuhl eines Wohnhauses in der Fritz-Erler-Allee fest. Anschließend waren wir ins *TiER* gegangen und hatten zu David Bowie Single Malt getrunken.

»Hast du schon etwas zu dem Vers gefunden?«

»Nichts, der Täter muss ihn selbst verfasst haben. Ich lasse die einzelnen Schlagwörter weiter durch die Datenbank laufen, aber ich verspreche mir davon nicht viel.«

»Und das Wasserzeichen?«

»Da hab ich was. Das Keramikgefäß auf dem Kachelofen ist laut eines Bekannten von mir – er studiert Geschichtswissenschaft in Tübingen – eine Waschschüssel, wie sie ab etwa Mitte des 18. bis ins 19. Jahrhundert hinein vom gemeinen Volk verwendet wurde.«

»Also stammt das Wasserzeichen aus dieser Zeit?«

»Ich glaube, dass die einzelnen Abschnitte ein Gemälde ergeben. Deshalb sehe ich mir derzeit alle Bilder deutscher Maler an und konzentriere mich dabei auf solche, die in Berlin gelebt oder gearbeitet haben, beziehungsweise auf Gemälde von Berlin.«

»Und?«

»Mehr hab ich noch nicht«, gab sie zerknirscht zu. »Ich habe allerdings am Nachmittag einen Termin mit Professor Hochheim von der Kunsthochschule Berlin. Ich hoffe, dass er mir sagen kann, wer das Bild gemalt hat.«

Die Worte *»gute Arbeit«* lagen mir auf der Zunge, doch ich verkniff sie mir. Einerseits wusste ich, dass Ilka dieses Lob als Beleidigung auffassen würde. Schließlich hatte sie noch nicht herausgefunden, was der Vers bedeutete und von wem das Gemälde stammte. Andererseits hallte ihre rauchige Stimme vom Morgen nach dem TiER, in meinen Ohren nach: »Wenn du mal wieder eisgekühlten Whisky trinken willst, ruf mich an.«

»Kannst du noch das zweite Opfer für mich überprüfen? Mich interessiert, wo Dr. Hoffmann von 1998 bis 2003 gearbeitet hat.«

Ich hörte ihre Tastatur klappern. »Bin schon dran.« Ohne ein weiteres Wort legte sie auf.

Ich schob mein Handy in die Jackentasche und verbot mir, an Single Malt und dessen Folgen zu denken.

»Eric?«

Ich sah zu Philipp.

»Hier ist Blut«, sagte er und deutete auf den offenen Auszug.

Ich ging zu ihm und ein kleines Lächeln stahl sich in meine Mundwinkel. Die Ecke einer Akte schimmerte im Licht blutrot. Der Täter hatte bislang immer Handschuhe getragen. Vermutlich Einweghandschuhe, die ihn nicht vor den mitunter recht scharfen Ecken der Beschriftungsschilder schützten.

Wenn meine Annahme stimmte, wie das Blut auf den Karton der Hängemappe gekommen war, hatten wir die DNA des Täters.

26. Kapitel

Annika Ritter
11. August, 10:26 Uhr

Der Spiegel an der Decke über dem Bett warf mein strahlendes Lächeln zurück – und Stefans muskulösen Rücken, als er sich zwischen meine geöffneten Beine kniete.

Ich kicherte wie ein Teenie, was an den vier Gläsern Champagner liegen konnte, die ich an der Hotelbar getrunken hatte. Meine Wangen überzog eine sanfte Röte, während ich im Spiegel beobachtete, wie mein frisch angetrauter Ehemann meine Schenkel für seine Zunge weiter spreizte.

»Ich liebe dich, Süße«, flüsterte Stefan und beugte sich zu mir. »Und nichts wird daran je etwas ändern.«

Ich griff nach seiner Hand und zog sie zu mir, bis mich seine zärtlichen Finger berührten. Bis sie mich streichelten.

»Ich liebe dich au…« Das Lächeln meines Spiegelbildes verschwamm von einem Augenblick auf den nächsten. Als es wieder klar wurde, flossen kleine Blutbäche aus meinen Augen, Fliegen krochen in meinen zu einem Schrei weit aufgerissenen Mund.

Oh mein Gott! Was ist das?

Ich wollte die Arme heben, um die Hände auf mein Gesicht zu pressen, doch ich konnte mich nicht bewegen.

»Du hast mich sterben lassen«, sagte Stefan in dem Moment. Blutroter Speichel rann bei jedem Wort aus seinem Mund, fiel tröpfchenweise herab und zerplatzte auf meiner bloßen Haut.

Entsetzt schrie ich auf.

»Ich war allein. Allein in meinem Auto. Warum hast du das getan, Annika? Warum hast du mich sterben lassen?«

Das habe ich nicht, wollte ich rufen, brachte jedoch keinen Ton heraus. *Ich habe das nicht getan. Oh, bitte, Stefan, du fehlst mir doch so sehr. Bitte, glaub mir, ich habe mit dem Unfall nichts zu tun.*

Plötzlich zerriss eine tiefe Wunde sein Gesicht beinah in zwei Hälften, Maden wanden sich in dem Fleisch, das herunterklappte.

»Aufhören!«, schrie ich panisch und schüttelte wiederholt den Kopf. *Lieber Himmel, nein. Bitte nicht. Mach, dass das aufhört!*

»Und du hast deinen armen Psychologen diesem kranken Schwein zum Fraß vorgeworfen«, sprach Stefan ungerührt weiter.

»Das habe ich nicht«, wimmerte ich und versuchte, vor ihm zurückzuweichen. Egal, wohin, nur weg. Raus aus diesem Zimmer. Raus aus diesem Hotel, in dem wir unsere Flitterwochen verbracht hatten.

»Mit Haut und Haar.« Stefan lächelte breit. Schleimige Würmer schlängelten sich aus seinem Mund und fraßen sich gierig durch sein Gesicht, bis nichts mehr, außer blanke Knochen, übrig blieb. Kein einziger Fetzen Haut bedeckte sein Gesicht. Nicht ein von Maden durchlöchertes Stück Fleisch. »Du hast ihn getötet. Du warst es. Sieh es endlich ein.«

»Bitte, das war ich nicht. Glaub mir.« Mein Herz drohte vor Entsetzen zu versagen. *Nein, so ist es nicht gewesen! Wir haben uns hier in diesem Zimmer geliebt. Stefan hat mich geliebt!*

Arme, von denen die Haut in Fetzen herabhing, griffen nach mir. Ich hörte seine Zähne klappern, der Gestank von Fäulnis und Verwesung durchzog jäh das Hotelzimmer und verätzte mir die Nase.

Ich wollte schreien, doch nur ein Gurgeln, vermischt mit undefinierbaren Lauten, kam über meine Lippen.

»Du hast deinen Nervendoc zum Schlachten abgeführt«, lachte Stefan und griff nach mir. Umfasste mit seinen blanken Fingerknochen meine Oberschenkel. Würmer bewohnten die Hautfetzen, die hin und her pendelten, während er seine fleischlosen Hände fester um mich legte.

»Oh Gott, nein!«, schrie ich außer mir und strampelte wie wild, um mich von ihm zu befreien.

Stefans Lachen ging in einem lauten Knacken unter, als ein paar seiner Knochen brachen. Wie morsche Äste, auf die man trat.

Die Geräusche hallten hundertfach verstärkt in dem Zimmer nach. Wieder und noch einmal, und dann …

»Ich liebe dich, Süße«, zischelte Stefan mit klappernden Zähnen. »Für immer und ewig. Aber du hast mich einfach sterben lassen. Warum?«

Ich schrie und schrie, bis über die gequälten Laute das Quietschen von Rädern schmerzhaft in meine Ohren drang. Mehrmals blinzelte ich gegen das Licht an und brauchte einen Moment, um zu erfassen, dass ich mich in einer U-Bahn befand.

Das Bild, das ich sah, war auf seltsame Weise zur Seite gekippt. Zwei Atemzüge später begriff ich, dass nicht der Waggon lag, sondern mein Kopf auf Bastians Schulter ruhte.

»Wie lange hab ich geschlafen?« Ich wollte mich aufsetzen, doch ich schaffte es nicht. Die Last der Albtraumfetzen erdrückte mich.

»Ich liebe dich, Süße. Für immer und ewig. Aber du hast mich einfach sterben lassen. Warum?«

»Allerhöchstens fünf Minuten«, antwortete Bastian, der neben mir auf einer Zweierbank saß.

Wir waren Osloer Straße in die U8 Richtung Hermannstraße umgestiegen. Irgendwo zwischen dem Türenschließen und der Station Pankstraße musste ich eingeschlafen sein.

»Wo sind wir?«

»Voltastraße, glaube ich.« Bastian strich mir übers Haar, langsam, und dann noch einmal. »Mir geht eine Sache nicht aus dem Kopf.«

»Was?«

»Hast du Dr. Hoffmann etwas erzählt, was du niemand anderem anvertraut hast?«

Verwirrt blinzelte ich ihn an. »Wie meinst du das?«

»Du hast deinen Nervendoc zum Schlachten abgeführt.«

»Er war dein Psychologe, und er wurde …« Bastian brach ab und nahm einen tiefen, langen Atemzug, als wollte er den Augenblick, in dem er weitersprechen musste, hinauszögern. »Er wurde gefoltert, Annika«, fügte er leiser hinzu. »Brutal. Ich glaube, dass der Kidnapper Dr. Hoffmann gequält hat, weil er etwas von ihm wissen wollte.«

Ich habe es dir gesagt, flüsterte Stefan in mir. *Er musste wegen dir leiden und sterben.*

»Nein.« *Oh nein. Nicht wegen mir. Bitte nicht.*

Ich erschauderte bis ins Mark und versuchte, meine Schultern anzuspannen, für die das bleischwere Gewicht der Verantwortung an Dr. Hoffmanns Tod zu schwer wog. Ich konnte diese Last nicht tragen – aber ich musste und wusste nicht einmal, weshalb.

»Es gibt einen anderen Grund.« Den musste es geben. »Ich habe ihm doch nichts gesagt.«

Erinnere dich. Du musst ihm etwas Wichtiges verraten haben.

Furcht stieg in mir hoch und blockte wie ein Schild die Erinnerungsfetzen an die Wochen und Monate nach Stefans Tod ab. Dr. Hoffmann hatte von *Aufarbeiten* und *Loslassen* gesprochen, doch je öfter diese Worte gefallen waren, desto akribischer hatte ich die Tür zugemauert, hinter der ich diese Zeit wegschloss.

»Vielleicht ist es für dich nicht wichtig gewesen«, überlegte Bastian und nahm meine Hand in seine. Sanft, beinah zärtlich und ich wunderte mich über die Sorge in seinem Blick. Sollte er mich nicht mit Verachtung ansehen, bei dem, was wegen mir geschehen war?

Dr. Hoffmann war wegen mir grausam gefoltert und erstochen worden. Darüber konnte ich nicht einfach hinwegsehen, oder die Tatsache mit einer simplen Handbewegung vom Tisch wischen.

Gab es eine größere Schuld, die man sich aufladen konnte? Eventuell. Mir wollte nur kein schwereres Gebirge einfallen.

»Kleines, ich kann mir nicht mal annähernd vorstellen, wie du dich fühlst«, sagte Bastian, während der Fahrer die U-Bahn abbremste. »Aber ich denke, wenn wir herausfinden, was er von Dr. Hoffmann gewollt hat, finden wir den Grund, warum das alles passiert.«

»Du hast recht.« Entschlossen nickte ich und drückte dankbar seine Hand, deren Wärme im krassen Gegensatz zu meinen kalten Fingern stand. Ich erfror. Mein Herz erfror im Entsetzen der vergangenen Stunden. Und in der Gewissheit, dass dieser Albtraum ein fruchtbares Ende finden könnte.

»Wir haben über meine Kindheit gesprochen«, flüsterte ich, während die U-Bahn an der Station Voltastraße hielt. »Über Micky.«

Bei unserer ersten Sitzung blieb ich am Fenster stehen, statt mich ihm gegenüber in den Sessel zu setzen, und sah hinaus in den Garten hinter seiner Praxis. Weiße Flocken tanzten vom schmutzig grauen Himmel herab, kleideten die Blautannen in bodenlange Brautkleider, und ich musste an den Tag zurückdenken, als ich mit Nadine in diesem Geschäft in der Innenstadt war, das Brautträume für jeden Geldbeutel verkaufte.

»Darin wirst du atemberaubend aussehen«, hatte Nadine gesagt und mir ein Prinzessinnenkleid gezeigt, in dem ich Sofia von Schweden Konkurrenz hätte machen können.

Lachend schüttelte ich den Kopf und ging an den langen Reihen aus Tüll, Seide und Spitze entlang. »Du kennst mich, über diese Schleppe würde ich bei jedem Schritt stolpern.«

»Oh nein, dafür hast du Stefan«, erwiderte sie entschieden. »Er wird dich an diesem Tag keinen Moment lang aus den Augen lassen.«

Die Erinnerung an jenen Nachmittag hatte Tränen über mein Gesicht rinnen lassen, die ich glaubte, längst geweint zu haben.

Tränen, die Dr. Hoffmann nicht sah und die ich ihm auch nicht zeigen wollte.

»War Micky nicht der kleine Kater, den du zu deinem achten Geburtstag geschenkt bekommen hast?«, fragte Bastian.

Nach langem Betteln und nicht ohne mich vorher testen zu lassen, ob ich allergisch war, durfte ich mir im Kieler Tierheim eine Katze aussuchen. Ich verliebte mich vom Fleck weg in Micky. Meine Mutter fand ihn zu klein und wegen seines zerzausten Ohrs hässlich, doch ich wollte ihn und keinen anderen. Denn wir teilten etwas. Wir wussten beide, was es bedeutete, ein Außenseiter zu sein. Er, weil er der Kleinste war. Ich, weil meine Eltern furchtbare Angst um mich hatten.

Mich interessierte seine Größe nicht, und Micky störte sich nicht daran, dass ich die Sommermonate im Haus verbringen musste, damit mich beim Toben auf dem Spielplatz nicht aus Versehen eine Wespe stach. Er schimpfte mich nicht Streberin, weil mir die Schule Spaß machte. Wenn er sich auf meinem Schoß einkringeln durfte, konnte ich lernen und Hausaufgaben machen, sooft und so lange ich wollte.

»Ich hab Dr. Hoffmann nur erzählt, dass ich Micky *Der Zauberer von Oz* vorgelesen habe, nachdem ihn unser Nachbar angefahren hat.« Drei Tage später starb der einzige Freund, den ich damals hatte.

Bastian zog mich an sich, und ich fühlte für einen kurzen Augenblick die gleiche Geborgenheit, wie wenn man nach einer langen, beschwerlichen Reise daheim unter die eigene Bettdecke schlüpfte.

»Nichts weiter?«

Ich schüttelte den Kopf und stellte erstaunt fest, dass wir inzwischen am U-Bahnhof Bernauer Straße angekommen waren. »Ich bin nur dreimal bei ihm gewesen.« Zu mehr Sitzungen hatte ich mich nicht durchringen können. »Er war nett und hat versucht, mir zu helfen, aber du weißt, ich kann mich Fremden gegenüber nicht öffnen.« Selbst mit Dr. Hoffmann konnte ich nicht über mein Inneres reden. Denn wenn ich einen Blick in mich hineinrichtete, dann sah ich auf Ödland. Auf ausgebrannte Erde, die vom Schmerz meiner Trauer verkohlt worden war.

»Manchmal geben wir Dinge preis, ohne es zu wissen oder es wahrzunehmen. Er war Psychologe.«

»Ich habe ihm von meinen Eltern erzählt, von meiner Kindheit. Von dem Tag, als ich zum zweiten Mal von einer Wespe gestochen wurde.« Der Stich tat weh, daran konnte ich mich noch erinnern. Und daran, dass sich mein Körper noch nicht entschieden hatte, ob ich an einem Herzstillstand sterben oder wegen meines zugeschwollenen Halses ersticken sollte.

»Nichts von Stefan, Janina oder eurem Haus?«

Irritiert verengte ich die Augen. »Von unserem Haus? Warum sollte ich?«

»Ihr habt es gemeinsam entworfen und wart bei jeder Bauphase anwesend.«

Ich schüttelte den Kopf. »Ich habe mit Dr. Hoffmann kein einziges Wort über Stefan gesprochen, auch nicht über unser Haus oder Janina, weil er bei unserer ersten Sitzung gesagt hat, ich soll am Anfang beginnen. Und das hab ich getan.«

»Du hast ihm von Feuer im Haus deiner Eltern erzählt?«

»Von der Beerdigung«, entgegnete ich leise. Von dem Blumenmeer, den Beileidskarten und den vielen Menschen, die mich umarmt hatten, ohne dass ich sie durch meine Tränen erkannte.

»Aber das alles ist doch für diesen Sadisten unwichtig«, überlegte ich laut.

»Wahrscheinlich. Trotzdem bekomme ich den Gedanken nicht aus dem Kopf, dass der Täter etwas von Dr. Hoffmann wollte.«

Bastian könnte durchaus recht haben, weil es keine andere Erklärung für die vielen entsetzlichen Wunden gab. Außer die, dass dieser Perversling Spaß am Foltern hatte, nur wollte ich den Gedankengang nicht zu Ende bringen.

Mein Atem stockte plötzlich. Denn mit der Schnelligkeit eines Vollmantelgeschosses bahnte sich eine Erkenntnis durch die Mischung aus Angst, Hoffnungslosigkeit und totaler Erschöpfung, die mich auf diesen Sitz presste.

Ich schnellte hoch.

Dieser Sadist hatte Stefan nicht nur sterben lassen.

Er hatte ihn getötet.

Ermordet.

Er, dieser Psycho, in dessen Gewalt sich meine Kleine befand.

»Wir brauchen den zweiten Entführerbrief.« Sofort.

Ohne auf Bastians Reaktion zu warten, drehte ich mich um und hastete zur nächstgelegenen U-Bahn-Tür.

Tick … tack.

Tick … tack.

Tick … tack.

Die Uhr in meinem Inneren jagte mir Angst über den Rücken, die sich wie grobkörniges Schmirgelpapier anfühlte, das über meine Haut rieb.

Denn die Uhr lief rückwärts, ohne dass ich einen Blick auf die noch verbleibende Zeit werfen konnte.

»Was hast du vor?«, fragte Bastian, als die U-Bahn am Alexanderplatz hielt.

»Weinsheim anrufen.«

Der Schock ließ Bastian mitten in der geöffneten Tür stehen bleiben. Ich ergriff seine Hand und zog meinen besten Freund hinter mir her. Möglicherweise war ich inzwischen verrückt geworden, weil ich dieses Telefonat auch nur in Erwägung zog. Aber es gab nur noch hopp oder topp.

Leben oder sterben.

Dieser Sadist hatte mir vierundzwanzig Stunden eingeräumt, um Janina zu finden, indem ich wie Hänsel und Gretel seinen Brotkrumen folgte.

Für die Lösung des ersten Rätsels wären mir, wenn ich die Zeit nicht mit meiner sinnlosen Suche nach Janina vertrödelt hätte, knapp sieben Stunden geblieben. Wenn der Entführer diese Zeitspanne ungefähr eingehalten hatte, dann blieben mir zum Entschlüsseln des zweiten Rätsels nur noch einhundertzwanzig Minuten, wenn überhaupt.

»Weinsheim hat den Entführerbrief«, erklärte ich. Den Brotkrumen, ohne den ich hoffnungslos durch Berlin irrte.

»Er wird uns allerhöchstens zum LKA bestellen.«

»Vermutlich.« Aber selbst dann würde ich mich auf den Weg dorthin machen – ohne Bastian. Er musste untertauchen, bis der Mord an seiner Exfreundin aufgeklärt war.

Ich zog ihn an grün gestrichenen Metallsäulen vorbei zur nächsten Treppe. In der anderen Hand hielt ich bereits mein iPhone, doch bei dieser Geräuschkulisse hier unten zu telefonieren war sinnlos. Falls ich überhaupt ein Netz hatte.

»Annika, lass uns vorher darüber reden.« Bastian zog mich zur Seite. »Was, wenn sie dein Handy orten, sobald du es wieder einschaltest?«

War Bastian bereits genauso paranoid wie ich, oder lag diese Option im Bereich des Möglichen?

»Ich hab keine andere Wahl.« Denn uns stand keine lange Liste mit Alternativen zur Verfügung. Entweder ich rief im LKA an, oder ich unterließ es.

Und unterschrieb damit Janinas Todesurteil.

»Wir müssen einfach nur in Bewegung bleiben.« Handyortung funktionierte schließlich nicht auf den Meter genau, jedenfalls nicht im letzten Thriller, den ich gesehen hatte.

Ich ging auf die nächstgelegene Treppe zu und hatte sie fast erreicht, als mich Bastian erneut festhielt. »Aber falls du wieder eine PN bekommen hast, wirst du sie nicht öffnen. Versprich mir das.«

»Und wenn er mir ein Bild von Janina geschickt hat?« Ein Mahlstrom aus Angst erfasste mich und zog mich tiefer in einen paralysierenden Strudel.

Du hast mich sterben lassen, wieso solltest du unsere Tochter retten wollen?, rief Stefan in meinem Kopf.

Ich musste kein Psychologe sein, um zu diagnostizieren, dass ich unter krankhaften Einbildungen litt. Ich bildete mir nicht ein, von Außerirdischen entführt worden zu sein. Oh nein. Meine gestörte Realitätswahrnehmung zeigte mir meinen verstorbenen Mann, der aus seinem Grab gestiegen war, um mich für seinen Unfall zu bestrafen.

Weil er glaubte, dass ich ihn hatte sterben lassen.

Ich wusste nicht, wie es mir gelang, nicht laut zu schreien. *Ich bin nicht schuld an deinem Tod. Ich war nicht einmal in der Nähe des Wagens. Ich war …*

»Oh mein Gott.« Als hätte sich ein Stau aufgelöst, in dem meine Gedanken bislang gefangen gewesen waren, begannen sich Schnipsel von ihnen zusammenzuschließen. Zu einem einheitlichen Ganzen, das mich nach Luft ringen ließ.

»Was ist los?«, fragte Bastian.

»Stefan war an jenem Tag in Kiel«, brachte ich atemlos heraus. »Am Tag seines Unfalls.«

»Ich weiß. Ich kenne nur nicht den Grund.«

Ich schluckte hart. »Lass uns hochgehen. Ich … muss mich hinsetzen.« Und mir eiskaltes Wasser ins Gesicht spritzen. Denn ich fürchtete, dass ich noch immer in meiner Wahnvorstellung gefangen war.

27. Kapitel

»Du musst was essen«, beharrte Bastian und drückte mir ein belegtes Brötchen in die Hand, das er gerade an einem Bäckerstand gekauft hatte.

Ich nickte und biss brav eine Ecke von der Salamischeibe ab, die über die Schrippe hinausschaute. Ich sagte ihm nichts von meinen Zweifeln darüber, dass sich mein Geisteszustand nicht ändern würde, nur weil mein Magen etwas zu tun bekam. Mittlerweile hielt mich nur der Gedanke an Janina davon ab, bei meinem Hausarzt anzurufen und ihn um eine Einweisung in die *Animaeklinik* zu bitten, deren Therapieangebot den gesamten Bereich psychosomatischer und seelischer Störungen umfasste.

»Als die Polizei damals den Brandstifter nicht geschnappt hat, hab ich mir eine Zeit lang eingeredet, dass das nichts ändert«, erklärte ich unter Bastians prüfendem Blick. »Dass ich den Tod meiner Eltern nicht besser verarbeiten würde, wenn ich weiß, wer das Feuer gelegt hat. Doch ich konnte an nichts anderes denken.« Ich senkte die Lider und schluckte hart. »An nichts anderes, außer die Frage, warum sie sterben mussten.«

»Ihr habt auf eigene Faust Nachforschungen angestellt?«, fragte Bastian.

Ich nickte, öffnete die Augen und aß das Brötchen auf, ohne etwas zu schmecken. »Wir sind deswegen ein paarmal nach Kiel gefahren, haben Nachbarn befragt und uns umgehört. Alles ohne brauchbare Ergebnisse.«

»Womit sich Stefan nicht zufriedengeben wollte, schätze ich.«

»Jedes Mal, wenn wir in Kiel waren, riss die Wunde in meinem Herzen wieder auf, und ich saß in den Nächten danach stundenlang grübelnd in der Küche. Als mir Stefan dann anbot, allein weiter nachzuforschen, war ich irgendwie erleichtert.«

»Annika, du darfst dir deswegen keine Vorwürfe machen.«

Ach nein? Ich lachte freudlos. »In der Nacht seines Unfalls hat er mich von unterwegs angerufen. Stefan war aufgeregt und meinte, er hätte endlich etwas erfahren, was uns helfen könnte, den Brandstifter zu finden.« Ich atmete tief ein. »Zwei Stunden später stand die Polizistin vor unserer Haustür.«

»Hat er dir gesagt, was er herausgefunden hat?«

»Das wollte er am Telefon nicht.« Ich schluckte ein paar Tränen hinunter, bevor sie mir aus den Augen rannen, und fragte mich, ob der Gedanke grotesk war, der meinen Kopf ausfüllte.

Musste Stefan deswegen sterben?

»Willst du damit sagen, dass sein Unfall keiner gewesen ist?«

»Nein, will ich nicht«, wehrte ich ab und nahm den Rucksack vom Rücken, um die Wasserflasche einzupacken, die Bastian am Bäckerstand gekauft hatte. »Es war ein Unfall«, fügte ich hinzu und forschte in seinem Gesicht nach der Gewissheit, die ich selbst nicht mehr empfand. »Sag es«, bat ich. »Dass es ein tragischer Unfall war.« Einer von uns musste bei klarem Verstand bleiben. Und wenn ich es nicht konnte, musste Bastian derjenige sein.

Ich ertrug seinen zweifelnden Blick nicht, weshalb ich umständlich den Rucksack wieder aufsetzte, nur um ihn nicht ansehen zu müssen.

»Was jetzt?«, fragte ich mit vorgetäuschter Gelassenheit.

»Wir suchen uns auf dem Alex ein ruhiges Plätzchen und überlegen unsere nächsten Schritte.«

»Auf dem Alex?« Ich lachte trocken. »Sieh dich um«, fügte ich hinzu und deutete mit dem Kopf in Richtung des vollen U-Bahn-Tunnels. »Das hier ist nur ein kleiner Vorgeschmack auf das, was uns auf dem Alex erwartet.«

Bastian sah zu den vielen Menschen, die an uns vorbeidrängten, dann erstarrte er unvermittelt.

»Was ist?«, fragte ich alarmiert.

»Mir ist gerade was eingefallen.«

Etwas, was ihn scheinbar bis ins Mark entsetzte. »Du siehst aus, als hättest du ein Gespenst gesehen.«

»Nicht ganz«, murmelte er. »Aber so ungefähr. Kannst du dich an deine Geburtstagsfeier letzten Monat erinnern?«

Ich hob die Augenbrauen. »An die, die du nicht für mich organisieren solltest und es trotzdem getan hast?« Ich wollte an jenem Tag einfach nur ein paar Steaks grillen und mit Bastian und Nadine ein kühles Bier trinken. Allerdings hatte er eine andere Vorstellung. Er lud auch all meine Nachbarn zu einem Grillabend ein. Selbst Ursula Leipold ließ ihre Krücken zu Hause, um Jonas beim Grillen zu helfen.

»Die Party war doch ganz nett, oder nicht?« Bastian grinste für einen kurzen Augenblick, und ich ertappte mich dabei, mir sein Lächeln zurückzuwünschen, als es von seinem Gesicht verschwand. Weil es aus der Zeit lange vor diesem Albtraum stammte. Aus einer Zeit, die ich mir zurückwünschte, obwohl ich wusste, dass der Kidnapper diese heile Welt für mich für immer zerstört hatte.

»War sie«, stimmte ich leise zu. Denn da war Janina noch bei mir gewesen. »Was ist an dem Abend passiert?«

Bastian schüttelte den Kopf. »Es bedeutet bestimmt nichts.« Er wollte sich abwenden, doch ich hielt ihn auf.

»Was ist passiert?«, wiederholte ich meine Frage.

Er stöhnte und fuhr sich übers Gesicht. »Als ich eine neue Ladung Steaks aus dem Kühlschrank holen wollte, bin ich in der Küche fast mit Frank zusammengestoßen. Er hatte …« Bastian brach ab und schüttelte energisch den Kopf. »Nein, das ist Blödsinn.«

»WAS?«, schrie ich beinah vor Ungeduld. Jeder Muskel spannte sich in mir an, als Bastian weitere drei Sekunden schwieg.

»Er hatte meine Brieftasche in der Hand und meinte, er hätte sie auf dem Fußboden gefunden, als er sich ein Bier aus dem Kühlschrank holen wollte.«

Ich kniff die Augen zusammen. »Wie ist dein Portemonnaie auf den Boden gekommen?«

»Wahrscheinlich ist es aus meiner Jacke gefallen, als ich …«

»Warte«, rief ich und riss die Augen weit auf. »Er hat deinen Bibliotheksausweis aus deiner Brieftasche genommen?«

»Frank?« Energisch schüttelte Bastian den Kopf. »Auf keinen Fall. Er ist ein großer Teddybär mit Knopfaugen und …«

»Und einem Hang zu Wutanfällen«, sagte ich trotz meines enger werdenden Halses. »Das war einer der Gründe, warum ihn Irene verlassen hat.«

»Du weißt ebenso wie ich, dass Irene gegangen ist, weil Frank nur unterwegs ist. Die Woche über sitzt er in seinem Lkw, und an den Wochenenden hilft er Freunden und Nachbarn oder verbringt jede freie Minute bei der Feuerwehr.«

»Ja, schon, aber …«

Bastian ergriff meine Hand. »Annika, wir reden hier von Frank. Er verteilt jedes Jahr zu Weihnachten an die Kinder in eurer Straße die Geschenke und das nicht nur, weil ihm das Kostüm gut passt. Ja, klar, wenn er Stress hat, verliert er etwas die Nerven, aber wer nicht?«

»Etwas? Vor vier Monaten hat er seine fünfzehnjährige Tochter aus dem Haus werfen wollen, nur weil sie eine vier in einer Mathearbeit geschrieben hat.«

»Nicht deswegen«, wehrte Bastian ab. »Er hat Laura dabei erwischt, wie sie sich ihrem Mathelehrer an den Hals werfen wollte, damit er ihr eine bessere Note gibt.« Er zog mich beiseite. »Frank mag seine Probleme haben, aber er ist auf keinen Fall ein Mörder und Entführer. Glaub mir.«

Meine Gedanken schwirrten wie ein aufgeschreckter Bienenschwarm durch meinen Kopf. »Ich weiß nicht mehr, was ich glauben soll und was nicht«, gestand ich. »Fakt ist, er hätte deinen

Ausweis aus der Brieftasche nehmen können.« Und somit unter Bastians ermordete Exfreundin legen können.

»Hätte er, aber warum? Welches Motiv hat Frank?«

»Irene war oft bei mir, bevor sie ausgezogen ist. Vielleicht denkt er, dass ich ihr geraten habe, die Scheidung einzureichen?«, flüsterte ich erstickt.

Bastian schüttelte energisch den Kopf. »Deswegen entführt doch niemand ein neun Monate altes Mädchen und ermordet Leute. Erst recht nicht Frank.«

Kein normaler Mensch, richtig. Allerdings war der Typ, der meine Tochter gekidnappt hatte, ein Psychopath.

28. Kapitel

Fest umschloss ich mit den Fingern mein iPhone in der Strickjackentasche. »Ich muss das trotzdem Weinsheim sagen«, erklärte ich entschieden. »Und ich will mit Frank reden, jetzt. Denn was, wenn du dich irrst und er hinter der Entführung steckt?« Sicher, Frank sah aus wie ein großer Teddybär, nur konnte er unter dieser sanften Hülle einen ganzen Ozean voller sadistischer Neigungen verbergen.

Ich wandte mich ab, um zur U-Bahn zu gehen, in dem Augenblick drängte sich ein Passant zwischen Bastian und mich. Dabei stieß der Kerl derart brutal gegen mich, dass ich zwei Schritte nach vorn stolperte. Ich knallte gegen eine kunterbunt gekleidete Frau, die einen langen Gegenstand trug. Etwas Hartes bohrte sich in meine Seite, ein dumpfer Ton erklang, den ich trotz des Lärms in dem U-Bahn-Tunnel ausmachen konnte.

»Passen Sie doch auf«, beschwerte sich die Frau, die einen Gitarrenkoffer trug.

»Sorry«, erwiderte ich und sah mich gleichzeitig nach dem Übeltäter um, der mich so aggressiv aus dem Weg gestoßen hatte. Im Augenwinkel hatte ich etwas Blaues wahrgenommen, sein Shirt vielleicht.

Ich stellte mich auf die Zehenspitzen und …

… erstarrte.

»Oh mein Gott.« Fünf Schritte von mir entfernt schob sich ein blonder Mann mit ozeanblauem Shirt durch den Strom der Passanten, über dessen rechter Schulter ein rosa Kuschellämmchen baumelte.

Eins, das genauso aussah, wie … Kada.

»Janina«, schrie ich und lief los. »Janina!«

Sie lebt.

Und sie ist hier.

Nur ein paar Schritte von mir entfernt.

»Bleiben Sie stehen! Hallo, bleiben Sie doch stehen.« Hüpfend schob ich mich durch die Passanten, unzählige Köpfe versperrten mir immer wieder die Sicht auf den Blondschopf.

Verlier ihn bloß nicht aus den Augen!

Alles, nur das nicht.

»Annika!« Bastians Stimme hallte hinter mir her, doch ich ignorierte ihn.

Vor mir entwickelte sich der Strom der Fahrgäste zu einer lebendigen Mauer, die sich durch den Tunnel wälzte. Ein junger Mann mit gegelten igelkurzen Haaren und einem tätowierten Wolfskopf am Oberarm bahnte sich rücksichtslos einen Weg durch den Menschenwall. Offenbar hatte er es genauso eilig wie ich.

Mir blieb keine Zeit für Entschuldigungen, als ich meine Ellbogen einsetzte, um mir Platz zu verschaffen.

»Janina!« Ich zwängte mich zwischen zwei Frauen, die gelbe Plastikeinkaufstüten auf ihren Schultern trugen.

»Hey, was soll denn das?«, schimpfte eine der beiden lautstark, und etwas – vermutlich ihre Handtasche – krachte auf meinen Kopf. Schmerz blitzte hinter meiner Stirn auf, doch ich ignorierte diesen ebenso wie das Geschimpfe um mich herum.

Denn keine acht Schritte von mir entfernt tauchte das rosa Kuschellämmchen wieder auf. Etwas Dunkles, Braunes hob sich von dem blauen Stoff des Shirts ab. Wie es aussah, hatte meine Kleine den Kopf an die Schulter des Kerls gelegt und hielt Kada in ihrer Hand. Genauso, wie sie es immer machte, wenn ich sie auf den Armen trug.

»Janina!«

Grundgütiger, sie war es wirklich. »Halten Sie ihn auf! Oh, bitte, helfen Sie mir doch«, rief ich und schob mich halb hüpfend, halb gehend durch die Massen. »Er hat meine kleine Tochter.«

»Unverschämtheit«, fauchte mich ein Zwei-Meter-Mann an, als ich mich gegen ihn warf. Durch seinen ausladenden Brustkorb, der Ähnlichkeit mit einem Schrank hatte, verlor ich den Blondschopf mit dem blauen Shirt aus den Augen.

Nein, nein, nein!

Angst schnürte mir den Hals zu. Wo war er hin?

»Janina!« Mein Schrei ging in der Geräuschkulisse des U-Bahnhofs unter. *Du darfst ihn nicht verlieren. Du darfst einfach nicht.*

Mit einer Kraft, die ich nicht zu besitzen glaubte, schob ich mit dem Unterarm den atmenden Kleiderschrank aus dem Weg und preschte vorwärts.

Zwei Schritte, ehe mich ein überdimensionaler Trolley stoppte, den ein älterer Herr im grauen Anzug hinter sich herzog.

»Will mir denn keiner helfen?« Vor Verzweiflung liefen mir Tränen übers Gesicht. »Dieser Mann im blauen Shirt hat meine Tochter …«

Unverhofft tauchte schräg vor mir eine Lücke in der menschlichen Mauer auf. Ohne zu zögern, lief ich los. Rücksicht hatte in meinem Kopf keinen Platz mehr. Ich stieß eine Frau beiseite, die die offene Stelle ebenfalls entdeckt hatte, und kämpfte mich vorwärts. Besessen von dem Gedanken, dass ich nur ein paar Schritte von meinem Ziel entfernt war.

Nur ein paar Meter trennten mich davon, meinen kleinen Schatz wieder an mich drücken zu können.

Sie war hier. Fast bei mir.

Fast in Sicherheit.

Da! Die kurzen Haare des Blondschopfs tauchten zwischen einem schwarzen Basecap und einer eleganten Hochsteckfrisur auf.

»Bleiben Sie stehen. Sie da, bleiben Sie sofort stehen und geben Sie mir meine Tochter!«, forderte ich ihn auf.

Doch der Mann blieb ungeachtet meiner Rufe nicht stehen.

Er drehte sich nicht einmal um.

Entsetzen schüttelte mich, als sein Kopf erneut aus meinem Blickfeld verschwand. Nicht, weil mir jemand die Sicht versperrte, nur die Höhe, auf der ich seinen Kopf vermutete, änderte sich.

Denn er ging eine Treppe hinauf.

»Oh nein!«

Er stieg ausgerechnet die Treppe rauf, die zehn Meter vom Cubix CineStar entfernt auf den Alexanderplatz führte.

Ich musste ihn jetzt erwischen. Bevor er in den Touristenmassen untertauchte.

Blindlings warf ich mich nach vorn. Gegen warme Körper, gegen Tüten, Handtaschen, Aktenkoffer. Gesichter, Köpfe, Haare, Kleidung, alles um mich herum verschwamm zu einer dicken öligen Masse, die sich zwischen meine kleine Tochter und mich wälzen wollte.

Ich kam vorwärts.

Aber langsam.

Viel zu langsam.

Einen Moment später verschwand der Blondschopf endgültig aus meinem Blickfeld.

»Neeeeeeiiin.« Mein gequälter Schrei ging in den vielen Fußschritten und dem Stimmengewirr unter, die den Tunnel ausfüllten.

Ich drückte Körper zur Seite und quetschte mich in Lücken, in die nicht einmal ein Kind passte. »Lassen Sie mich vorbei.« Ich hatte keine Zeit zum Bitten. Zum Höflichsein. »Gehen Sie mir aus dem Weg.«

»Die ist ja vollkommen durchgeknallt.«

Das und derbe Flüche folgten mir, aber das war mir egal, denn endlich tauchte die Treppe vor mir auf.

Und der Blondschopf, der mit meiner Kleinen auf dem Arm die oberste Stufe erreichte.

Zwei Treppenstufen auf einmal nehmend, hastete ich hinauf. Hinter mir hörte ich ein Scheppern und dann Bastians Stimme.

»Annika, was ist denn los?«

»Halt!«, schrie ich, während mich blanke Verzweiflung erfasste. Denn ich wusste es. Ich wusste, dass ich Janina nicht rechtzeitig erreichen würde.

Du bist zu langsam, hetzte Stefan in meinem Kopf. *Wie immer.*

Panik überrollte mich, denn er hatte recht. Ich war zu langsam.

Gib es zu, du willst sie doch gar nicht retten. Du bist doch froh, dass sie weg ist.

Mit aller Macht kämpfte ich gegen die Stimme in mir an. Gegen Stefan, dessen Zähne in meinen Ohren beim Sprechen klappernd widerhallten.

»Geh weg«, flehte ich stumm. »Ich hab dich nicht getötet.«

Mein Fuß rutschte von einer Stufe ab, ich schlug mit einem Knie auf dem harten Stein auf und rappelte mich wieder auf.

Nur, um einen letzten Blick auf das blaue Shirt des Entführers werfen zu können.

Bitte, oh Gott, bitte hilf mir. Mach, dass er stehen bleibt.

29. Kapitel

Keuchend taumelte ich auf den Alexanderplatz. Sonnenlicht blendete mich für ein paar Sekunden. Dann überrollte mich der Schock.

Das kann nicht sein!

Das gibt es doch nicht!

Ich blinzelte und rieb mir die Augen, jedoch änderte auch das nichts an meiner Umgebung.

Überall, wo ich hinsah, erblickte ich Menschen mit blauen Shirts. Ozeanblauen Shirts und Kadas in den Händen. Junge Männer, Frauen, Kinder.

Jetzt bin ich komplett durchgedreht.

Schritte erklangen neben mir. »Wow«, ächzte Bastian zwischen zwei Atemzügen. »Ein Flashmob.«

»Was?«, brachte ich heraus und fragte mich paradoxerweise, ob ich noch immer schlief. Ich musste das alles träumen, eine andere Erklärung gab es für diesen Menschenauflauf nicht.

Nein, du schläfst nicht.

Dieser Sadist hat dich an der Nase herumgeführt.

Er hat dich zu diesem Ausgang gelockt, damit du genau das siehst.

All die blau gekleideten Passanten. All die Kinder, die rosafarbene Kuschellämmchen in die Luft warfen oder mit ihren Geschwistern an Kada ziehend stritten, wer das Schmusetuch behalten durfte.

»Ist das nicht eine geniale Idee?«, fragte eine junge Frau, während sie mit ihrem kleinen Sohn an der Hand an mir vorbeiging. Auf ihrem Shirt stand:

Unser Land braucht Kinder,
Und Kinder brauchen Kindergärten!

Kein Wunder, dass hier so viele Eltern waren. Dieser Psychopath nutzte die Sorgen vieler Mütter und Väter, die monatelang auf einen Kindergartenplatz warten mussten.

»Großer Gott«, flüsterte Bastian entsetzt und zog mich an sich, während es mir vorkam, als ob eine eiskalte Woge über mich hereinbrechen würde.

Verzweifelt sah ich mich um, wieder und wieder, und versuchte trotz der gegen null tendierenden Chance, den Blonden in der Masse auszumachen. Umsonst.

Unruhe und Panik krochen mir wie die Symptome einer Grippe durch den Körper. Jeder einzelne Knochen in mir schmerzte, und ich fühlte mich mit einem Schlag krank.

Sterbenskrank.

Wie sollte ich nur meine Kleine retten?

Dieser Scheißkerl war nicht nur pervers, er war auch intelligent. Eine grausame Kombination, die die Angst in mir potenzierte.

Trotz des Schweißfilms auf meiner Haut fröstelte ich. Das Zittern begann in meinem Bauch und setzte sich wellenartig durch mich fort, bis es jeden Winkel meines Körpers erreichte. Fest wickelte ich mich in Helenas Strickjacke und taumelte weiter. Weil ich das Bild vor mir nicht mehr ertragen konnte.

»Janina war hier«, flüsterte ich erstickt, als mir Bastian in Richtung Fernsehturm folgte. Vorbei an Körben mit blauen Shirts und rosafarbenen Schmusetüchern, aus denen sich immer mehr Menschen ahnungslos über den wahren Grund für diesen Flashmob bedienten. »Der Kerl, der mich angerempelt hat, hatte meine Kleine auf dem Arm, da bin ich fast sicher«, brachte ich stockend heraus und fühlte mich, als würde jemand den Boden unter meinen Füßen wegziehen. »Sie war ein paar Meter von mir entfernt. Ein paar Armlängen.«

Und du hast sie nicht retten können.

Weil du zu schwach warst, um ihn aufzuhalten.

»Warum hat Janina nicht geschrien?«, sprach Bastian den Gedanken aus, den ich mir bislang verboten hatte. »Sie würde sich bei einem Fremden unwohl fühlen, erst recht, da sie so lange von dir getrennt ist.«

Es gab nur eine Antwort auf diese Frage. Eine, gegen die ich mich wehrte. Weil es undenkbar war, dass jemand, den ich kannte und dem ich vertraute, Menschen ermordete und ein Baby entführte. »Sie hat geschrien, ganz bestimmt«, schluchzte ich. Und ich hätte sie fast gehabt.

Fast.

Ich sackte innerlich zusammen und fiel in den Abgrund meines Selbsthasses.

Du hast versagt!

Weil du eine furchtbare Mutter bist.

Eine von der Sorte, die nicht mal das eigene Kind beschützen kann.

Mir gelang es nicht mehr, meine Tränen zurückzuhalten. Während sie wie Bäche über mein Gesicht rannen, flehte ich stumm darum, dass das alles aufhörte.

Diese geisteskranke Schnitzeljagd, das Morden, die erbarmungslose Gewalt.

»Ich weiß nicht mehr weiter.« Arktische Kälte bohrte sich in mein Herz. Bebend grub ich meine eiskalten Hände in die großen Taschen der Strickjacke.

Etwas Weiches berührte meine Finger. Etwas Vertrautes.

»Janina?«, wisperte ich und sah in meine Hand. In der ich ein rosafarbenes Kuschellämmchen hielt.

Kada!

Mein erster Gedanke war, dass ich mich irrte. Dass dieses Lämmchen nicht Janina gehörte. Nur, wie war es in meine Jackentasche gekommen?

Das ergab keinen Sinn.

Und dann sah ich den kleinen Riss im Ohr.

»Kada«, flüsterte ich erstickt und presste das Schmusetuch an mich.

»Bist du sicher?«, fragte Bastian und sah mich mit schreckgeweiteten Augen an.

»Es ist ihres«, hauchte ich atemlos. »Er muss es mir in die Tasche gesteckt haben, als er mich angerempelt hat.«

Mit tränenfeuchtem Gesicht krallte ich meine Nägel in den weichen Flanell und hob den Stoff an meine Nase. Der Geruch war mir ebenso vertraut wie der kleine Riss im rechten Ohr.

»Janina, nicht«, hörte ich mich in meiner Erinnerung sagen. Sie zahnte seit zwei Wochen und zubbelte ständig an den Ohren des Lämmchens herum. »Mama ist gleich fertig, dann ziehe ich mich um, und wir fahren zu Tante Nadine.«

»Kada«, jammerte meine Kleine, Kullertränen traten in ihre Augen. Sie lag bäuchlings in dem Laufgitter, in dem schon ihr Papa gespielt hatte. Ihr Opa hatte die Gitterstäbe rosa, pink und hellgrün gestrichen und ihre Oma hatte drei farblich passende Kissen dazu genäht.

»Schau mal«, sagte ich und gab ihr einen lilafarbenen Beißring mit Klappersternen, ehe ich meine Gartenhandschuhe erneut anzog. »Der ist viel besser zum Draufrumbeißen als Kada.«

Wirkliche Begeisterung sah anders aus, entschied ich, als Janina das Gesicht verzog und in die Ecke robbte, in die ich das Kuschellämmchen gelegt hatte.

Ich seufzte und widmete mich wiederholt dem Blumenbeet. Nach drei Regentagen schien heute zum ersten Mal die Sonne. Das Thermometer auf der Terrasse war auf fünfundzwanzig Grad geklettert. Hoffentlich das Zeichen, dass der Sommer nun vorhatte, in Berlin zu bleiben.

Janina jauchzte begeistert, als sie Kada erreichte. Oma und Opa brachten bei jedem Besuch mindestens drei neue Spielzeuge für sie mit, die sie nach kurzer Begutachtung geflissentlich ignorierte. Es gab nichts, was schneller ihre Tränen trocknen konnte als Kada.

Bis auf Bastian, korrigierte ich mich und entfernte das Unkraut, das um meine Rosen herum einen kleinen Dschungel bildete.

Lächelnd sah ich zu ihr und bemerkte, dass sie Kadas Ohr in den Mund stopfte. Stöhnend streifte ich die Handschuhe ab, beugte mich ins Laufgitter und nahm ihr das Schmusetuch aus den Händen. »Schau«, sagte ich und tastete über die weiche Spieldecke, bis ich den Beißring mit den Meerestieren fand. »Den magst du doch.« Zumindest manchmal. »Mama ist gleich fertig, versprochen.«

Mit den Beinen strampelnd, protestierte Janina, und gigantische Krokodilstränen kullerten aus ihren Augen. Seufzend nahm ich sie aus dem Laufgitter, gab ihr Kada und trocknete mit einem Taschentuch ihr Gesicht. In Momenten wie diesen streifte mich oft der Gedanke, dass sie es wusste. Irgendwie fühlte. Dass ihr Papa eine Woche vor seinem Tod für sie dieses Kuschellämmchen gekauft hatte.

Natürlich war das albern und vermutlich für mich nur eine Ausrede, weshalb ich immer wieder nachgab, sobald es um Kada ging. Sie liebte dieses Schmusetuch abgöttisch, und ich liebte sie, so einfach war das.

Ich küsste sie und wollte Janina ins Laufgitter zurücklegen, wogegen sie eine Menge hatte. Sie schrie protestierend und ruderte wild mit den Armen. »Nein, Janina, Mama ist gleich fertig. Dann spielen wir, aber bis dahin musst du hier drinnenbleiben.«

Ihr Protestgeschrei wurde lauter, doch diesmal ließ ich mich von ihren Tränen nicht erweichen. »Ich hab dir schon Kada über…« Mitten im Satz brach ich ab, denn ihre Hände waren leer. Kein Wunder, dass sie derart laut schrie.

Ich drehte mich um und entdeckte das Kuschellämmchen auf einer Rose liegend. Ich griff danach, doch es hatte sich zwischen einigen Dornen verfangen. Obwohl ich das Schmusetuch behutsam löste, riss ein Dorn den weichen Stoff im Ohr auf.

»Es ist ihres«, sagte ich zu Bastian und drückte das Lämmchen verzweifelt an meine Brust, nachdem ich ins Hier und Jetzt zurückgefunden hatte.

In dieses Jetzt, wo meine Kleine allein mit diesem perversen Irren war. In diesem Jetzt, wo sie nicht einmal mehr ihr Schmusetuch zum Trösten bei sich hatte.

Ich zog mein Handy aus der Hosentasche und aktivierte es.

»Ich muss Weinsheim anrufen«, sagte ich entschieden, um jeden Protest von Bastian im Keim zu ersticken. »Er ist unsere einzige Chance, Janina zu finden.«

Als Bastian nickte, gab ich meinen PIN-Code ins Tastenfeld ein. Als sich das Handy aktivierte, bemerkte ich, dass der Akkustand nur noch bei zwanzig Prozent lag.

30. Kapitel

Eric Weinsheim
11. August, 10:45 Uhr

»Ich hab dich lieb«, sagte ich, setzte mich an meinen Schreibtisch und betrachtete Neles Foto, das neben meinem Monitor stand. Die blaugrünen Augen hatte sie von ihrer Mama, ebenso das zarte Gesicht und das blonde glänzende Haar.

»Das weiß ich doch, Papa«, erwiderte Nele, und ich fragte mich, ob es wirklich erst sechs Jahre her war, seit ich ihre Windeln gewechselt hatte. Warum war sie in so kurzer Zeit so verflucht erwachsen geworden? »Ich hab dich auch lieb.«

»Wir holen den Urlaub nach, versprochen.« Morgen, wenn es nach mir gehen würde.

»In den Herbstferien?« Sie räusperte sich leise und senkte die Stimme, als würde sie mir ein Geheimnis anvertrauen. »Dann muss ich nicht mit Mama nach Gran Canaria fliegen, weißt du.«

Ich stöhnte lautlos. Meine Abneigung gegen Kathrins *Neuen* hatte sich wohl wie eine Virusgrippe auf meine Tochter übertragen. »Deine Mama wird traurig sein, wenn du nicht mitfliegst.«

»Es ist doch nur eine Woche«, sagte Nele großmütig. »Die paar Tage wird sie gar nicht merken, dass ich nicht da bin.«

»Ich rede mit deiner Mama«, versprach ich und wusste im gleichen Atemzug, dass Kathrin meine Anfrage für die Herbstferien auf die Liste meiner Vergehen setzen würde.

»Yippiiiiie.« Nele klang äußerst glücklich und zufrieden, und ich begriff, dass ich mich von ihr hatte um den Finger wickeln lassen. Mal wieder.

Als Vater war ich anscheinend genauso ein Versager wie als

Ehemann. Meiner viel zu klugen und viel zu vernünftigen Tochter Wünsche abzuschlagen war für mich ebenso unmöglich wie übers Wasser zu gehen.

»Ich kann dir nichts versprechen«, fügte ich mit diesem kümmerlichen Rest erzieherischer Autorität hinzu, den ich in mir fand. Meine Gewissensbisse wegen unseres geplatzten Wannsee-Urlaubs wogen weitaus schwerer.

»Das klappt schon.« Sie klang entschlossen. »Wann kommst du nach Hause?«

Ein Stich fuhr mir durchs Herz. Ihr Zuhause war nicht mehr meins. »Bald«, versprach ich. »Sobald ich kann.«

»Wenn du den Bösen geschnappt hast?«

»Ja.«

»Dann beeil dich, Papa. Ich vermiss dich nämlich.«

»Ich dich auch.«

»Und du redest mit Mama?«

»Wenn ich den Fall abgeschlossen habe.«

»Heute?«, fragte Nele hoffnungsvoll und senkte erneut die Stimme zu einem Flüstern. »Dann muss ich mit Mama keine Pläne mehr für Gran Canaria schmieden.«

Es war falsch, ich wusste es, trotzdem musste ich grinsen. Glücklicherweise konnte mich meine Tochter nicht sehen. »Er mag dich«, sagte ich streng. Er, Georg von Haberstrohm, Fachanwalt für Erbrecht, mit einer Finca auf Gran Canaria.

»Mir egal«, maulte Nele. »Ich kann ihn nicht leiden. Er findet Schokoladenpudding widerlich.« Was aus ihrer Sicht einem Schwerverbrechen gleichkam, hatten wir doch jeden Sonntagmittag einen großen Topf Pudding gekocht. Kathrin war jedes Mal aus der Küche geflüchtet, wenn Nele und ich dann die Puddingreste mit den Fingern aus dem Topf geleckt hatten. »Und er hat gesagt, dass du krank bist und dir dringend Hilfe suchen sollst. Was meint er damit, Papa?«

Hat er gesagt? Ich verzog das Gesicht, denn ich erinnerte mich an seine Miene, als ich den letzten Karton mit meinen Sachen aus Kathrins und meinem Haus geholt hatte. Sie schwankte zwischen Entsetzen und diesem Gesichtsausdruck, den Menschen aufsetzten, wenn sie sich einem Irren gegenübersahen.

»Voodoopuppen? Wollen Sie jemanden um die Ecke bringen?«, fragte er.

»Voodoo ist eine Religion, kein Hokuspokus.«

»Wenn Sie das sagen«, erwiderte er mit dieser nasalen Stimme, die klang, als hätte er chronische Sinusitis.

»Habe ich gerade«, entgegnete ich trocken und ging zu meinem 68er bahamagelben Porsche 911, den ich von meinem Großvater geerbt hatte. Neben Haberstrohms spiegelblank poliertem schwarzen Alfa Romeo sah mein verbeulter Uropa aus wie eine heruntergekommene Ruine mitten in einem High-Society-Villenviertel.

Ich straffte mich und verbannte die Erinnerung aus meinem Kopf. »Als wir uns das letzte Mal gesehen hatten, hatte ich eine Grippe«, erklärte ich Nele seine Worte mit einer Notlüge. Die mir ein Ziehen in der Bauchgegend verursachte, doch notwendig war, wenn ich verhindern wollte, dass meine Tochter Kathrins Neuen ebenso inbrünstig hasste wie ich.

»Ach so.«

»Chef?« Reuss tauchte in der Bürotür auf. »Es ist kurz vor elf.«

Ich nickte und deutete an, dass ich gleich kommen würde. »Hat Christian die Obduktionsberichte noch nicht gebracht?«, fragte ich sie mit einer Hand auf der Sprechmuschel.

»Nein.«

»Papa, das hab ich fast vergessen, dir zu erzählen. Mama und Georg haben gesagt, dass ich vielleicht einen kleinen Hund haben darf.«

»Das ist schön«, entgegnete ich, obwohl ich nur mit halbem Ohr zugehört hatte. Was trieb der Doc so lange? Das sah ihm gar nicht ähnlich. »Süße, ich muss Schluss machen. Tut mir leid.«

Nele nuschelte etwas Unverständliches, was ich als *Schade* interpretierte.

»Grüß deine Mama von mir«, sagte ich und ging zur Tür. »Ich muss weiterarbeiten.«

»Ich hab dich ganz doll lieb, Papa.«

»Ich dich auch.« Glückshormone durchfluteten meinen Körper von den Zehen bis zu den Haarwurzeln und zauberten ein Lächeln in meine Mundwinkel. Für ein paar Sekunden.

Es verschwand in dem Augenblick, als ich im Flur fast mit Eisfeld zusammenstieß. »Mahlzeit«, grüßte ich und schob mein Handy in die Jackentasche. »Mit Ihrem Einverständnis würde ich gern Dr. Dehnert bitten, ein Täterprofil zu erstellen.« Meine Abneigung gegen den Psychologen hatte sich in den zurückliegenden Monaten kein Stück weit reduziert, jedoch hatte er mir seit meinen Therapiesitzungen zweimal geholfen, den Mörder zu schnappen.

»Wozu?«, fauchte Eisfeld argwöhnisch. »Wir haben eigene Fallanalysten. Und wenn ich richtig informiert bin, wurde der Täter bereits identifiziert.«

»Wie bitte?«

»Reuss hat doch in Suareks Haus die Brieftasche des zweiten Opfers sichergestellt, oder?«

Die Nachricht hatte sich offenbar genauso schnell im LKA verbreitet wie die Meldung vom Leichenfund vor Fontanes Grab bei den Berliner Medien. Ein paar Radiosender hatten sogar ihr Programm unterbrochen, um diese grausige Sensation vor allen anderen Rundfunkstationen an ihre Hörer weiterzugeben. Dass die meisten Sender viertelstündlich die Berliner aufforderten, nach Janina zu suchen, war Anna Buchholz, der Pressesprecherin des LKA und Mutter eines zweijährigen Sohnes zu verdanken.

»Hat sie, aber Suarek ist nicht der Täter.«

»Hören Sie auf mit diesem Scheiß«, donnerte Eisfeld und trat derart dicht vor mich, dass mir sein nach Kaffee und Minzbonbons riechender Atem heiß übers Gesicht strich. »Kommen Sie mir nicht wieder mit Ihren beschränkten Geistesblitzen. Die Beweise sind eindeutig. Suarek hatte die Mittel und die Möglichkeit, das Mädchen zu entführen …«

»Sie heißt Janina«, warf ich ein, was mir einen zornigen Blick von Eisfeld einbrachte.

»Und die Opfer zu töten«, vollendete er seinen Satz.

»Stimmt, Suarek besitzt einen Schlüssel zu Ritters Haus, aber keinen zur Wohnung des ersten Opfers. Und auch keinen für das Tor vom Friedhof.«

»Suarek und das erste Opfer kannten sich. Sie hat ihm die Tür geöffnet«, zischte Eisfeld.

»Wenn ja, warum hat sich Suarek danach in ihrem Kleiderschrank versteckt?«

»Das ist nur eine Ihrer bescheuerten Theorien, Weinsheim, für die es keine Beweise gibt.«

»Die Spuren deuten darauf hin …«

»Dass der Täter in dem Schrank etwas gesucht hat, auf mehr nicht«, unterbrach er mich in einer Lautstärke, die unangenehm an den Wänden des Flures widerhallte. Bürotüren wurden geöffnet, neugierige Blicke richteten sich auf uns, was Eisfeld nicht zu stören schien. Er war in seinem Element. »Sie wollen es nicht sehen, oder, Weinsheim? Wieder einmal stricken Sie sich die Beweise so zusammen, wie es Ihnen passt.«

Mein Zusammenstricken der Tathergänge bescherte mir eine der höchsten Aufklärungsraten des LKA. »Wie ist Suarek an den Schlüssel für das Tor des Kirchhofs gekommen?«, fragte ich mitten hinein in das Zwitschern meines Handys. »Moment«, sagte ich zu Eisfeld und nahm das Gespräch an. »Weinsheim.«

»Wir haben auch in den Schlössern von Suareks Haus und des Friedhofstors Reste von Acrylnitril-Butadien-Styrol-Copolymere sichergestellt.«

Ich verengte die Augen. »Schäfter, haben Sie es kürzer und auf Deutsch für mich?«

Er gluckste leise. »Hab ich. Die Abkürzung ist ABS, sagt Ihnen das was? ABS sind thermoplastische Terpolymere, die vorwiegend bei der Herstellung von Autoteilen, Elektronikgehäusen, Spielzeug, Sportgeräten und Musikinstrumenten verwendet werden. Aber auch in …«

Ein weiteres Puzzleteil rückte in meinem Kopf an seinen Platz. »In 3-D-Druckern.« So kam er also an die Schlüssel, das Schwein druckte sie sich einfach. Nur wie kam er an die Vorlagen?

»Richtig.«

»Warum erfahre ich erst jetzt, dass sie Rückstände von ABS in den Schlössern gefunden haben?«, brüllte ich.

»Aber … aber ich hab es Eisfeld gesagt, als er hier war.«

Ich zählte von zehn rückwärts, um mich daran zu hindern, dem Kommissariatsleiter mitten auf dem Flur zu sagen, was für ein Vollpfosten er war.

»Was haben Sie noch rausgefunden?«, wollte ich von Schäfter wissen.

»Die Katze, deren Fell wir sichergestellt haben, hat Alopezie, auf Deutsch Haarausfall, weil sie an Pemphigus foliaceus erkrankt ist. Das ist eine Hautkrankheit, die zur Gruppe der blasenbildenden Autoimmundermatosen gehört. Die Krankheit ist relativ selten.«

»Danke«, sagte ich, legte auf und rannte in den Besprechungsraum. Vor dem Whiteboard mir gegenüber standen zahlreiche Stühle, die ausnahmslos besetzt waren. Reuss saß in der letzten Reihe, zwischen Ilka und Schiefer. Alle drei sprangen auf, als ich mich ihnen näherte.

»Reuss, klemmen Sie sich hinters Telefon und rufen Sie alle Tierkliniken und Kleintierärzte an, die Katzen behandeln. Finden Sie den Besitzer einer rot-weißen Katze, die Pemphigus foliaceus hat.« Ich hielt kurz inne. »Überprüfen Sie als Erstes Frank Thieles Schwager.«

Sie blinzelte mehrmals, nickte dann und eilte zur Tür, wo sich Eisfeld ihr in den Weg stellte.

»Weinsheim, in mein Büro«, brüllte er und bedeutete Reuss, sich wieder hinzusetzen.

Sie folgte seiner Aufforderung, zog allerdings, während sie mit mir einen langen Blick wechselte, ihr Handy aus der Jackentasche. »Seien Sie vorsichtig, bei dem, was Sie sagen«, bat Julie leise. »Hier geht noch etwas anderes vor.«

Jeder wusste, dass Eisfeld scharf auf Döllings Stuhl war.

»Janina hat die Zeit für politische Rangeleien nicht«, erwiderte ich scharf.

»Ich weiß, aber vielleicht hat Eisfeld recht. Alle Beweise führen zu Suarek.« Sie runzelte die Stirn. »Und zu Bachmann«, fügte sie hinzu, was ich dachte.

»Eric, Eisfeld kocht gleich über«, meldete sich Ilka leise zu Wort. »Geh besser, bevor er noch platzt.«

Schiefer grinste, während Reuss urplötzlich einen Schluckauf bekam und ihr Lachen in einem Hicksen unterging.

»Wir kümmern uns um die Katze«, sagte Ilka kaum hörbar, als ich mich umdrehte und aus dem Besprechungsraum ging.

»Sie warten hier, wir sind in fünf Minuten zurück«, befahl Eisfeld, als ich ihn erreichte. Er hatte seine Stimme gesenkt, doch sein Tonfall war genauso eisig wie die Temperatur in einem Kühlraum für Tiefkühlpizza.

»Verschwendung von Personal und Steuergeldern«, hörte ich ihn brummeln, während er mit seinen langen, hageren Beinen, an denen Socken keinen Halt fanden, vor mir her in sein Büro stakste.

»Schließen Sie die Tür«, befahl er und sank hinter seinem Schreibtisch auf einen Drehstuhl.

»Warum erfahre ich erst jetzt, dass sich der Täter die Schlüssel einfach druckt?«, fragte ich in dem Bewusstsein, dass mich meine Worte zehn Schritte näher an meine Suspendierung brachten. Aber für Diplomatie hatte ich im Moment keine Zeit. Janina Ritter hatte die Zeit nicht.

»Weil Ihnen die Information kein Stück weit dabei hilft, Suarek zu finden und festzunehmen«, entgegnete Eisfeld mit diesem Blick, der gelangweiltes Desinteresse vorgaukelte. Unter dieser wichtigtuerischen Maske brach jedoch kochender Zorn hervor.

»Suarek hat weder Janina entführt noch die beiden Opfer getötet.« Die ABS-Rückstände in seinem Haustürschloss unterstrichen seine Unschuld. Allerdings hielt ich Suarek für intelligent genug, eine falsche Fährte für uns zu legen, indem er einen gedruckten Schlüssel zum Öffnen seiner eigenen Tür benutzte.

Eisfelds Wangen überzogen jäh flammende Röte. »Wollen Sie sich meiner Anordnung widersetzen?«

Ich trat vor seinen Schreibtisch und stützte die Hände auf die mit Aktenbergen überladene polierte Oberfläche. »Sie machen einen großen Fehler, wenn Sie sich allein auf Suarek konzentrieren.«

Er erhob sich und beugte sich so nah zu mir, dass ich die Poren auf seiner knöchrigen Nase hätte zählen können. »Nur zu, Weinsheim, geben Sie mir einen Grund, Sie in der nächsten Sekunde zu suspendieren.«

Janinas leeres Bettchen und die grauenvollen Handabdrücke an der Tapete verhinderten, dass ich mich Eisfeld widersetzte. Es wäre nicht das erste Mal, aber vermutlich das letzte Mal, dass ich ihm die Stirn bot. Wenn er mich aus dem LKA warf, konnte ich nichts mehr für Janina tun.

Eisfeld musterte mich prüfend, als mein Schweigen anhielt. Und ich konnte den Gedanken nicht aus dem Kopf verbannen, dass er auf meinen Fehltritt genauso sehnsüchtig wartete wie ein Kind auf Weihnachten.

»Die KT hat in Suareks Haus weder einen 3-D-Drucker noch Katzenfell sichergestellt oder überhaupt einen Hinweis darauf gefunden, dass er eine Katze hat.«

Eisfeld setzte sich und lehnte sich zurück. »Nun, das Foto, das vom ersten Opfer auf Facebook gepostet wurde, beweist etwas anderes«, erinnerte er mich an das Bild, das Peary in der Nacht entdeckt hatte. »Da hat er eine Katze auf dem Arm.«

»Wissen Sie, wo dieses Bild entstanden ist?«

»Was spielt das für eine Rolle?«

Flachzange! Diesmal musste ich von zwanzig rückwärts zählen, um mich einigermaßen in den Griff zu bekommen. »Das Foto könnte in Österreich im Urlaub entstanden sein oder bei Bekannten, denen die Katze gehört. Ich wiederhole, wir haben nicht einen Hinweis dafür gefunden, dass Suarek in letzter Zeit mit einer Katze in Kontakt gekommen ist. Weder an seiner Kleidung noch an seinen Möbeln oder auf dem Teppich haben wir Katzenhaare sichergestellt.«

»Dann hat er sie eben reinigen lassen.«

Scheiße! Offenbar hat es Eisfeld geschafft, seine übrig gebliebenen grauen Zellen in Bourbon zu ertränken. »Suarek hat jedes einzelne Kleidungsstück reinigen lassen, nur die Sachen nicht, die er trug, als er Susanne Weiß und Dr. Hoffmann tötete und Janina Ritter entführte?« Ich machte eine Pause, in der ich tief einatmete. »Habe ich Sie dahingehend richtig verstanden?«

Eisfeld stand langsam auf, sein Blick fiel auf den Schrank hinter mir, in dem er seine eiserne Reserve für Notfälle aufbewahrte. Eine Flasche *1776*. »Ich sollte Sie wohl darüber informieren, dass Suareks Schwester in Potsdam wohnt«, erwiderte er von oben herab. »Und dass auf ihren Ehemann ein roter Minibus zugelassen ist.«

Ich hob die Augenbrauen. »Haben *Sie* den Fall jetzt übernommen?«

Seine Hände zitterten, als er sie in die Hosentasche schob. Seitdem er vor einem knappen Jahr seine Frau mit dem Oberstaatsanwalt auf dem Küchentisch erwischt hatte, ertränkte er die Erinnerungen Abend für Abend in seiner Lieblingsbar.

»Davon kann keine Rede sein, Weinsheim.«

»Warum landen diese Infos dann nicht auf meinem Schreibtisch?«

Eisfeld drehte mir abrupt den Rücken zu und sah aus dem Fenster. »Die Staatsanwaltschaft, die Medien und Dölling sitzen mir im Nacken. Sie wissen genauso gut wie ich, dass die Entführung eines Babys die Gefühlswellen hochschlagen lässt. Dazu noch die Morde und die Wahl des Ablageortes.« Er wandte sich mir wieder zu. »Seitdem die Medien die Berliner auffordern, nach Janina zu suchen, stehen unsere Telefone nicht mehr still. Die gesamte Bandbreite von Perversen, Wichtigtuern und Neunmalklugen meldet sich im Sekundentakt bei uns und jammert uns mit ihrem Gewäsch die Ohren voll. Wir müssen ihn jetzt schnappen, Eric, bevor er wieder zuschlägt.«

Dagegen hatte ich nichts. »Suarek ist der Falsche.«

»Woher wollen Sie das wissen? Alle Beweise deuten auf ihn. Was brauchen Sie noch?«

Nein, auch auf Bachmann. »Das Motiv«, entgegnete ich. »Soweit wir bisher wissen, kennt Suarek Dr. Hoffmann nicht einmal.«

Eisfeld lachte kalt. »Suarek ist durchgeknallt. Er ist ein Psychopath. Reicht das als Motiv nicht?«

Selbst Psychopathen haben ein Motiv. »Und was ist der Auslöser für seine Taten?«, fügte ich hinzu. »Die unzweifelhaft persönlicher Natur sind. Aber Suarek ist nie zuvor gewalttätig gewesen.« Bachmann hingegen besaß eine Vorstrafe.

»Diese Fragen können Sie gern in einem Verhör klären, sobald wir ihn in Gewahrsam haben«, donnerte Eisfeld, dem anscheinend endgültig die Geduld ausging. »Aber solange dieser Sadist noch frei herumläuft, konzentrieren wir uns auf seine Festnahme, verstanden?«

Im gleichen Augenblick flog die Tür mit einem Knall auf. »Annika Ritter ist am Telefon«, rief Peary.

Ich war bereits im Flur, als Eisfeld Peary anwies, Ritters Handy zu orten.

31. Kapitel

Ich habe mich oft gefragt, wie schmal der Grad war, auf dem ich stand, als ich mich für die Polizei entschied. Nach dem Tod meiner Eltern war es nur eine Frage von Wochen gewesen, bis mich die Kombination aus Trauer und Wut, die ich empfand, hinter Gitter gebracht hätte. Dass ich dort nicht landete, verdankte ich der liebevollen Geduld meiner Großeltern.

Aber ich weiß, würde ich in Annika Ritters Haut stecken und ein Psychopath hätte meine Tochter entführt, läge mein Dienstausweis zusammen mit meiner Kündigung längst auf Eisfelds Schreibtisch. Weil ein Killer nicht ins LKA gehörte, sondern allenfalls in eine vergitterte Zelle.

Ich ergriff den Hörer, den Peary neben das Telefon gelegt hatte, und sank auf den Stuhl. »Ich bin froh, dass Sie sich melden«, sagte ich und verzichtete mit Absicht darauf, meinen Dienstgrad und Namen zu nennen. Ich wollte ihr Sicherheit vermitteln, weil ich wusste, dass sie entsetzliche Angst hatte.

»Er war hier«, schluchzte Annika leise. »Aber ich konnte meine Kleine nicht retten.« Sie schniefte lauter. »Er ist mit Janina auf dem Arm einfach an mir vorbeigelaufen.«

Mein Blick glitt zu Eisfeld, der mir mit herrischen Bewegungen andeutete, die Freisprechtaste zu betätigen. Ich tat, was ich gut konnte: Ich ignorierte ihn geflissentlich. »Annika, ich weiß, dass das schwer für Sie ist, aber sind Sie sicher, dass Sie Ihre Tochter gesehen haben?«

»Ich denke schon«, rief sie unter Tränen in den Hörer. »Da war etwas Braunes an seiner Schulter, über der Kada lag.«

»Kada?«

»Ihr rosa Kuschellämmchen. Nein … ich meine, es sah genauso aus, aber ihres hatte er zuvor in meine Jacke gestopft, als er mich angerempelt hat.«

»Verstehe ich das richtig«, sagte ich ruhig und langsam. »Der Entführer ist mit Janina auf dem Arm an Ihnen vorbeigelaufen und hat Ihnen dabei ihr Schmusetuch in die Jackentasche gesteckt?«

»Ja, so war es, bitte, glauben Sie mir.« Annikas Worten folgte eine längere Pause, in der ich sie weinen hörte.

»Ich glaube Ihnen«, entgegnete ich aus Gründen, die nicht unbedingt im Polizeihandbuch standen. Sicher, ich wollte sie beruhigen und eine Vertrauensbasis aufbauen, aber ich vermutete auch, dass Ritter von dem überzeugt war, was sie mir erzählte. Ich allerdings nicht, denn ich glaubte nicht, dass der Entführer so dumm war, mit Janina auf dem Arm an ihr vorbeizugehen. Er musste ihr etwas vorgespielt haben. Etwas, was Annika zu der Überzeugung brachte, Janina gesehen zu haben. »Können Sie mir den Mann beschreiben? Kennen Sie ihn vielleicht?«

»Ich … weiß nicht, ob ich ihn kenne, ich habe ihn nur von hinten gesehen. Er hat blonde kurze Haare, ist etwa eins achtzig groß und trägt ein dunkelblaues Shirt.« Sie nahm einen tiefen Atemzug. »Wie alle anderen. Es war … furchtbar.«

»Können Sie mir genauer sagen, was furchtbar war?«

»Ich bin ihm von der U-Bahn bis zum Alexanderplatz gefolgt. Dem Kerl, der Janina hat. Und dann … dann liefen dort alle Menschen mit dem gleichen Shirt und Kadas auf dem Rücken herum.«

»Wir haben sie«, rief Peary im Flur. »Sie ist am Brandenburger Tor.«

»Los!«, bellte Eisfeld und rannte mit gezücktem Handy in den Flur. Anscheinend hatte er vor, ein SEK-Team anzufordern.

Um eine Frau festzunehmen, deren neun Monate alte Tochter von einem Psychopathen gekidnappt worden war. *Arschloch!*

Verwirrt runzelte ich die Stirn. »Ein Flashmob?«, fragte ich aus einer Intuition heraus, als Reuss, Schiefer und Ilka das Büro betraten.

»Ja«, bestätigte Annika.

Hastig schrieb ich für Schiefer eine Nachricht und gab sie ihm. Alexanderplatz, Flashmob, blaue Shirts, rosa Stofftiere. »Bringen Sie den Verantwortlichen hierher«, flüsterte ich mit einer Hand über der Sprechmuschel.

Er nickte und eilte aus dem Raum.

»Haben Sie ihn danach noch einmal gesehen, Annika?«

Ich hörte, wie sie geräuschvoll ihre Nase putzte. »Nein, er ist in der Menschenmenge untergetaucht.«

»Ist Ihnen sonst noch was an ihm aufgefallen? Die Statur zum Beispiel?«

»Schlank, normaler Typ«, antwortete sie mit einer Stimme, die an Festigkeit gewann.

Braves Mädchen!

»Ein Tattoo?«

»Nein, aber ich glaube mich zu erinnern, dass er eine silberne Halskette trug.«

Enttäuschung griff nach mir. Wahrscheinlich trug jeder fünfte Berliner eine Kette.

»Herr Hauptkommissar?«, fragte Annika mit einer Stimme, in der Angst mitschwang. »Wie viel Zeit bleibt noch?«

Ich wusste sofort, was sie meinte, und sah auf meine Uhr. »Knapp anderthalb Stunden. Sein Ultimatum endet um 13:11 Uhr.«

»Oh mein Gott«, wisperte sie. »Haben … haben Sie sein Rätsel entschlüsselt?«

»Nein.«

Sie nahm einen tiefen, zittrigen Atemzug. »Haben Sie Kinder?«

»Eine Tochter. Nele kommt bald in die Schule.«

»Dann verstehen Sie mich vielleicht. Bitte, lassen Sie es mich versuchen«, bat sie mit einer Verzweiflung, die mir durch und durch ging. »Ich flehe Sie an, geben Sie mir den Entführerbrief. Ich kann das Rätsel lösen, ich weiß es.«

»Annika …«, begann ich, doch sie ließ mich nicht aussprechen.

»Ich weiß, dass ich Bastian nicht hätte überreden dürfen, mit mir mein Haus zu verlassen. Das geht auf meine Kappe. Aber Sie könnten auch nicht tatenlos rumsitzen, wenn ein Sadist Ihre Tochter entführt hätte, oder?«

Nein, könnte ich nicht. Und ich wusste genau, dass ich zwar Eisfeld meinen Dienstausweis auf den Schreibtisch legen würde, bevor ich mich auf die Suche nach dem Psychopathen gemacht hätte, meine Waffe würde ich jedoch behalten.

»Bitte, ich soll die Rätsel lösen. Keine Ahnung, warum, doch sie sind für mich bestimmt.«

Mein Blick fiel auf das Display des Telefons. Auf Annikas Handynummer. Zwischen zwei Stühlen zu sitzen war mir nicht neu, seit ich Kathrin kannte. Ihr Verhältnis zu ihrer Mutter als beschissen zu beschreiben war eine glatte Untertreibung. Ich mochte Marie, wie sie war. Mit all ihren bunten Ketten, ihren bunten Haarsträhnen und bunten Kleidern. Kathrin meinte bei jedem der seltenen Treffen, ihr würden von all dem schrillen Pomp die Augen schmerzen. Aber ich ahnte, dass sie tief im Inneren bedauerte, die Welt nicht derart fröhlich sehen zu können wie ihre Mutter.

»Bitte, helfen Sie mir«, flehte Annika. »Helfen Sie mir, meine Tochter zu retten. Sie ist doch erst neun Monate alt.«

»Annika, ich muss Sie etwas fragen. Hat Ihnen Herr Suarek erzählt, warum ich mit ihm sprechen wollte?«

»Er war das nicht«, antwortete sie augenblicklich. »Er ist unschuldig … wir sind unschuldig. Dr. Hoffmann … war bereits tot, als wir am Grab ankamen.« Sie schluchzte wieder. »Stimmt es, dass die meisten Kinder von Verwandten oder Bekannten entführt werden?«

Kleinkinder und Babys in der Regel von Frauen, was ich ihr jedoch nicht sagte. Was meine Gedanken aber zu Nadine Kirschner lenkte. Noch hatte ich sie nicht ganz von meiner Verdächtigenliste gestrichen. Die Überprüfung von ihr und Christian Hellwig hatte zwar nichts ergeben, und nicht eine Spur führte zu ihnen. Auch verhielt sich Kirschner seit dem Morgen völlig normal, wie mir der Beamte berichtete, der sie überwachte. Aber da war meine Vermutung, dass der Täter die Einhaltung seiner Ultimaten überwachte. Bislang hatten wir dafür noch keine Beweise gefunden, doch Annikas Geschichte klang mir verdammt danach, als würde der Kidnapper jeden ihrer Schritte verfolgen. Und das konnte er unmöglich mit einem weinenden Kind auf dem Arm. Was die Frage aufwarf: Wo hatte er Janina gelassen? Bei Kirschner? Bei Frank Thiele?

»Warum fragen Sie, von wem Kinder entführt werden?«

»Weil …« Ritter nahm einen tiefen Atemzug. »Weil es sein kann, dass Frank Thiele Bastians Bibliotheksausweis aus seiner Brieftasche gestohlen hat. Aber … aber er ist klein, kugelrund und dunkelhaarig.«

Thiele? »Wissen Sie, wo sich Ihr Nachbar und sein Schwager aufhalten könnten? Sie sind nicht zu Hause.« Oder in Bachmanns Fall auch nicht bei der Arbeit. Er könnte durchaus Annika verfolgen, während sich Thiele unterdessen um Janina kümmerte.

»Frank trinkt viel, seit ihn seine Frau verlassen hat. Und dann schläft er irgendwo seinen Rausch aus. Wo Hendrik sein könnte, weiß ich nicht. So genau kenne ich ihn nicht. Wir haben uns nur ein paarmal bei Feiern getroffen.« Stille quoll aus dem Hörer, dann schniefte Annika leise. »Warum macht dieser Psychopath das? Was, um Gottes willen, habe ich ihm getan?«

»Um diese Frage beantworten zu können, brauche ich Ihre

Hilfe. Könnte der Mann, den Sie gesehen haben, Hendrik Bachmann sein?«

»Hendrik?« Sie schwieg ein paar Augenblicke. »Er hat blonde Haare und … ist einen Kopf größer als Frank.«

»Muskulös?«

»Ja, er trainiert noch regelmäßig, soweit ich weiß.«

»Also könnte er es gewesen sein?«

»Ich … ich weiß es nicht. Da … waren so viele Menschen.«

»Sie machen das prima«, sagte ich, um sie zu beruhigen, als sie erneut leise schluchzte. »Annika, hören Sie mir zu. Beamte sind zu Ihnen unterwegs, um Sebastian Suarek festzunehmen. Die Spuren, die wir sichergestellt haben, führen zu ihm.« Die Worte fühlten sich wie Glasscherben in meinem Mund an, bevor ich sie aussprach. Sie waren keine Lüge, denn die Beweise führten tatsächlich zu Suarek. Wie die Kekskrümel, die Hänsel und Gretel im Märchen bis zum Hexenhaus fallen gelassen hatten.

Wir sollten Suareks Bibliotheksausweis finden. Ebenso wie Dr. Hoffmanns Portemonnaie in Suareks Haus. Wenn der Täter den Backofen und den Kleiderschrank nicht gesäubert hätte, um seine Spuren zu verwischen, wäre ich geneigt, Eisfeld in der Täterfrage zuzustimmen.

»Warum … warum sagen Sie mir das?«, keuchte Annika entsetzt. »Glauben Sie mir, dass Bastian unschuldig ist?«

Weil du Suarek brauchst. Ohne ihn bist du dem Irren ganz allein ausgeliefert.

»Annika, versprechen Sie mir etwas, wenn ich Ihnen den Entführerbrief per WhatsApp schicke?«

Ich hörte sie schneller atmen, offenbar rannte sie. Bewegte sich vom Brandenburger Tor weg. Gut. »Alles!«, versprach sie mir.

Ich tippte ihre Nummer in mein Handy und schickte ihr das Foto. »Wenn Sie Hilfe brauchen, rufen Sie mich an. Jederzeit. Okay?«

»Das mache ich.« Sie klang ebenso erleichtert wie jemand, der vom Arzt gesagt bekam, dass die Proben vertauscht worden waren und er doch keinen Krebs hatte. »Danke!«

»Wenn Sie das Rätsel gelöst haben …«

»Melde ich mich.« Sie legte auf.

»War das klug?«, fragte Reuss und lehnte sich neben mich an den Schreibtisch.

Ich fuhr mir über die Stirn. Im Hinblick auf meinen Job keineswegs. Im Hinblick auf Annika Ritters Seelenheil und ihr Leben plus das ihrer Tochter allerdings schon.

»Haben Sie was Neues zum Vers?«

Reuss schüttelte den Kopf. »Brewitz trifft sich in einer halben Stunde mit dem Dozenten, dann wissen wir hoffentlich, um was für ein Gemälde es sich handelt. Zu dem Vers selbst haben wir nichts. Die Schlagworte Ritter, Glück und Land haben nichts ergeben.« Sie schloss die Augen und grub eine Hand in ihre Jackentasche. »Ich fürchte fast, dass meine erste Eingebung falsch war.«

»Inwiefern?«

»Dass sich das Wort Ritter auf Kerle in Blechdosen bezieht. Ich denke immer mehr, dass Annika gemeint ist.«

»Hoffen wir, dass wir uns irren«, erwiderte ich und wählte Christians Nummer aus meinem Kurzwahlspeicher. Er musste doch die Obduktionen längst abgeschlossen haben.

»Sag nicht, dass ihr schon wieder eine Leiche gefunden habt«, fauchte der Doc. »Herrgott, wann fängst du an, deinen Job richtig zu machen und buchtest das Schwein endlich ein?«

Überrascht hob ich die Augenbrauen. »Wann hast du das letzte Mal geschlafen?«

»Vor einer Ewigkeit.« Christian seufzte. »Wo soll ich hinkommen?«

»Ich rufe nur wegen der Obduktionsberichte an«, erwiderte ich ruhig. »Hast du sie fertig?«

»Im Gegensatz zu dir arbeite ich. Klar hab ich sie fertig, was denkst du …« Er brach abrupt ab, danach drang für ein paar Sekunden Schweigen aus dem Hörer. »Du hast die Berichte nicht auf deinem Schreibtisch liegen?«

Bingo! »Nein.«

»Verdammt, Eric, zieht mich bloß nicht in eure kleinen Machtspiele rein«, polterte Christian los. »Ich will damit nichts zu tun haben.«

»Was heißt, in *eure*?«

»Na, in deinen und Eisfelds Egotrip«, rief der Doc aufgelöst.

»Beruhig dich, okay? Du kennst doch Eisfeld.«

»Ja«, schnaufte er. »Und ich kenne dich. Du bist genau wie dieser Skorpion, der mitten auf dem Fluss den Frosch sticht, obwohl er weiß, dass sie beide sterben werden.«

Ich lachte leise. »Du vergleichst mich mit einer Fabel?«

»Nein, mit diesem dummen Tier, das seinen Charakter als Entschuldigung vorschiebt. Du willst auch immer mit deinem Dickkopf durch die Wand«, rief Christian. »Verdammt, ich liebe meinen Job, das weißt du.«

»Weiß ich. Du hast Eisfeld die Berichte gegeben, wenn ich dich richtig verstehe?«

»Klar, und er schien überglücklich zu sein, als ich ihm sagte, dass der Fingerabdruck auf der Uhr des zweiten Opfers zu dem von eurem Tatverdächtigen passt.«

Noch ein Beweis für Eisfeld. Ich ahnte allerdings, dass Suarek versucht hatte, den Entführerbrief zu finden, und dabei seinen Fingerabdruck auf Hoffmanns Uhr hinterlassen hatte.

»Was hast du noch?«

»Ich hab auf der Kleidung des zweiten Opfers und im Mund des ersten Opfers Spermaspuren gefunden. Er hat sie vor sich knien lassen, damit sie ihm …«

»Schon klar«, unterbrach ich Christian. Gewalt und die Macht über seine Opfer törnten ihn offenbar an. »Sind sie vergewaltigt worden?«

»Nein, aber das erste Opfer hatte vor ihrem Tod einvernehmlichen Sex, allerdings habe ich in ihrer Vagina keine Spermaspuren entdeckt.«

»Einvernehmlich?«

»Mir kam das alles auch eigenartig vor«, sprach Christian meine Gedanken aus. »Deshalb habe ich ihren Körper auf Einstichstellen untersucht, aber nichts gefunden. Auch ihr Bluttest war negativ.«

»Aber?«

»Lass mich ausreden, okay?«, knurrte der Doc. »Der Schnelltest ihres Urins hat ergeben, dass sie auf LSD war.«

Das nächste Puzzleteil rückte an seinen Platz.

Nachdem das Opfer nach Hause gekommen war, hatte sie sich aus der geöffneten Flasche Wein eingegossen, ihre Mails abgerufen und mit ihrer Assistentin telefoniert. Da LSD geschmacklos war, bemerkte Susanne Weiß nicht, in welcher Gefahr sie schwebte. Irgendwann wurde ihr vermutlich durch den LSD-Alkohol-Cocktail schlecht, aber da war es bereits zu spät.

»Verdammt!« Der Täter hatte einfach im Schrank abgewartet, bis die Droge wirkte, und war dann aus seinem Versteck gekrochen.

»Schlank, normaler Typ«, hörte ich Annika Ritter in meiner Erinnerung sagen. Aber wenn er keine gesundheitlichen Probleme hatte, weshalb setzte er dann eine Frau unter Drogen?

Weil sie ihm nicht wichtig war. Sie war nur Mittel zum Zweck. Susanne Weiß gehörte zu seinem Plan, der sich um Annika Ritter drehte. Aber Annika und Susanne kannten sich nicht, die einzige Verbindung zwischen ihnen war Suarek. Ein großer, muskulöser Kerl, der jede freie Minute bei Annika und Janina verbrachte.

»Scheiße«, fluchte ich und sprang auf. »Das erste Opfer war nur dazu gedacht, Suarek aus dem Weg zu räumen.«

»Wie bitte?«, fragten Christian und Reuss gleichzeitig.

»Der Täter weiß von der Freundschaft zwischen Ritter und

Suarek, und er weiß auch, dass Suarek in Annika verliebt ist und demzufolge nichts unversucht lassen würde, um ihr zu helfen.«

»Der Täter hat alle Beweise inszeniert, damit wir Suarek für ihn aus dem Weg räumen«, schlussfolgerte Reuss. »Aber irgendetwas ist schiefgegangen, denn bevor wir Suarek verhaften konnten, hat er Janinas Entführung gemeldet.«

Ich schüttelte den Kopf. »Nein, genau das hatte der Täter geplant. Wir sollten Suarek aus Annikas Haus in Handschellen abführen. Sie sollte sich ganz allein auf der Welt fühlen.«

»Offensichtlich warst du die Komponente, mit der das Schwein nicht gerechnet hat«, meldete sich Christian zu Wort. »Du hast Suarek nicht festnehmen lassen.«

»Weil mich der sorgsam unter der Leiche platzierte Bibliotheksausweis gestört hat.« Ich schob Julie zum Schreibtisch. »Rufen Sie Annika an und warnen Sie sie.«

In diesem Moment bemerkte ich, dass im Flur vor unserer Tür eine Menschentraube stand.

»Christian, ich ruf zurück«, sagte ich und legte auf. »Warum lungert ihr vor unserer Tür herum?«

»Wir haben Besseres zu tun, als im Besprechungsraum auf Eisfeld zu warten«, grollte Kommissar Göricke.

»Was Lutz damit sagen will«, erklärte Sabine Wieczorek: »Wie können wir helfen?«

»Zum einen, findet Thiele und seinen Schwager Bachmann. Überprüft, ob sie Grundstücke besitzen oder gepachtet haben und wenn ja, wo. Und zum anderen, durchleuchtet noch mal jeden engeren Kontakt von Ritter. Unser Täter fährt einen roten Corsa plus einen roten Transporter und war in den Jahren 1998 bis 2003 beim zweiten Opfer in Behandlung. Er hat eine Katze, die an Pemphigus foliaceus erkrankt ist, und besitzt einen 3-D-Drucker, mit dem er die Haustürschlüssel seiner Opfer druckt. Zuvor muss er allerdings an die Originale gekommen sein. Findet heraus, wie.«

»Darauf habe ich vielleicht eine Antwort.« Peary, den ich eigentlich bei Eisfeld vermutet hatte, schob sich ins Büro. »Sandra Hoffmeister, die Exfreundin von Frau Mühlner, hat im Lieblingsclub der beiden ein paarmal beobachtet, dass sich Mühlner mit einem Mann trifft.«

»Mühlner ist lesbisch«, warf Reuss ein.

»Deswegen hat sich Hoffmeister auch gewundert und die zwei beobachtet.«

»Und?«

»Hoffmeister ging davon aus, dass ihre Ex sie, was ihre sexuelle Neigung betrifft, belogen und deshalb die Beziehung beendet hat. Und als sie dann bemerkte, wie Mühlner dem Fremden ihren Schlüsselbund gab, schien sich ihr Verdacht zu bestätigen. Ging sie doch davon aus, dass Mühlner ihm einen Schlüssel für ihre Wohnung geben wollte. Doch er machte nur Fotos mit seinem Handy. Fotos von ihren Schlüsseln.«

»Und unter ihnen befand sich der Schlüssel, der zur Wohnung des ersten Opfers passt«, konstatierte Reuss.

»Richtig. Kann Hoffmeister den Mann beschreiben?«, fragte ich.

Peary verzog das Gesicht. »Sie hat ihn nur einmal kurz von vorn gesehen, ansonsten immer nur von hinten, weil sie sich nicht den Anschein geben wollte, als wäre sie auf den Typen eifersüchtig.«

Reuss stöhnte vor Enttäuschung.

»Er ist blond, schlank, muskulös, um die dreißig«, fuhr Peary fort. »Mehr weiß sie nicht.«

Bachmann? »Reuss, entschlüsseln Sie den Entführerbrief. Bauer, finden Sie denjenigen, der die Fotos der Schlüssel in Dateien umgewandelt hat, die der 3-D-Drucker verwerten kann. Ich glaube mich zu erinnern, dass es dafür Online-Dienste gibt. Sabine, versuchen Sie, die Gärtnerin Natascha Voss zu erreichen. Wenn sie nicht ans Handy geht, dann rufen Sie im Hotel an. Ich vermute, dass sie dem Täter ebenso unwissentlich geholfen hat wie Mühlner. Ergo hat sie ihn gesehen.« Ich sah zu Göricke und seinem Partner. »Schnappen Sie sich eine Liste mit allen Tierkliniken und Tierarztpraxen und finden Sie den Besitzer dieser kranken Katze. Ich fahre in die Galerie und rede mit der trauernden Assistentin.«

32. Kapitel

Sie passte nicht hierher. Hier, in diesen schmutzigen Hinterhof, der schlimmer stank als ein Baustellen-WC, das seit Wochen nicht gereinigt worden war.

»Du magst das doch«, sagte der bullige Typ, dessen tätowierter Bizeps so breit war, dass er Achselhemden tragen musste. »Das hast du mir doch in der Kneipe zu verstehen gegeben.« Er lachte lüstern, dabei hüpften seine fettigen Locken wie dünne Drahtschlangen auf seinem Rücken auf und ab.

Auch wenn sie wollte, sie konnte nicht antworten. Seine feisten Finger pressten ihr den Mund zu, mit der anderen Hand grabschte er nach ihrer runden Brust.

Sie trug schwarze kniehohe Lederstiefel, einen geblümten Minirock und ein einfaches dunkles Top. Warum sie mir aufgefallen war, als ich den »Anker« betrat, weiß ich nicht. Aber ich entschied mich ihretwegen für einen leeren Tisch in der Ecke, statt mich an die Theke zu setzen.

Sie schüttelte wiederholt den Kopf, soweit sie es vermochte. Tränen glitzerten in ihren schreckgeweiteten Augen, die in diesem halb dunklen Hinterhof wie schwarze Sterne leuchteten.

Ihr Nachtclub-Outfit passte ins »House of Blue« oder in den »Underground Temple«, jedoch nicht in diese Hamburger Hafenkneipe, in der selbst der Besitzer Otto, ein Dirk-Nowitzki-Typ, die Nummer der Polizei im Kurzwahlspeicher hatte.

Als ich mich auf meinen Stuhl fallen ließ, sah sie zu mir. Flüchtig, wie jemand, der nicht wagte, den Kopf zu heben. Ihre Freundin, oder Bekannte, mit der sie an dem Fenstertisch saß, schnackte lauthals mit der drallen Kellnerin und hatte keinen Blick dafür, dass ihre Begleiterin von mindestens zwanzig bildungsresistenten Anabolika-Flachpfeifen in Gedanken gevögelt wurde.

Vermutlich war ihr ebenso wenig wie mir klar, wie sie in dieser Gegend landen konnte, in der mehr Blut vom Regen in die verdreckten Gullys gespült wurde als in anderen Stadtteilen.

Zwei nach Spülwasser schmeckende Biere später folgte ihr der Oberhohlkopf zu den Toiletten, und ich verließ den »Anker«. Was meine Schritte zu dem Hinterhof lenkte, zu dem man durch die kleine Tür neben der Küche gelangte, war ihr schüchternes Lächeln. Es rief etwas in mir wach. Etwas Verschüttetes, etwas, was so tief unter Schmerzen und Albträumen begraben war, dass ich es nicht definieren konnte. Den Schlüssel zu dieser Tür hatte ich bereits vor zu langer Zeit in einem Labyrinth verloren, in dem es nichts außer Schreie, Angst und Dunkelheit gab. Aber sie, dieses blonde, zierliche Schickeria-Mädchen, könnte das Licht sein, das ich zum Suchen brauchte. Um mich daran zu erinnern, wer ich einmal gewesen war, bevor meine Mutter starb.

Ein klatschendes Geräusch, gefolgt von einem unterdrückten Hilfeschrei schreckte mich aus meinen Gedanken.

»Schlampe, hab dich nicht so, du magst es doch ein bisschen derber. Hab ich recht?« Der auf Steroide gepolte Oberhohlkopf schlug ihr noch einmal ins Gesicht, wobei ihr Kopf zur Seite flog und ihre Unterlippe aufplatzte. Blut rann ihr übers Kinn, während er lachend an seinem Hosengürtel fummelte.

Das mir allzu bekannte Schnallen-Klirren hallte über den Hinterhof. Fünf Jahre war es her, seit ich die verbrannten Überreste meines Stiefvaters mit der Asche seines innig geliebten Ledergürtels hatte begraben lassen. Fünf beschissene Jahre, in denen neue Erlebnisse meine Vergangenheit bei Ralf überschreiben sollten. Aber obwohl Wissenschaftler und Mediziner behaupteten, dass das menschliche Gehirn der Hochleistungsrechner dieser Welt wäre, ließen sich meine grauen Zellen nicht einfach wie eine Festplatte formatieren. Ich hatte nach dem Programm gesucht, nach diesem Gehirn-Cleaner, der alles in den Urzustand versetzte. Alkohol, Drogen, Bungee-Jumping, Cliff-Diving, Freeride und Mountainflying. Ich hatte alles für die-

sen Vergessens-Kick ausprobiert. Aber der Adrenalinschub wirkte nur so lange, wie die Extremsportdroge anhielt. Danach kam die altbekannte kalte Dunkelheit. Dieses Labyrinth, vor dem ich mehr Angst hatte als vorm Sterben.

»Hilfe!«

Der Schrei der Blonden wurde von einem wenig männlich klingenden »Aua« verschluckt, dem »Du blöde Schlampe hast mir in den Finger gebissen« folgte.

Ich bückte mich, hob eine leere Flasche Billigfusel auf, die neben dem Müllcontainer lag, und trat aus dem Schatten des Nachbarhauses, der mich bislang in Dunkelheit gehüllt hatte.

Drei Sekunden bevor meine gläserne Waffe auf den Hinterkopf des Popeye-Armleuchter-Verschnitts krachte, traf dessen Faust das zierliche Gesicht des Mädchens. Die Flasche zersplitterte auf seinem Schädel, Scherben rieselten zu Boden, denen ein ohnmächtiger Flachwichser folgte.

»Es tut mir leid«, sagte ich, als die Blonde mehrfach blinzelte. Vermutlich sah sie Sterne vor ihren Augen, so fest, wie das Arschloch zugeschlagen hatte.

»Wer bist du?«

Ich will dein Held sein, *wollte ich antworten, stattdessen nannte ich ihr meinen unbedeutenden Namen. Einen Namen, der ebenso viel über mich aussagte wie ein leeres Blatt Papier.*

Denn ich wusste, warum ich ihr geholfen hatte. Warum ich zugesehen hatte und weshalb ich zu spät die Flasche auf den Hinterkopf des Scheißkerls krachen ließ.

Weil es geil war zuzusehen.

Wie er sie begrapschte. Ihre kleinen festen Brüste, ihre Oberschenkel, und wie er ihr in den Schritt fasste.

Die Angst in ihren Augen hatte mich angetörnt. Und jetzt, im Nachhinein, weiß ich, dass ich bis zum Schluss stehen geblieben wäre und zugesehen hätte, wenn dieser beschissene Gürtel nicht geklirrt hätte.

»Ich bin Swenja«, sagte sie und raffte ihr zerrissenes Top vor ihrer Brust zusammen. Sie trug einen unschuldigen weißen Spitzen-BH, den ich in der Nacht nicht mehr öffnen sollte.

»Hallo, Swenja«, entgegnete ich. »Soll ich dich nach Hause fahren?«

»Du bist nicht von hier?«, stellte sie anhand meines Dialekts fest.

»Ich wurde auf Fehmarn geboren.« Wahrscheinlich zog es mich deshalb immer wieder zum Wasser.

»Danke, dass du mir geholfen hast.«

»Dein Lächeln hat mich an meine Mutter erinnert.« Damals glaubte ich das, doch jetzt weiß ich, dass es mich an mich selbst erinnert hatte. An das Kind, das ich auf Fehmarn gewesen war.

Drei Monate später, bei meinem nächsten Urlaub, nannte mich Swenja ihren Helden, und ihre Eltern öffneten mir die Tür ihrer Villa. Statt Bier trank ich nun Champagner und aß Häppchen statt Fritten.

Swenja ließ mich an ihre Wäsche, und eine Zeit lang schien sie die Software zu sein, die die kaputte Festplatte in meinem Kopf reparierte. Ich kaufte mir ihretwegen Anzüge und Krawatten, lernte Französisch und Italienisch und schrieb für sie Gedichte.

Doch ein kleiner Stein reichte, um das Kartenhaus einstürzen zu lassen, das ich sorgfältig um uns errichtet hatte. Ein Traum, der mich Nacht für Nacht verfolgte, seit ich sie kannte. Die Sucht nach ihrer Angst, nach ihren Schreien, wenn ich sie nahm, blieb an mir kleben, sooft ich mich auch wusch.

Es gab vieles im Leben, was endlich war. Ein Tag, der Sommer, eine Grippe und meine Beherrschung. Selbsttherapie nannte ich es, wenn ich Handschellen, Bondageseile und Halskorsetts kaufte. Denn es beschäftigte ein paar Wochen meinen Verstand, wie Swenja damit aussehen würde.

Bis sie das Spielzeug fand – und ausprobieren wollte.

Vielleicht hätte ich alles zum Guten wenden können, wenn ich damals den Popeye-Armleuchter-Verschnitt gleich niedergeschlagen hätte, bevor er sie betatschte. Aber ich war kein Held, und das begriff Swenja in dem Moment, als sie fast erstickte.

Ich stand nicht auf Dominanz und Unterwerfung, mich törnte reine, nackte Angst an. Und die wollte ich in Swenjas Augen sehen.

Am nächsten Tag war sie weg. Mit all ihren Channel-Kleidern, Gucci-Taschen und den Diamantohrringen, die ich ihr zu Weihnachten geschenkt hatte. Übrig blieben unsere Fotos in silbernen Bilderrahmen und meine beschissene Angst vor dem Labyrinth.

Zwei Jahre war ich ihr Held.

Zwei Jahre konnte ich ihretwegen die Worte meines Stiefvaters vergessen.

Zwei Jahre hatte ich mir vormachen können, ein ganz normaler Typ mit einer Freundin zu sein. Ein Kerl ohne Angst und ohne Vergangenheit.

Aber das Schicksal lässt dich niemals los, wenn es dich einmal in den Fängen hatte.

33. Kapitel

Annika Ritter
11. August, 12:11 Uhr

Nur noch eine Stunde.

Tick … tack.

Tick … tack.

Tick … tack.

Verzweifelt gab ich in die Google-Suchmaske den Vers des Entführers ein und schüttelte gleich darauf mein Handy. »Verdammt«, entfuhr es mir vor lauter Enttäuschung. »Sag mir, von wem der Vers stammt.«

Bitte! Bitte! BITTE!

Auch nach dem nächsten Schüttler wollte Google den Autorennamen nicht ausspucken, sondern fragte mich stattdessen, ob ich ein Glücksmobil haben wollte.

Gott, entweder dreht Google durch, oder, was wahrscheinlicher ist, ich halluziniere.

Wenn ja, warum spürte ich dann den Sitz der Straßenbahn, in die wir uns nach dem Telefonat mit Weinsheim geflüchtet hatten, an meinem Rücken und die harten Bewegungen der Räder unter mir?

Du hast etwas falsch eingegeben, deswegen findet Google den Namen des Autors nicht.

Noch einmal prüfte ich jedes einzelne Wort des Gedichts und drückte voller Hoffnung auf das Lupensymbol meines Handys.

Glücksmobile.

Das darf doch nicht wahr sein.

»Scheiße!«

Nur am Rand registrierte ich, dass Bastian seine Hände auf meine legte und etwas sagte. Worte, die an meinen Ohren abprallten wie schwere Regentropfen auf dem Asphalt.

Dr. Hoffmann; Glücksmobile, Dr. Hoffmann; Glücksmobile. Die Worte kreisten durch meinen Kopf. Buchstabe für Buchstabe.

Zweimal linksherum, zweimal rechtsrum massierte ich meine Schläfen. Hinter meiner Stirn summte es, wie in der Nähe eines Bienenstocks.

Denk nach!

Bezog sich Ritter auf meinen Nachnamen oder auf in Blechkonserven gesteckte Kerle?

Und was für ein ödes Land?

Verbrannte Erde? Wüste? Ein ausgetrockneter See?

Auf Berlin bezogen ergibt das doch null Sinn, oder?

»Sag mir den Namen«, flehte ich und tippte mich verzweifelt durch die Google-Liste.

»Annika, möglicherweise kann Google dir den nicht nennen.« Wie durch einen Nebelschleier hörte ich Bastians Worte.

WAS? Wieso sollte Google das nicht können?

»Du meinst, ich soll gleich in Wikipedia nachsehen?«

»Nein. Wenn Tante Wiki den Namen kennt, dann auch Google.«

Verwirrt massierte ich erneut meine Schläfen, hinter denen dumpfer Schmerz pochte. »Bitte, sprich nicht in Rätseln«, bat ich. »Was zum Henker meinst du?«

Tick … tack.

Tick … tack.

Tick … tack.

Noch vierundfünfzig Minuten, und mein Akku hatte nur noch elf Prozent.

Und wir hatten – nichts.

Fröstelnd wickelte ich mich in die Strickjacke, obwohl es in der Straßenbahn mit Sicherheit vierundzwanzig Grad warm war.

»Ich glaube, der Sadist hat den Vers selbst geschrieben.«

»Nein.« Vehement schüttelte ich den Kopf. »Nein, unmöglich.«

»Weshalb ist das unmöglich?« Bastian sah mich fragend an.

Warum? Weil er ein Perverser war. Ein Perverser, der auf abartige Spiele stand.

Und auf Verse.

Tick … tack, hallte es in meinem Kopf wider.

Das Pendel meiner inneren Uhr schwang wie ein Beil hin und her.

Halt! Halt endlich an! Bitte.

Ich schloss die Augen und versuchte, mich auf das Rätsel zu konzentrieren. Punkt eins: Das erste Gedicht stammte von Fontane. Punkt zwei: Google kannte den Vers nicht. Daher war es logisch, dass Bastian recht hatte. Aber wieso hatte dieser Sadist die Zeilen selbst verfasst?

Meine Gedanken stürzten sich erneut auf diese Frage wie ein Rudel ausgehungerter Wölfe auf einen Knochen.

Das ist doch sekundär. Denk nach.

Ich stöhnte und bewegte meinen Kopf von rechts nach links, um meine verspannten Nackenmuskeln zu lockern.

Im Dauerlauf hinabgerannt,
zu des Dichters ödem Land,
komm folge Glücks Spuren,
zu des Ritters letzter Stund'.

Die Worte hallten zusammen mit dem Ticken meiner inneren Uhr in mir nach.

Zu *des* Ritters letzter Stund'. Nicht *die* Ritter.

Aber wenn er nicht Janina und mich meinte, wen dann?

Geadelte Dichter? Davon gab es viele.

Du übersiehst etwas! Konzentrier dich!

Dauerlauf, Dichter, Glück, Ritter … wo zum Henker war die Verbindung? DDLGSRS, die Anfangsbuchstaben der Substantive ergaben auch keinen Sinn.

»Dauerlauf, Dichter, Glück …«, murmelte ich vor mich hin. Glück, das hätte ich jetzt gern.

Moment! Glück? »Wie konnte ich nur so dumm sein!«

»Wieso?«, fragte Bastian.

»Das heißt nicht Glück.« Ich aktivierte mein Handy und vergrößerte das Foto, das Weinsheim mir geschickt hatte. »Hier, siehst du? Die Striche über dem u sind viel heller als der Buchstabe selbst.«

»Dann hat sich der Scheißkerl vertippt.«

»Das ist kein Schreibfehler. Es heißt tatsächlich Gluck.«

»Wie Glucke?«

»Nein, wie Ritter Gluck.«

»Wer ist das?«

»Christoph Willibald Gluck. Ein Komponist, der in der Erzählung von E.T.A. Hoffmann, obwohl bereits verstorben, dem Protagonisten auf seinem Klavier die Oper *Armida* von Gluck vorspielt und sich hinterher als Ritter Gluck vorstellt.«

Bastian sah mich an, als hätte ich den Verstand verloren. »Was?«

Hastig winkte ich ab. »Die Erzählung stammt von Hoffmann, verstehst du nicht?«

»Nicht wirklich.«

»Dr. Hoffmann – E.T.A. Hoffmann? Die Antwort war die ganze Zeit vor meinen Augen.«

»Scheiße«, fluchte Bastian, und ich glaubte einen Moment lang, dass er fluchte, weil wir das Offensichtliche übersehen hatten.

Doch dann hörte ich es.

Sirenengeheul, das drohend an den Häuserwänden um uns herum widerhallte.

Ich hatte auf der Suche nach der Antwort des Rätsels mein Smartphone nicht ausgeschaltet.

Annika, hören Sie mir zu. Beamte sind zu Ihnen unterwegs, um Sebastian Suarek festzunehmen. Die Spuren, die wir sichergestellt haben, führen zu ihm, hörte ich Weinsheim erneut sagen.

Zu spät schaltete ich mein Handy aus und hastete hinter Bastian her zur Tür der Straßenbahn, die ihre Fahrt verlangsamte.

34. Kapitel

Eric Weinsheim
11. August, 12:19 Uhr

»Kann ich Ihnen helfen?«

Die Stimme, die einem zwölfjährigen Jungen zu gehören schien, riss meinen Blick von dem Gemälde gegenüber der Tür los. Worüber ich nicht traurig war, denn der monströse geflügelte Affe, der mitten in einem himmlischen Blutregen stand, verstörte selbst mich.

»Hauptkommissar Weinsheim, LKA«, stellte ich mich vor und zeigte dem jungen Mann mit dicker Hornbrille und gegelten blonden Haaren meinen Dienstausweis. Er war höchstens zwanzig, obwohl er alles versuchte, um älter zu erscheinen. Doch sein buntes Halstuch unter dem Kragen seines schwarzen Seidenhemdes wirkte zusammen mit seinem Ziegenkinnbart eher, als wollte er zu einer Freakshow gehen. »Ich möchte mit Frau Mühlner sprechen.«

Er schüttelte den Kopf, wobei es für einen Augenblick den Anschein machte, als würde er in Tränen ausbrechen. »Sie ist nicht hier. Keiner, außer mir, ist hier.«

»Wo kann ich sie finden?«

»Ich weiß es nicht.« Nun rollte doch eine Träne über seine Wange. »Ich weiß überhaupt nicht, was ich tun soll.« Er fuhr sich übers Gesicht und riss sich danach die Brille von der Nase, um sie mit einem Taschentuch zu putzen. »Ich mach doch nur den Bürokram, verstehen Sie?«

»Wie ist Ihr Name?«

»Mirko Langer.« Er putzte weiter und sah sich dabei in der Galerie um. »Ich hasse diese Gemälde. Sie sind …«

»Furcht einflößend«, half ich aus.

»Ganz genau.« Er nickte mehrmals, dann zuckte er lässig mit den Schultern. »Aber die Weiber fahren nun mal voll drauf ab, wenn ich ihnen erzähle, dass ich in einer Galerie arbeite. Verstehen Sie das? Verrückt, oder?«

»Wann haben Sie das letzte Mal mit Frau Mühlner gesprochen?«, fragte ich, ohne auf seine Worte einzugehen.

Er schob seine geputzte Brille in die Brusttasche seines Hemdes und sah auf seine Rolex-Fälschung. »Vor drei Stunden. Da kam sie ins Büro geschneit und meinte, dass sie noch was Dringendes zu erledigen hätte, aber pünktlich um elf zurück wäre, da öffnen wir. Tja, seitdem versuche ich sie am Handy und zu Hause zu erreichen, doch ich hab immer nur ihre Mailbox dran.«

Ich zückte mein Handy. »Ich brauche alles zu Frau Mühlner, was Sie in den Unterlagen haben«, sagte ich zu Mirko Langer und wählte Pearys Nummer.

Während es im Hörer klingelte, folgte ich Langer durch die Galerie zu dem kleinen Büro, das sich am rechten hinteren Ende des rechteckigen Raums befand.

»Oberkommissar Bauer.«

»Geben Sie eine Fahndung nach Rebecca Mühlner heraus«, forderte ich Peary auf. »Sie ist nicht zur Arbeit erschienen, und ihr Kollege meint, dass sie an keins ihrer Telefone geht. Schicken Sie eine Streife zu Mühlners Wohnung, wenn möglich Philipp.« Bei ihm wusste ich, dass er nichts übersehen würde. »Und eine zu ihrer Exfreundin«, fügte ich aufgrund einer Ahnung hinzu.

»Geht klar.« Peary legte auf, und ich beugte mich über Langers Schreibtisch.

»Das ist alles, was ich habe.«

Kontonummer, ihre Adresse, Telefonnummern, E-Mail-Adresse, mehr nicht.

Ich schickte Peary die Daten. »Wo könnte Frau Mühlner sein?

Hat sie Ihnen gegenüber mal einen Lieblingsplatz erwähnt? Oder ein Restaurant, ein Café, wo sie gern hingeht?«

»Ich weiß nur, dass sie ins *Green Ocean* geht, dort haben wir uns ja vor zwei Jahren kennengelernt.«

»Green Ocean?« Bisher war ich davon ausgegangen, dass dieser Club zu einem der wenigen Lesbenclubs der Stadt gehörte. Offensichtlich irrte ich da.

»Ja, er ist in Kreuzberg, hat allerdings um die Uhrzeit geschlossen.«

Ich verengte die Augen. »Treffen Sie sich regelmäßig im Club?«

»Klar, jedes Wochenende.«

»Haben Sie beobachtet, dass sich Frau Mühlner dort mit einem Mann trifft?«

Er kratzte sich an der Stirn. »Ich hab nicht so auf sie geachtet, wissen Sie. Becky gehört nicht gerade in mein ...« Er brach ab und hüstelte.

»Beuteschema«, half ich aus.

Langer grinste. »Genau. Aber ja, ich glaub, dass sie sich mit einem Typen an der Bar getroffen hat. Worüber ich mich gewundert habe. Weil sie ja eher Weiber fi...« Mirko würgte den Rest des Satzes ab. »Na, Sie wissen schon. Becky steht auf Weiber.«

»Können Sie ihn beschreiben?«

Langer bekam große Augen. »Sie waren noch nie im Green Ocean, oder?«

»Nein«, bestätigte ich seine Annahme.

»Mann, Alter, da kriegste was für dein Geld zu sehen. Glauben Sie ernsthaft, dass ich da auf eins der Arschlöcher achte, die dort rumlaufen?« Plötzlich wirkte er verlegen. »Ähm, sorry. Herr Hauptkommissar, wollte ich sagen«, sprudelte es aus ihm heraus, als er sich daran erinnerte, wer vor ihm stand.

»Können Sie ihn nun beschreiben, oder nicht?«

»Nee, tut mir leid. Er war blond, mehr weiß ich nicht. Sie saßen nur an der Bar und haben gequatscht.«

An der Bar? »Kennen Sie den Namen des Barkeepers?«

Mirko grinste, als hätte ich einen Witz gerissen. »Klar, Jenny. Die hat ein paar Mö…« Hastig presste er die Lippen aufeinander, doch anhand seiner Handbewegungen vor seinem Oberkörper wusste ich, was er sagen wollte. »Eine geile Figur.«

»Jenny?«

»Nowak. Sie wohnt mit ihrem Kerl gleich um die Ecke vom Green Ocean«, antwortete er und nannte mir ihre Adresse.

»Danke.« Mein Handy zwitscherte. »Weinsheim«, meldete ich mich und verließ das Büro.

»Ich habe Natascha Voss gefunden«, sagte Sabine.

»Wo?«

»Vivantes Klinikum im Friedrichshain. Sie liegt seit vorgestern Abend im Koma.«

»Ich dachte, sie ist in Ägypten?«

»Ich habe in dem Hotel angerufen, das sie laut ihrer Twitter-Seite gebucht hatte, und erfahren, dass sie dort nicht angekommen ist. Also hab ich mit dem Flughafen telefoniert und herausgefunden, dass sie auch nicht in ihrer geplanten Maschine saß. Kurz darauf hat ihr Freund gepostet, dass es Natascha den Umständen entsprechend gut geht. Von ihm habe ich dann erfahren, was passiert ist.«

»Was genau ist denn passiert?«

»Sie hat einer alten Dame geholfen, die auf offener Straße von Dieben überfallen wurde. Und die haben Voss dann krankenhausreif geschlagen.«

Scheiße! »Was sagen die Ärzte?«

»Die halten sich bedeckt, solange Voss im Koma liegt.«

»Danke«, erwiderte ich und wollte auflegen, jedoch hielt mich Sabine davon ab.

»Bauer will mit Ihnen reden.«

Es knackte im Hörer, offensichtlich reichte sie ihn gerade weiter. »Eisfeld ist mit leeren Händen hier aufgetaucht und tobt seitdem über den gesamten Flur«, sagte Peary. »Ich an Ihrer Stelle würde ums LKA in den nächsten Stunden einen Bogen machen. Er ahnt, dass Sie was damit zu tun haben.«

Peary warnte mich vor? »Ist alles in Ordnung mit Ihnen?«, fragte ich spontan, bevor ich über die Worte nachgedacht hatte.

»Danke der Nachfrage, aber ich bin kerngesund. Zumindest hat das mein Arzt vor sechs Monaten behauptet, als ich das letzte Mal bei ihm war.«

»Gut zu wissen.« Ich öffnete meinen Dienstwagen und stieg ein. »Ich fahre zu Jenny Nowak, sie ist Barkeeperin im Green Ocean und könnte den Täter vielleicht identifizieren«, informierte ich ihn und startete den Motor. »Haben Brewitz und Reuss etwas?«

»Brewitz ist noch unterwegs, und Reuss sieht aus, als wollte sie ihren PC mit einem Vorschlaghammer zu Elektroschrott verarbeiten.«

»Sagen Sie ihr, dass ich sie ins *GROSZ* einlade, wenn sie innerhalb der nächsten zehn Minuten das Rätsel knackt.«

»Das hab ich gehört«, rief Reuss.

»Gut.« Ich grinste kurz. Das Kaffeehaus am Kurfürstendamm, beziehungsweise die Patisserie mit all ihren erlesenen Köstlichkeiten, war Julies Achillesferse. »Dann hören wir uns gleich.«

Ich legte auf, drei Sekunden später schaltete ich das Blaulicht an und trat aufs Gaspedal.

35. Kapitel

»Blond, Vollbart, dunkle Brille«, nuschelte Jenny Nowak verschlafen durch den Türspalt. Eine silberne Kette, die von innen vorgelegt war, erlaubte mir nur einen Blick auf ihr von zerzausten kaffeebraunen Locken umrahmtes Gesicht. Die uniformierten Beamten, die sie aus dem Bett gescheucht hatten, standen hinter mir und rührten sich nicht. Jenny schien an derartige Situationen gewöhnt zu sein, denn nicht einmal mein Dienstausweis, den ich ihr unter die Nase hielt, rüttelte sie wach. »Kann ick jetzt wieder ins Bett gehen?«, fragte sie wie zur Bestätigung meiner Gedanken.

»Ist Ihnen sonst noch etwas aufgefallen?«, wollte ich wissen und schob verbotenerweise einen Fuß in den Türspalt, ehe sie die Wohnungstür zuschlug. »Bitte, versuchen Sie, sich zu erinnern. Dieser Mann hat vermutlich zwei Menschen ermordet und ein neun Monate altes Mädchen entführt.«

»Der?« Jenny Nowak begann zu lachen, als hätte ich ihr den besten Witz ihres Lebens erzählt. »Uff keenen Fall. Ick erzähl Ihnen mal wat«, fügte sie hinzu und deutete zur Kette. Ich zog meinen Fuß zurück, sie öffnete die Tür und lehnte sich mit verschränkten Armen an den Rahmen. Nun, wo sie vor mir stand, musste ich Langer recht geben. Jenny Nowak hatte eine tolle Figur. Ihre pinkfarbene Schlafhose Schrägstrich Panty betonte ihre langen schlanken Beine, und das hautenge schwarze Top verheimlichte nicht, dass sie keinen BH trug.

»Der Typ kann ja nich mal bis fünf zählen. Erst mal hat er nich gemerkt, dat Becky vom anderen Ufer is, wenn Se verstehen, wat ick meene. Un dann wollt er mit seinem neuen Nokia angeben, wusste aber nich mal, wie det Teil bedient wird. Becky musste ihm zeigen, wie er Kontakte speichert, anruft und fotografiert. Nee, Herr Inspektor, die Flachzange hat die Fünfen und Sechsen uff'n Zeugnissen gesammelt wie andere Briefmarken.«

So war er also an das Foto vom Schlüssel gekommen. Er hat Mühlner den treudummen Esel vorgespielt und sie irgendwie dazu gebracht, von ihrem Schlüsselbund Bilder mit seinem Handy zu schießen. Anschließend musste er die Bilder von den einzelnen Schlüsseln nur noch von einem Online-Dienst in 3-D-Grafiken umwandeln lassen, und schon konnte er mit seinem 3-D-Drucker eine Kopie jedes Schlüssels anfertigen.

Oh nein, dieser Scheißkerl war alles andere als blöd.

»Würden Sie sich mit einem Zeichner zusammensetzen und ein Phantombild …?«

»Sie sind ja recht süß, Herr Inspektor, aber …«

»Hauptkommissar«, verbesserte ich Jenny, was sie mit einem Schlafzimmeraugenaufschlag zur Kenntnis nahm.

»Aber nee«, fuhr sie ungerührt fort. »Ick hab erst zwee Stunden geschlafen, und heut is Freitag. Wenn ick nich noch schnell ne Mütze voll Schlaf abkriege, halt ick heut Nacht nich durch. Een anderes Mal gern.« Jenny lächelte ein Perlweißlächeln und zeigte dabei einen Glitzerstein, der auf einem ihrer Schneidezähne klebte. »Sie können mich ja mal uff'n Kaffee einladen. Wie wär dat?«

Einer der uniformierten Beamten hinter mir räusperte sich, was allerdings wie ein Lachen klang.

»Den Kaffee trinke ich mit Ihnen, während Sie unserem Zeichner erklären, wie der Typ ausgesehen hat.«

Jennys Grinsen wurde keine Spur blasser. »Erpressung, und dat, obwohl Se mir gerade Ihren Dienstausweis gezeigt haben? Schämen Se sich nich, Herr Inspektor?«

Ich unterließ es, sie auf meinen Dienstgrad hinzuweisen. »Deal?«, fragte ich, wurde jedoch vom Zwitschern meines Handys unterbrochen.

»Weinsheim«, meldete ich mich, nachdem ich das Gespräch angenommen hatte.

»Es ist E.T.A. Hoffmann«, keuchte Annika beinah unverständlich. Sie schien zu rennen. Im Hintergrund hörte ich Verkehrslärm, Autohupen und ein weinendes Kind.

»Er ist der Autor des Gedichts?«

»Nein, das hat ... Sadist selbst verfasst. Aber es ... dem Ver... um Ritter Gluck.«

Ich unterließ es, sie zu fragen, wer zum Teufel Ritter Gluck war. »Fahren Sie Frau Nowak zum LKA«, wies ich die Beamten an. »Und Sie haben was gut bei mir«, rief ich Jenny zu, bevor ich die knarzenden Holzstufen des Altbaus hinuntereilte.

»Wo?«, wollte ich von Annika wissen. Wo befand sich der nächste Entführerbrief – und die nächste Leiche?

»Ich ... nicht sicher.« Annika war kaum noch zu verstehen. »Wahrscheinlich sein ...« Heulende Sirenen im Hintergrund verschluckten den Rest ihres Satzes.

»Annika?«

»Ich muss auflegen. Sie haben ... schon wieder gefund...«

»Annika!«, rief ich, doch zu spät. Ein altbekanntes Geräusch drang aus meinem Handy. Sie hatte das Gespräch beendet.

Sie haben Suarek und Ritter gefunden, nicht er, versuchte ich mir einzureden, als ich die Haustür aufriss. *Sie*, meine Kollegen. Dennoch wühlte sich ein schneidendes Gefühl durch meine Eingeweide, als würde sich ein Tornado der Stärke F4 Berlin nähern.

Ich sah auf die Uhr.

Noch vierzehn Minuten.

»Verdammt!« Ich rannte auf meinen Dienstwagen zu, der an der Bordsteinkante parkte, und wählte eine Handynummer aus meinem Kurzwahlspeicher.

»Reuss.«

»Suchen Sie alles zu E.T.A. Hoffmann im Internet heraus, was Sie finden. Ich hol Sie in sechs Minuten ab.«

Die Zeitangabe war selbst mit eingeschaltetem Blaulicht Utopie. Was mich nicht davon abhielt, den BMW mit neunzig Sachen die Oranienburger Straße runterzujagen.

36. Kapitel

Annika Ritter
11. August, 13:05 Uhr

Keuchend stolperte ich durch das Eingangsportal mit dem Schild an der Seite, Durchgang zum Dreifaltigkeits-Kirchhof. Meine Lungen brannten, als würde jemand seit einer Minute meinen Kopf unter Wasser drücken. Und das Seitenstechen über meiner rechten Hüfte war so unerträglich, dass ich glaubte, nie wieder ohne Schmerzen einen Schritt weit gehen zu können.

»Siehst du sie noch?«, brachte ich nach mehreren hastigen Atemzügen heraus.

»Nein, ich glaube, wir haben sie abgehängt.« Bastian wischte sich Schweiß von der Stirn und sah sich um.

Eigentlich waren es vom U-Bahnhof Mehringdamm bis zum Friedhof III der Jerusalems- und Neuen Kirchengemeinde nur etwa hundert Meter. Ein Steinwurf, glaubten wir, als ich im Internet herausfand, wo sich E.T.A. Hoffmanns Grab befand.

Doch dann stiegen zwei uniformierte Beamte in der Kochstraße in unser Abteil, und Bastian und ich mutierten binnen Sekunden zu verschreckten Hasen, auf die die Jagdsaison eröffnet worden war.

Kurz bevor die U-Bahn Hallesches Tor hielt, schienen die Polizisten sich sicher zu sein, die gesuchten Straftäter gefunden zu haben, und nahmen die Verfolgung auf, als wir die Bahn verließen.

Ich rannte wie noch nie zuvor in meinem Leben. Mein Sportlehrer an der Uni wäre sicher stolz auf mich gewesen. Aber ich war nun mal nicht die kleine Schwester von Usain Bolt. Nach fünfhundert Metern prügelte Schmerz auf mich ein wie ein Schwergewichtsboxer auf seinen Sandsack.

Bei jedem Schritt quälte mich die Frage, ob ich noch den nächsten schaffte. Ich flehte um mehr Atem und mehr Kraft in meinen Beinen und bekam …

Einen schauerlichen Beistand.

Du hast mich sterben lassen, wieso solltest du unsere Tochter retten wollen? Wieder und wieder stellte Stefan in meinem Kopf diese Frage. Mit einem perfiden Lächeln auf den Lippen, das ich nie an ihm gesehen hatte.

Meine Beine drohten den Dienst zu versagen, als seine Fragerei zu einem grausamen Mantra mutierte.

Weil ich sie liebe und alles für sie tun würde. Ich betete mir diesen Satz vor. Bei jedem Schritt. Bei jedem rasselnden Atemzug. Meter für Meter, obwohl der Boxer nun einen Baseballschläger zu Hilfe nahm.

»Hier ist ein Plan«, rief Bastian und riss mich damit fort von meinen entsetzlichen Erinnerungen. Stefans Stimme in mir schwächte sich zu einem kaum hörbaren Flüstern ab, doch etwas blieb in mir zurück.

Die erdrückende Erkenntnis, dass ich als Ehefrau und Mutter versagt hatte.

Ich hatte Stefan in den Tod getrieben und ließ zu, dass ein Irrer unser kleines Mädchen entführte.

Blinzelnd vertrieb ich Tränen aus meinen Augen. Tränen, die ich aus purer Angst und Verzweiflung weinen wollte. Und wegen meiner Gewissensbisse. Denn *ich* hatte den Sadisten ins Haus gelassen und in die Nähe meiner Tochter.

Tick … tack.

Tick … tack.

Tick … tack.

Die Fingernägel fest in meine Handfläche gegraben, richtete ich den Blick auf die blaue Tafel vor mir. Neben der Entstehungsgeschichte der Kirchhöfe vor dem Halleschen Tor entdeckte ich in einem separaten Viereck eine Liste von über siebzig Namen, denen besondere Grabstätten gehörten.

»Oh verdammt, so viele Prominente?«, fluchte Bastian und legte seinen Zeigefinger auf die Glasplatte des Hinweisschildes. »Siehst du Hoffmanns Namen?«

Wenn ich ehrlich war, konnte ich nicht einmal Buchstaben erkennen. Sie tanzten vor meinen Augen auf und ab wie ein Laubblatt im Wind.

»Herrgott, warum sind sie nicht nach Alphabet sortiert?«, grollte Bastian und begann, die Liste von hinten zu durchsuchen.

»Hoffmann, Hoffmann, Hoffmann«, murmelte ich vor mich hin, während ich es Bastian gleichtat und mit dem Finger über die Glasscheibe fuhr.

Nein! Nein! Nein! Bei jedem H stockte ich, und mein Herz klopfte völlig überspannt gegen meine Rippen.

Noch drei Minuten, erinnerte mich meine innere Uhr gnadenlos an die Frist des Psychopaten.

»Schneller.«

Du kommst wieder zu spät, wisperte der grausame Stefan in meinem Kopf. *Geh heim, du kannst das Unausweichliche eh nicht mehr ändern.*

»Verschwinde!«, bat ich stumm und presste die Nägel meiner linken Hand derart fest ins Fleisch, dass mir Schmerz den Arm hinaufraste. *Ich gebe nicht auf, egal was du …* Mein Finger stockte. War da nicht ein H? Mein Blick glitt zurück. Da! »Hoffmann, Ernst Theodor Amadeus«, las ich laut vor. »Grab 41.«

Das nützt dir jetzt auch nichts mehr. Du hast nur noch zweieinhalb Minuten.

»Er liegt hier«, rief Bastian, tippte über einer bestimmten Stelle der Friedhofsskizze auf die Glasplatte und rannte los.

Na, komm, worauf wartest du?, höhnte Stefan in meinem Kopf. *Folge ihm. Er ist dir doch sowieso wichtiger als unser Mädchen.*

Das ist nicht wahr! Schleppend und mit einer Hand auf meinem Bauch taumelte ich vorwärts. Um die Ecke neben dem Hinweisschild zu dem Weg, den Bastian entlanghetzte. *Zwischen uns war nie etwas, das weißt du.*

Ich schmeckte das Salz meiner Tränen auf meinen Lippen, während ich an Laubbäumen und Buchenhecken vorbeiwankte, als hätte ich eine halbe Flasche Johnnie Walker auf leeren Magen getrunken.

Stefan hatte nie einen Grund zum Zweifeln, rief ich im Inneren. *Er wusste, dass ich ihn geliebt habe.*

»Da scheinst du dir ebenso sicher zu sein wie in der Sache, dass dein bester Freund unschuldig ist. Und das, obwohl dir Weinsheim gesagt hat, dass alle Spuren zu Sebastian führen. Du musst ihn sehr lieben, um diese Gewissheit zu haben.«

Ich schluchzte und schüttelte den Kopf. *»Ich weiß es einfach.«*

»So sicher, wie die Tatsache, dass die Stimme in deinem Kopf Stefans ist?«

Tick … tack.

Tick … tack.

Tick … tack.

Nur noch zwei Minuten!

Und ich blieb mitten auf dem Fußweg stehen. Unfähig, eine Erklärung für dieses perfide Selbstgespräch zu finden, die eine Paranoia ausschloss.

Wenn du nicht Stefan bist, wer bist du dann?, fragte ich ängstlich. Fühlte sich so eine psychische Störung an? Trieben am Ende solche grausamen Monologe kranke Menschen in den Wahnsinn?

Du bist nicht irre, denn du weißt, dass er nicht in deinem Kopf sein kann. Und da er es nicht ist, bleibt logischerweise nur eins übrig.

»Nein«, rief ich und rieb mir die Schläfen, um die naheliegende Erkenntnis aus meinem Kopf zu vertreiben. Das Offensichtliche, das mir höllische Angst einjagte.

Ich bin dein Gewissen. Der letzte Rest deines Verstandes, der noch nicht von deiner Furcht beeinflusst wurde.

»Warum bleibst du denn stehen?«

»Ich muss …«, … *in eine Nervenklinik*, vollendete ich stumm. Panik griff mit kalten Fingern nach mir. Ich verlor wirklich den Verstand. Eine andere Erklärung gab es nicht für meinen Geisteszustand und die Tatsache, dass ich noch immer mitten auf diesem asphaltierten Weg stand.

»Was musst du?« Bastian schüttelte mich leicht. »Annika, die Zeit ist gleich abgelaufen.«

»Ich weiß«, schrie ich unter Tränen.

»Was ist denn los?« Er nahm meine Hand, und ich fand nicht die Kraft in mir, sie ihm zu entreißen. Dafür hatte mein Verstand die nächste schreckliche Frage parat.

Kennst du Bastian wirklich?

»Komm, es ist nicht mehr weit. Nur noch ein paar Schritte.«

»Woher weißt du das?«, kam es zusammen mit einem Schluchzen über meine Lippen.

»Von der Hinweistafel.« Ungeduld schlich sich in seine Stimme. »Süße, kannst du nicht mehr laufen? Soll ich dich tragen?«

Ich musste hart schlucken und schaffte es endlich, Bastian anzusehen. Besorgnis verdunkelte sein Gesicht.

»Nein, es geht. Zeig mir das Grab«, erwiderte ich und krallte meine Nägel in seine Hand. Er zuckte nicht zusammen und sagte auch kein Wort, als wir weitergingen.

Kann ich ihm wirklich vertrauen?

Wie Säure fraß sich diese Frage durch mich hindurch.

Kindesentführer gehörten meist zur Familie oder zum engeren Freundeskreis.

Alle Spuren führen zu Sebastian Suarek, hörte ich Weinsheim wieder sagen.

Bastian besaß einen Schlüssel zu meinem Haus, und er kannte

das erste Opfer. Aber was noch wichtiger war, Janina vertraute ihm, als wäre er ihr Papa.

Hatte er Janina entführt?

Nein, nein, nein. Bastian liebte Janina und würde ihr das nie antun.

Bist du sicher?

Ja! Er konnte mich im U-Bahn-Tunnel schließlich nicht anrempeln, denn er lief neben mir.

Aber er hätte dir Kada lange vorher in die Jackentasche stecken können. Zum Beispiel, als du in der U-Bahn geschlafen hast.

»Schluss!«, rief ich und presste die Fäuste auf die Augen. Derart fest, dass Sterne hinter meinen geschlossenen Lidern tanzten.

»Zehn Sekunden«, erinnerte mich Bastian an das unweigerliche Ende des Ultimatums.

Janina!

Der Gedanke an meine Tochter riss mich endlich aus dem schizophrenen Monolog in meinem Kopf.

Ich ließ die Hände sinken und blinzelte kurz gegen das Sonnenlicht an, das durch das Blätterdach über mir brach.

»Wo?«

»Hier irgendwo.« Bastian deutete hinter sich und schob sich durch zwei Sträucher, zwischen denen ein Trampelpfad entlangführte. »Du hast den Grabstein im Internet gesehen. Wie sah er aus?«

Fünf Sekunden!

»Hoch, schmal, verwittert, grau«, keuchte ich, während ich ihm folgte und den Blick schweifen ließ. Über schwarze glänzende Kreuze, Blumen, Sträucher … bis ich ihn instinktiv auf den Boden lenkte.

Bitte, keine Leiche!

Bitte.

Und dann starrte ich auf etwas Rosafarbenes.

Vögel zwitscherten über mir in den Bäumen, circa zweihundert Meter von mir entfernt rollte der Verkehr über die vierspurige Blücherstraße. Alles wirkte normal, so entsetzlich normal, und trotzdem wünschte ich mir von einem Augenblick auf den nächsten, dass der Sadist hinter mich treten und mir endlich eine Kugel in den Kopf jagen würde.

Aber meine Lungen taten den nächsten Atemzug.

Und dann noch einen, während mein Kopf einen Ausweg suchte. Eine harmlose Erklärung für das viele Rot.

Für das Rot auf Janinas Strampler.

Ich taumelte die wenigen Schritte zu Hoffmanns Ruhestätte. *Es ist Farbe. Bitte, lieber Gott, lass es Farbe sein.*

Bastian erreichte vor mir das von Efeu überwucherte Grab. »Wir sind pünktlich«, hörte ich ihn wie aus weiter Ferne schreien, ehe er neben dem rosa Stoff in die Knie ging. »Du Scheißkerl hast geschrieben, dass wir vierundzwanzig Stunden haben.«

37. Kapitel

»Er … er gehört nicht … Janina«, stammelte ich und griff ganz fest nach diesem Rettungsseil, das mein Verstand für mich parat hatte.

Ja, so muss es sein. BITTE!

Janinas rosafarbener Schlafoverall hatte einen kleinen gestickten Stern auf der Brust. Und dieser hier war …

Blutrot, dort wo der Stern sein sollte.

Ein eisiges, stählernes Band zog sich um mein Herz zusammen.

»Ich kenne den Strampler.«

»Du irrst dich«, wehrte ich scharf seine Worte ab und ging neben Bastian in die Hocke. »Hier, ich beweise es …«

Ein schmerzerfüllter Schrei hallte durch das Blätterdach der Bäume.

Ein Stern.

Mitten auf der Brust.

Gestickt mit grauem Faden, darunter ein Schriftzug: Shining Star.

Ich schrie, bis ich keinen Atem mehr hatte.

Meine Tränen durchnässten den blutbesudelten Strampler, den ich an mein Gesicht presste. Den Duft meiner Tochter einatmend, wünschte ich mir, gestern die Treppe hinabgefallen und tot im Flur liegen geblieben zu sein.

Denn dann würde Janina noch leben.

Ein Weinkrampf schüttelte mich, während ich den rosafarbenen Stoff an mich presste. »Warum sie? Warum hast du mich nicht getötet? Du willst doch mich, du sadistisches Schwein!«

Schluchzend sank ich gegen Bastian. Sein Arm auf meinem Rücken fühlte sich seltsam an. Als hätte er ein Eigenleben.

»Annika!«

Ich krallte die Fingernägel in den weichen Stoff und drückte ihn fest an meine Nase. Die Baumwolle knisterte merkwürdig, roch jedoch nach der Pflegelotion, die ich für Janina immer kaufte. Süße Mandel vermischt mit Kamille.

»Was hat dir meine Kleine getan?«, fragte ich verzweifelt. »Was?«

»ANNIKA!«

Bastian brüllte derart laut in mein Ohr, dass ich vor Schreck aufschrie.

»Das ist kein Blut auf Janinas Schlafoverall. Sieh selbst, das ist Farbe. Bitte, Annika, sieh ihn dir an.«

Ein zittriger Atemzug verließ meine Lippen. *Ist das wirklich wahr?* Hoffnung öffnete meine Augen.

»Es sieht aber aus wie …« *Wie Blut,* beendete ich den Satz stumm, denn Angst raubte mir die Stimme.

»Das würde metallisch und leicht süßlich riechen. Wie bei Dr. Hoffmann«, fügte er leise hinzu.

Doch da war es bereits zu spät. Meine Erinnerungen sprangen zu dem Moment am Morgen zurück, als wir die Leiche des Psychologen gefunden hatten.

Und wieder schmeckte ich den Tod auf der Zunge. Atmete ihn tief in meine Lungen. Diesen metallisch-süßen Geruch, der sich auf dem Kirchhof überall in mir festzusetzen drohte.

»Was ist es dann?«, fragte ich stockend und zwang mich, nicht mehr an diesen Augenblick zu denken. Dafür atmete ich tief ein und musste Bastian zustimmen. Der Stoff roch nach Janina, jedoch nicht nach Blut.

Erleichterung lockerte das Stahlband um meinen Brustkorb und ließ mich aufatmen. *Sie lebt. Meine Kleine lebt!*

Bastian beugte sich zu mir und roch an dem Stoff. »Die Farbe riecht nach nichts. Was seltsam ist, denn eigentlich haben Farben immer …«

»Erinnerst du dich an die blutigen Augäpfel auf der Halloweenparty letztes Jahr?«, fragte ich erstaunlich ruhig angesichts der Sirenengeräusche, die lauter werdend das Vogelgezwitscher über uns wie ein abartiges Orchester untermalten.

Perplex musterte mich Bastian. »Blutige Augäpfel?«

Seine Frage klang eher nach *»Bist du noch bei Sinnen?«*.

Was ich ihm nicht verdenken konnte.

Nichts war mehr normal. Nicht einmal mehr unsere Freundschaft, geschweige denn ich.

»Nadine und ich haben sie aus Litschis, Weintrauben, Naturjoghurt und geruchloser Lebensmittelfarbe hergestellt.« Nadine hatte die Farbe nicht im Discounter gekauft, sondern im Internet bestellt. Weil sie angeblich intensiver in der Farbgebung als die herkömmlichen war. »Die Augäpfel sahen echt gruselig aus, oder?«

Alles um mich herum begann sich zu drehen. Die Bäume, die Sträucher und das von Efeu bewachsene Grab mit dem grauen Stein, auf dem unter einem Schmetterling E.T.W. Hoffmann stand. Hoffmann verehrte nicht nur den Komponisten Gluck, sondern vor allem Mozart. Deshalb änderte er Wilhelm, seinen eigentlich dritten Vornamen, in Amadeus um.

»Lebensmittelfarbe und etwas Wasser«, hörte ich Bastian murmeln. »Clever.«

Der Schock packte mich vollkommen überraschend. »Clever? Bewunderst du diesen Scheißkerl für das, was er getan hat?«, brüllte ich.

Bastian wirkte völlig überrascht. »Das hab ich nicht gesagt.«

»Doch hast du«, rief ich und rappelte mich wie Bastian auf die Beine. Während er den einen Schritt auf mich zutrat, der ausreichte, um ihn zu berühren, näherte sich das Sirenenorchester auf der Straße dem dramatischen Höhepunkt. Bremsen quietschten, Autotüren wurden zugeschlagen.

»Annika, was ist los?«, fragte er sanft.

»Du hast einen Schlüssel für mein Haus.«

»Seit ihr dort eingezogen seid.«

»Janina kennt dich, und das erste Opfer hat dich verlassen.«

Ich zuckte wie unter einem Stromschlag zusammen, als er eine Hand hob, um sie an meine Wange zu legen. Ich wollte zurückweichen. Wollte das vertraut warme Gefühl, das sich in mir aufbaute, anschreien, dass es ein Verräter war. Weil es mich an meiner Anschuldigung zweifeln ließ.

Der Feind in meinem Bett.

Nein, der Feind, dem neben Janina mein Herz gehörte.

»Sag es mir«, flüsterte ich unter Tränen und drückte Janinas Schlafoverall fest an meine Brust. Wieder erklang ein Knistern. »Wo ist meine Kleine?« *Und was hast du mit ihr gemacht?*

Leichenblässe überzog jäh sein Gesicht. »Du glaubst, ich hätte Janina entführt?«

»Ich weiß nicht mehr, was ich glauben soll.« *Wem ich vertrauen soll.* Wer war Freund, wer Feind? Hatte ich überhaupt noch Freunde?

Er griff nach mir und strich mir sanft eine Haarsträhne aus der Stirn. »Susanne hat mich verlassen, weil sie wusste, dass ich sie nicht liebe und auch nie lieben würde. Denn ich habe immer nur eine Frau geliebt.« Dann flog sein gehetzter Blick in Richtung Eingangsportal des Kirchhofs, das wir von unserem Standort aus durch all die Bäume, Koniferen und Sträucher nicht sehen konnten. »Du musst gehen und Janina finden«, fügte er eindringlich hinzu. »Schnell, und sieh nicht zurück.«

»Aber …?« *Was?*

»Lauf, Annika. Ich weiß, dass du es schaffst. Du bist stärker, als du glaubst. Und jetzt los.«

Zu viele Worte sammelten sich auf meiner Zunge, aber nur eine entsetzliche Erkenntnis schaffte es über meine Lippen. »Du willst dich stellen?« Angst kroch mir wie Tausende Spinnen über die Haut, denn ich sah die Antwort in seiner Haltung, in seinen

Augen. »Nein, bitte nicht.« Was hatte ich in meinem Wahn getan? Mit meinen Vorwürfen? Hatte ich ihn damit verletzt?

Du beschuldigst deinen besten Freund, deine Tochter entführt zu haben, was denkst du denn?

»Dann jagen sie dich nicht mehr.« Bastian drückte meine Hände und für einen Augenblick wirkte er, als wollte er seinen Mund sanft auf meinen legen. »Denk an Janina und konzentrier dich. Du kannst diesen Psychopathen stoppen.«

»Wo soll ich ihn suchen?«, keuchte ich, während Stiefelschritte über den Kirchhof hallten. »Hier ist kein Brief von ihm.«

»Du hältst ihn in den Fingern.« Bastian löste sich von mir und trat einen Schritt zur Seite. »Er ist im Schlafoverall.«

Das knisternde Geräusch, natürlich! Wie dumm von mir.

»Nein«, rief ich, als er die Arme über den Kopf hob und rückwärts auf die Lücke in der Hecke zuging. »Bitte, mach das nicht.« *Ich brauche dich! Wir brauchen dich.*

»Ich muss das für dich und Janina tun«, flüsterte er und trat noch einen Schritt zurück. »Lauf, bitte.«

»Nein!« Entschlossen fischte ich den in Klarsichtfolie befindlichen Entführerbrief aus dem Overall und drückte den Stoff noch einmal fest zwischen meinen Fingern, bevor ich den Strampler auf das efeuüberwucherte Grab legte und Bastian hinterherlief. »Ich schaffe das nicht ohne dich.« *Denn dann bin ich ganz allein.*

»Doch.« Er wollte ausweichen. Entsetzen spiegelte sich in seinen Augen. »Annika, bitte, lass mich dir helfen.«

»Das kannst du, aber nicht auf die Weise.« Ich blieb vor ihm stehen, und in dem Moment begriff er.

»Nein, tu das nicht.«

»Entweder du kommst mit mir, oder ich stelle mich gemeinsam mit dir.«

»Verdammt!«

»Hier drüben!«, hallte ein lauter Ruf über die einsamen Gräber.

»Es tut mir leid, was ich gesagt habe«, wisperte ich und krallte die Fingernägel in seinen Arm. »Bitte, hilf mir. Lass mich mit diesem Sadisten nicht allein«, flehte ich inständig. Denn ich begriff in diesem Sekundenbruchteil, dass der Perverse nicht zulassen würde, dass ich aus seiner grausamen Schnitzeljagd als Gewinnerin hervorging.

Er hatte nur ein Ende für sein geisteskrankes Spiel geplant.

Und das sah meinen Tod vor.

38. Kapitel

Eric Weinsheim
11. August, 13:36 Uhr

»Wie konnten Sie Suarek und Ritter erneut entkommen lassen?«, fauchte Eisfeld von unten zu mir herauf. Er war mit seinen teuren Kalbsleder-Brogue auf dem Weg zu Hoffmanns Grab in eine Pfütze getreten und versuchte nun, die auf Hochglanz polierten Schuhe mit einem Papiertaschentuch zu reinigen. »Können Sie mir das erklären?«

»Bei allem Respekt, Suarek ist nicht der Kidnapper. Er hätte den Overall inklusive Entführerschreiben nicht hier deponieren können, ohne dass Ritter davon etwas mitbekommen hätte«, entgegnete ich und deutete hinter die Absperrung. Ein Mann von der Spurensicherung verpackte gerade den blutrot bespritzten Schlafoverall von Janina, ein anderer nahm Fingerabdrücke vom Grabstein. Die ergebnislos bleiben würden, wie ich ahnte.

Eisfeld richtete sich auf. »Haben Sie schon mal dran gedacht, dass Ritter mit Suarek unter einer Decke steckt?«

Nein, weil der Gedanke bar jeder Logik ist.

»Ich empfehle, alle Gräber berühmter Schriftsteller in Berlin ausfindig zu machen und zu beobachten«, sagte ich statt einer Antwort. »Er wird wieder zuschlagen. Jetzt hat er nur den Strampler hier abgelegt, weil er nicht das Risiko eingehen wollte, am helllichten Tag mit einer Leiche entdeckt zu werden. Wenn er sich an seinen bisherigen Zeitplan hält, endet sein nächstes Ultimatum bei Sonnenuntergang, und dann wird er nicht mehr so zurückhaltend sein. Wenn wir die betreffenden Friedhöfe überwachen, könnten wir dem Täter endlich einen Schritt voraus sein.«

Eisfeld trat vor mich und betrachtete mich, als wäre ich die Mücke an seiner Schlafzimmerwand, die ihn seit Stunden wach hielt. »Habe ich Sie richtig verstanden? Dass Sie mir wegen Ihrer Inkompetenz vorschlagen, noch mehr Personal und Steuergelder zu verschwenden, um Gräber zu überwachen? Haben Sie völlig den Verstand verloren, Weinsheim?«, brüllte er. »Denken Sie allen Ernstes, ich wüsste nicht, dass Sie Ritter gewarnt haben? Nennen Sie mir einen Grund, warum ich Sie nicht sofort von dem Fall abziehen sollte.«

Den musste ich nicht nennen, wir kannten ihn beide: Staatsanwalt Anton Hartmund. Ich hatte diese Trumpfkarte noch nie ausgespielt und würde das auch nie, jedoch ging Eisfeld vom Gegenteil aus.

»Dieses perverse Katz-und-Maus-Spiel endet nicht, wenn Suarek in Gewahrsam ist«, entgegnete ich mit erzwungener Ruhe. Ich begriff nicht, wie Eisfeld derart blind sein konnte. »Er ist die ganze Zeit über bei Ritter, wo, wenn er der Entführer ist, hat er dann das Mädchen?«

»Vermutlich hat er sie längst ermordet.«

Wut und Entsetzen drückten mir bei der Gleichgültigkeit in seiner Stimme den Brustkorb zusammen. »Sie ist noch am Leben, und ich werde alles tun, um sie auch lebend zu finden«, presste ich zwischen zusammengebissenen Zähnen heraus und zog mein Handy aus der Jackentasche, das vibrierte. Eine WhatsApp von Peary mit der Phantomzeichnung des Täters, die keinerlei Ähnlichkeit mit Suarek besaß. Ich schickte das Bild an Annika weiter, doch das Häkchen am Rand blieb grau. Sie hatte ihr Smartphone mit hoher Wahrscheinlichkeit ausgeschaltet. »Entweder Sie ziehen mich jetzt von dem Fall ab oder lassen mich meinen Job erledigen«, sagte ich zu Eisfeld und verengte die Augen.

Denn sein Blick ruhte auf dem Handy in meiner Hand, und ich musste über keine große Intuition verfügen, um seine paradoxen Gedankengänge nachzuvollziehen. Trotz seiner Annahme hatte ich Anton Hartmunds Telefonnummern nicht im Kurzwahlspeicher, allerdings gedachte ich auch nicht, Eisfeld das unter die Nase zu reiben.

»Was haben Sie vor?« Blanker Zorn schwang in seiner Stimme mit.

»Ich werde die infrage kommenden Friedhöfe überwachen lassen und die Phantomzeichnung des Täters an die Presse geben. Irgendjemand kennt ihn, er wohnt definitiv in Berlin oder in der näheren Umgebung. Wir haben keine sieben Stunden, um den Scheißkerl zu schnappen, denn er tötet vor Ablauf des Ultimatums.«

Ich gab Eisfeld zwanzig Sekunden Zeit, seine Androhung wahrzumachen. Doch außer dass er mich in Gedanken vierteilte, schwieg er. Er hatte nicht viele Freunde bei der Staatsanwaltschaft, seit er vor fünfzehn Jahren im Mordfall des Oberstaatsanwalts Brinkmann die trauernde Witwe festnehmen ließ. Sylvia Brinkmann, damalige Geschäftsführerin des Deutschen Anwaltsvereins, sorgte dafür, dass Eisfeld zwei Treppen hinunterfiel, nachdem der wahre Mörder festgenommen und verurteilt worden war. Eisfeld kam mit seiner Degradierung noch gut weg, denn Sylvia Brinkmanns Karriere endete mit ihrer übereilten Festnahme, trotzdem hatte sie noch immer viele Freunde in der Staatsanwaltschaft.

»Gibt es weitere Informationen, die noch nicht auf meinem Schreibtisch gelandet sind?«, fragte ich in dem Bewusstsein, dass ich diesen einen Schritt bei Eisfeld zu weit gegangen war, den ich mit keiner Entschuldigung wiedergutmachen konnte. Aber ich war lieber das Sandkorn in seinem Auge, das ihn quälte, als wegen unseres Kompetenzgerangels diesen Psychopathen gewinnen zu lassen.

»Gehen Sie nicht zu weit, Weinsheim«, grollte er, dabei nahm sein Gesicht eine apfelrote Färbung an.

»Bei allem Respekt, ich kann ohne diese Informationen meinen Job nicht erledigen.«

Eisfelds Kiefermuskeln mahlten. »Laut Zeugenaussagen parkte in den Tagen vor Hoffmanns Entführung ein roter Kleintransporter vor seinem Grundstück. Wahrscheinlich ein Renault Master. Schiefer prüft noch mal alle Fahrzeuge, die auf Ritters enge Bekannte zugelassen sind.«

»Auf Bachmann ist auch ein …« Ich brach ab, nahm mein Handy aus der Jackentasche und wählte Schiefers Nummer.

»Was ist los?«, wollte Eisfeld wissen.

»Oberkommissar Schiefer.«

»Was für ein Transporter ist auf Bachmann zugelassen?«

»Ein Renault Trafic. Aber weder ein roter Trafic noch ein Master mit einer Acht im Kennzeichen sind in den Tagen nach Ritters Unfalltod oder heute in einer Werkstatt gewesen.«

»Das lässt nur den Schluss zu, dass sich der Täter entweder mit Fahrzeugen auskennt oder dass er ihn schwarz von einem Automechaniker reparieren lassen hat.« Ein Gedanke erfasste mich, doch bevor ich danach greifen konnte, riss mich Schiefer in die Realität.

»Wir haben alle nahen Angehörigen von Bachmann überprüft, doch auf keinen ist ein roter Corsa zugelassen.«

»Dehnt die Überprüfung aus und findet heraus, ob einer von ihnen Automechaniker ist.« Von Annikas näheren Bekannten war es keiner.

»Okay«, erwiderte Schiefer und legte auf.

Einen Augenblick später trat Eisfeld dicht vor mich. »Wenn sich herausstellt, dass Suarek der Täter ist, werde ich Sie höchstpersönlich ans Messer liefern. Und dann kann Sie auch kein Anton Hartmund mehr retten, klar?«

Ich lächelte kurz. »Glasklar.«

Mein Handy zwitscherte und verhinderte damit, dass ich noch eine sarkastische Bemerkung anfügte. »Weinsheim.«

»Das Gemälde stammt laut Professor Hochheim von Carl Spitzweg und heißt *Der arme Poet*«, sagte Brewitz. »Es ist wohl sein Bekanntestes, obwohl die anfänglichen Kritiken derart schlecht waren, dass Spitzweg seine nachfolgenden Bilder nur noch mit einem Monogramm signiert hat.«

»Warum waren die Kritiken mies?«

»Hochheim meinte, dass die Kritiker es geschlossen als Verhöhnung der Dichterkunst ablehnten.«

»Hat es irgendetwas mit Berlin zu tun?«

»Nein. Spitzweg lebte in München und starb auch dort.«

»Danke«, sagte ich und legte nachdenklich auf. Weshalb hatte der Kidnapper ausgerechnet dieses Gemälde als Hintergrund für seine Entführerschreiben gewählt? Fühlte er sich dem armen Poeten verbunden? Vermutlich nicht im Hinblick auf seinen Geldbeutel, aber unter dem Aspekt, dass der von Spitzweg gemalte arme Poet von niemandem beachtet wurde. Der Autor war arm, weil er unbekannt war. Der Killer sehnte sich nach Ruhm, nach Anerkennung. Nach all jenen Dingen, die der arme Poet ebenfalls nicht hatte.

»Chef?« Reuss trat neben mich. »Wir haben was gefunden.«

Ich nickte und sah auf. Eisfeld war ohne ein weiteres Wort verschwunden.

»Was?«, fragte ich und folgte ihr zum östlichen Ende des Kirchhofs.

»Sie hatten mit Ihrer Vermutung recht, dass der Täter Ritter und Suarek beobachtet. Wir haben nicht weit von hier mehrere Zigarettenkippen an einem Ort gefunden.«

»Zeigen Sie es mir«, bat ich und wählte Pearys Nummer. Ich befahl ihm, die Friedhöfe überwachen zu lassen, auf denen bekannte Schriftsteller beerdigt wurden.

»Geht klar«, entgegnete er. »Ich habe mit den beiden Müttern gesprochen, die den Flashmob veranstaltet haben. Sie haben die T-Shirts und Kuscheltiere zur Verfügung gestellt bekommen. Das Datum kannten sie bereits ein paar Tage lang, nur Ort und Zeit wurden ihnen per Privatnachricht circa anderthalb Stunden vor Beginn mitgeteilt.«

»Also sind sie nicht die Drahtzieher?«

»Nein. Dieser ist ein junger blonder Mann mit Brille und Vollbart, Vater einer neun Monate alten Tochter. Aus dem Grund haben sie ihm vertraut.«

Natürlich. Frauen waren eher bereit, Männern mit Kindern oder Haustieren zu vertrauen als Kerlen, die nur einen mit Bierflaschen gefüllten Kühlschrank ihr Eigen nannten. »Wie haben sie sich kennengelernt?«

»Facebook. Die KT ist schon dran.«

»Haben sie ihn auf der Phantomzeichnung erkannt?«

»Nicht wirklich. Sie kennen nur sein Profilbild, auf dem er mit einem Kleinkind im Arm im Schatten eines Baumes sitzt.«

»Man erkennt ihn also nicht?«

»Nur die Umrisse, aber wenn die Kriminaltechnik mit dem Bild fertig ist, wissen wir vielleicht mehr.«

»Sagen Sie mir Bescheid«, erwiderte ich. Kaum hatte ich aufgelegt, erreichte mich eine WhatsApp von einer unbekannten Nummer, die ich als die von Suarek identifizierte. Verwundert, dass er dieses Risiko einging, durch die Handyortung geschnappt zu werden, vergrößerte ich das von ihm geschickte Bild und blieb abrupt stehen. »Der Täter hat sein Vorgehen geändert.«

»Warum?«, fragte Reuss.

Ich zeigte ihr den Brief. Im Hintergrund war der nächste Ausschnitt von Spitzwegs Gemälde zu erkennen, was mich nicht erstaunte. Die Bleistiftzeichnung im Zentrum tat es allerdings.

20:40 Uhr

»Ein Engel statt ein Vers?«, fragte sie mit gerunzelter Stirn. »Vielleicht glaubt er, dass wir ihm dicht auf den Fersen sind.«

»Nein, er spielt weiter Katz und Maus mit uns«, entgegnete ich und wies auf das Ultimatum. »20:40 Uhr. Er nutzt den Sonnenverlauf als Deadline.«

»Aus welchem Grund?«

Ich blieb stehen, drehte mich um und wies zu E.T.A Hoffmanns Grab. »Dadurch, dass er als Ablageort die Ruhestätten bekannter Schriftsteller wählt, fühlt er sich bedeutend. Er will jemand sein. Jemand Großes. Jemand, dem Ruhm und Anerkennung für seine Genialität gebührt. Und deshalb wählt er für die Ultimaten nicht einfach um sechs oder um eins, denn das wäre zu schlicht.«

Reuss runzelte die Stirn, während wir weitergingen.

»Suarek ist ein erfolgreicher Architekt«, fügte ich hinzu. »Er hat weder finanzielle Probleme noch liegt er im Streit mit seinen Auftraggebern.«

»Worauf wollen Sie hinaus?«

»Der Kerl, der Janina entführt hat, verdient gut, leitet eventuell eine Abteilung, aber er hat nicht den Job, den er nach seiner Meinung haben müsste. Er fühlt sich übergangen und unterschätzt.«

Diesmal blieb Reuss abrupt stehen. »Womöglich hat er sich an der gleichen Schule als Lehrer wie Ritter beworben und wurde abgelehnt. Er reibt uns mit den Versen praktisch unter die Nase, dass er sich gut mit deutschen Schriftstellern auskennt.«

Ich verengte die Augen. »Unwahrscheinlich, der Täter gehört zu Ritters engeren Bekannten. Aber sprechen Sie ruhig mit der Direktorin und überprüfen Sie Ihre Theorie.«

Reuss zückte ihr Handy, und ich ging zu Schäfter, der wenige Schritte von mir entfernt Zigarettenkippen eintütete. »Hier hat jemand längere Zeit gestanden«, sagte er und wies zu einer Stelle, an der das Gras niedergetreten war. »Wir vergleichen die DNA mit dem Blut, das Sie in Hoffmanns Praxis sichergestellt haben.«

»Wurden auch in der Liesenstraße Kippen gefunden?«, fragte ich und trat näher. Von dem Standpunkt aus konnte das Grab des Schriftstellers durch Sträucher hindurch gut beobachtet werden. Der Kidnapper vergewisserte sich also, dass Annika pünktlich seine Hinweise fand.

»Nein.«

Er musste dort gewesen sein, vor unseren Augen. Zum Greifen nah.

Reuss kam zu mir. »Es gab ein paar Bewerber, die abgelehnt wurden. Die Direktorin stellt mir eine Liste mit den Namen zusammen.«

Abwesend nickte ich und überprüfte, ob Annika die WhatsApp mit dem Phantombild inzwischen gelesen hatte, doch der Haken war immer noch grau. Daher schickte ich Suarek das Bild, ebenfalls ohne Erfolg. »Verdammt«, fluchte ich leise und schob das Handy zurück in die Jackentasche.

»Ich habe eher angenommen, dass der Kidnapper irgendwo in seinem Auto sitzt und von dort aus beobachtet, ob Ritter seine Rätsel pünktlich löst«, sagte Reuss und spähte durch die Zweige zum Grab von E.T.A. Hoffmann. »Aber er hat in aller Ruhe hier gestanden und geraucht.«

»Er hat keine Angst, geschnappt zu werden«, überlegte ich laut. »Er ist abgebrüht und sich seiner Sache sicher.«

»Hochmut kommt vor dem Fall«, zitierte sie und hielt mir ihr Handy unter die Nase. Sie hatte den Verlag unter der Skizze gegoogelt.

»S. Hirzel Verlag, gegründet 1853 von Salomon Hirzel in Leipzig, ist ein Sachbuch- und Wissenschaftsverlag«, las sie vor. »Diesmal haben wir ihn.«

Ich verzog das Gesicht. »Irgendetwas sagt mir, dass es nicht so einfach sein wird, wie es jetzt scheint«, murmelte ich und wusste zu dem Zeitpunkt nicht, wie sehr ich recht behalten sollte.

39. Kapitel

Annika Ritter
11. August, 14:26 Uhr

Ich sah und spürte es. Wenn er mich ansah, wenn er mit mir sprach, wenn er sich mir zuwandte. Da war diese eigentümliche Distanz, die es vorher zwischen uns nicht gegeben hatte.

Bastian zerzauste sich öfter als sonst das Haar, die Ringe unter seinen Augen wirkten wie schwarze Halbmonde, die sich in sein Gesicht verirrt hatten. Seine Hände fanden nicht mehr die meinen, sondern steckten zu Fäusten geballt in den Taschen seiner dünnen Regenjacke.

Das hast du geschafft. Sieh es dir an, den Schmerz in seinen Augen.

Welcher Teufel hatte mich geritten, Bastian des zweifachen Mordes und der Entführung zu beschuldigen?

Ja, natürlich, mir würde es besser gehen, wenn ich die Schuld einer höllischen Macht unterschieben könnte, dann wäre die Frage meiner geistigen Gesundheit vom Tisch. Es wäre leicht, jedes dieser verdammten Worte, die ich auf dem Kirchhof zu ihm gesagt hatte, mit Besessenheit zu erklären.

Nicht mit der im herkömmlichen Sinne, denn ich war besessen von Angst. Mit jeder Minute, die seit meinem Aufwachen im Schlafzimmer verging, trieb Panik immer tiefer ihre Wurzeln in mich hinein. Sie veränderte mich, schaltete alles in mir auf Überlebensinstinkt und polte die übrig gebliebenen Reste meines Geistes auf bloßes Misstrauen. Gegen jeden, gegen alles.

Es war zu spät für eine Entschuldigung. Ich hatte den Splitter mit meinen Anschuldigungen zu tief in Bastians Seele hineingetrieben.

Unsere Freundschaft hatte bislang vielem standgehalten, unter anderem meiner Teenagerzeit. Als ich herausfand, dass es außerhalb meiner Kinderzimmerwände ein aufregendes Leben gab, das ich für mich entdecken wollte, blieb von meinem Verstand nicht viel übrig. Ich wollte alles und das gleichzeitig. Popcornkino, Miniröcke, Küsse im Mondschein *und* Samu Haber. Poster von *Sunrise Avenue* bedeckten jedes Fitzelchen Tapete meines Zimmers.

Bastian ertrug *Fairytale gone bad* auch zum hundertfünfzigsten Mal und lächelte nur, wenn ich am Kiosk eine Zeitschrift mit Samus Konterfei entdeckte, die ich unbedingt haben musste.

Er kannte mich besser als ich den Inhalt meiner Handtasche. Denn eins hatte er mir immer gegeben, das Gefühl, mit ihm reden zu können, über alles.

Und jetzt war es weg. Wie ausradiert, wie weggebrannt.

Er ging einfach neben mir her, die Hände tief in den Taschen vergraben, den Blick starr auf den Fußweg gerichtet. Und ich musste etwas sagen. Musste mich erklären, bevor ich die Kluft zwischen uns nicht mehr überbrücken konnte.

Entschuldige, ich habe nicht nachgedacht? Ich habe unsere langjährige Freundschaft auf den Müll geworfen, weil ich ein Ventil für meine Angst brauchte? Einen Schuldigen, den ich anbrüllen konnte?

Ich zuckte bei den Gedanken wie unter einem Peitschenhieb zusammen und stolperte tränenblind auf die Straße.

Ein Hupkonzert ging los, Bremsen quietschten, und ich hörte einen Schrei hinter mir, ehe ich bemerkte, dass der Kühlergrill eines dunkelblauen Toyotas auf meine Beine zuraste.

»Annika!«

Ich schrie auf, als mich jemand am Rucksack packte und zurückriss.

Der Toyota schlitterte an mir vorbei, und in dem Moment kam das Zittern. Denn ich begriff, dass ich in dieser Sekunde blutend von der Motorhaube gerutscht und leblos auf dem Asphalt liegen geblieben wäre, wenn mich Bastian nicht zurückgezogen hätte.

Der Fahrer brüllte etwas aus dem geöffneten Seitenfenster, was der Verkehrslärm verschluckte. Ich sah nur seine wütende Faust durch die Heckscheibe, bevor ich für einen langen Atemzug, der nach Abgasen und meiner eigenen Todesangst schmeckte, die Augen schloss.

So schmeckt sie also, die Todesangst. Beinah neutral, vermischt mit einem pappigen Aroma und den eiskalten Vorboten der Ewigkeit.

»Wolltest du dich umbringen?«

Bastian zog mich auf den Fußweg und von dort immer weiter in den Schatten eines Baumes, und mir entwich ein freudloses Lachen. »Dann hätte der Sadist wenigstens, was er will, und würde Janina freilassen.«

Meinen Worten folgte ein Schweigen, das mir unangenehm unter die Haut kroch.

Ich hob den Blick und betrachtete Bastians Gesicht. Die tiefe Sorgenfalte auf seiner Stirn, die Mundwinkel, denen die Kraft für ein Lächeln zu fehlen schien.

»Es gibt nur einen Ausgang aus diesem perversen Spiel«, wisperte ich und legte meine Hand auf seine Brust. Sein Herzschlag vibrierte durch meine Finger, und ich wünschte mir mit einem Mal, dass ich das Gefühl nie als selbstverständlich hingenommen hätte. Als etwas, was ich immer haben würde. Denn dann würde ich es nicht schon jetzt vermissen.

»Das ist nicht wahr, und das weißt du«, protestierte er. »Wir spielen dieses verdammte Spiel zu seinen Bedingungen und retten Janina.«

Ich sog asphalttrockene Luft ein, ganz tief hinein in meine Lungen, und fragte mich, wann ich das heute zum letzten Mal tun würde. Wann der letzte Hauch meine Lippen verließ. Bei Sonnenuntergang oder wenn sein Vierundzwanzig-Stunden-Ultimatum ablief? »Es sind seine sadistischen Regeln«, widersprach ich und wurde von einer Woge Bedauern erfasst. Wie gern würde ich die Schultüte für Janina aussuchen und sie mit Süßigkeiten, Buntstiften und Kuscheltieren füllen. Vermutlich würde ich vor Stolz fast platzen, wenn sie mit ihrem süßen Mädchenranzen zum ersten Mal in die Schule ging und ihre Federmappe vor sich auf ihren Tisch legte. »Er hat das Ende schon längst geplant.« *Mein Ende.*

»Dann drehen wir den Spieß eben um.« Der Schock saß Bastian im Nacken. In jedem angespannten Muskel bis hinab in seine geballten Fäuste. »Janina braucht dich.«

Ja, sie braucht mich, und ich werde für sie da sein, um sie zu retten.

»Wenn ich nicht mehr da bin, passt du auf sie auf, versprich mir das«, bat ich und löste mich von ihm, damit er meine dummen Tränen nicht sah. Damit er nicht sah, dass mir vor Angst ganz schlecht wurde. »Du bist doch ihr Papa.« Sie würde zu Stefans Eltern kommen und dort, in dem Haus am Strand, mit ganz viel umsorgender Liebe aufwachsen. Aber sie brauchte Bastian, denn er würde ihr einziger Freund und Anker aus ihrer Vergangenheit sein.

»Hör auf!« Bastian schrie derart laut, dass ich für einen Augenblick um meine Trommelfelle fürchtete. »Hör auf, so etwas zu sagen. Ich werde nicht zulassen, dass dieser Bastard gewinnt.« Er schüttelte mich, als müsste er mich aus einer lethargischen Starre befreien. Dabei war ich so klar bei Verstand wie seit Stunden nicht mehr.

Ich versuchte ein beruhigendes Lächeln und versagte auf ganzer Linie. »Wir sind beide nur Bauern in seinem abartigen Schachspiel, aber ich bin der Bauer, den er vom Feld kicken will. Ich weiß nicht warum, vielleicht kennt er die Antwort nicht einmal, doch eins steht fest, solange er nicht bekommt, was er will, hört dieser Wahnsinn nicht auf.« Ich blinzelte Tränen aus den Augen und umklammerte Bastians Unterarme. »Ich will nicht, dass

Janina noch mehr durchmachen muss. Sie hat schreckliche Angst und ist allein mit diesem Kerl, der zu Mitleid und Erbarmen nicht fähig ist. Das darf sich nicht wiederholen. Bitte, Bastian, versprich mir das. Dass Janina niemals wieder einen derartigen Albtraum erleben muss.« Tränen hinterließen feuchte Spuren auf meinen Wangen, die der laue Wind nicht trocknen konnte.

Bastian zog mich an sich, und ich ließ zu, dass seine Lippen die meinen fanden. Sein Kuss schmeckte salzig und nach einem Kaleidoskop, das aus meinem Bedauern und seinem hilflosen Zorn bestand.

Tausendmal hatten wir uns berührt. Tausendmal hatte ich weggesehen und weggehört. Hatte das Flüstern meines Herzens mit einem weiblichen Lachen übertönt und die Wärme in Bastians ozeanblauen Augen unserer Freundschaft zugeschrieben.

Bis heute.

Bis mein Tod in greifbare Nähe gerückt war.

40. Kapitel

»Warum küsst du mich?«, fragte ich leise, als er sich von mir löste. »Ich habe dich auf dem Friedhof verletzt.« Tiefer, als ich zu dem Zeitpunkt ahnte.

Er berührte meinen Oberarm, mein Gesicht, mein Haar. »Du bist durcheinander und hast furchtbare Angst.«

»Das ist keine Entschuldigung«, wehrte ich ab.

Bastian lächelte dieses Lächeln, das mir bereits bei unserem Kennenlernen Glück versprochen hatte. »Für mich schon.« Und dann sagte er etwas, was in mir eine alles umfassende Sehnsucht auslöste, auch morgen noch seinen Atem auf meiner Haut zu spüren. »Ich kann dich nicht loslassen. Nicht jetzt, wo wir beide verstehen.«

Hatte ich Begreifen statt Schmerz in seinen Augen gesehen?

»Du musst«, wisperte ich erstickt und hasste mich für jede Silbe. Hasste den Bastard, der mich aus diesem Leben reißen wollte, bevor ich wusste, wie es sein könnte. Wie Bastian und ich zusammen sein könnten.

»Einen Scheiß muss ich. Was ich muss, ist diesen Psychopathen zu stoppen. Aber verlang nicht von mir, dass ich dir helfe, seine perversen Neigungen zu befriedigen.« Er holte tief Luft. »Tu das nicht.«

»Was?«, fragte ich leise und spürte, wie mich Hilflosigkeit packte, bis zu den Zehen durchschüttelte und in eine Welt entließ, in der es nur noch tristes Grau gab. Bastian hatte mich nach Stefans Tod wieder sehen lassen. Durch ihn hatte ich begriffen, dass ich eines Tages mit dem Schmerz würde leben können. Aber wie konnte ich Bastian nun helfen, mit dem fertig zu werden, was die kommende Nacht für mich bereit hielt?

»Tu nicht, als gäbe es keinen Ausweg. Als wäre das letzte Kapitel bereits geschrieben. Das ist es nicht.«

Für den Bastard schon, nur hatte ich das erst vor Hoffmanns Grab begriffen. »Was soll ich dann tun?«

Bastian ergriff meine Hände und drückte sie so fest, als wollte er sich überzeugen, dass ich noch da war. »Das Rätsel lösen, und dann warten wir am nächsten Grab auf ihn. Ich werde ihn dazu bringen, uns zu sagen, wo Janina ist.«

Ich musste nicht in seine Augen sehen, um das zu lesen, was unausgesprochen blieb. Die Schritte, die er gehen würde, um sein Ziel zu erreichen. Die, die Blut und Schmerz bedeuteten.

»Ich brauche einen Internetzugang, denn ich kann mit dem Verlagsnamen und der Zeichnung nichts anfangen.« Nach dem Verlag mit meinem Handy zu recherchieren würde die Polizei ganz sicher erneut auf unsere Spur lenken.

»Ich glaube, nicht weit von hier ist ein Internetcafé.«

»Wo sind wir überhaupt?« Erst in dem Augenblick bemerkte ich, dass ich gedankenlos und blind vom Kirchhof geflohen war. An namenlos gebliebenen Gräbern vorbei, durch einen weiteren Eingang hindurch zu einer Straße, von der nichts außer üblicher Verkehrslärm in meiner Erinnerung haften geblieben war.

»Friedrichstraße«, antwortete Bastian und zog mich an sich. An seine breite Brust. Und ich legte den Kopf an seine Schulter und stellte erstaunt fest, dass seine Umarmung für atemlose Sekunden meine Angst ausknipste.

41. Kapitel

»An was erinnern Sie sich, wenn Sie an Ihren Vater denken?«, fragte Dr. Hoffmann.

»Daran, dass er im Krankenwagen meine Hand gehalten hat«, flüsterte ich zusammen mit Annika, deren Stimme aus den Lautsprecherboxen hallte. »Alles wird gut, mein kleiner Engel, hat er immer wieder gesagt.«

Ich drückte auf die Stopptaste, spulte das Band zurück und hörte mir die Stelle erneut an.

»Alles wird gut, mein kleiner Engel. Ich bin bei dir und gehe auch nicht weg.« Annikas Schluchzen erfüllte den Raum, weil ich lauter stellte. So laut, dass mir die Ohren vom Knistern des Bandes dröhnten.

Aus dem Nachbarraum schallte das Weinen eines Babys. Eines Babys, das es gar nicht geben sollte.

Ich schaltete Dr. Hoffmanns Aufnahme aus, stand auf und ging in das winzige Schlafzimmer, das eher die Bezeichnung Kammer verdiente.

»Du musst nicht weinen«, sagte ich und betrachtete Janinas tränennasses Gesicht. »Ich bringe alles wieder in Ordnung. Den Plan, den das Schicksal für dich und deine Mama ursprünglich vorgesehen hatte.«

Janina streckte mir ihre Ärmchen entgegen, große dicke Tränen rannen ihr über die Schläfen und tropften von dort auf das Bett.

Ich setzte mich zu ihr auf die Kante und lächelte. »Du magst doch Märchen, oder? Ich erzähl dir eins, einverstanden?«

»Kada!«, schluchzte sie erstickt.

»Es war einmal ein stolzer und starker König mit einer wunderschönen kleinen Tochter«, begann ich und sah nachdenklich durch

das Fenster zum See. »Der König liebte die Prinzessin und verwöhnte sie mit tollen Spielsachen und hübschen Kleidern. Sie war so glücklich, wie ein Mädchen nur sein konnte, denn sie hatte alles. Einen liebevollen Vater, ein schönes Zuhause und ganz viele Menschen, die sich um sie sorgten. Doch eines Tages verwüsteten böse Drachen das Land des Königs und verwundeten die Prinzessin mit ihren giftigen Stacheln. Krank vor Sorge um seinen Liebling schottete sich der König von der Außenwelt ab und ließ nicht zu, dass ihm der Prinz half. Ja, du hörst richtig, der König hatte zwei Kinder. Aber der kleine Prinz war dem König geraubt worden, als er noch sehr klein war. Und nun endlich, just zu der Zeit, als die Prinzessin im Sterben lag, traf die Nachricht ein, auf die der König lange gewartet hatte. Er erfuhr den Aufenthaltsort seines Sohnes. Aber er konnte sein kleines Mädchen unmöglich allein lassen, liebte er sie doch aus tiefstem Herzen. Deshalb ließ er den einsamen Prinzen bei dem Greis, von dem er dachte, dass er sich gut um seinen Sohn kümmern würde. Allerdings tat er das nicht. Denn dieser Mann war ein Ungeheuer.«

Janina schrie lauter, und ich nickte versonnen.

»Ja, du hast recht, das ist ein entsetzliches Märchen. Denn weißt du, um das Leben der Prinzessin zu retten, ließ der König die Schicksalsfee in ein tiefes dunkles Verlies sperren. Oh ja, damit rettete er der Prinzessin das Leben, gleichzeitig verurteilte er aber auch den Prinzen zu Jahren voller Schmerz, Leid und Qual.«

Ich lachte freudlos, während Janina wild strampelte. »Nein, dieses Märchen hat kein Happy End. Denn der König hat einen entsetzlichen Fehler begangen, als er die Schicksalsfee einsperrte. So gut seine Absicht auch war, das Schicksal kann niemand betrügen. Es holt sich zurück, was ihm gehört. Immer!«

Das Piepsen der Zeitschaltuhr hallte aus der Küche ins Schlafzimmer. Der Kuchen, wegen dem ich hierhergekommen war, war fertig. Ich stand auf, rieb meine Hände und musterte das weinende Kind. Einer Eingebung folgend, nahm ich für ein paar Sekunden ihr Weinen mit dem Handy auf. Falls ich mit meiner Vermutung recht hatte, würden Annika und ihr treuer Dackel früher oder später in der Schule auftauchen, wo sie arbeitete. Denn so eifrig, wie die Bullen hinter ihnen her waren, konnten sie ihre Handys nur noch in Ausnahmefällen einschalten, benötigten aber dringend Internet. Die Schule war eine der wenigen Optionen, die Annika und Suarek noch blieben. Und da die Bullen unfähig waren, den treuen Dackel auszuschalten, musste ich das halt selbst übernehmen. Was einen netten Zusatz zu meinem ursprünglichen Plan darstellte.

Lachend ging ich in den Flur. Es wurde Zeit, die Überraschung für Suarek vorzubereiten, die in der Schule auf ihn warten würde.

42. Kapitel

Annika Ritter
11. August, 15:39 Uhr

Ich hatte das Gefühl, dass mein rechtes Bein in Zeitlupe mitten in der Bewegung einfror, doch tatsächlich gehorchte es mir von einem Augenblick auf den nächsten nicht mehr.

Unfähig, einen weiteren Schritt zu gehen, blieb ich auf dem Fußweg stehen. Ich blinzelte, starrte nach vorn auf die klapprigen Gestelle, die vor dem Lotto-Kiosk aufgebaut waren, und blinzelte noch einmal.

Der Verstand versetzt uns Menschen in die Lage, unsere Umgebung wahrzunehmen, sie zu begreifen, darüber zu urteilen und nachzudenken. Rasend schnell – zu schnell, wie ich in dem Moment fand.

Ich begriff, was ich vor mir sah. Allerdings wollte ich es nicht wahrhaben.

Unmöglich, war mein erster Gedanke.

Das ist Irrsinn, mein zweiter.

Und der Dritte: *Bastian muss zu einem Geist werden.*

»Bitte sag mir, dass das ein Albtraum ist«, flüsterte er neben mir.

Ich tastete nach seiner Hand, die kraftlos aus meiner rutschte.

Der Friedhofs-Schlächter ist noch immer unterwegs!

Die reißerische, fett gedruckte Überschrift auf den Titelseiten der Abendzeitungen sprang jedem ins Auge, der auch nur einen kurzen Blick drauf warf.

Das ist verdammt noch mal falsch!

»Bitte, Annika, sag mir, dass ich träume.«

Verzweifelt suchte ich nach einer beschwichtigenden Erklärung für sein Foto unter dieser Schlagzeile. Irgendwer hatte Bastians Facebook-Uralt-Profilbild an die Presse gegeben. Zusammen mit der Phantomzeichnung eines Kerls, dessen Gesicht mir für einen Augenblick vertraut vorkam. Ich hatte ihn schon mal gesehen. Vor Kurzem, oder? Ich kniff die Augen zusammen, dabei erfasste mein Blick die Schlagzeile unter den Bildern. Erschrocken hielt ich die Luft an.

Wer hat Bastian S. und diesen unbekannten Mann gesehen?
Laut Polizeiangaben soll einer der beiden die neun Monate alte
Janina R. entführt und zwei Menschen brutal ermordet haben.
Sachdienliche Hinweise bitte an …

Wie gelähmt las ich die Worte wieder und wieder. Besaß dieser Vollidiot, der Bastian mit einem simplen Fingerschnipsen zu Freiwild erklärt hatte und damit sein Leben zerstörte, überhaupt noch eine graue Zelle in seinem Hirn?

Wut verengte mir den Hals. Ich schnappte nach Luft, spürte, wie Atem meine Lungen füllte, trotzdem fühlte ich mich wie ein an den Strand gespülter Fisch.

»Wir müssen weg«, krächzte ich und drehte mich zu Bastian. Wir standen hier genau neben den Zeitungen mit seinem Foto. Ein Blick in sein Gesicht genügte, um ihn wiederzuerkennen. Um die Nummer zu wählen, die unter den Bildern abgedruckt war.

»Komm!«, flehte ich und nahm seine kraftlose Hand in meine. »Bastian, bitte, ich flehe dich an.«

»Es ist aus, Annika. Aus und vorbei.«

Er schluckte und fuhr sich über die Augen, als könnte er auf die Weise sein Foto auf den Titelseiten ausradieren. Als könnte er so den Blick in seine Zukunft verhindern, die in Scherben vor seinen Füßen lag. Mit seinem Foto unter dieser Schlagzeile endete seine Karriere als Architekt in Berlin. Wurde zerstört von den Worten Kindesentführer und Mörder.

»Das träume ich«, wiederholte er kaum hörbar. »Bitte sag mir, dass ich das nur träume.«

Meine Hoffnungslosigkeit multiplizierte sich nach seinem Flehen mit sich selbst und nagelte mich für die nächsten Sekunden auf dem Pflaster fest.

Was sollen wir jetzt tun? Überall, wo wir hingehen, wird er erkannt werden. Als Friedhofs-Schlächter!

Diesem geistlosen Irren, der diesen gefährlichen Mist verzapft hatte, drehe ich den Hals um, sobald ich ihn in die Finger bekomme.

Du musst etwas tun, ehe es zu spät ist. Bevor ein Passant diese Telefonnummer anruft.

Instinktiv schob ich Bastian das Cape tiefer ins Gesicht. Was kein ausreichender Schutz war, aber ein Erkennen auf den ersten Blick erschwerte.

»Komm.« Ich ergriff erneut seine Hand und lief los. Bastian stolperte hinter mir her, als hätte er die Kontrolle über seine Beine verloren.

»Wo willst du hin?«

»Stadtmitte, U-Bahn-Station«, antwortete ich im Telegrammstil.

Abrupt blieb er stehen. »Ich kann in keine U-Bahn, jetzt ist Rushhour.«

»Eben deswegen.« Ich überquerte mit ihm im Schlepptau die Friedrichstraße. »Die U-Bahnen sind voll, und jeder beschäftigt sich mit sich selbst oder seinem Handy.«

Zweifelnd sah er mich an, trotzdem lief ich weiter. »Vertrau mir.«

Fünf Minuten später quetschten wir uns in eine Bahn, und ich spürte, wie Bastian jeden Muskel im Körper anspannte. Er hielt den Kopf gesenkt, was nicht nötig war. Außer dem einen oder anderen flüchtigen Blick, der über uns hinwegglitt, interessierte sich niemand für uns.

Trotzdem schob ich ihn in eine Ecke. »Nimm mich in die Arme«, sagte ich und drehte mich, sodass ich mit dem Rücken zu ihm stand.

Ich fühlte seine Hände auf meinen Hüften und ließ für ein paar Herzschläge den törichten Wunsch zu, mit ihm allein zu sein. An einem Ort fern von hier und zu einer Zeit, an die ich nicht mehr glauben konnte.

Das hier, diese sanften Berührungen voller Angst, Hilflosigkeit und unvernünftiger Hoffnung, war alles, was wir jemals haben würden. Was uns der Sadist jemals gönnen würde.

Bedauern schlich sich wie ein tückischer Geist durch meinen Körper. Denn dieses Gefühl wollte mich dazu verführen, mir mehr als diese kurzen Momente zu wünschen. Eine Zeit danach. Einen weiteren Tag, Monate, Jahre.

Mit Janina und Bastian.

Die Bahn ruckelte, und ein gefährlich aussehender zehn Zentimeter hoher Pfennigabsatz verfehlte nur knapp meine Zehen, als vor mir die blond gelockte Schönheitskönigin im schwarzen Bleistiftrock und weißer Businessbluse den Halt verlor. Was kein Wunder war. In der einen Hand hielt sie ihr Handy, in der anderen ein Taschentuch, mit dem sie ihren schweißnassen Nacken trocken tupfte.

»Verzeihung.« Sie schlang zwei Finger um die nächste Haltestange und lächelte, trotzdem bemerkte ich in ihren Augen eine Mischung aus Angst, Frustration und Anspannung.

»Es ist nichts passiert«, erwiderte ich und betrachtete ihr Gesicht. Wahrscheinlich, weil ich das Gefühl hatte, in den Spiegel zu sehen. Sie stand kurz davor, die Schwelle zur Panik zu übertreten. »Ist alles in Ordnung mit Ihnen?«

Sie blinzelte bei meiner Frage überrascht. »Es ist heiß hier, oder?«

In der Bahn waren es maximal vierundzwanzig Grad. Glaubte ich zumindest. Denn wenn ich nach meinen eiskalten Fingern urteilte, konnten es auch nur zehn sein. »Es ist kühler als in den vergangenen Tagen«, erwiderte ich zögernd.

Sie nickte bedächtig, als hätte sie mit dieser Antwort gerechnet. »Ich fahre sonst nie U-Bahn. Aber mein Wagen hat heute nach mehrmaligen Operationen einen Herzinfarkt erlitten«, sagte sie, während ihr eine Schweißperle die Schläfe hinabrann. »Sein Tod ist nur noch eine Frage der Zeit gewesen, leider, aber musste es ausgerechnet heute sein?«

Sie besaß offensichtlich Humor, was mir gefiel. »Man gewöhnt sich daran.« Ich deutete mit dem Kopf zu den vielen Menschen um uns herum.

Der nächste Schweißtropfen löste sich von ihrer Stirn, während sie sich eine goldblonde Strähne aus dem Gesicht pustete. »Ich bin leicht klaustrophobisch veranlagt, deshalb fahre ich lieber Fahrrad. Aber …« Sie sah an sich hinab und stöhnte. »Ich habe ein wichtiges Kundengespräch, zu dem ich schlecht in Turnschuhen, Capri-Hosen und T-Shirt auftauchen kann.«

»Wer weiß, möglicherweise hätte Ihrem Kunden das gefallen«, warf Bastian hinter mir ein.

»Definitiv nicht. Er schläft selbst in seinen maßgeschneiderten Anzügen.« Ihre Mundwinkel zuckten, dann lachte sie leise. »Selbstverständlich nur in seinem exklusiven italienischen Designerbett.«

»Selbstredend«, entgegnete ich mit einem unbestimmten Lächeln.

»Danke«, sagte sie und tupfte sich erneut den Nacken.

»Wofür?«

»Dass Sie sich mit mir unterhalten haben. Das hat mich von meiner Angst abgelenkt.«

Ich linste zu ihrem Handy, eine Idee reifte in meinem Kopf. »Ich weiß, wie sich das anfühlt.«

»Fahren Sie auch nie mit dem Lift, sondern nehmen stattdessen lieber die Treppe, auch wenn Sie in den fünfzehnten Stock müssen?«

»Oh nein, ich bin faul und benutze deshalb Fahrstühle. Aber ich habe auch keine Platzangst, mir jagen Spinnen schreckliche Angst ein.« *Jedenfalls bis gestern*, fügte ich in Gedanken hinzu. Jetzt hatte ich Panik davor, dass ich in diesem Leben niemals wieder meine Kleine in die Arme nehmen konnte.

»Vor den großen Schwarzen?« Sie schüttelte sich, als würde ihr der Inbegriff einer Furcht einflößenden Winkelspinne den Arm hinauflaufen.

»Vor genau denen.« Ich versuchte, nicht an diese schrecklichen Biester zu denken, die jeden dunklen Keller für mich bislang zum Albtraum werden ließen. »Dürfte ich Sie um etwas bitten?«, fragte ich und biss mir aus lauter Nervosität, wie sie auf mein Anliegen reagieren würde, auf die Unterlippe. »Könnte ich mir für eine kurze Internetrecherche Ihr Handy ausleihen? Ich verspreche, es dauert nicht lange. Ich müsste nur schnell einen Verlagsnamen googeln.«

»Sind Sie Schriftstellerin?« Überrascht musterte die Blondine meine mottenzerfressene Strickjacke. Ihr Blick erinnerte mich daran, wie ich aussah. Wie eine Obdachlose, die seit Wochen auf der Straße schlief. Eine gute Tarnung, zweifelsohne, aber gerade jetzt meldete sich für Sekunden meine verrückte weibliche Selbstachtung zurück, die lautstark von mir verlangte, die löchrige Jacke endlich in den Müll zu werfen.

»Nein, bin ich nicht. Mein Mann und ich hatten uns eine schicke Ferienwohnung in Zehlendorf gemietet, um unseren fünften Hochzeitstag zu feiern«, schwindelte ich das Blaue vom Himmel und stieß Bastian leicht mit den Ellbogen in die Rippen.

Er nickte eifrig, wie ich bei meinem Blick über die Schulter bemerkte.

»Gestern war unser letzter geplanter Urlaubstag in Berlin. Wir hatten auch schon unser Gepäck im Auto verstaut, als ich auf die dumme Idee kam, dass wir noch einmal zum Strand gehen könnten, bevor wir nach Hause fahren. Ich liebe den Wannsee, müssen Sie wissen«, fügte ich hinzu und holte zittrig Luft. »Als wir zurückkamen, war unser Auto weg. Einfach alles, selbst unser Gepäck und meine Handtasche.« Ich schluchzte theatralisch und wischte mir über die Augen. »So was kann auch nur mir passieren. Warum war ich auch so bescheuert, meine Tasche im Auto zu lassen?«

»Das frag ich mich auch«, warf Bastian hinter mir ein. Jedoch in einem so sanften Ton, dass niemand, der noch alle Sinne beisammenhatte, die Wut eines Ehemanns heraushörte, dessen törichte Frau Dieben geradezu in die Hände gespielt hatte.

»Das ist ja furchtbar.« Mit schreckgeweiteten Augen sah die Blondine von Bastian zu mir. »Das tut mir wirklich leid.«

»Danke«, wisperte ich. »Unsere Vermieterin war so freundlich, uns eine Nacht im Zimmer ihres erwachsenen Sohnes schlafen zu lassen und hat uns mit dieser Kleidung ausgeholfen, die sie wegwerfen wollte.« Ich nahm einen tiefen Atemzug und bemerkte im selben Moment, dass ich den Faden verloren hatte. Wie zum Henker sollte ich nun den Verlag in diese faustdicke Lügengeschichte einbauen?

»Ähm, na ja und …«

»Meine Frau hat Gott sei Dank Verwandte in Berlin«, erklärte Bastian. »Sie wollen uns aushelfen, sodass wir wenigstens nach Hause kommen. Denn die Polizei hat uns nicht viel Hoffnung gemacht, unser Auto inklusive aller Kreditkarten zu finden.«

»Nein, wohl eher nicht«, bestätigte die junge Frau.

»Ja, und sie wohnen in der Nähe von diesem kleinen Verlag«, fügte ich rasch hinzu und schluckte die Übelkeit herunter, die mir wegen all der Unwahrheiten die Speiseröhre emporkroch.

»Ach so, und jetzt wissen Sie nicht, wie Sie dort hinkommen?«

»Genau.« Ich nickte eifrig und spürte ein Gebirge von meinem

Herzen poltern, als mir die Blondine hilfsbereit ihr aktiviertes Handy reichte.

»Aber beeilen Sie sich bitte, ich muss an der nächsten Station aussteigen.«

»Natürlich«, versprach ich, lächelte ihr dankbar zu und gab den Namen des Verlages in die Google-Suchmaske ein.

»Gegründet 1853 von Salomon Hirzel in Leipzig«, las ich leise und scrollte durch den Wikipediaeintrag. Dabei spürte ich, dass die Bahn ihre Fahrt verlangsamte.

Augenblicklich versteifte Anspannung meine Nackenmuskeln.

Bitte, sag mir, was du 1854 veröffentlicht hast. Bitte, bitte!

Deutsches Wörterbuch der Brüder Grimm, römische Geschichte von Theodor Mommsens, wichtigster Autor war Gustav Freytag, überflog ich die Schlagworte, bis ich bei der Übernahme des Verlags durch Salomons Enkel 1894 ankam.

Die Bremsen quietschten.

Noch fünf Sekunden, flehte ich. *Ich brauche nur noch fünf läppische Sekunden.*

»Ich hoffe, Sie finden Ihre Verwandten und kommen gut nach Hause«, sagte die Blonde freundlich und streckte mir ihre Hand entgegen.

»Nur noch einen Augenblick«, bat ich, wusste aber, dass ich die Hilfsbereitschaft dieser Frau nicht länger ausnutzen durfte.

»Tut mir leid, ich muss aussteigen.«

Bitte, es geht um meine kleine Tochter, wollte ich rufen, doch ich wusste, dass es zu spät war, um meine Lügengeschichte zurückzunehmen.

»Das muss Ihnen nicht leidtun«, hörte ich mich mit einer Stimme sagen, die zu Tode erschöpft klang. Ich spürte, dass sich mir Tränen in die Augen drängten, als ich ihr das Smartphone gab, und verstand nicht einmal, wieso.

Zu einer Salzsäule erstarrt, sah ich ihr hinterher, wie sie von den Fahrgästen hinaus auf den Bahnsteig gespült wurde. Als sie am Fenster vorbeiging, begriff ich, warum ich am liebsten mein Gesicht in die Hände vergraben wollte, um dahinter zu weinen, bis der nächste Morgen dämmerte.

Sie nahm den Hoffnungsfunken mit, den sie in mir entfacht hatte, als sie mir ihr Handy gab. Die Hoffnung auf diese eine Chance, den Sadisten zu stoppen.

Und nun ging sie, und mit ihr entwich meinem Körper dieser wärmende Funke, der mich für Sekundenbruchteile daran glauben ließ, dass der heutige Tag gut enden würde.

43. Kapitel

Eric Weinsheim
11. August, 16:00 Uhr

»Das dritte Ultimatum des Kidnappers endet um 20:40 Uhr«, sagte ich und befestigte eine Kopie des Briefes mit einem Magneten an der Opfertafel hinter mir. »Dieser Engel hier ziert das Titelblatt des deutschen Wörterbuches von Jacob und Wilhelm Grimm aus dem Jahr 1854.«

Ein leises Raunen ging durch den Besprechungsraum, in dem jeder Stuhl besetzt war. Selbst Eisfeld hatte keinen Platz mehr gefunden und stand deshalb an der Tür. Mir war klar, warum er im Hintergrund blieb. Einerseits, weil er seit der voreiligen Verhaftung von Sylvia Brinkmann Entscheidungen, die ihn seinen Stuhl kosten könnten, aus dem Weg ging. Andererseits hoffte er auf mein Scheitern, statt sich bei der Suche nach Janina einzubringen.

Ich sog tief Luft in meine Lungen, trotzdem klopfte Wut hinter meinen Schläfen, wann immer ich ihn ansah. Bis zum Fall Brinkmann war er einer der besten Ermittler des LKA gewesen. Was hatte ihn zu diesem beschissenen Bürokratenhengst werden lassen, der er heute war?

»Märchen?«, fragte ein junger uniformierter Beamter, dessen Namen ich vergessen hatte, und lehnte sich nach vorn. »Hält der Kidnapper die Scheiße, die er da abzieht, für eine Kindergeschichte mit Happy End?«

Möglich war vieles. »Wir wissen nicht, in welcher Rolle er sich sieht. Fest steht, dass er eine Affinität zu deutschen Schriftstellern oder deren Werken hat. Mit den Gebrüdern Grimm hat er sich jedoch zwei Schriftsteller ausgesucht, die weit mehr getan haben, als Märchen zu sammeln und aufzuschreiben. Sie waren nicht nur Autoren, sondern auch Wissenschaftler, haben die Germanistik begründet und zahlreiche Abhandlungen über die Entwicklung der deutschen und anderen Sprachen verfasst.« Ich sah zu Reuss, die auf der anderen Seite des Whiteboards stand. Dank ihrer Internetrecherche wusste ich jetzt auch, dass Jacob und Wilhelm immer nur als Brüder Grimm veröffentlicht hatten, nie unter dem Terminus »Gebrüder«. »Jeder kennt Jacob und Wilhelm Grimm. Wenn nicht durch ihre wissenschaftliche Arbeit, so durch Schneewittchen oder Hänsel und Gretel.«

Reuss trat zu mir. »Mit dem Titelbild des deutschen Wörterbuchs weist der Entführer auf die wissenschaftliche Arbeit der Brüder hin. Daher glauben wir, dass er sich für ebenso klug wie sie hält und dass es ihn nach der gleichen Anerkennung verlangt, die Jacob und Wilhelm zuteilwird. Sein Name soll in aller Munde sein und das für alle Zeiten.«

»Das ist einfach nur krank«, hörte ich in der ersten Reihe jemanden murmeln.

Zustimmendes Tuscheln folgte, das ich mit meinen nächsten Worten zum Verstummen brachte. »SEK-Teams werden zwei Stunden vor Ablauf des Ultimatums um und auf den Alten St.-Matthäus-Kirchhof in Schöneberg Stellung beziehen. Wir alle wissen, dass sich auf diesem Friedhof inklusive der Gräber der Gebrüder Grimm fünfzig Ehrengräber berühmter Persönlichkeiten befinden, dazu erinnert ein Gedenkstein an Claus Graf Schenk von Stauffenberg und die Widerstandskämpfer des 20. Juli. Besucher aus aller Welt zieht es zum Alten St.-Matthäus-Kirchhof, deshalb hat uns der Oberstaatsanwalt eindeutig zu verstehen gegeben, dass es dort auf keinen Fall zu einer Festnahme mit Waffengewalt kommen darf. Der Täter ist gefährlich, unterschätzen Sie ihn nicht. Er hat bereits zwei Menschen getötet.« *Vermutlich sogar fünf*, vervollständigte ich in Gedanken. »Doch um ihn nicht vorzuwarnen, können wir die Umgebung nicht räumen. Er ist intelligent und würde es sofort merken, wenn wir eine Sperrzone um den Kirchhof errichten. Deshalb ist es unsere Aufgabe, ihn zu schnappen, bevor er sein drittes Opfer tötet und in die Nähe des Friedhofs gelangt.«

»Woher wissen wir, dass das nicht längst geschehen ist?«

Ich sah zu der älteren uniformierten Beamtin in der letzten Reihe. »Wissen wir nicht. Seine Vorgehensweise ist jedes Mal eine andere. Er ist ebenso arrogant wie klug, zudem ist er geduldig und hat keine Angst davor, geschnappt zu werden.«

»Wenn er derart intelligent ist, wieso gibt er Ritter dann im letzten Entführerbrief ein Rätsel auf, das so leicht zu entschlüsseln ist?«, fragte Eisfeld.

Überrascht, dass mein Chef die gleiche Frage stellte, die mir unablässig durch den Kopf spukte, sah ich zu ihm. Er lehnte neben der Tür an der Wand, die Arme hatte er vor der Brust verschränkt. Sein stechender Blick taxierte mich, war jedoch nicht schuld an dem unguten Gefühl, das sich in meinen Eingeweiden verstärkte. Sondern eher die Tatsache, dass ich auf seine Frage keine Antwort hatte. Warum dieses leichte Rätsel? Wollte der Bastard gefasst werden? Er musste doch damit rechnen, dass ihn ein SEK-Team am Friedhof in Empfang nahm. Oder überschätzte ich seine Cleverness?

»Weil er sich in seiner Hybris einbildet, uns auf ewig entwischen zu können«, antwortete Reuss. »Die Indizien lassen darauf schließen, dass er der gesuchte Brandstifter ist, der das Feuer in Ritters Elternhaus gelegt hat und für den Tod von Claus und Erika Ritter verantwortlich ist. Er hat vermutlich auch den tödlichen Autounfall von Ritters Ehemann verursacht, denn es wurden rote Lackspuren am Wagen des Unfallopfers gefunden. Bislang ist der Täter mit diesen Morden davongekommen, weshalb er anscheinend zu dem Schluss gelangt ist, schlauer als wir zu sein.«

Ihre Worte lösten ein kollektives Fluchen im Besprechungsraum aus, das Eisfeld mit seiner nächsten Frage unterbrach.

»Haben Sie für Ihre Theorien Beweise, Weinsheim? Denn bisher haben Sie noch keinen Verdächtigen festgenommen, obwohl Suareks Bibliotheksausweis unter dem ersten Opfer lag.«

Am liebsten hätte ich ihn geschüttelt, bis ihm seine Blasiertheit zu den Ohren herauskam. Wann zum Henker hatte dieser Kerl das letzte Mal den Aktenberg auf seinem Schreibtisch durchgesehen?

Ich musste antworten, mir blieb keine Wahl. »Inzwischen hat die KT die DNA des Täters mit den Haaren von Suarek, die die Spurensicherung in seinem Haus sichergestellt hat, verglichen.« Ich machte eine Pause, in der ich Eisfelds Blick mit meinem festhielt. Überrascht stellte ich fest, dass mir die nächsten Worte weniger Spaß machten, als ich nach all den idiotischen Auseinandersetzungen mit ihm gedacht hatte. »Sie stimmen nicht überein.«

Eisfeld schluckte die Neuigkeit mit einem erzwungenen Lächeln herunter.

»Wir haben die DNA des Täters nicht im System, das heißt, dass er noch nicht auffällig gewesen ist. Die aus Dr. Hoffmanns Büro gestohlene Akte weist darauf hin, dass er vor circa fünfzehn Jahren in psychologischer Behandlung war. Hoffmann besaß zu der Zeit eine Praxis in Lichtenrade, weshalb wir davon ausgehen, dass der Täter zu dem Zeitpunkt in dem Ortsteil gewohnt hat. Auf Hoffmanns Laptop befinden sich laut KT keine Patientenakten, aber Oberkommissar Bauer hat Hoffmanns damalige Sprechstundenhilfe ausfindig gemacht und spricht gerade mit ihr. Wir hoffen, dass sie sich an die Namen der Patienten erinnern kann, oder wenigstens an den Namen der Person, deren Akte fehlt.« Ich trank ein paar Schlucke von meinem inzwischen kalt gewordenen Kaffee und stellte den Becher zurück auf den Tisch. »Wir wissen vom Täter, dass er sowohl einen roten Corsa als auch einen roten Transporter älteren Baujahres fährt, der möglicherweise auf eine Firma zugelassen ist. Oberkommissar Schiefer prüft derzeit die infrage kommenden Unternehmen. Dem Zeugen ist zwar ein Schriftzug auf dem Fahrzeug aufgefallen, doch konnte er sich nicht mehr an den Namen erinnern. Deshalb gehen wir davon aus, dass die Firma entweder erst vor Kurzem gegründet worden ist oder nur ein paar Fahrzeuge besitzt, die im Berliner Stadtverkehr nicht weiter auffallen. Außerdem …«

Ein Klopfen an der Tür unterbrach mich. Keine drei Sekunden später tauchte Volker im Türspalt auf. »Darf ich vorstellen, Frank Thiele.« Volker und sein Partner hatten einen Mann untergehakt, dessen Kopf wie ein Uhrenpendel hin und her schwang.

»Was soll ich hier?«, nuschelte er kaum verständlich und sah sich mit zusammengekniffenen Augen um. Zumindest versuchte er es, doch ich bezweifelte, dass er irgendetwas wahrnahm. »Und wo bin ich?«

»Er hat 1,7 Promille im Blut«, erklärte Volker und griff auch mit der anderen Hand zu, als Frank drohte, auf den grauen Teppich zu sinken.

»Wo habt ihr ihn gefunden?«, fragte ich und durchquerte den Besprechungsraum.

»Wir nicht«, antwortete sein Partner und deutete mit dem Kopf zu einem Mann, der im Flur neben ihnen stand, wie ich bemerkte, als ich an der Tür ankam. »Sein Nachbar, Jonas Berger, hat Thiele in einer Kneipe aufgespürt.«

Berger war zu Hause? Laut unseren Informationen sollte er sich auf einer Bohrinsel in der Nordsee befinden.

»Guten Tag, Berger mein Name«, sagte der junge Mann und kam mit ausgestreckter Hand auf mich zu. Irgendjemand hatte mir einmal gesagt, dass Jobs auf Bohrinseln nur etwas für hartgesottene Kerle waren. Doch Jonas Berger wirkte mit seiner altmodischen Brille, seinem grauen schlichten Hemd und der Bundfaltenhose eher wie ein Buchhalter. Nur sein kahler Kopf passte wie seine ausgetretenen Stoffsneaker nicht zu einem Büroangestellten, sondern eher zum Kellner eines Szenecafés.

»Hauptkommissar Weinsheim«, erwiderte ich und schüttelte seine Hand.

»Die Wirtin hat mich angerufen«, sagte Berger. »Weil sich Frank mal wieder ins Koma saufen wollte.«

»Ich will nach Hause«, nuschelte Thiele und versuchte sich von den Beamten loszureißen. »Hey, was wollt ihr von mir?« Sein Gesicht nahm einen weinerlichen Ausdruck an. »Jonsy, bring mich nach Hause.«

»Gleich«, erwiderte Berger und trat vor Thiele. »Du musst nur ein paar Fragen beantworten. Okay? Darüber haben wir auf der Fahrt hierher gesprochen, erinnerst du dich?«

»Ich muss kotzen.« Thiele rülpste laut und beugte sich nach vorn, während ich den Mülleimer schnappte, der neben der Tür stand und unter seinen Kopf hielt.

»Bringt ihn zum Ausnüchtern in eine Zelle«, wies ich den Polizisten an, als sich Thiele übergab. Was auch immer er für Probleme hatte, unser Täter war er nicht. Dennoch konnte sein Schwager das Mädchen entführt haben. »Und gebt mir Bescheid, wenn er wieder ansprechbar ist. Ich habe ein paar Fragen.«

Volker nickte und ich gab einer vorbeieilenden Beamtin den Mülleimer. Angewidert verzog sie den Mund, verkniff sich allerdings einen Kommentar, als sie weiterging.

»Na, kommen Sie«, sagte Volker und zog Thiele zusammen mit seinem Partner zur Treppe. »Ein Kaffee wird Ihnen jetzt guttun.«

Thiele reagierte darauf nicht. Obwohl er von den beiden Männern festgehalten wurde, schwankte er, als stünde er auf einem Boot.

Ich sah zu Reuss, die vor dem Whiteboard stand, und nickte ihr zu, damit sie für mich übernahm. Denn wenn Berger schon einmal hier war, konnte ich auch gleich mit ihm reden.

»Der Täter hat außerdem eine Katze, die an Pemphigus foliaceus erkrankt ist«, hörte ich Reuss sagen. »Kommissarin Brewitz telefoniert derzeit eine Liste aller Tierärzte in und um Berlin ab.

Unterstützen Sie Brewitz und Schiefer auf jede erdenkliche Weise und finden Sie diesen Bastard. Wir haben nur noch etwas mehr als vier Stunden.«

»Ich hätte ein paar Fragen an Sie«, sagte ich zu Berger, der unschlüssig im Flur stand und scheinbar nicht wusste, was er als Nächstes tun sollte.

»Natürlich. Wie kann ich Ihnen helfen?«

Ich schloss die Tür des Besprechungsraums und ging mit ihm den Flur entlang zu meinem Büro. Sabine saß an einem leeren Schreibtisch und verglich offenbar Zeugenaussagen. Sie nickte mir zu, als Berger und ich eintraten, und vertiefte sich gleich darauf wieder in ihre Unterlagen.

»Bitte«, sagte ich und wies zu dem kleinen runden Tisch in der Ecke. »Wir können uns hier unterhalten. Sie wissen, was passiert ist?«

»Frau Leipold hat es mir erzählt, als ich heute Mittag nach Hause gekommen bin«, flüsterte er sichtlich schockiert und sank auf einen Stuhl.

Als er saß, schüttelte Berger wiederholt den Kopf und rieb sich den Nacken. »Janina ist noch nicht mal ein Jahr alt. Die arme Annika. Sie hat doch erst Ende letzten Jahres ihren Ehemann verloren. Was muss sie noch ertragen?«

»Sie kennen sich näher?«, wollte ich wissen und setzte mich auf einen Stuhl ihm gegenüber.

»Ja, seit sie und ihr Mann Stefan kurz vor mir ihr Grundstück in unserer Straße gekauft haben. Das war«, er kniff die Augen zusammen, »vor zweieinhalb Jahren. Ich habe damals eine schwere Zeit durchgemacht, und die zwei haben mir da durchgeholfen, obwohl wir uns kaum kannten. Auf der Bohrinsel, auf der ich gearbeitet habe, gab es einen tragischen Unfall. Ich stand ganz in der Nähe, doch ich konnte für meinen Freund nichts mehr tun. Sein Tod hat mich tief getroffen. Ich kündigte meinen Job und kaufte mir das Haus, um sesshaft zu werden.«

»Haben Sie eine Katze?«

Perplex blinzelte er mehrmals. »Ich? Nein, ich bin oft ein halbes Jahr oder länger nicht zu Hause. Keine gute Voraussetzung für eine Familie oder für Haustiere.«

»Sie arbeiten wieder auf einer Bohrinsel?«

Berger nickte und lächelte versonnen. »Ich mag Berlin, wissen Sie, aber ich bin kein Typ, der lange an einem Ort bleiben kann.«

»Sie stammen nicht von hier?«

»Nein, aus Zeuthen.«

»Sie haben zurzeit Urlaub?«

»Ja. Notgedrungen. Als ich mein Haus gekauft habe, dachte ich, dass der Zustand egal sei, da ich ohnehin selten in Berlin bin. Aber wenn ich die notwendigen Reparaturen noch länger hinauszögere, faulen mir die Dachlatten weg, und meine Heizung stirbt einen grausamen Tod. Am Montag kommen die Gerüstbauer, Mittwoch die Zimmerleute.«

»Besitzen Sie ein Auto?«, fragte ich, obwohl ich die Antwort bereits kannte, und lehnte mich zurück.

»Ich fahre Fahrrad oder mit den Öffentlichen. Ein Auto würde in meiner Garage nur vor sich hin rosten.« Berger runzelte die Stirn. »Warum fragen Sie das alles?«

»Reine Routine«, entgegnete ich. »Es dauert auch nicht mehr lange. Seit wann haben Sie Urlaub?«

»Seit letztem Wochenende. Da war ich für zwei Tage in Berlin, um meine Wäsche zu waschen, und bin dann Sonntag zu meiner Oma nach Leipzig gefahren, sie ist über achtzig und sitzt im Rollstuhl. Ich bin so lange bei ihr geblieben, wie es mir möglich war, um ihr im Haushalt zu helfen, aber da die Handwerker nächste Woche kommen, musste ich zurück nach Berlin. Und kaum bin ich angekommen, erfahre ich das mit Janina.«

»Ist Ihnen irgendetwas seltsam vorgekommen?«

»Nein, eigentlich …« Er verstummte, um dann seine Stirn in Falten zu legen. »Doch, ja. Samstagnacht, als ich meine Reisetasche gepackt habe, stand ein Mann vor Annikas Wohnzimmerfenster. Ich habe nicht mehr daran gedacht, wissen Sie, aber jetzt, da Sie fragen, ist es mir wieder eingefallen. Er stand einfach nur da und hat durch die Scheibe geguckt. Ich hielt ihn für einen Spanner und bin die Treppe runter ins Wohnzimmer gelaufen, um mein Telefon zu holen, weil ich die Polizei rufen wollte. Als ich ins Schlafzimmer zurückkam, war er verschwunden.«

»Können Sie ihn beschreiben?«

Berger verzog das Gesicht. »Vielleicht einen Meter achtzig groß, muskulös, dunkles kurzes Haar.« Entschuldigend zuckte er mit den Schultern. »Es war Nacht, und ich hab ihn nur für ein paar Sekunden gesehen, trotzdem kam er mir bekannt vor.«

»Wie meinen Sie das?«

»Na ja.« Er fuhr sich über den Kopf und schüttelte diesen dann. »Es war dunkel, und da sehen alle Katzen gleich aus, verstehen Sie.«

»Wen haben Sie gesehen?«, bohrte ich nach.

»Also gut, ich dachte im ersten Moment, dass Annikas Freund Sebastian dort am Fenster steht, und hab mich noch gewundert, warum er nicht bei ihr klingelt.«

»Und dann?«

»Es war irgendetwas in seiner Haltung, was mich zu der Überzeugung kommen ließ, dass ich ihn doch nicht kenne. Und natürlich der Gedanke, dass Bastian nicht um Annikas Haus herumschleichen würde. Nach Stefans Tod hat er viele Wochen bei ihr geschlafen, Gott sei Dank. Wir haben uns alle große Sorgen um sie und Janina gemacht.«

»Sie meinen …?«

»Ja«, unterbrach er mich. »Wir fürchteten, dass sie sich etwas antun könnte.«

»Haben Sie den Spanner vorher oder später noch einmal gesehen?«

»Nein, tut mir leid.« Er rieb sich den kahlen Schädel. »Wenn ich Urlaub habe, bin ich abends oft unterwegs. Kino, Clubs, Konzerte, Sie wissen schon.«

»Natürlich. Noch eine Frage. Wissen Sie zufällig, wo sich Herr Bachmann aufhält oder aufhalten könnte?«

Berger zog die Stirn in Falten. »Franks Schwager?«

»Ja.«

Er schüttelte den Kopf. »Wir drei gehen zwar ab und zu ein Bier trinken, wenn ich in Berlin bin, aber Hendrik ist nur ein … na ja, Sie wissen schon. Ein flüchtiger Bekannter. Wir grüßen uns, falls wir uns mal sehen, und quatschen auch mal fünf Minuten, doch wir schreiben uns keine Geburtstagskarten.«

»Ich verstehe.« Ich erhob mich, Berger hingegen blieb sitzen und knetete seine Finger. »Vielen Dank, dass Sie sich die Zeit genommen haben.«

»Sie werden Janina doch finden?«

»Wir tun alles, was wir können«, entgegnete ich und ging zur Tür. Berger erhob sich und folgte mir langsam, als wollte er noch etwas sagen.

Fragend sah ich ihn an, und für einen Moment glaubte ich, dass er zurück zum Tisch gehen wollte. Dann reichte er mir die Hand, schüttelte meine für drei Sekunden und trat in den Flur hinaus.

Kaum war er aus meinem Blickfeld verschwunden, nahm ich mein Handy aus der Jackentasche und wählte Schäfters Nummer.

»Haben Sie auf Ritters Grundstück Fußabdrücke unter dem Wohnzimmerfenster sichergestellt?«

»Nein, warum fragen Sie?«

»Wenn dort am letzten Wochenende jemand für längere Zeit gestanden hat, hätten Sie doch welche gefunden, oder?«

»Nicht unbedingt. Ritter harkt und bewässert ihre Blumenbeete regelmäßig.«

Aber dann wären ihr die Spuren aufgefallen. Bei einem einen Meter achtzig großen Mann, der mit seinen Schuhen in geschätzter Größe dreiundvierzig weiche Erde niederdrückte, auf jeden Fall.

»Danke«, sagte ich und legte auf, um gleich darauf Annikas Nummer zu wählen. Wie erwartet, hatte sie ihr Smartphone ausgeschaltet. »Verdammt«, murmelte ich und verließ das Büro.

Bei dem Unbekannten handelte es sich vermutlich um den Täter, der Annika ausspioniert hatte. Bei seinem Scharfsinn war es durchaus denkbar, dass er seine Fußabdrücke hinter sich verwischt hatte.

Aber warum war er für einen kurzen Blick in ihr Fenster das Risiko eingegangen, entdeckt zu werden?

44. Kapitel

Annika Ritter
11. August, 17:31 Uhr

Geduckt folgte ich Bastian auf dem geschwungenen Weg zum Schulgebäude, den eine dichte Hecke aus Forsythiensträuchern säumte. Die vertraute Umgebung rief Erinnerungen an meinen letzten Schultag und die vielen Geschenke meiner Kollegen in mir wach. Windelpakete, Strampler, rosafarbene Babyschühchen. Janina sah so süß mit diesen Schühchen von der Direktorin aus, dass ich jedes Mal Fotos gemacht hatte, wenn meine Kleine sie trug.

Bastian blieb unvermittelt stehen, sodass ich beinah in ihn hineinrannte, und ging hinter der Hecke in die Knie. »Das ist die beste Idee, die du jemals hattest.«

»Nein, meine schlechteste«, widersprach ich tonlos und zog die Schultern hoch. Ein unbestimmtes Kribbeln jagte mir die Wirbelsäule hinab. Ich schlang die Arme um mich, doch das Kribbeln blieb und fühlte sich an, als ob hier jemand wäre.

Jemand, der mich beobachtete.

Ich hätte schwören können, dass ich die Blicke wie Nadelstiche auf meinem Rücken spürte. Ich fuhr herum, doch da war niemand. Weder in den Schatten der Bäume noch in den Ecken der alten Villa. Aber das seltsame Gefühl und der Drang, nach hinten zu sehen, ließen mich nicht los.

»Runter!« Bastian zog mich an den Händen hinab und spähte durch die dichten grünen Zweige. »Hast du es nicht gesehen?«

Es? »Spürst du sie auch?«, fragte ich atemlos und ließ den Blick erneut über den Schulhof gleiten.

»Nein, was?«

»Unwichtig«, log ich und versuchte, meinen rasenden Puls zu beruhigen. *Da ist nichts. Das sind nur deine angespannten Nerven, weiter nichts!*

»Verdammt«, fluchte Bastian und deutete zur anderen Straßenseite. »Ich habe nicht damit gerechnet, dass sie die Schule beobachten.«

Also doch! »Wer?«, fragte ich atemlos.

»Die Bullen.«

Ich sah durch die Zweige und musste nicht lange suchen, um den Polizeiwagen vor dem Kleingartenverein *Buchholzgrund* auszumachen. Das Auto parkte im Schatten mehrerer Pflaumen- und Birnenbäume, um die ich im Sommer einen großen Bogen machte.

Eine Gänsehaut gesellte sich zu dem seltsamen Kribbeln auf meinem Rücken. »Wieso sind sie hier?«

»Schon vergessen, ich bin ein gesuchter Mörder und Kidnapper.«

Ich sah es in seinen Augen: *Selbst du hast das geglaubt. Und denkst es vielleicht noch immer.*

Energisch schüttelte ich den Kopf. »Das ist völliger Unsinn und das …« Erneut stellten sich meine Nackenhärchen auf. Ich fuhr herum und ließ den Blick über den begrünten Schulhof und die altehrwürdigen Mauern der Denis-Diderot-Grundschule gleiten.

»Hast du das gehört?«, flüsterte ich. Meine Unterlippe bebte ebenso wie meine Hände.

»Was?«

»Dieses leise Weinen und …« *Diese knackenden Äste, die unter schweren Männerschuhen brechen?,* vollendete ich stumm den Satz.

Als mich Bastian weiterhin ratlos ansah, rieb ich mir stöhnend die Schläfen.

»Das musst du doch hören«, wisperte ich verzweifelt und blickte mich um.

Nichts.

Nur Bäume, kahle Mauern und Gras.

Das war nur der Wind oder eine streunende Katze.

Unter deren Samtpfoten Zweige brechen, als wiege sie einen Zentner? Das glaubst du doch selbst nicht!

»Da ist ein Kinderspielplatz.« Bastian wies nach rechts. »Vermutlich kommt das Weinen von dort.«

Nein, es ist hinter uns.

In unserem Rücken.

»Irgendjemand ist hier.« *Und beobachtet uns.*

»Der Hausmeister?«, fragte Bastian und sah nun ebenfalls über die Schulter.

Ich wollte diese durchaus logische Erklärung aufgreifen, um meine blank liegenden Nerven zu beruhigen. Und um dieses eklige Gefühl abzuschütteln, das sich mir wie eine Schlinge um den Hals legte. Aber es gelang mir aus einem einfachen Grund nicht.

»Thomas macht spätestens um fünf Feierabend.« Und selbst wenn nicht, würde er sich nicht verstecken, sondern zu mir kommen und mich wie immer fragen, ob ich mit ihm eine Tasse Kaffee trinke. »Da ist jemand anderes.«

»Ich sehe niemanden.«

Ich auch nicht, was nicht hieß, dass da keiner war. Die zahlreichen Eichen und Kastanien auf dem Schulhof warfen genug Schatten an die Mauern, um in dem Halbdunkel eine kleine Armee zu verstecken.

Konzentriert spähte ich in die dunklen Ecken der ehemaligen Villa. Wilhelm von Enndres, ein aufstrebender Industrieller, ließ sie 1863 für seine Geliebte bauen. Doch die Schöne sollte nie einen Fuß in diesen Prachtbau setzen, sie starb vor der Fertigstellung.

»Hörst du es nicht?«, flüsterte ich und lauschte angestrengt. »Ich bin mir sicher, dass da ein Kind weint.«

Und ich kenne dieses Weinen.

Mein Herz hämmerte unvermittelt wie ein Bollwerk in meiner Brust, während mein Blick von Fenster zu Fenster glitt. Keins war geöffnet, und doch schien das Weinen aus einem von ihnen zu kommen.

»Sie ist es«, hauchte ich und wollte hochschnellen, doch Bastian hielt mich fest. »Das ist Janina, glaub mir.« Ich würde ihre Stimme überall wiedererkennen, selbst in einem vollen Einkaufszentrum. »Wir müssen sie suchen. Sie ist ganz in der Nähe.«

»Hier weint niemand, Annika«, entgegnete Bastian und sah mich mit einer Mischung aus Zweifel, Hoffnung, Liebe und Mitleid an. »Ich wünschte, es wäre so. Ich wünschte wirklich, sie wäre hier. Aber wir sind allein.«

Ich bin nicht verrückt!, wollte ich schreien, presste jedoch die Lippen fest aufeinander, bevor ein Ton meine Kehle verließ. Ich verlor nicht den Verstand, ich hörte sie doch deutlich weinen.

Bist du sicher? Es ist noch gar nicht lange her, da hast du mit Stefan diskutiert, als stünde er neben dir.

Das war etwas anderes.

»Du wünschst dir Janina herbei«, sagte Bastian mitten hinein in meine trüben Gedanken. »Aus tiefstem Herzen willst du sie bei dir in Sicherheit wissen.«

Nein, das war es nicht.

Du weißt, dass er recht hat. Mehr als alles andere willst du sie vor diesem Irren beschützen.

»Es ist kein Wunschdenken von mir«, widersprach ich, doch selbst in meinen Ohren hörten sich meine Worte wie ein Schuldbekenntnis an.

Halluzinierte ich schon wieder? Tränen sammelten sich in meinen Augen. Weil ich es nicht ausschließen konnte. Aber was, wenn sich Bastian irrte?

»Du hast furchtbare Angst und bist mit den Nerven am Ende«, bot er mir eine einleuchtende Erklärung. »Da ist das normal, dass du sie überall siehst und hörst.«

Ich nickte, langsam, und knetete währenddessen meine kalten Hände. Dabei hörte ich das Weinen noch immer. Gedämpft, als wäre Janina in einem der Klassenzimmer im ersten Stock.

Bastian zog mich an sich und küsste meine Stirn. »Wir sehen in jedem Raum nach, wenn da ein Kind weint, einverstanden?«

»Danke.« Erleichtert schmiegte ich den Kopf an seinen Hals.

»Ich verspreche es dir. Diesmal schaffen wir es. Diesmal sind wir eher da, und dann werde ich diesen Drecksack zum Reden bringen.«

Er glaubte fest an diese Chance, deshalb wollte ich es auch. Für ihn und für Janina. Für meine Kleine, die ich in die Nähe dieses Perverslings gelassen hatte.

Tränenblind folgte ich Bastian zum Hintereingang der Schule. Glücklicherweise hatte ich bei der Flucht aus meinem Haus meinen Schlüsselbund mitgenommen, andernfalls hätten wir jetzt vor einer verschlossenen Tür gestanden.

Atemlose Stille senkte sich über uns, als Bastian die Nebeneingangstür hinter uns schloss. Nicht ein Laut durchdrang diese gänsehautauslösende Totenstille, nicht einmal das Blubbern der Heizung im Keller war zu hören.

Kein Weinen, kein Wimmern.

Tief atmete ich durch und verdrängte den Gedanken, dass ich – falls ich diese Nacht überlebte – die nächsten Jahre in einer psychiatrischen Klinik verbringen musste.

»Wir müssen bis zur zweiten Etage hoch«, sagte ich und erschrak heftig, als meine Stimme an den Wänden im Flur der Villa widerhallte.

»Dann los.« Das alte Holz knarzte unter Bastians Schuhen lautstark, als er gleich zwei Stufen auf einmal nehmend die Treppe hinaufrannte.

Ich folgte ihm etwas langsamer, weil ich ständig über meine Schulter sah. Nichts wies darauf hin, dass außer uns jemand hier war. Der Flur roch wie immer nach Zitronenreiniger, Bohnerwachs und dem zuckersüßen Duft von frisch gebackenem Kuchen.

Agatha, unsere Sekretärin, hatte meine Hochzeitstorte gebacken und jeden Konditor, den ich kannte, damit ausgestochen. Ihrer Leidenschaft wegen quälten sich die meisten Lehrer in Fitnessstudios oder Schwimmhallen, dennoch lehnte außer mir niemand ab, wenn Agatha ein paarmal in der Woche mit ihren Köstlichkeiten bei der Arbeit erschien. Ich würde wahrscheinlich auch dreimal pro Woche joggen müssen, wenn ich nicht als Kind wegen meines Heißhungers auf Zitronenkuchen mit einer Salmonellenvergiftung das Bett hätte hüten müssen. Seitdem aß ich so gut wie keinen Kuchen mehr.

Die Klassenzimmertüren standen offen, lautlos sprang der Sekundenzeiger der großen Uhr über dem Haupteingang von Strich zu Strich. Alles wirkte wie immer …

Und trotzdem stach mir ein ekliges Gefühl wie Nadeln in die Haut.

Irgendetwas passt hier nicht.

Irgendetwas ist nicht wie sonst.

Bastian erreichte die erste Etage. Seine Schritte verstummten abrupt, dann tauchte sein Kopf über dem Geländer auf.

»Annika?«

Ein Zittern erfasste meine Beine. »Siehst du etwas?«, hauchte ich und stolperte die nächste Stufe hinauf.

»Nur leere Gänge.« Feine Falten erschienen auf seiner Stirn. »Was sollte ich sehen?«

Närrin, du tagträumst schon wieder!, betete ich mir wie ein Mantra vor. *Deine Sinne sind wegen deiner Angst um Janina vollkommen gestört.*

»Nichts«, antwortete ich kaum hörbar, atmete tief ein und erklomm die nächsten Stufen. Die hellen cremefarbenen Wände mit den The-Best-Bildern von Erstklässlern schienen näher zu mir zu rücken. Strichmännchen-Eltern, Smiley-Sonnen mit Strahlenkränzen und Autos mitten in den Vorgärten von Häusern, deren Dächer schief in den Himmel ragten. Eine Galerie kindlicher Fantasien, die mit der Erwachsenen-Realität wenig zu tun hatten.

»Ich hoffe, die Kuchenstückchen waren nicht abgezählt.«

Ich schreckte aus meinen Gedanken und schlug meine Hand auf den Mund, um einen Schrei zu ersticken. »Was?«

Bastian tauchte kauend über mir auf und beugte sich in der zweiten Etage übers Geländer. »Ich konnte nicht widerstehen.«

In jeder Hand hielt er ein Stückchen Rührkuchen, Puderzuckerreste umrahmten seine Lippen. »Der ist lecker, du solltest ihn probieren. Wenigstens ein kleines Stück.«

Für ein paar Augenblicke wusste ich nicht, ob ich entnervt die Augen verdrehen oder lachen sollte. »Agatha backt fast jeden Tag. Sie ist gelernte Konditorin, kann aber seit ihren Bandscheibenvorfällen nicht mehr in der Backstube stehen.«

Bastian schob sich das nächste Stückchen in den Mund und seufzte vor Wonne.

Ich erreichte die zweite Etage und umrundete das Modell unserer Schule aus Pappmaschee, das ich zusammen mit meiner vierten Klasse vor Janinas Entbindung gebastelt hatte. Ein Schuljahr lang hatten wir an den Mauern, Fenstern und Dächern für den Schülerwettbewerb gearbeitet und gewannen damit tatsächlich den Förderpreis der Architektenkammer Berlin.

Ich schlüpfte in Agathas Zimmer, das wie immer nach Vanille, Zucker und ihrem Lieblingsparfüm *Venezia* roch. Gerahmte Fotos ihrer Enkelkinder nahmen fast jeden freien Platz auf ihrem Schreibtisch ein. Ich fuhr den PC hoch und setzte mich auf ihren Bürostuhl.

Ungeduldig trommelte ich mit den Fingern auf die Tischplatte und sah dabei zum Fenster, vor dem der Vorhang fast zugezogen war. Dennoch schafften es ein paar Sonnenstrahlen durch die Spalten der cremefarbenen Lamellen und tanzten über den grauen Teppich.

»Willst du nicht doch was?«, fragte Bastian im Flur.

»Nein.« Ich öffnete den Internetexplorer und gab den Verlagsnamen in die Suchmaske ein. Eine Liste mit verschiedenen Beiträgen erschien, dennoch wählte ich erneut den Wikipediaeintrag aus. Ich überflog ihn und klickte mich durch die blau hinterlegten Hyperlinks.

»Wirklich, du solltest etwas essen«, nuschelte Bastian mit vollem Mund und beugte sich über meine Schulter, um besser auf den Bildschirm sehen zu können.

»Danke, ich mag nichts und schon gar keinen Kuchen, das weißt du doch«, erwiderte ich und öffnete den nächsten Querverweis. »Krümel mir bloß nicht auf die Strickjacke. Sie ist doch ein ganz besonders wertvolles Exemplar.«

»Zu spät.« Bastian lachte leise. »Du verpasst was, echt. Er ist sogar noch warm.«

»Das ist es«, rief ich aufgeregt, als sich die nächste Seite aufgebaut hatte und beugte mich zum Monitor. »Der Engel ziert das deutsche Wörterbuch von Jacob und Wilhem Gri…« Ich brach ab, denn schlagartig kroch mir Kälte durch die Glieder. »Was … was hast du gesagt?«

»Er ist noch warm. Willst du doch? Ich hol dir ein Stück.«

Das ist unmöglich!

Er kann nicht mehr warm sein.

»Ausgeschlossen«, keuchte ich, sprang auf und eilte aus dem Büro.

»Was ist denn los?«

Ich antwortete nicht, sondern rannte ins Lehrerzimmer. Die Tür stand offen, ganz vorn auf dem Schreibtisch entdeckte ich eine Platte mit Rührkuchen, der sein frisch gebackenes Aroma im Raum verströmte. Bastian hatte die Frischhaltefolie entfernt, Krümel zierten die hellbraune Oberfläche des Tisches.

Ich irre mich. Ich muss mich irren!

»Zum Teufel, Annika, rede mit mir!«

»Agatha kann ihn nicht gebacken haben.« Ich lief zum ersten Aktenschrank und heftete den Blick auf den Jahreskalender an der Wand daneben.

»Warum nicht?«

»Deswegen«, antwortete ich und legte den Zeigefinger auf den heutigen Tag. »Sie hat immer kurz vor Ende der Sommerferien Urlaub. Jedes Jahr.«

Das war es, was mich befremdet hatte. Der Geruch im Schulhaus. Der Flur roch nur morgens nach Backstube, später verflüchtigte sich das Aroma.

Wie kam der Kuchen um die Uhrzeit hierher?

»Dann hat ihn jemand anderes gebacken, ist doch egal.«

»Nein, ist es nicht, denn so oder so dürfte er um die Zeit nicht mehr warm sein.«

Ich kam nicht mehr dazu, darüber nachzudenken, weswegen Agatha an einem Freitagnachmittag und dazu in ihrem Urlaub einen Kuchen in die Schule gebracht haben könnte, denn ein schriller Alarm hallte jäh durch das Schulgebäude.

Bastian verzog angewidert das Gesicht. »Euer Stundenklingeln ist ja haarsträubend.«

Eine Schrecksekunde stand ich wie versteinert da, dann kam Bewegung in mich. »Das ist nicht unser Stundenklingeln, das ist der Feueralarm«, schrie ich und rannte aus dem Lehrerzimmer. Mitten im Flur blieb ich stehen, drehte mich im Uhrzeigersinn und schnupperte. Die Luft roch sauber und nach einem Cocktail aus warmem Teig und Bohnerwachs.

Kein Rauch. Kein Knistern von Flammen.

Aber wenn es nicht brannte, wieso hatten dann die Sensoren Alarm ausgelöst?

Ein Fehlalarm? Was nicht der erste wäre, wegen dem die Feuerwehr anrücken musste.

Erst der Kuchen und dann der Feueralarm?

Seltsamer Zufall, oder?

Warum nicht? Konnte doch sein. Das eine hatte doch mit dem anderen nichts zu tun.

Wirklich nicht? Denk nach!

Nein, nein, unmöglich. Denn das würde bedeuten …

Genau, ihr seid nicht allein hier. Irgendjemand ist noch mit euch in der Villa und hat den Alarm per Hand ausgelöst.

45. Kapitel

»Wir müssen hier raus«, schrie ich über das schrille Klingeln hinweg und hastete zur Treppe. Spätestens jetzt würden die Polizisten vor dem Gebäude merken, dass hier drinnen etwas ganz und gar nicht stimmte.

»Annika«, hörte ich Bastian hinter mir rufen.

»Beeil dich, sie werden gleich hier sein.« Diesmal nahm ich zwei Stufen auf einmal. Der Alarm dröhnte mir zusammen mit meinem rasenden Puls in den Ohren. Wer zum Henker hatte ihn ausgelöst?

Und wo blieb Bastian? Er war doch sonst viel schneller als ich.

»Annika, warte«, hörte ich ihn erneut rufen. »Mir ist irgendwie komisch.«

Was?

Ich fuhr herum und glaubte nicht, was ich sah. Bastian taumelte wie im Alkoholrausch auf die Stufen zu und bekam gerade noch das Geländer zu fassen, ehe er über einen seiner Füße stolperte.

Der Kuchen, schoss es mir durch den Kopf. *Irgendetwas war in dem Rührkuchen.*

»Hoppla«, lallte er und lachte merkwürdig schleppend. »Die Treppe war näher, als ich dachte.«

Oh mein Gott, er ist betrunken, war mein nächster Gedanke. »Halt dich gut fest«, rief ich hinauf. *Um Himmels willen, noch so ein Schlenker, und er stürzt die Treppe hinab.*

Der Alarm brach unvermittelt ab, und dann hörte ich es.

Schritte und Rufe.

Die beiden Polizisten liefen unter uns anscheinend von Tür zu Tür.

Es war nur eine Frage der Zeit, wie lange sie für die Durchsuchung der unteren Etagen brauchten und dann zur zweiten hochstiegen.

Eine Minute?

Fünf?

Oder eher dreißig Sekunden?

Meine Gedanken überschlugen sich, während Bastian wiederholt die Augen zufielen. Wie viele Stücke hatte er gegessen?

So geräuschlos wie möglich stieg ich mit meinem Zeigefinger auf den Lippen die Stufen erneut hinauf. *Sei leise*, bat ich immer wieder stumm und suchte seinen Blick. Jedoch sah Bastian nicht zu mir. Stöhnend schwankte er hin und her, als stünde er auf einem Boot, das bei Windstärke acht auf dem Meer trieb.

»Ich bin verdammt müde, Annika«, nuschelte er. »Können wir uns ein bisschen ausruhen?«

Oh Gott, was war in dem Kuchen? Drogen?

Der Gedanke ließ meinen Puls in den Schläfen klopfen. Denn er hatte die nächste Frage im Schlepptau.

Wer hat ihn gebacken?

»Was ist mit dir?«, fragte ich und musterte ihn voller Angst. Bastian wirkte wie jemand, der seit drei Tagen kein Bett mehr gesehen hatte. Überanstrengung umrahmte seine Augen mit dunklen Ringen. Rote, ungesund aussehende Flecken bildeten ein seltsames Muster auf seinem sonst blassen Gesicht. Schweißperlen sammelten sich auf seiner Stirn und im Nacken.

Panik stieg in mir hoch.

Wurde er vergiftet?

»Ich muss mich nur kurz hinsetzen«, lallte er und kam die eine Stufe zu mir hinab, die uns noch trennte. Dabei verlor er das Gleichgewicht und rutschte mir in die Arme. Die Holzstufen protestierten knarzend, und ich ächzte laut, als ich durch sein Gewicht beinah rückwärts die Treppe hinunterfiel.

Keuchend stemmte ich mich gegen ihn, klammerte die Finger um das Geländer und schob Bastian die Stufe hoch. Schweiß brach mir aus allen Poren, als wir auf dem Absatz standen, und rann mir den Rücken hinab.

»Hast du das gehört?«, rief einer der Polizisten in der ersten Etage.

»Klar und deutlich. Das kam aus dem Keller, aber hier sollte niemand mehr sein«, rief sein Kollege zurück. »Ruf Verstärkung.«

Aus dem Keller?

Verwirrt verengte ich die Augen. War die Heizung angesprungen?

Egal, mach, dass du verschwindest. Die glückliche Fügung gibt euch die Zeit, die ihr braucht, um abzuhauen.

Meine Erleichterung währte nur Sekunden. Denn als sich die Schritte unter uns in Richtung Keller entfernten, landete Bastians Kopf auf meiner Schulter, und ein leises Schnarchen drang in mein Ohr.

Das kann nicht sein.

»Du musst aufwachen«, flehte ich und schüttelte ihn. »Bitte, bitte, wir müssen hier verschwinden, sie kommen gleich zurück.«

Dass die Polizisten mein geringstes Problem waren, begriff ich, als hinter mir ein Knarzen erklang. Dann spürte ich einen Windzug im Nacken.

Atem, der auf meine schweißfeuchte Haut traf.

Jemand steht genau hinter dir, schoss es mir durch den Kopf.

Der Jemand, der dich beobachtet hat.

Der Schock lähmte mich für einen Sekundenbruchteil, dann rauschte Adrenalin durch meine Adern. Doch zu spät, viel zu spät, sah ich über meine Schulter.

Etwas Kantiges raste auf meinen Kopf zu und schickte mich in pechschwarze Dunkelheit.

46. Kapitel

Ein Stakkato aus Schmerz, der unter meiner Schädeldecke wummerte, holte mich aus der Bewusstlosigkeit. Mein Puls hämmerte gleichsam mit diesem kurzen Schmerzintervall in meinen Schläfen und zwang mich, ruhig liegen zu bleiben.

Ich liege?

Wo?

Die Presslufthämmer in meinem Kopf lähmten meine Sinne. Es dauerte weitere Sekunden, ehe ich etwas Kaltes, Hartes unter meinem Rücken fühlte.

Und eine Hand auf meinem Unterarm.

Keuchend riss ich die Augen auf. Sogleich stach mir blendende Helligkeit wie Nadeln hinein. Stöhnend senkte ich die Lider und versuchte, den Kopf wegzudrehen. Weg von dieser schmerzauslösenden Lichtquelle. Aber ein Schwindelgefühl ließ die Welt in meinem Kopf drehen, als säße ich mit geschlossenen Augen in einem Hochgeschwindigkeits-Karussell.

»Das ist gut, sie ist wach«, hörte ich neben mir eine unbekannte Stimme.

Angst ließ den Atem in meiner Kehle stocken.

Wer war bei mir?

Wimmernd versuchte ich wegzurücken. Irgendwohin, wo der Fremde nicht war.

»Alles ist gut, ich bin Dr. Siderow«, sagte der Fremde beschwichtigend. »Ich will Ihnen nur helfen. Können Sie mir Ihren Namen nennen?«

»Annika Ritter«, krächzte ich und öffnete die Lider einen Spalt.

»Das ist gut.« Ein freundliches Lächeln vertiefte die Falten auf seinem Gesicht. »Ihnen wird es gleich besser gehen.«

»Was ist passiert?«

»Ich hoffe, dass Sie mir das sagen können.« Er sah mir erneut mit seiner Stablampe in die Augen. »Haben Sie Kopfschmerzen? Ist Ihnen schlecht, schwindlig? Sehen Sie doppelt?«

»Kopfschmerzen«, erwiderte ich und stöhnte auf, weil jemand den Schalter meiner Erinnerung auf Zurückspulen stellte. Dieser Jemand ließ die Taste genau in dem Moment los, als hinter mir das Knarzen erklang.

»Bastian«, keuchte ich und fuhr hoch, sodass ich saß. »Wo ist er?« Schwindel erfasste mich, und das faltige Gesicht des Notarztes befand sich plötzlich zwei Mal vor mir. Stöhnend schloss ich die Lider und ließ zu, dass mich Dr. Siderow zurück auf den Boden drückte.

»Bitte, bleiben Sie noch liegen«, sagte er streng. »Sie haben ein leichtes Schädel-Hirn-Trauma.«

»Wo ist Bastian?«, flüsterte ich und schlug die Augen auf. Ich drehte den Kopf hin und her, doch außer einem Sanitäter, der die Manschette eines Blutdruckmessgeräts in seinem Koffer verpackte, sah ich niemanden. »Haben Sie ihn bereits ins Krankenhaus gebracht?«

Die Holzstufen protestierten lautstark, als hinter mir jemand die Treppe hochstieg. Ich legte den Kopf in den Nacken, was einen ziehenden Schmerz in meinem Rücken auslöste, und sah Weinsheim auf mich zukommen.

»Sie haben mir einen ganz schönen Schreck eingejagt«, sagte er und ging neben mir in die Hocke. »Wie geht es Ihnen?«

»Gut«, log ich und richtete mich trotz der Proteste des Notarztes auf. »Sie haben doch Bastian nicht etwa eingesperrt? Er ist unschuldig, verstehen Sie? Unschuldig!«, rief ich und fühlte, wie mir Empörung brennende Hitze ins Gesicht trieb. »Das können Sie nicht machen, er hilft mir doch nur. Bastian hat damit niemals etwas zu tun, das schwöre ich.« Ich spürte, wie ich mich immer mehr in Rage redete, konnte jedoch nicht den Mund schließen.

Die Worte – nein, meine grenzenlose Furcht, meine Hilflosigkeit, mein Entsetzen – mussten raus. Irgendwie, bevor ich komplett durchdrehte. »Ich denke, Sie sind der beste Ermittler des LKA? Hat Ihre Partnerin gelogen, oder warum verstehen Sie nicht, dass dieser Psycho das alles inszeniert?«

Weinsheim blieb bewegungslos neben mir hocken, nur sein Mundwinkel zuckte. »Ich weiß.«

»Er spielt mit uns, mit mir, und Sie …« Ich legte den Kopf schräg. »Sie wissen es?«

Er nickte, Mitgefühl verdunkelte seine Augen. Und mir wurde schlecht. Nicht aufgrund meiner Gehirnerschütterung, sondern weil eine grausige Ahnung in mir reifte. »Annika, Ihr Freund war nicht hier, als die beiden Beamten Sie auf dem Boden liegend gefunden haben.«

»Was … was bedeutet das?«, stammelte ich und wünschte mir, an eine harmlose Antwort auf die Frage glauben zu können. Zum Beispiel daran, dass Bastian entkommen war.

Er würde nicht ohne dich gehen!

»Nein«, wisperte ich erstickt, als ich begriff, was das bedeutete. »Nein, bitte nicht!« Die Angst, die bei meiner Schimpftirade kurzfristig in den Hintergrund getreten war, kehrte mit aller Macht zurück. Genau wie die Übelkeit, während ich mit Weinsheims Hilfe aufstand.

Dr. Siderow protestierte lautstark, was ich ebenso ignorierte wie das Würgen und die schwarzen Flecken vor meinen Augen. »Sie müssen mich auf einer Trage festbinden, wenn Sie mich aufhalten wollen, Doktor«, sagte ich und wandte mich der Treppe zu. »Ich kann hier nicht tatenlos rumsitzen, während Bastian …« *In den Händen dieser Bestie ist,* fügte ich im Kopf hinzu. Ich schaffte es nicht, diese Worte auszusprechen. Denn das würde eine Bilderflut in mir in Gang setzen, die aus Blut und Schmerz bestand.

Warum versagte meine Fantasie, wenn es darum ging, eine geeignete Kinderzimmertapete für meine Tochter auszusuchen?

Mir vorzustellen, was ihr gefallen könnte, fiel mir wahnsinnig schwer, weshalb ich ewig gebraucht hatte, um eine Entscheidung zu fällen. Und jetzt gelang es mir nur mit Mühe, Bastians blutverschmiertes Gesicht aus meinem Geist zu verbannen.

»Wir müssen zu den Gräbern der Gebrüder Grimm«, sagte ich entschieden und ging auf die Treppe zu. Ich kam einen Schritt weit, ehe meine Knie versagten. Ich stieß einen spitzen Schrei aus und fand mich in Weinsheims Armen wieder.

»Langsam. Sie haben ordentlich was auf den Kopf bekommen.«

»Sie gehören in ein Krankenhaus.« Der Blick des Arztes hatte etwas mütterlich Strenges an sich.

»Morgen«, versprach ich und lachte beinah trocken auf. Morgen konnte er mich in der Pathologie besuchen.

Ich hielt mich am Geländer fest, während ich die Stufen hinabstieg. Meine Knie zitterten bei jedem Schritt, der Schmerz in meinem Hinterkopf hämmerte im Sekundentakt.

»Was ist passiert?«, fragte Weinsheim und folgte mir.

»Sie sind verrückt«, schimpfte Dr. Siderow einen Atemzug später. »Alle beide! Aber von Ihnen, Herr Hauptkommissar, hätte ich mehr Einsicht erwartet.«

Ich seufzte. »Es tut mir leid, ich muss das tun.«

»Ich kann das unmöglich gutheißen.« Der Notarzt eilte hinter uns her. »Sie müssen untersucht werden. Mit einem Schädel-Hirn-Trauma ist nicht zu spaßen.«

Was soll mir jetzt noch passieren? Ich bin doch schon so gut wie tot.

»Ich danke Ihnen für Ihre Hilfe.«

»Das ist wirklich Ihr Ernst?« Entgeistert starrte er mich an.

Wie ernst, würde er morgen sehen, wenn ich mit einem Zettel am Zeh auf dem kalten Seziertisch in der Pathologie lag.

»Ich passe auf Frau Ritter auf«, versprach Weinsheim. »Sobald ich sehe, dass es ihr nicht gut geht, bringe ich sie eigenhändig ins Krankenhaus.«

Dr. Siderow sah nach diesen Worten nicht glücklicher aus. Doch dann seufzte er. »Wie Sie meinen.« Seine Stimme hatte einen leicht ätzenden Klang.

Wir erreichten die unterste Etage, und ich blieb abrupt stehen. »Der Kuchen.«

Verwirrt verengte Weinsheim die Augen. »Sie wollen jetzt Kuchen essen?«

»Nein, ich meinte den Rührkuchen, der oben im Lehrerzimmer steht«, erwiderte ich und wollte zurückrennen. Die Drehbewegung löste einen Schwächeanfall in mir aus, der wie eine Woge über mich hinwegspülte. Keuchend grub ich die Nägel in Weinsheims Jackett und atmete flach durch den Mund, bis sich mein Magen beruhigte.

»Bastian hat ein paar Stücke davon gegessen. Danach führte er sich wie ein Betrunkener auf und schlief dann plötzlich ein.«

Weinsheim rief einen uniformierten Beamten und befahl ihm, den Rührkuchen sicherzustellen. »Was ist noch passiert?«

»Dieser Feigling hat sich an mich herangeschlichen und mich von hinten niedergeschlagen, das ist passiert.« Wut gepaart mit grenzenloser Sorge um die beiden Menschen, die mir alles bedeuteten, troff aus meiner Stimme wie zähes Öl.

Weinsheim bot mir seinen Arm, während wir durch den Flur zum Haupteingang der Schule gingen. »Wer, Annika? Haben Sie ihn gesehen?«

Ich schüttelte den Kopf. »Nein.« Dieses eine Wort hinterließ ein Brennen in meinem Hals, als stünde er in Flammen. »Ich sagte doch, er ist eine elende Memme.«

»Kommt er Ihnen bekannt vor?«, fragte Weinsheim und zeigte mir die Phantomzeichnung, die Bastian und ich in der Zeitung gesehen hatten.

»Nein«, antwortete ich und spürte Hass in mir aufsteigen. Hass auf den Kerl, der meine Tochter entführt hatte. »Man erkennt auch nicht viel. Die Sonnenbrille und das Basecap verdecken die eine Hälfte des Gesichts und der komische Vollbart die andere.« Ich zuckte mit den Schultern. »Das könnte beinah jeder sein.«

Weinsheim verzog das Gesicht. »Da haben Sie leider recht.«

»Wer hat Bastians Foto an die Presse gegeben?« Herausfordernd streckte ich das Kinn vor, doch Weinsheims Reaktion ließ mich meine weiblichen Krallen einfahren.

»Es tut mir leid, ich hatte darauf keinen Einfluss. Mein Chef hat die Entscheidung getroffen. Eisfeld hält Ihren Freund für den Täter.«

Ich kam nicht mehr dazu, etwas zu erwidern, denn Frau Meinhold, die Schulleiterin, kam in Begleitung eines Mannes im Anzug die Stufen des Haupteingangs hoch. Ich kannte ihn nicht, aber durch die Art, wie er sich bewegte, ahnte ich, dass er unter dem rauchgrauen Jackett eine Dienstwaffe trug.

»Gott sei Dank geht es Ihnen gut, Frau Ritter. Wir haben uns alle große Sorgen um Sie gemacht«, rief sie durch den Flur, in den ihr ein paar Laubblätter folgten, die vom Wind in die Schule getragen wurden.

Erika Meinholds schokoladenbraune Locken standen ihr wirr vom Kopf ab, als hätte sie sich immer wieder die Haare gerauft. Doch statt ein paar beruhigende Worte an sie zu richten, konnte ich nur daran denken, dass Janina noch nie gesehen hatte, wie der Herbst die Bäume bunt färbte.

Ich schluckte hart, dennoch rannen mir ein paar Tränen aus den Augenwinkeln, die Erika Meinhold vollkommen missverstand. Sie kam zu mir gelaufen und zog mich in eine Umarmung. »Es tut mir so leid, Annika. Ich werde persönlich dafür Sorge tragen, dass so etwas in unserer Schule nie wieder geschieht.«

Ich verkniff mir die Frage nach dem *Wie*, nickte ihr jedoch zu. »Danke.«

Den Rest der Unterhaltung bekam ich nur noch am Rande mit. Übelkeit ließ mich mehrmals schlucken, und ich musste einige Male die Augen schließen, um nicht alles doppelt zu sehen. Erst als mich Weinsheim zur Tür hinausbrachte und frische Luft den Schweiß auf meiner Stirn trocknete, klärte sich mein Blick.

»Sie gehören ins Krankenhaus«, sagte er leise und betrachtete mich mit einer Mischung aus Sorge und Respekt.

»Nein, ich muss Janina und Bastian finden.«

Er lächelte matt. »Ich wollte es nur noch einmal erwähnen.«

Zu einer anderen Zeit hätte ich über seine Worte gelächelt und mich über die Bewunderung in seinen Augen gewundert. Allerdings vereinnahmten Furcht und Sorgen meinen Kopf derart, dass ich alles um mich herum ausblendete.

»Er wird den nächsten Hinweis auf die Gräber der Grimms legen.« In meinem Kopf begann es zu summen wie in einem Bienenstock.

»Haben Sie eine Kopfschmerztablette für mich?«, fragte ich Weinsheim und massierte mir den Nacken. »Irgendwer zieht meine Muskeln und Nerven im Rücken gerade so straff, als würde er die Saiten einer Gitarre spannen.«

Hinter mir erklang ein Seufzen.

Erschrocken fuhr ich herum und hätte bei dem Nachzieheffekt, der alles vor meinen Augen verwischte, beinah die Balance verloren. »Dr. Siderow, Sie sind noch hier?«

»Natürlich, denn Sie gehören in ein Bett«, erklärte er, offensichtlich noch immer wild entschlossen, mich in ein Krankenhaus zu befördern.

Das Brummen unter meiner Schädeldecke wurde lauter. Dennoch zwang ich mich, meinen Nacken nicht zu massieren, um dem Notarzt nicht in die Hände zu spielen. Aber wie es schien, hatte er urplötzlich kein Interesse mehr an mir. Er fluchte und trat einen Schritt zur Seite. In dem Augenblick, als er anfing, ein paar Insekten zu verscheuchen, begriff ich meinen Irrtum.

Das Summen war nicht *in* meinem Kopf.

Es war *an* meinem Ohr.

Drei Wespen umschwirrten mich, als hätte ich in verführerisch süß riechendem Honig gebadet. Eins der geflügelten Ungeheuer löste sich von der Gruppe und nutzte meinen von Bastian vollgekrümelten Arm als Landeplatz.

»Doktor«, sagte ich und lächelte freudlos. »Ich glaube, Sie bekommen gleich die Chance, mich in eine Klinik zu fahren.«

47. Kapitel

Eric Weinsheim
11. August, 19:58 Uhr

»Wollen Sie mir etwa sagen, dass Sie in den vergangenen Stunden ebenso viel herausgefunden haben wie ich?«

Ich sah zu Annika, die sich auf dem Beifahrersitz versteifte, und wünschte, ich hätte eine andere Antwort für sie. »Dr. Hoffmanns ehemalige Sprechstundenhilfe ist vor einem halben Jahr an Altersdemenz erkrankt. Sie hat uns ein paar Namen seiner damaligen Patienten genannt, die Oberkommissar Bauer überprüft. Aber bislang verbargen sich hinter diesen Namen nur Freunde oder Verwandte von ihr.«

»Das kann doch alles nicht wahr sein.« Annika legte ihre Hände aufs Gesicht, als ob sie weinen würde, aber dann hörte ich sie gedämpft durch ihre Finger fluchen. Allerdings zwischen zwei Schluchzern. Sie hielt sich tapfer, zeigte mir keine Schwäche, nur begriff ich nicht, warum.

»Haben Sie eine Ahnung, wo sich Hendrik Bachmann aufhalten könnte? Er ist nicht zu Hause und bei der Arbeit ist er auch nicht erschienen.«

»Ich weiß nicht, vielleicht bei seiner Ex. Frank hat mir vor ein paar Wochen mal erzählt, dass die beiden hin und wieder …« Sie räusperte sich. »Sie wissen schon.«

»Sex haben?«, vervollkommnete ich ihren Satz und verbot mir, an Kathrin zu denken.

Sie nickte. »Irina Kobsch wohnt in Marzahn.«

»Danke«, sagte ich, wählte Pearys Nummer und gab ihm die Infos durch. Danach bat ich ihn, mir das Foto von Suarek mit der

Katze zu schicken. »Kennen Sie das Bild?«, fragte ich Annika anschließend und zeigte ihr die WhatsApp von Peary.

Ihre Augen wurden groß. »Ja, ich habe es selbst geknipst. Letztes Jahr an seinem Geburtstag. Da waren wir alle bei Bastian und haben gegrillt.«

»Wissen Sie, wem die Katze gehört und wie das Foto auf die Facebook-Seite von Frau Weiß gelangt ist?«

»Vielleicht hat sie es von seiner Facebook-Seite?« Ratlos sah Annika mich an. »Er hat es kurz nach seinem Geburtstag gepostet.«

»Und die Katze?«

»Sie war eine Streunerin, soweit ich weiß. Der Fleischduft vom Grill muss sie angelockt haben. Bastian hatte gehofft, sie würde bei ihm bleiben, aber ich habe sie davor und danach nie wiedergesehen.«

»Sind Sie sicher?«, hakte ich nach und kniff die Augen zusammen. Die KT hatte kein Katzenfell im Haus von Suarek sichergestellt, aber was, wenn sie gar nicht hineindurfte?

»Er hat keine Katze, darauf gebe ich Ihnen mein Wort«, schwor Annika. »Verdächtigen Sie Bastian immer noch?«

Ganz von der Verdächtigenliste streichen konnte ich ihn nicht, auch wenn mir meine Intuition etwas anderes sagte. Mich beunruhigte zudem sein Verschwinden aus der Schule, jedoch in anderer Hinsicht als Annika. Sie glaubte, dass Janinas Kidnapper nun auch Bastian entführt hatte. Ich hingegen war zu dem Schluss gekommen, dass der Entführer Suarek unmöglich durch das Schulgebäude getragen haben konnte, er musste freiwillig mitgegangen sein. Möglicherweise unter Waffengewalt.

»Sie waren bei Dr. Hoffmann in Behandlung«, sagte ich und sah zu ihr hinüber. Sie hatte sich auf dem Sitz versteift, die Abwehrhaltung in ihren Augen war kaum zu übersehen.

Als sie kurz wegen meiner Frage nickte, fuhr ich fort. »Warum bei ihm? Hat Ihnen jemand Dr. Hoffmann empfohlen?«

»Ich glaube, Frank Thiele, aber die Zeit kurz nach dem Tod meines Mannes ist …« Sie schluckte mehrfach. »… nebulös.«

Mit einer energischen Bewegung strich sich Annika eine Haarsträhne aus der Stirn, die ihr gar nicht ins Gesicht gefallen war.

Ob die Geste ein Tick, ihrer Nervosität oder den drei Bechern Kaffee geschuldet war, die sie im Krankenhaus getrunken hatte, konnte ich nicht einschätzen. Fest stand, dass ich diese Bewegung bereits zum fünften Mal bei ihr sah, seit wir im Auto saßen.

Ich schaltete einen Gang höher und gab Gas. Der BMW raste über die 96 Richtung Schöneberg, und mein Navi bestätigte, dass wir in spätestens acht Minuten am Friedhof sein würden. Dennoch drückte ich das Gaspedal weiter durch.

Das, was wir nach all diesen Stunden von dem Kidnapper wissen, passt auf einen Bierdeckel.

Natürlich hatte ich nicht vor, das Annika gegenüber zuzugeben, trotzdem ließ mir dieser Satz ebenso wenig Ruhe wie eine eingetretene Glasscherbe in der Fußsohle.

Annika verzog ihre rissigen Lippen zu einem seltsamen, beinah manischen Lächeln. »Warum hat dieser Bastard, der meine Tochter entführt und zwei Menschen ermordet hat, so viel Glück?«

»Irgendwann wird er einen Fehler machen.« Hoffte ich. Die Sondereinsatzkommandos hatten den Friedhof umstellt, Scharfschützen lagen auf den umliegenden Dächern. Ich könnte den Fuß vom Gaspedal nehmen, aber da war diese Glasscherbe in meinem Fuß, die mich quälte.

»Irgendetwas muss es doch geben«, keuchte Annika und wickelte die Strickjacke fester um ihre schmalen Schultern, die aussah, als hätte sie die Jahrtausendwende im hohen Greisenalter überstanden.

»Er kennt Sie ziemlich gut.« Nur Annika ihn offenbar nicht. Im Caritas-Krankenhaus hatte sie immer wieder sein Phantombild betrachtet, während wir auf ihr MRT warten mussten. Jedenfalls hatte sie das so lange getan, wie es ihr gelang, die Augen offen zu halten. Als der Pfleger kam, um sie zum MRT abzuholen, schlief sie seelenruhig in ihrem Stuhl.

Nachdem der Pfleger sie aufweckte, wurde Annika fuchsteufelswild, denn anscheinend hatte ihr der Notarzt wegen ihrer Wespenstichallergie das falsche Antihistaminikum verabreicht. Soweit ich aus ihrer Schimpftirade heraushörte, gehörten die Tabletten der ersten Generation an und schickten sie aufgrund ihres leeren Magens und der Müdigkeits-Nebenwirkung ohne ihren Willen ins Land der Träume.

Inzwischen hatte Annika den dritten Becher vom Krankenhaus-Kaffeeautomaten geleert und wirkte wie jemand, der nach zweiundsiebzig Stunden Schlafentzug die zehnte Koffeintablette eingeworfen hatte. Fahrig nestelte sie an den großen Knöpfen der grauenhaften Strickjacke, ihre Lider flatterten teils unkontrolliert, und da war dieser Tick mit ihrer imaginären Haarsträhne.

»Ich ihn aber nicht.« Mit zitternden Händen faltete sie erneut die Phantomzeichnung auseinander und klopfte mit den Fingern auf das Bild. »Ich kenne niemanden mit so einem Bart.« Tränen glitzerten in ihren Augen, als sie zu mir sah. Tränen, die aus ihren eigenen Vorwürfen bestanden, weil sie sich nicht an ihn erinnerte.

Mein Funkgerät knackte. »Dieser verdammte Psycho ist immer noch nicht aufgetaucht«, informierte mich Schiefer.

»Er wird bis nach der Schließzeit um zwanzig Uhr warten«, erwiderte ich. »Dann ist der Friedhof leer.«

InStyle Man gab ein Geräusch von sich, das nach einem Knurren vermischt mit einem *Scheiße* klang. »Ich wollte die Abendnachrichten in meinem Fernsehsessel gucken. Mit meinen beiden Kleinen in den Armen.«

Ja, der Bourbon, den ich jetzt mit hochgelegten Beinen auf dem gemieteten Hausboot trinken wollte, wartete auch seit Stunden auf mich. »Gibt es was Neues von Reuss?«

»Sie haben alle Tierärzte plus Kliniken durchtelefoniert und eine siebzigjährige Schulrätin mit einer erkrankten getigerten Katze gefunden.«

»Hat sie Kinder oder Enkelkinder?«

Schiefer seufzte. »Ihre einzige Tochter starb vor zwanzig Jahren an Leukämie, Enkelkinder hat sie keine.«

»Einen Pfleger?«

»Nein. Als Reuss bei ihr war, stand sie auf der Leiter und hat ihre Fenster geputzt.«

Zu rüstig für einen Pflegedienst. *Verdammt*! »Sie sollen sich jetzt die Tierschutzvereine, Pensionen, Streichelzoos und so weiter vornehmen. Irgendwem gehört diese Katze.«

»Sie sind schon dran.«

»Okay.« Ich bog in die Hochkirschstraße ein und schaltete das Blaulicht aus. »Wir sind gleich da«, informierte ich Schiefer und beendete das Gespräch.

»Warum dieser Engel und kein Vers?«, fragte Annika mitten in die nachfolgende Stille im Wagen hinein und rieb sich die Augen. »Ich verstehe das nicht. Aus welchem Grund hat er nicht ein paar Zeilen gedichtet?«

»Vielleicht hat ihn seine Muse verlassen, oder er hatte keine Lust.«

»Nein.« Annika schüttelte den Kopf. »Sie sagten doch, er wäre arrogant, von sich überzeugt. Daher hätte es etwas Eigenes sein müssen.«

»War es bei seinem ersten Brief aber auch nicht.«

»Stimmt.« Sie rutschte auf dem Sitz nach vorn, nahm den dritten Entführerbrief aus der Hosentasche und faltete ihn auseinander. »Das erste Gedicht war von Fontane, was ziemlich schnell herauszufinden war, sofern man einen Computer zur Verfügung hat.«

»Die Schwierigkeit bestand nicht darin, den Autor zu ermitteln …«

»… sondern den gesuchten Ort.«

Wir sahen uns drei Sekunden lang an, dann machte es Klick. »Er meint nicht die Gräber«, sagten wir beide wie aus einem Mund, und ich trat auf die Bremse.

Der BMW schlingerte ein paar Meter über die Straße, während ich das Lenkrad herumriss.

Augenblicklich meldete sich mein Funkgerät. »Weinsheim, was ist los?«, schnarrte Eisfelds Stimme aus dem kleinen Lautsprecher.

»Wir sind hier falsch.« Ich sah Annika an, stabilisierte den Wagen und gab Gas.

»Das Wörterbuch«, rief sie mit vor Aufregung weit aufgerissenen Augen. »Der Engel war dem Entführer wichtiger als ein eigener Vers.«

»Seid ihr jetzt beide übergeschnappt?«, brüllte Eisfeld. »Bewegen Sie Ihren Arsch hierher, Weinsheim, und gefährden Sie nicht die ganze Operation.«

»Er ist nicht hier«, rief Annika. »Deshalb der Engel, er meint die Bücher, nicht die Gräber. Bitte, Sie müssen uns glauben.«

Am anderen Ende des Handfunkgeräts brach eine kurze, aber hitzige Diskussion aus, die offenbar damit endete, dass Schiefer seinem Chef das Funkgerät aus den Fingern nahm. »Wo ist er dann?«

»Jacob-und-Wilhelm-Grimm-Zentrum«, antwortete Annika, ohne eine Sekunde zu zögern, während ich den BMW zurück zur 96 jagte.

Wir hatten noch fünfzehn Minuten.

48. Kapitel

Annika Ritter
11. August, 20:37 Uhr

Bastian, halte durch, flehte ich, als der Minutenzeiger meiner Armbanduhr erneut die zwölf erreichte. Wir hatten nur noch zwei Minuten und neunundfünfzig Sekunden.

Ich schnappte nach Luft und klammerte die Finger fester um mein Handy. Weder Weinsheim noch ich hatten *ihn* in den vergangenen Minuten ausgesprochen. Diesen einen Gedanken, der in meiner Seele wütete.

Dieser Sadist wird wieder töten oder hat es berei…

Stopp, das darfst du nicht denken, ermahnte ich mich. *Bastian lebt noch!*

Noch! Ich schloss die Lider, unter denen Tränen hervorzuquellen drohten, und riss die Augen sogleich wieder auf.

Zwei Minuten und neununddreißig Sekunden!

»Was haben Sie bei Ihrer Recherche herausgefunden?« Weinsheim schaltete einen Gang höher und jagte den BMW mit eingeschaltetem Blaulicht die Straße hinauf. Rechts von mir tauchten die altehrwürdigen Mauern und Säulen des Pergamonmuseums auf, fotografierende Touristen drehten sich zu uns und starrten uns hinterher.

»Das Wörterbuch befindet sich im fünften Obergeschoss«, antwortete ich wie ferngesteuert und griff mit der rechten Hand nach dem Türgriff, als Weinsheim die Bremse durchtrat, anschließend wieder Gas gab und den Wagen in die Georgenstraße lenkte.

Der Kofferraum des BMW verfehlte um Haaresbreite ein Straßenschild und schlingerte schließlich an einer Gruppe Radfahrer vorbei, die neben dem Fußweg standen und diskutierten.

Schweiß sammelte sich in meinen Händen und rann mir den Rücken hinab. »Wenn das hier vorbei ist, erinnern Sie mich bitte daran, dass ich nie wieder zu Ihnen ins Auto steige.«

»Wollen Sie damit sagen, Hamilton fährt besser als ich?«

Dass er in diesem Augenblick, wo ich vor Furcht beinah den Verstand verlor, einen Scherz machte, ließ mich daran denken, dass es auf dieser Welt weit mehr als Schmerz und Todesangst gab. Herzlichkeit und Anteilnahme, zum Beispiel.

»Und was, wenn er die Märchen meint?« Seit wir am Friedhof umgedreht waren, suchte ich im Bestand des Bibliothekskatalogs nach Büchern der Gebrüder Grimm. »Die befinden sich teilweise im Untergeschoss, in einer geschlossenen Abteilung, andere im fünften Stock.«

Weinsheim ignorierte die rote Ampel an der Bahnbrücke und bog mit quietschenden Reifen auf die Geschwister-Scholl-Straße ab. Er lenkte den BMW linker Hand zwischen zwei Polizeifahrzeuge auf den Bürgersteig, verdutzte Passanten brachten sich mit teils gewagten Seitwärtssprüngen in Sicherheit.

»Ich bin sicher, dass er das Wörterbuch meint«, erwiderte Weinsheim, als ich bereits aus dem Auto sprang. Ich ließ die Tür offen und sprintete ungeachtet der Schmerzen, die meinen Körper im Klammergriff hielten, los. Sirenengeheul dröhnte in meinen Ohren, denn es hallte mehrfach von den sandsteinfarbenen Mauern des 2009 eröffneten Grimm-Zentrums wider.

Eine Minute und einundfünfzig Sekunden.

Halte durch, bitte!, flehte ich stumm, während ich an Fußgängern und unzähligen abgestellten Fahrrädern vorbei auf den Haupteingang zurannte. *Wir sind gleich da.*

Gaffertrauben versperrten uns den Weg, Bremsen quietschten hinter uns, Autotüren klappten. »Ausschwärmen«, brüllte jemand.

Fünftes Obergeschoss, hämmerte es unablässig durch meinen

Kopf. *Du bist fast da. Denn du musst nur noch durch die Schwingtüren, an der Info vorbei und dann die Treppen hinauf. Nein, vorher musst du noch …*

Abrupt blieb ich stehen. »Die Kontrollen.«

»Was?« Weinsheim fuhr zu mir herum.

»Hier darf niemand mit einer Tasche oder Rucksack hinein«, keuchte ich.

»Worauf wollen Sie hinaus?«

Ja, worauf? Was hatte mich innehalten lassen?

Was, zum Henker? Verdammt, denk nach! Was tut er? Mit dir aus einem einzigen Grund spielen. Er will dir seine Macht beweisen. Dir demonstrieren, dass er an deinen Fäden zieht und jeden deiner Schritte steuert. Aber er spielt nicht fair, denn er ist ein arroganter Scheißkerl. Was bedeutet, dass er dir nie die ganze Wahrheit in seinen Hinweisen verraten würde.

»Annika?«

Eine Minute und zwei Sekunden.

»Janina hat er aus meinem Haus entführt, während ich geschlafen habe«, flüsterte ich und ignorierte den Mann, der neben uns stehen blieb und Weinsheim Befehle ins Gesicht brüllte. Offenbar war das sein Chef.

»Dr. Hoffmanns Leiche lag auf einem abgeschlossenen Kirchhof und Janinas Schlafoverall auf einem Grab, an dem am Tag nur wenige Passanten vorbeigehen.«

»Wollen Sie damit sagen, dass wir hier doch falsch sind?«, schrie Eisfeld.

Ich hielt mir die Ohren zu und senkte die Lider, um Weinsheims Chef auszublenden.

Dieser Bastard will, dass seine Hinweise gefunden werden, aber er hat das Spiel noch lange nicht zu Ende gespielt. Er will sich noch immer an der Macht aufgeilen, die er über dich hat.

Neunundvierzig Sekunden.

Ich schlug mir gegen den Kopf und hoffte gleichzeitig auf ein

Wunder. Auf jemanden, der die Zeit für mich anhielt oder mir weitere Augenblicke schenkte.

»Es war immer ruhig«, sagte ich. »Ruhig und abgeschieden.« *Risikofrei,* hallte es durch meinen Geist.

Ich riss die Augen auf. Das war es!

»Das ist es im Zentrum auch«, sagte Weinsheim.

»Ja, aber die Bibliothek hat um die sechstausend Besucher am Tag. Selbst wenn es diesem Psycho gelingt, Bastian ohne einen Hilferuf durch die Kontrollen zu bringen, so steigt die Gefahr, entdeckt zu werden, mit jeder Treppe, die beide hinaufgehen müssen.«

Weinsheims Chef stieß ein übellauniges Schnauben aus, das deutlich darauf hinwies, dass er mich für eine Irre hielt.

»Verstehen Sie nicht?«, flehte ich, ignorierte Eisfeld, der kurz vorm Explodieren stand, und sah zu Weinsheim. »Dieser Bastard ist bislang jedwedem Risiko so weit wie möglich aus dem Weg gegangen.«

Die Uhr in meinem Inneren begann rückwärtszuzählen. Dreißig Sekunden, neunundzwanzig, achtundzwanzig …

»Er ist nicht *im* Zentrum …«

»… er versteckt sich hier draußen zwischen all den Menschen«, ergänzte Weinsheim, drehte sich abrupt um und brüllte ein paar Befehle, bis ihn sein Funkgerät unterbrach. Ich hörte noch, wie ein Mann irgendetwas von »Sie ist mir entwischt« rief, dann wandte ich mich ab.

Mein Blick raste über fremde Gesichter. Erfasste Sonnenbrillen, Basecaps, blonde Pferdeschwänze, igelkurze braune Haare.

Hoffnung keimte jäh in mir auf, als ich nur fünf Schritte von mir entfernt einen schwarzhaarigen Mann entdeckte. Eingekeilt zwischen fotografierenden Schaulustigen und telefonierenden Studenten, wandte er mir den Rücken zu.

»Bastian«, schrie ich und rannte los. Es war noch nicht zu spät. Ich kam noch rechtzeitig, um ihn zu retten.

Elf Sekunden!

Mein Herz machte einen Satz. *Bitte, bitte, dreh dich zu mir um! Damit ich sehe, dass es dir gut geht.*

»Bastian!«, rief ich erneut und quetschte mich durch die Menge. »Lassen Sie mich vorbei!«

»Was ist denn hier los?«, hörte ich jemanden hinter mir fragen.

»Das ist besser als im Kino«, sagte eine etwa Zwanzigjährige und schob ihre Sonnenbrille auf die Stirn. »Welchen Film drehen Sie?«

Und da glaubt Eisfeld ernsthaft, ich wäre verrückt?

»So machen Sie mir doch Platz«, keuchte ich und drängte in eine Lücke. Ich konnte ihn fast berühren. Nur noch …

Da drehte sich der Mann zu mir um und sah mich mit Augen an, die ich noch nie im Leben gesehen hatte.

Zur gleichen Zeit schrie jemand gellend auf. »Ein Arzt. Um Gottes willen, ist hier ein Arzt?«

»Bastian?«, wisperte ich erstickt und fühlte, wie mein Herz vor lauter Furcht in winzige Teile zu zerspringen drohte.

Zehn Sekunden später fand ich mich in einer Welt voller Schmerz wieder.

49. Kapitel

Langsam, wie in Trance, taumelte ich durch die Gasse, die sich vor mir bildete. Ich sah all die Menschen, die vor mir zurückwichen, wie durch einen Schleier. Ich hörte entsetzte Schreie und an mir vorbeihastende Schritte, aber alles wie durch Watte gefiltert.

Ich weiß noch, dass ich überall hinsehen wollte, nur nicht zu Boden. Ich wollte zum Himmel hinaufblicken, zu dem strahlenden Blau, von dem mir mein Vater früher erzählt hatte, dass es von Engeln gemalt worden wäre.

Ich wollte zu dem Mädchen sehen, dass sein Handy ans Ohr drückte und mit sich überschlagender Stimme etwas sagte, ohne zu bemerken, dass sein Smartphone ununterbrochen klingelte.

Ich wollte die Hände vors Gesicht schlagen, nur um nicht die roten Flecken auf den Pflastersteinen zu sehen. Die Blutspur, die urplötzlich begann und genauso abrupt abbrach.

Ich erkannte Weinsheim und den Stoff, den er auf eine Brust presste. Sein Jackett, besudelt mit frischem Blut.

»Bastiaaan!« Ich brachte kaum einen Ton heraus, obwohl mich dieser Ruf all meine Kraft kostete. Der Schock lähmte mich. Meine Bewegungen, meine Gedanken, meine Gefühle. Er badete mich in Unglauben und trieb mich paradoxerweise trotzdem vorwärts.

Noch einen Schritt und noch einen. Meter für Meter, hin zu der Person, die bewegungslos am Boden lag. Hin zu all dem Blut und zu der Erkenntnis, dass ich mich geirrt hatte.

Das Erste, was ich bewusst wahrnahm, waren rosa lackierte Zehen in Riemchensandalen. Als Nächstes bemerkte ich einen weißen Rock mit rosafarbenen Blüten, den der laue Abendwind an schmale Oberschenkel schmiegte.

Und dann sah ich sie. Die schlanke Hand mit dem rubinroten Herzring am Ringfinger.

Vor Entsetzen bekam ich keine Luft mehr.

Das ist jemand anders. Ganz bestimmt. Dieser Ring gehört nicht Nadine.

Ein Polizeiwagen parkte vor ihrem Wohnhaus, das hatte mir Weinsheim auf dem Weg zum Friedhof gesagt. Weil er vermutet hatte, dass Bastian und ich bei Nadine auftauchen würden.

Dann ist es nicht Nadine, denn der Polizist hätte sie beschützt.

Trotz dieses Gedankens taumelte ich wie durch klebrigen, zähen Nebel auf die Frau am Boden zu. Ich hörte sie röchelnd atmen, die zartgliedrige Hand auf ihrem Oberschenkel zitterte.

Oh Gott, sie lebt noch.

Und dann erkannte ich die goldene Uhr an ihrem Handgelenk. Ich war dabei gewesen, als Nadine sie von ihrer Mutter nach ihrem bestandenen Examen geschenkt bekommen hatte.

Jetzt, da es keinen Zweifel mehr gab, kam Leben in mich. Ich rannte zu ihr und fiel neben ihr auf die Knie. Ihr Gesicht war so furchtbar weiß, Blut rann ihr aus dem Mund. Röchelnd hob sich ihr Brustkorb ein winziges Stück.

Meine Tränen tropften auf ihr rosafarbenes T-Shirt, als ich ihre eiskalte Hand ergriff. »Nadine, Süße, es wird alles gut«, schwor ich und schickte ein Stoßgebet zum Himmel, damit sich meine Worte bewahrheiteten. »Der Notarzt ist gleich bei dir, ich verspreche es.«

Sie hustete gequält, eine Blutblase bildete sich vor ihrem Mund, aus dem ein roter Speichelfaden hing. »Er hat … hat gesagt …«

»Nicht reden«, flüsterte ich und rief über meine Schulter nach einem Doktor. »Gleich kommst du ins Krankenhaus, und dann bringen dich die Ärzte in null Komma nix wieder auf die Beine.« Ich nickte und sah zu ihr. Und nickte wie in Trance ein weiteres Mal. »Du wirst sehen, schon morgen geht es dir viel besser.«

Mit einer Kraft, die mich kurzfristig glauben ließ, dass ich nichts als die reine Wahrheit sagte, zog mich Nadine zu sich hinab. »Du musst … zuhören.« Röchelnd sog sie Luft in ihre Lungen, auf die Weinsheim sein Jackett presste. Blut quoll zwischen seinen Fingern hervor, während hinter mir hastige Schritte erklangen.

»Sie kommen, hörst du?« Ich drückte ihre Hand, die sich entsetzlich kalt anfühlte. Als hätte der Tod Nadine bereits auf die andere Seite gezogen, aber vergessen, die Tür hinter sich zu schließen.

»Es … ist …« Sie wollte einatmen, doch ihre Brust hob sich nicht mehr. »Es …« Ihre Hand glitt aus meiner und sank auf das kalte Pflaster.

50. Kapitel

Ich fühlte mich, als hätte mich der Tod sterbend auf dieser Seite zurückgelassen. Als hätte er vergessen, meine Hand zu nehmen und mich wie Nadine mit sich zu ziehen.

Wie lange noch, schrie ich stumm und drückte ihre schmalen Finger ein letztes Mal, bevor die Assistenten des Rechtsmediziners ihre Leiche in den Krankenwagen schoben. Bevor mit dem Quietschen der Türscharniere auch mein Blick auf ihr zartes, blutverschmiertes Gesicht abgeschnitten wurde.

»Dieses Schwein hat ihr das Messer bis zum Heft in die Brust gestoßen, es umgedreht und wieder rausgezogen«, hörte ich gedämpft durch den Sinuston in meinem Ohr Dr. Frobel sagen.

Ich schluckte mehrmals, um das Sandwich, das ich im Krankenhaus gegessen hatte, zu zwingen, in meinem Magen zu bleiben. Doch es hatte sich bereits aufgemacht, meine Speiseröhre hinaufzuklettern und dachte nicht daran, sich diesen Weg nach draußen abschneiden zu lassen.

Ich erbrach mich neben Dr. Frobels Schuhe auf das Pflaster. Genau auf das verdammte M, das gleichsam für Mörder stand. Wer sich hatte einfallen lassen, dem Fußweg zwischen Grimm-Zentrum und Café-Meile das Aussehen einer Computertastatur mit allen Buchstaben und Zahlen zu verleihen, wusste ich nicht. Aber ich wusste noch, was Nadine gesagt hatte, als wir das erste Mal hier waren.

»Komm, lass uns eine SMS schreiben.«

»Was für eine SMS?«

»Ein Wort, das der andere erraten muss.« Sie zog mich zu dem freien Tisch eines Cafés, drückte mich auf einen Stuhl und ging anschließend von Buchstabe zu Buchstabe.

»Also?« Sie lachte, strich sich eine Haarsträhne hinters Ohr und rieb in freudiger Anspannung die Hände. »Was hab ich dir geschrieben?«

»Lass mich nachdenken«, entgegnete ich und schlug ein Bein übers andere. »Ich glaube, Achter.«

Sie lachte. »Oh nein, versuch es noch mal.«

Erneut ging sie von Buchstabe zu Buchstabe. »Und?«

Diesmal war ich sicher. »Schwester.« Ich stand auf, als sie mit leuchtenden Augen nickte, und ging zu den Buchstaben E-W-I-G.

Mit jedem Atemzug, der meine schmerzenden Lungen füllte, bahnte sich die Erkenntnis in meinen Kopf, dass uns dieser Bastard unser *Ewig* gestohlen hatte. Für immer.

Zwischen zwei Schluchzern erbrach ich mich erneut auf das Pflaster. Starke Männerhände griffen nach mir, die ich abschüttelte.

Das habe ich getan. Sie musste wegen mir sterben.

Behutsam, aber bestimmt zog mich Weinsheim nach oben. Ich wollte ihn nicht ansehen, ich wollte überhaupt nichts mehr von dieser schrecklichen Wirklichkeit sehen, doch er zwang mich mit einem Finger unter meinem Kinn dazu, in seine Augen zu blicken.

»Ich finde ihn, darauf gebe ich Ihnen mein Wort.«

»Davon wird Nadine nicht wieder lebendig«, erwiderte ich müde. Ich fühlte mich, als hätte dieser Psychopath meine Seele mit bloßen Händen zerfetzt und wie Müll in einen Eimer geworfen, aus dem der Geruch des Todes wie schwere Nebelschwaden quoll.

Weinsheim trat dichter vor mich. »Nein, das wird sie nicht. Aber dieser Dreckskerl wird dann niemandem mehr etwas antun können.«

Ein trockener Schluchzer schüttelte meinen Oberkörper. »Sie kennen noch nicht einmal seinen Namen.«

»Nein, aber ich glaube, ich weiß, wo er ist«, sagte er und faltete ein blutbesudeltes Blatt Papier auseinander. Den vierten Entführerbrief.

Es ist zu spät, dachte ich und erstickte den Hoffnungsfunken, den Weinsheim in mir entfachte, mit einer Tonne Sand. *Für Stefan, für Dr. Hoffmann, für Nadine. Für alle zu spät. Ich will nicht mehr die Marionette eines Sadisten sein, der mir keine Chance lässt, die zu retten, die ich liebe.*

Weinsheim schüttelte mich sanft an den Schultern. »Annika, vertrauen Sie mir.«

Vertrau mir, hörte ich Bastian sagen und roch wieder den Duft aus Sandelholz und Sonnenschein, der von ihm ausging.

Ich hatte an seinen unerschütterlichen Optimismus geglaubt. Ich hatte an die Möglichkeit geglaubt, Janina retten zu können, weil Bastian daran glaubte.

Aber diese Chance war nur ein Wunschdenken. Ein heller Stern in der Dunkelheit des Firmaments, der in der Sekunde seiner Geburt starb.

»Ich soll Ihnen vertrauen?«, schrie ich und griff nach seinem Hemdkragen. Ich grub die Nägel in den Stoff und war für einen Wimpernschlag erstaunt, dass er sich nicht zur Wehr setzte. »Sie haben mir gesagt, dass ein Beamter vor Nadines Tür steht«, klagte ich ihn weiter an. »Wie kann sie dann jetzt …« Ein Weinkrampf unterbrach mich … *tot sein?*

»Es tut mir leid. Dieser Bastard hat für den Beamten, der Ihre Freundin observiert hat, eine Ablenkung inszeniert. Als er nachsehen gegangen ist, warum eine Straße weiter ein Mann um Hilfe ruft, wurde er von hinten niedergeschlagen.« Weinsheim zog mich an sich und ließ mich an seiner Schulter weinen, bis ich das Gefühl hatte, mein Kopf würde gleich explodieren. Unter dem Druck der Gewissheit, dass ich all die anschuldigenden Worte an mich und nicht an ihn gerichtet hatte. Ich hätte Nadine warnen müssen. Spätestens als wir Dr. Hoffmann fanden.

»Jeder, der mich kennt, ist in Gefahr«, flüsterte ich mit trockenem Mund und löste mich von Weinsheim. Ich schwankte mit schweren Beinen zu einem freien Stuhl vor dem Café und sank auf das Holz.

Warum zerstört er alles um mich herum?

Und weshalb tötet er mich nicht?

»Es tut mir unendlich leid«, schluchzte ich und schloss die Augen. Im nächsten Moment riss ich sie wieder auf, weil ich unfähig war, die blutigen Bilder hinter meinen geschlossenen Lidern zu ertragen. Wie anklagende Zeugen deuteten sie mit ihren Fingern auf mich. Stefan, Dr. Hoffmann, Nadine.

Ihre Münder waren zu einem stummen Schrei geöffnet, lautlose Vorwürfe verließen ihre Lippen, die ich nicht verstand.

Ich habe nicht gewollt, dass das mit euch passiert. Bitte, glaubt mir.

Du hast aber auch nichts getan, um unseren Tod zu verhindern, entgegneten sie.

Wie hätte ich das tun sollen?

Du bist der Schlüssel, antwortete Stefan.

Welcher Schlüssel?, schrie ich in meinem Kopf zurück, aber da waren sie bereits fort.

Ausgelöscht wie Schatten in der Dunkelheit.

Im Nachhinein konnte ich nicht mehr sagen, wie lange ich auf diesem Stuhl saß und mich im Brackwasser meiner Verzweiflung badete, bevor es Weinsheim gelang, zu mir durchzudringen.

Heute weiß ich, dass dieser Tag anders ausgegangen wäre, wenn ich ihm gleich vertraut hätte.

51. Kapitel

Eric Weinsheim
11. August, 22:41 Uhr

»Er wird dort sein, ich weiß es«, sagte ich und sah zu Annika. Sie saß aufrecht auf dem Beifahrersitz, ihre von Tränen rot umrandeten Augen schienen nichts wahrzunehmen, nicht einmal die sinnentstellte Buchstabenreihe auf dem vierten Entführerbrief, den sie seit Minuten in den Händen hielt.

»Ihr Chef scheint von Ihrer Lösung des Rätsels nicht viel zu halten. Er hat abrücken lassen.«

»Ein glaubhafter Anrufer hat behauptet, Janina im Tiergarten gesehen zu haben.« Ich gab Gas und heizte mit dem BMW über die Zeuthener Straße. »Zusammen mit Ihrem Freund Sebastian.«

Sie sah aus dem Beifahrerfenster. *Damit ich ihre Tränen nicht sehe?* »Wurde der Anruf zurückverfolgt?«

»Ein Wegwerfhandy.«

»Sie haben sich Eisfelds Befehl widersetzt?«

»Genau genommen leite ich diese Ermittlungen und nicht er. Deshalb folge ich der Spur, die ich für glaubhafter halte.«

Sie zuckte unter meinen Worten zusammen, als hätte ich ihr Stromschläge verpasst. »Das sind nur lauter Buchstaben, die keinen Sinn ergeben.« Sie klopfte auf die Klarsichtfolie, die das blutbesudelte Schreiben des Entführers enthielt. »Wie kommen Sie darauf, dass dieses Kauderwelsch Koordinaten sind?«

»Zuerst dachte ich, dass der Bastard den Vers, oder was auch immer, in einen Würfelbecher gegeben und durchgeschüttelt hätte«, erklärte ich. »Aber dann erkannte ich es. Erinnern Sie sich an das M vorhin?«

»Sie meinen das, auf das ich meinen Mageninhalt gekotzt habe?«, fragte sie trocken.

Ich nickte. »Die normalen PC-Tastaturen besitzen rechter Hand einen Zahlenblock, daneben befindet sich der Cursorblock, dem sich der Buchstabenblock anschließt.«

Annika zog ihre Stirn in Falten. »Worauf wollen Sie hinaus?«

»Das M zu Ihren Füßen und eins meiner Lieblingsbücher haben mich auf die Antwort gebracht. Ich glaube, dieser Psycho hat einen simplen Tastatur-Verschiebungscode benutzt, um Zahlen zu verschlüsseln. Ausgehend von einer QWERZ-Tastaturbelegung wird hierbei aus einer 1 ein Q, aus einer 2 ein W, aus einer 3 ein E und so weiter.«

Atemlos blickte sie mich an, dann sah ich sie zum ersten Mal an diesem Tag lächeln. Freudlos, humorlos, trostlos.

Für einen Sekundenbruchteil glitt diese Ahnung eines Lächelns in ihre Mundwinkel, womit sie zusammen mit der Verzweiflung und panischen Angst in ihren Augen beinah paranoid wirkte.

»Sie haben das letzte Rätsel gelöst«, flüsterte Annika heiser und zerknüllte die Klarsichtfolie zwischen ihren Fingern. »Gut, das ist sehr gut.«

Sie will mit dem Sadisten abrechnen.

Dieser Gedanke hallte in meinem Kopf nach wie eine Maschinengewehrsalve in einem Canyon. Als Ermittler stand es mir nicht frei, Selbstjustiz zu befürworten. Aber als Vater hatte ich dazu eine andere Meinung. Eine, die ich für mich behalten musste, denn sie brachte Annika in Gefahr.

»Sie bleiben im Auto«, sagte ich bestimmt und trat auf die Bremse. Irgendwo hier musste ich laut Navi abbiegen, doch mein Scheinwerferlicht beleuchtete nur ein beinahe undurchdringliches Dickicht an Büschen und Bäumen.

»Selbstredend.« Annika richtete sich in ihrem Sitz auf und wies nach vorn. »Da ist etwas.«

Ein schmaler, kaum befahrener Schotterweg führte keine fünf Meter von uns entfernt in das Dickicht.

»Ich meine es ernst«, sagte ich und bog auf den Trampelpfad ab. Äste schabten über das Dach des Wagens und zerkratzten mit einem unter die Haut gehenden Schaben den Lack.

»Das weiß ich.« Annika hatte ihre Hand bereits auf dem Gurtschloss, womit sie ihr *Selbstredend* Lügen strafte.

Denn eigentlich hatte sie *Genau wie ich* sagen wollen, wie ich aus ihrer Geste und ihren angespannten Muskeln schlussfolgerte.

Ein halb zerfallener Holzzaun versperrte den Weg vor uns. Ich bremste den Wagen ab, im gleichen Moment zwitscherte mein Handy. »Annika, nicht«, rief ich, doch zu spät. Sie hatte inzwischen den Gurt gelöst und die Autotür geöffnet.

»Sein Vierundzwanzig-Stunden-Ultimatum ist bald abgelaufen. Denken Sie wirklich, dass ich jetzt im Auto sitzen bleibe?«

»Ja, verdammt.«

»Scht!« Sie legte einen Finger auf ihre Lippen und neigte den Kopf.

»Was?«

»Hören Sie das?«, wisperte sie mit fiebrig glänzenden Augen. »Da weint ein Kind.«

»Bleiben Sie hier«, befahl ich und schaltete den Motor aus, doch sie hörte mich bereits nicht mehr. Geräuschlos schlüpfte sie in die Nacht hinaus, während ich fluchend das Gespräch annahm.

»Weinsheim.« Ich stieg aus dem Auto und folgte ihr mit eingeschalteter Taschenlampe zu dem morschen Gartentürchen, das schief in den Angeln hing. Zwei Schritte später sprangen mich meine Überlebensinstinkte wie ein Puma mit ausgefahrenen Krallen an.

»Endlich erreiche ich Sie«, rief Reuss aufgeregt. »In welchem gigantischen Funkloch stecken Sie denn? Ich habe Sie schon fünf Mal angerufen.«

»Was ist los?«, fragte ich leise und registrierte, dass mein

Handy mehrfach piepte. Offenbar SMSen, die mir die verpassten Anrufe mitteilten.

»Wir haben die Katze und den Transporter gefunden. Jonas Berger ist der Täter. Wenn er in Berlin ist, arbeitet er ehrenamtlich für einen kleinen Tierschutzverein, der nachts verletzte Tiere von den Berliner Straßen aufsammelt. Der rote Corsa ist auf seine Oma angemeldet, seit sein Opa vor ein paar Jahren gestorben ist. Wir sind in Bergers Haus, die KT tütet gerade sein blonde Perücke ein.«

»Und der 3-D-Drucker?«

»Steht im Arbeitszimmer. Hier liegen auch alle Schlüssel, fein säuberlich beschriftet.«

»Tatwaffen?«, fragte ich leise und ging weiter.

»Bisher haben wir nur das Brandeisen gefunden, den Rest suchen wir noch. Übrigens hat Sabine herausgefunden, dass Berger gelogen hat. Seine Oma wohnt nicht in Leipzig, sondern besitzt ein Haus am Zeuthener …«

»Reuss, dort sind Ritter und ich gerade. Lokalisieren Sie mein Handy und fordern Sie Verstärkung an«, unterbrach ich sie.

»Ja, Chef.« Ich hörte sie im Hintergrund mit Peary reden, während der Lichtstrahl meiner Taschenlampe über wuchernde Koniferen, Berge von Gartenabfällen und verwahrloste Blumenbeete glitt. Einen Meter weiter erfasste der Lichtkegel eine Regenwassertonne, die scheinbar mitten im Nichts stand.

»Beeilen Sie sich«, sagte ich leise und trat neben die verrostete Tonne, die unter dem Fallrohr einer Garage stand. In der ein knallroter Renault Master mit dem Logo des Tierschutzvereins parkte.

»Verstärkung ist unterwegs«, rief Reuss. »Bleiben Sie, wo Sie sind.«

So vernünftig ihre Anweisung war und sosehr diese auch mit meiner Ausbildung plus meinen Instinkten übereinstimmte, es war für mich ausgeschlossen, ihr zu folgen. Denn ich hörte es in dem Moment, als ich den Weg neben der Regentonne entdeckte.

Das Summen.

»Er ist hier«, flüsterte ich. »Und Annika schwebt in Lebensgefahr.«

Wie recht ich damit hatte, begriff ich knapp dreißig Sekunden später.

Ich ließ mein Handy eingeschaltet in die Hosentasche fallen, riss meine Dienstwaffe aus dem Holster und folgte lautlos dem geraden Pfad, der an einer verstörenden Galerie schwarz bemalter Gartenzwerge vorbei zu einem Schuppen führte. Ihre seltsamen Blicke aus leeren Augenhöhlen über grinsenden Lippen verfolgten mich, bis mich das Knacken eines Astes hinter mir innehalten ließ.

Ich wusste, als ich herumfuhr, dass mir eine beschissene Zehntelsekunde fehlte. Der Bruchteil eines Zögerns, der über Leben und Tod entschied.

Ich fühlte einen brennenden Stich in meiner Seite, der mein Bewusstsein zersplitterte wie ein Betonboden ein heruntergefallenes Weinglas.

Schmerz züngelte wie eine lodernde Flamme durch meinen Körper und verbrannte mich scheinbar von innen heraus.

»Chef«, hörte ich Reuss in meiner Hosentasche rufen, dann sank ich zwischen die hohnlächelnden Zwerge in das nach süßen Äpfeln riechende Gras.

52. Kapitel

Annika Ritter
11. August, einige Augenblicke zuvor

Auch wenn der moderne Mensch über die Taschenlampenfunktion an seinem Handy verfügt und Halogenstrahler entwickelt hat, die aus jeder Ecke die Dunkelheit vertreiben, so bleibt in uns dennoch die ureigenste Angst vor der Schwärze der Nacht. Eine Angst, die sich die Horrorfilm-Industrie seit Jahrzehnten zunutze macht. Friedhöfe und Wälder wurden zu Orten, in die das Grauen einzieht, sobald die Sonne hinter dem Horizont verschwindet.

Denn laut Aberglaube gehört die Nacht seit frühester Zeit den Gespenstern, Hexen und Dämonen. Es heißt, dass der Sensenmann vor allem zwischen Mitternacht und Morgengrauen von Tür zu Tür geht und seine Opfer holt, und in der Geisterstunde, von vierundzwanzig bis ein Uhr, übernimmt laut Überlieferung der Teufel das Zepter der Weltregentschaft.

Straßenlaternen vermitteln uns außerhalb unserer vier Wände Sicherheit. Innerhalb unserer Wohnungen übernehmen das Nachtlichter, die die Finsternis mit ihrem matten Schein durchdringen. Die Stunden zwischen Sonnenuntergang und Sonnenaufgang, in denen die Dunkelheit unsere Wahrnehmung beeinträchtigt und unsere Sinne ohne das Licht der Sonne auf das bloße Hören, Fühlen, Riechen und Schmecken begrenzt, jagen den Menschen naturgegeben Furcht ein.

Denn die Finsternis macht unser wichtigstes Sinnesorgan unbrauchbar. Normalerweise ermöglichen uns unsere Augen eine sichere Orientierung in unserer Umgebung und das Erkennen einer Gefahr. Wird aber unser Sehsinn in der Nacht getrübt, fühlen wir uns unsicher und konzentrieren uns stärker als sonst auf unsere übrigen Sinnesorgane. Geräusche, die uns am Tag nicht einmal einen Blick wert sind, weil sie zum Alltag gehören, richten in der Nacht unsere Nackenhärchen auf und versetzen uns in den Fluchtmodus.

Ich wusste nicht genau, ob zu viele Horrorfilme in meiner Jugend, die Mahnungen meiner Eltern, mein ureigenster Überlebensinstinkt oder eine Mischung aus allem mir davon abrieten, noch einen Schritt weiterzugehen. Hinter jedem wuchernden Strauch, hinter jedem Baumstamm glaubte ich, einen Mörder mit einem Messer stehen zu sehen, von dessen Klinge frisches Blut tropfte.

Die Dunkelheit um mich herum, die das Licht meines Handys nicht durchdrang, stampfte das Wort »Gefahr« in meinen Schädel wie ein dampfbetriebener Hammer. Das Rascheln der Blätter hinter mir ließ mein Herz im Brustkorb wie wild pochen.

Geh zurück, rieten mir die lautstark klingelnden Alarmglocken in meinem Kopf. *Geh zu Weinsheim, er sucht bestimmt nach dir. Bei ihm bist du in Sicherheit.*

Ein Zittern erfasste mich, als ich meinen Fuß nach vorn schob. Hin zu dem Schuppen, der vor mir aufragte wie das ultimative Böse.

Mir war klar, dass das hier das Dümmste war, was ich je getan hatte. Dieser Schritt und der nächste. Und der übernächste.

Aber so lautstark meine Überlebensinstinkte zur Flucht rieten, etwas anderes zog mich wie ein Magnet vorwärts. Weiter und weiter.

Dieses Weinen.

Dieses abgehackte Schluchzen voller Angst und Panik. Ich hatte diese Töne noch nie zuvor gehört, und dennoch wusste ich es. Sie kamen über Janinas Lippen. Sie schrie um ihr Leben.

Ich hatte die Ecke des Schuppens erreicht, als irgendwo hinter mir ein dumpfes Poltern erklang. Der Schreck ließ mich geduckt herumwirbeln. Mein Handylicht strich über ein grünes Blätterdickicht, über verwahrloste Rosensträucher und Rinden von Apfelbäumen, in die jemand Totenschädel eingeritzt hatte.

»Kada.«

Dieses eine Wort zwischen zwei Schluchzern genügte, um jede Vorsicht aus meinem Kopf restlos auszuradieren. »Mama ist gleich bei dir«, rief ich und hastete los. Hin zu der Holztür, deren Riegel nur zugeschoben war.

Der gedämpfte Hilferuf im Schuppen ging in dem Quietschen der Scharniere unter, als ich die Tür öffnete. Angezogen von dem Weinen, das von oben zu kommen schien, schlüpfte ich in die Dunkelheit des Bretterverschlages.

»Mama ist fast da«, rief ich und leuchtete auf der Suche nach einer Treppe oder Stiege an die Wände. Der Lichtstrahl erfasste eine Werkbank, auf der seltsamerweise ein Mikrofon zwischen einer Tastatur und einem alten Monitor stand, dessen Stand-by-Lampe rot blinkte. Daneben reihten sich windschiefe Regale aneinander, die mit allerlei Farbdosen, Werkzeugkisten, Spraydosen, Autoteilen und Eimern zugemüllt waren. Ich sog die Luft tief in meine Lungen, jedoch roch sie nicht, wie ich vermutete, nach Altöl, Rasenmäherbenzin und Farbresten, sondern nach süßen Äpfeln und Honig.

Irritiert blickte ich mich um. Der helle Schein meines Handys glitt suchend wie Finger über den Boden. Alte geflochtene Körbe nahmen einen Großteil des Platzes auf ihm ein, allerdings lag in ihnen kein einziger Apfel.

Das Holz der Wände vor mir, die sich nur zwei Schritte von mir entfernt befanden, sah viel jünger aus als die Bretter hinter mir. Fast so, als wäre dieser Teil des Schuppens erst vor Kurzem eingebaut worden.

Janina brabbelte über mir.

Ich wünschte, ich hätte meinen Verstand eingeschaltet, bevor ich losrannte. Ich wünschte, dass ich mich nach dem Keuchen in meinem Rücken umgedreht hätte, ehe ich zu der Tür eilte, die zum hinteren Bereich des Bretterverschlags führte.

Ich wünschte, dass ich meine Theorie, Weinsheim wäre herbeigerannt, um mir zu helfen, mit einem schnellen Blick über die Schulter überprüft hätte.

Aber ich tat nichts dergleichen und sollte meinen Fehler bitter bereuen.

53. Kapitel

Als ich den Raum betrat, der von zwei Neonröhren ausgeleuchtet wurde, geschah zu viel gleichzeitig, um später bestimmen zu können, was das in meinem Kopf hochgeladene Betriebssystem mit Namen *Mutterliebe* kurzfristig löschte und mit blanker Todesangst überschrieb.

Die Helligkeit der Deckenlampen brannte sich schmerzhaft in meine Netzhaut und ließ schwarze Flecken vor mir tanzen, bis sich meine Augen an das Licht gewöhnt hatten.

Eine Sekunde zu spät zum Reagieren. Eine Sekunde zu spät, um das Nachfolgende zu verhindern.

Die Tür fiel hinter mir zu, und ein Schlüssel wurde umgedreht. Eine Zehntelsekunde danach knarrte über mir etwas und das derart laut, dass es das von den Wänden widerhallende raumausfüllende Summen übertönte. Bevor mich dieses Knarzen aus meiner Starre holen konnte, platschte eine süße, klebrige Flüssigkeit auf meine Haare und Schultern und durchtränkte jedes Stückchen Stoff, mit dem der Apfelmost in Berührung kam.

Aber nichts davon war dermaßen schrecklich wie der Anblick, der sich mir bot. Ich hatte Nadine sterben sehen, ich hatte Dr. Hoffmanns übel zugerichtete Leiche gefunden und dennoch nicht den Glauben an das Gute verloren. Warum nicht, wusste ich nicht.

Doch nun tat ich es, obwohl mein Gehirn dichtzumachen versuchte. Nur gelang meinem Verstand das nicht.

Bastian lag nackt auf einem Seziertisch, von dem Blut auf das verdreckte Holz darunter tropfte. Käfer und Maden krochen und krabbelten über seinen mit blauen Flecken und Stichwunden übersäten Körper, als wäre seine Leiche bereits der Erde zum Verwesen übergeben worden. Doch sein Brustkorb hob und senkte sich unter dem Gewimmel kaum wahrnehmbar.

Er lebt! Oh mein Gott.

»Bastian!«, schrie ich erstickt und wankte auf den Tisch zu. Ich schlug die Hände vor den Mund und wollte die Lider schließen, um diesen Anblick nicht mehr länger ertragen zu müssen. Dieses ekelhafte Winden und Krabbeln auf seinem geschundenen Körper und das viele Blut, das sich zu einem roten See unter dem Seziertisch sammelte.

Oh Himmel, hilf ihm, flehte ich stumm. *Bitte, bitte, lass mich das nur träumen. Lass das ein Albtraum sein.*

Ich hatte die Hälfte des Raumes durchquert, als das Summen unter der Decke näher kam. Angelockt von dem verführerisch süß duftenden Apfelmost, der mit klebrigem Honig vermischt war, machten sich zahlreiche Wespen daran, mich zu umschwirren.

In dem Moment, als sich die Erste auf meiner Stirn niederließ, entdeckte ich hinter dem Seziertisch einen Monitor, auf dem die zickzackförmige grüne Linie eines Elektrokardiogramms übertragen wurde. Ich hatte diese Line oft in Arztserien gesehen, trotzdem wehrte ich mich gegen die Erkenntnis, was sie bedeutete.

Kammerflimmern.

Bastian blieben nur noch Sekunden.

Über mir, in den Ecken des Raumes, knackte es. »Kannst du mich hören, Annika?«

Diese Stimme! »Jonas?«, krächzte ich und suchte irrsinnigerweise auf Hilfe hoffend mit meinem Blick den Raum ab. Er glitt über Metallregale, die mit allerlei Werkzeugen, Kuchenblechen und Schrott zugemüllt waren, und blieb für einen Herzschlag an einer zweiten Tür hängen, die sich unmittelbar hinter dem Seziertisch befand.

»Jonas, wo bist du?«, fragte ich, außerstande in dieser Situation selbst auf die Antwort zu kommen. »Bitte, ruf die 112, Bastian braucht sofort einen Notarzt.«

»Ich weiß.«

Erst als ich nur noch einen Meter vom Tisch entfernt war, suchte sich dieser Satz einen schmerzhaften Weg in mein Gehirn. Ich erstarrte an Ort und Stelle und sah mich erneut um. Wo war Jonas? Und wieso war er überhaupt hier? »Du hast bereits angerufen?«

»Nein.«

Die Erkenntnis traf mich mit der Wucht eines Vorschlaghammers. »*Du* hast Janina entführt und Nadine, Susanne Weiß, Dr. Hoffmann und meinen Mann ermordet?«

»Bingo.« Seine Stimme klang fröhlich, beinah stolz.

Alles vor meinen Augen verschwamm hinter einem Tränenschleier. »Warum?« Ich brachte nur dieses einzige Wort zwischen meinen Schluchzern heraus.

»Das weißt du immer noch nicht?«

Nein. NEIN! Ich wollte schreien, doch meine Stimme erstarb in meiner Kehle, als ein durchdringender Warnton erklang.

Aus der immer feiner werdenden Zickzacklinie auf dem Monitor war eine Nulllinie geworden.

Herzstillstand.

Der Schock riss mich gewaltsam aus meiner Erstarrung. Mit zwei schnellen Schritten überbrückte ich die Distanz zum Tisch und …

»Stopp!«, hallte es lautstark durch den Raum. »Wenn du ihn auch nur berührst, ist Janina tot.«

»Wo ist meine Tochter? Sag es mir, bitte!«, schrie ich und spürte den hysterischen Anfall näher rücken, der mich restlos ausknocken würde. »Warum, um Himmels willen, tust du das?« Alles vor mir begann sich zu drehen.

»Du sollst fühlen, was ich gefühlt habe. Die Hölle, durch die ich gehen musste.«

Ich schüttelte den Kopf und schlug die Hände vors Gesicht. Ein scharfer Stich hob kurzfristig meinen Schockzustand auf.

Die Wespe auf meiner Stirn hatte zugestochen.

Durch das Antihistaminikum des Notarztes könnte ich ein paar zusätzliche Augenblicke gewinnen, um Bastian zu retten. Die anaphylaktische Reaktion meines Körpers würde jedoch nur hinausgezögert, nicht aufgehalten werden. »Bitte, bitte, sag mir, wo Janina ist, und gestatte es mir, dass ich Bastian helfe«, flehte ich und blickte zu einer der Kameras hoch, die mit blinkendem Licht auf mich gerichtet war. »Ich kann ihn retten. Ich habe mein Notfallset dabei. Bitte, Jonas! Weswegen auch immer du auf mich wütend bist, das können wir zwei doch klären, wenn er im Krankenhaus ist.«

»Du glaubst, dass ich *wütend* auf dich bin?« Er lachte hart. »Du hast keine Ahnung, was ich durchmachen musste, nur weil unser Vater keinen Sohn wollte.«

Unser? Ich hatte das Gefühl, als würde eine Peitsche die Luft hinter mir zerschneiden und dann meine Haut auf dem Rücken in Fetzen reißen. *Nein, nein, nein. Lass das nicht wahr sein. Lass diesen Sadisten nicht meinen Halbbruder sein.*

Aber ich wusste, dass es möglich sein könnte, auch wenn meine Eltern versucht hatten, ihre Probleme vor mir zu verbergen. Die vielen Nächte, die mein Vater nicht zu Hause geschlafen hatte, als ich klein war.

»Du hast die Wahl, Schwester. Entscheide. Entweder rettest du Bastian oder Janina.«

»Du musst das nicht tun«, flüsterte ich erstickt. »Jetzt, wo ich weiß, dass du mein Bruder bist …«

Sein schallendes, jedoch freudloses Lachen unterbrach mich. »Was dann? Empfängst du mich mit einer Umarmung und Küssen daheim?« Er schwieg kurz, und ich nutzte die Pause, um mich näher zu Bastian zu schieben. Stück für Stück, bis ich direkt neben der Liege stand. »Ich hab vor dem Haus gestanden, als unser Vater und deine Mutter in den Flammen erstickt sind.«

Ich hatte das Gefühl, dass mir Jonas den Boden unter den Füßen wegriss und mich mit einem harten Schlag in die Rippen in den Abgrund stürzte. »Du hast das Feuer gelegt?«

»Genial, nicht? Keiner hat mich verdächtigt. Ich hab dir auf der Beerdigung sogar mein Beileid ausgesprochen.«

Klatsch. Ich spürte seine imaginäre Ohrfeige als Brennen überall auf meinem Körper. *Das kann nicht wahr sein. Ich habe ihm die Hand geschüttelt, dem Mörder meiner Eltern. Dem Mörder von Stefan, Dr. Hoffmann, Susanne Weiß und Nadine. Ich habe ihn zum Grillen eingeladen, mit ihm gelacht und auf meiner Hochzeit getanzt.*

Ich wollte tief einatmen, aber mein Hals war derart eng, dass ich kaum Luft bekam. Mir blieb nicht mehr viel Zeit, bis mich der anaphylaktische Schock aus dem Spiel des Psychopathen kicken würde.

»Bitte, Jonas«, flehte ich erneut und tastete über den Seziertisch zu Bastians Hand. Mein Puls klopfte immer langsamer in meinen Schläfen, und ein Kribbeln wanderte von meinen Händen über meine Arme bis zu meinem Oberkörper. »Lass mich helfen.«

»Natürlich kannst du helfen.« Er klang großmütig. »Es ist deine Entscheidung, wen du rettest. Dich und Janina, oder ihn.«

Du bist nicht mein Bruder. Du bist ein perverses Schwein!

»Janina«, wisperte ich und versuchte, flach einzuatmen. Mein Kehlkopf schwoll immer weiter an, und ein Jucken wanderte über meinen gesamten Körper. Mein Gesicht war vermutlich schon voller Quaddeln.

Ich musste jetzt handeln. »Janina«, wiederholte ich und legte all meine Überzeugungskraft in meine Stimme. Was nicht viel war. Übelkeit breitete sich in meinem Bauch aus, mein Puls verlangsamte sich immer weiter und kündigte so mein Kreislaufversagen an.

Mit zitternden Fingern nahm ich meinen Rucksack vom Rücken. Bald würde ich nicht mehr in der Lage sein, die Spritze richtig zu platzieren.

»Ich wusste, dass du dich so entscheiden würdest.«

Mir stellten sich alle Härchen auf. *Du weißt nichts über mich! Ich bin nicht wie du.*

Ich sah nach oben, hin zu den Kameras, von denen dieser Sadist in jeder Raumecke neben Lautsprecherboxen eine installiert hatte. Solange Bastian auf dem Tisch lag, konnte ich ihm nicht unbemerkt von Jonas das Epinephrin injizieren.

Einen Schwächeanfall vortäuschend, wobei vortäuschen die Untertreibung des Jahres war, griff ich nach dem Seziertisch und riss ihn mit mir zu Boden. Ich krachte seitlich auf das Holz und spürte zwei weitere Einstiche auf dem Oberarm, während Käfer, Maden und anderes Getier teilweise auf mir landeten. Und obwohl der Ekel einen ordentlichen Schwall Magensäure meine Speiseröhre hinaufschickte, schluckte ich meinen Widerwillen hinunter – soweit dies durch meinen anschwellenden Hals möglich war.

»Wie viele Wespen haben dich gestochen, Schwesterherz?«

Ich ignorierte Jonas, stattdessen beugte ich mich weit nach vorn, gleichzeitig nahm ich mein Handy aus der Jackentasche. Ich konnte kaum noch etwas auf dem Display erkennen und hoffte, dass ich mit meinen bebenden Fingern die richtigen Zahlen eingab. Danach schob ich mein aktiviertes iPhone neben mir in das Gewimmel aus Insekten und schickte ein Stoßgebet zum Himmel.

»Welche Art von Notfall liegt vor?«, hörte ich gedämpft eine Frauenstimme sagen.

Bitte, bitte, lokalisiere meinen Standort.

»Anaphylaxie«, sagte ich so laut ich konnte zu der Frau. »Drei

Wespen haben … mich … gestochen«, antwortete ich Jonas keuchend, bevor dieser realisierte, was ich zuvor gesagt hatte. »Aber mehr … auch nicht nötig, um mich … zu töten.«

»Wo befinden Sie sich?«, wollte die Frau in der Notrufzentrale wissen.

»Ich weiß … nicht.« Nach Luft ringend drehte ich Bastian auf den Rücken. Gleichzeitig wollte ich mir durch den tierischen Juckreiz die Haut vom Körper kratzen.

»Warum hast … du sie … alle getötet?«, fragte ich abgehackt und schnappte immer wieder nach Luft. Meine Gedanken begannen zu zerfasern, mir blieben nur noch wenige Augenblicke, um Bastian zu retten. »Dr. Hoffmann, meine Eltern … unseren Vater …«

»Ich habe ihn dir empfohlen, weißt du noch?« Er lachte. »Den Versager Dr. Hoffmann, der einen Jungen geheilt hat, der nie krank war. Und dein geliebter Vater hat mich einem sadistischen Stiefvater überlassen, obwohl er von meiner Existenz wusste«, antwortete Jonas prompt, als hätte er seit langer Zeit darauf gewartet, mir das erzählen zu können. Nach mehrmaligen Versuchen schaffte ich es, den Reißverschluss des Rucksacks zu öffnen und die Schachtel mit dem Notfallset herauszunehmen.

»Dafür musste er bestraft werden, da stimmst du mir doch zu, nicht wahr?«

Vor meinen Augen verschwamm alles, und die Schachtel entglitt meinen zitternden Händen. Nach Luft schnappend, tastete ich über den Boden, bis meine Finger das Plastik berührten. Nach drei Versuchen gelang es mir, den Verschluss zu öffnen.

Ich wischte mir die Tränen aus meinem verquollenen Gesicht und blickte zu Bastian. Wann war der Herzstillstand eingetreten? Ich hatte kein Zeitempfinden mehr, alles war rasend schnell gegangen, seit ich den Schuppen betreten hatte.

»Natürlich«, log ich keuchend und rutschte über Maden und

Käfer hinweg zu Bastians Brust. Ein Flimmern vor meinen Augen stoppte mich, ehe ich auch nur einen halben Meter vorwärtsgekommen war.

»Und dein lieber Mann hat mich am Haus deiner Eltern erwischt und mir Fragen gestellt«, fügte Jonas seelenruhig hinzu, als wäre nichts. »Meine Antworten überzeugten ihn nicht, daher musste ich handeln, das verstehst du doch, nicht wahr? Ich hatte doch einen Plan für Stefan, Bastian und dich.«

»Die … haben nichts … zu tun«, begehrte ich flüsternd auf. Mir fehlte die Kraft, um lauter zu sprechen.

»Das ist nicht wahr, und das weißt du«, entgegnete Jonas wie ein Lehrer, der seinen Schüler beim Spicken erwischt hat. »Sie haben dich geliebt, wodurch du viel mehr als ich hattest. Außer meiner Mutter hat mich noch nie jemand geliebt, nicht einmal mein Vater, geschweige denn mein Stiefvater Ralf oder seine Eltern.« Er lachte freudlos. »Sie haben über mich hinweggesehen, als wäre ich Luft, weil ich der Beweis für die Untreue ihrer Schwiegertochter war. Aber nun, wo Ralfs Mutter ganz allein auf der Welt ist und im Rollstuhl sitzt, kennt sie plötzlich meinen Namen. Kannst du dir vorstellen, wie das ist, jeden beschissenen Tag ihre Lügen hören zu müssen? Die Lügen, wie sehr sie mich doch immer geliebt hätte? Mich, den Enkelsohn, den sie nicht ein einziges Mal besucht hat, als ich wegen der Prügel von Ralf viele Male im Krankenhaus lag.«

Ich schaffte es endlich, die Adrenalin-Fertigspritze aus dem Erste-Hilfe-Set zu nehmen und die Sicherheitskappe zu entfernen. Aber vermutlich gelang mir das alles nur, weil Jonas' Worte Wut in mir entfachten. Einen Zorn, der meinen Körper unter Strom setzte. Strom, der ausreichte, um zu Bastian zu rutschen und vorgeblich auf ihm zusammenzubrechen.

»Es tut … so leid«, wisperte ich zwischen mehrmaligem Keuchen wiederholt und setzte den Pen da an, wo das Herz unmittelbar hinter dem Brustkorb lag. Ich hatte das in irgendeinem Film einmal gesehen, ob die Nadel des Pens aber wirklich bis in sein Herz reichte, konnte ich nur hoffen. Als eine Reaktion von Jonas ausblieb, injizierte ich Bastian das Epinephrin.

Du darfst nicht sterben. Eine Tränenwand ließ alles vor mir verschwimmen. Unbemerkt von Jonas konnte ich keine Herzdruckmassage durchführen. Weshalb mir auch hier nur die Hoffnung blieb. Die vage Hoffnung, dass das Adrenalin Bastian zurückholen würde.

Rasselnd verlangten meine Lungen mehr Sauerstoff. Ich richtete mich auf, sah zu einer der Kameras und setzte mir den leeren Adrenalin-Pen auf den Oberschenkel. Mein Notfallset enthielt einen zweiten Pen, den ich jedoch nicht benutzen konnte, solange mich Jonas durch die Kameras beobachtete.

Sein Lachen hallte durch den Raum, während ich die Fertigspritze fallen ließ. »Braves Mädchen.«

»Hilf mir«, bat ich und versuchte mich aufzurichten. Dabei kippte ich zur Seite, die absolute Dunkelheit einer Bewusstlosigkeit raste auf mich zu. Doch meine suchenden Finger fanden zwischen Käfern und Maden mein Erste-Hilfe-Set. Ich tastete über den Inhalt, bis ich unter meinen Fingerspitzen den zweiten Pen spürte.

Noch ein paar Sekunden. Bitte, flehte ich, nahm die Spritze an mich und stemmte mich unter Aufbietung all meiner Kräfte auf die Füße. Ich taumelte zu einem der Metallregale, und bekam eine Verstrebung zu fassen, um die ich meine Finger krallte. Schritt für Schritt zog ich mich vorwärts, in Richtung Tür. Meine Beine bebten, und ich bekam so gut wie keine Luft mehr.

»Jonas?«, fragte ich, doch ich erhielt keine Antwort.

Jetzt oder nie! Ich drückte den Pen auf meinen Oberschenkel, gleichzeitig rasselte vor der Tür ein Schlüsselbund. Die Fertigspritze klickte und zeigte damit an, dass die Injektion erfolgreich war, just in dem Augenblick wurde der Schlüssel im Schloss umgedreht. Blindlings sah ich mich um und entdeckte im Regal etwas matt Glänzendes. Ich griff danach, wog das Metallrohr kurz in meiner Hand und wankte hinter die Tür, die rasch aufgeschoben wurde.

»Ob du's glaubst oder nicht, ich habe gewusst, dass du dich so entscheidest. Ich konnte bislang jeden deiner Schritte vorausahnen. Du tickst eben wie ich, weil wir die gleichen Gene haben.«

»Das … sein, … kennst du … nicht«, japste ich und holte aus. Das Metallrohr in meiner Hand raste auf Jonas' Kopf zu, doch er duckte sich in letzter Sekunde zur Seite und fuhr zu mir herum. Der Schwung ließ mich nach vorn wanken, beinah landete ich in seinen Armen. Mit einem hässlichen Grinsen riss er mir das Rohr aus der Hand und rammte mir seine Faust ins Gesicht. Ich taumelte rückwärts und knallte gegen ein Metallregal, das mir den wenigen Atem aus den Lungen presste.

»Hast du dir das so vorgestellt, ja?«, brüllte Jonas und drückte mir mit beiden Händen das Metallrohr auf den Kehlkopf. »Tut mir leid, Schwesterherz, aber ich nicht. Ich habe dir doch geschrieben, dass ich keine zweite Chance vergebe, denn ich hab auch nie eine bekommen. Und du hast deine gerade verspielt.«

Er drückte fester zu, und vor meinen Augen explodierten bunte Sterne. Mein geschwächter Körper bettelte um einen Atemzug, unerträglicher Schmerz ballte sich als Faust um mein Herz.

»Wo … Janina?«, brachte ich heraus, bevor meine Lider zu flattern begannen und ein Schwindelgefühl mein Bewusstsein zerfaserte.

Mein letzter klarer Gedanke schickte etwas Kraft in meine Beine. Ich riss mein Knie hoch und jagte es Jonas in die Weichteile. Er schrie auf, wodurch ich beinah das Poltern hinter ihm überhört hätte. Ich sah im Deckenlicht etwas Silbernes aufblitzen, bevor der schwere Schraubenschlüssel auf Jonas' Kopf krachte.

Besinnungslos sackte er auf den Boden, während ich nach Atem ringend am Regal hinabrutschte.

»Danke«, flüsterte ich Weinsheim zu, der sich die rechte Seite hielt und kaum auf den Beinen bleiben konnte. Blut von einer Stichverletzung quoll zwischen seinen Fingern hervor und tropfte zu seinen Füßen auf die Holzbretter.

Ich hörte noch, wie Sirenen die Stille der Nacht zerrissen, dann versank alles um mich herum in tiefster Schwärze.

54. Kapitel

»Sie ist stabil«, hörte ich eine fremde Männerstimme sagen. Ich registrierte ein konstantes Piepsen hinter mir, während ich blinzelnd die Augen öffnete. Tief sog ich die aus einer Atemmaske strömende Luft in meine Lungen. Mein Hals war noch etwas eng, dennoch hatte ein einziger Atemzug noch nie derart köstlich geschmeckt wie in diesem Augenblick.

Am Leben. Ich bin am Leben.

Mit diesem Gedanken schaltete irgendjemand meinen Erinnerungs-Fernseher ein. Bilder flackerten hinter meiner Netzhaut auf. Ein Schuppen, Kameras unter der Decke, wimmelndes Getier auf Bastians nacktem Körper ... Jonas.

Ich riss mir die Maske vom Gesicht. »Wo ist Janina, und was ist mit Bastian?«

»Sie ist wach«, sagte der Sanitäter, der sich über mich beugte, überflüssigerweise.

Alles um mich herum – inklusive der Liege unter mir – begann zu schaukeln wie ein Boot auf dem Meer. »Frau Ritter?«

Ich erkannte die sanfte Stimme, noch ehe das Gesicht von Reuss über mir auftauchte. Sie war die Stufen des Krankenwagens hinaufgestiegen, in dem ich lag.

»Ich hab hier jemanden für Sie«, sagte Reuss, und da hörte ich es, dieses leise Jauchzen.

»Janina!« Ich fuhr hoch, Tränen rannen mir über die Wangen, während ich die Arme ausstreckte.

»Bitte, Sie müssen liegen bleiben.«

Der Sanitäter versuchte mich zurück auf die Pritsche zu drücken, doch ich entzog mich ihm, weil meine Welt in Freude versank, als Reuss mir meine Tochter gab.

»Oh mein Gott«, schluchzte ich viele Male und drückte Janina wieder und wieder an mich. Sie schlang ihre kleinen Ärmchen um mich, und ich kuschelte meinen Kopf an ihren.

»Kada«, plapperte sie, und für mich wurde dieser Baby-Kosename für ein Schmusetuch zum schönsten Wort, das ich je in meinem Leben gehört hatte.

»Ich habe sie im Schlafzimmer des Haupthauses gefunden«, hörte ich Reuss sagen.

»Hat er ihr etwas …?« *Angetan*, vollendete ich in Gedanken.

»Nein, es geht ihr gut. Sie ist vollkommen gesund. Die Oma von Jonas hat sich um Janina gekümmert.« Reuss wies hinter sich, wo eine etwa achtzigjährige Frau mit wild nach allen Seiten abstehenden silbernen Locken in einem Rollstuhl saß. Ein Sanitäter untersuchte die weinende Frau, die am ganzen Körper zitterte. »Jonas hat ihr erzählt, dass Janina seine Tochter sei, und sie hat ihm geglaubt.«

»Ich verstehe«, murmelte ich und stellte erstaunt fest, dass mir für einen Augenblick Mitleid den Brustkorb verengte, obwohl diese Frau über all die Wunden von Jonas hinweggesehen hatte. Über die körperlichen und die seelischen. Sicher, er war nicht ihr richtiger Enkel, doch er war ein Kind gewesen, als er von ihrem Sohn misshandelt wurde.

»Danke«, sagte ich zu Reuss und spürte seit langer Zeit wieder so etwas wie Glück in mir, während ich Janina küsste. »Ich danke Ihnen.«

Sie schüttelte den Kopf. »Sie haben das Versteck dieses Bastards gefunden.«

»Nein, das war Weinsheim.« Ich schluckte hart. »Jonas behauptet, mein Halbbruder zu sein«, sagte ich mit einer Stimme, die von zu vielen Gefühlen zersplittert wurde. Gefühlen, denen ich mich irgendwann stellen musste, nur nicht heute.

Reuss nickte, mechanisch, wie mir schien. »Das hat er gesagt, als wir ihn verhaftet haben.«

Dankbarkeit gesellte sich zu dem Glück in meiner Brust. »Er kann Janina und anderen nie wieder etwas antun?«

»Nein.«

Ich platzierte einen Kuss mitten auf der zarten Nasenspitze meiner Tochter und erstarrte. »Was ist mit Bastian und Weinsheim?«

Schweigen breitete sich im Krankenwagen aus. Eine Stille, die ich keinen Augenblick länger ertrug. Denn da war sie wieder. Diese entsetzliche Angst, die alles in mir lahmzulegen schien. »Nein, bitte, nicht«, flehte ich und blinzelte tränenblind gegen das grelle Deckenlicht des Rettungswagens an. »Sagen Sie mir, dass Bastian lebt. BITTE!«

Reuss trat näher und atmete tief ein. »Weinsheim hat innere Blutungen und befindet sich auf dem Weg ins Krankenhaus. Er muss operiert werden, aber er ist stabil.«

Und Bastian?, schrie ich stumm. Gott, vergib mir, aber ich muss es wissen. Jetzt! Weinsheim hatte mir geglaubt und, was noch viel wichtiger war, er hatte sich gegen seinen Chef gestellt, um Bastian und mich zu beschützen. Trotzdem wog meine Freude darüber, dass er stabil war, viel weniger, als meine Angst um Bastian.

»Bitte, sagen Sie es mir«, forderte ich Reuss erstickt auf.

Mitleid trat in ihre Augen. »Sein Zustand ist noch kritisch. Die nächsten Stunden sind entscheidend, hat der Notarzt gesagt.«

»Ob er überle…?« Meine Stimme versagte, denn eine Gefühlswelle rauschte über mich hinweg, die mich zu ersticken drohte.

Reuss nickte und legte ihre Hand auf meine. »Dank Ihnen kann er es schaffen. Ihr Freund ist stark.«

Ich schloss die Lider, unter denen dicke Tränen hervorquollen, und drückte Janina fest an mich. »Das muss er.« *Hörst du, du musst leben. Ich muss dir doch noch etwas sagen.*

Furcht brannte sich in meine Seele und verengte meine Welt auf diesen einen Satz. *Du musst leben, hörst du? Das ist alles, was ich mir jetzt noch wünsche.*

Epilog

Annika Ritter
Vier Wochen später

»Die Reorganisation geht schneller voran, wenn sich das Gehirn noch in der Entwicklung befindet«, hörte ich Dr. Kubik in meiner Erinnerung sagen, als ich durch die Flure der Rehaklinik eilte.

Obwohl vieles von dem, was der Neurologe am Morgen des 12. August in der Charité zu mir gesagt hatte, für immer von den Nebelschwaden meiner Angst verschluckt worden war, hatte sich dieser eine Satz in mein Gedächtnis gebrannt. Der Rest seiner langen Erklärung tauchte dann aus dem Dunstschleier auf, wenn ich die Lider schloss. Fragmente und einzelne Wörter wie Herzstillstand, Sauerstoffmangel und Störungen der Hirnfunktionen fielen über mich her wie das Blitzlichtgewitter eines fotografierenden Paparazzos.

Bastian wachte nach einunddreißig Stunden aus dem Koma auf. Zuvor konnten die Ärzte nicht sagen, wie schwer sein Hirnschaden aufgrund des Sauerstoffmangels sein würde.

Unendlich lang erscheinende vier Tage verabschiedete ich mich jeden Abend, bevor ich vom Krankenhaus nach Hause fuhr, mit den gleichen Worten von ihm: Ich liebe dich.

Er war wach, ansprechbar und atmete selbstständig, doch er erkannte mich nicht. Bis zu jenem Tag, als er meine Hand in seine nahm.

Ich bog um die Ecke zum Therapieraum und entdeckte Eric Weinsheim, der vor der Tür stand. Ich hatte beinah vergessen, dass er mich vor einer halben Stunde angerufen und um ein Treffen gebeten hatte. Denn meine Welt war um ein gutes Stück kleiner geworden, als sie es vor Jonas gewesen war. Die Pole meiner Erde hießen Janina und Bastian und ihr Kern bestand aus der einen Hoffnungsflamme, die unaufhörlich in mir brannte. Trotz Bastians Depressionen, trotz der Angst, die mich wie ein dunkler Schatten jeden Tag begleitete.

Ein kleines Mädchen mit blonden Zöpfen löste sich von Eric und kam auf mich zugerannt. »Annika.«

»Süße, was machst du denn hier?«, fragte ich, ging in die Hocke und breitete die Arme aus. Nele stürzte sich in meine Arme und drückte mir einen dicken Schmatzer auf die Wange. »Ich dachte, dass du und dein Papa schon fleißig für euer Wochenende auf Rügen packt.«

Traurig schüttelte sie den Kopf. »Papa hat einen neuen Fall.«

»Das tut mir leid«, sagte ich und zog sie fest an mich. »Wenn du magst, kannst du Janina und mich morgen in den Zoo begleiten.«

»Au ja!« Sie strahlte, während sich die Schultern ihres Vaters anspannten. Ohnehin sah er aus, als hätte er die vergangene Nacht in der Berliner Kanalisation verbracht. Sein sonst blütenreines Jackett zierten Spinnweben, Schlammspritzer und andere Rückstände, die ein Übelkeit erregendes Aroma von Fäkalien und Urin verströmten.

»Du siehst scheiße aus«, sagte ich zur Begrüßung, als ich vor der Tür ankam, die Weinsheim für mich öffnete. Ich betrat den Ergotherapieraum und entdeckte in der gleichen Sekunde wie Nele Bastian. Er hatte ein Springseil in den Händen, um seine Hand-Bein-Koordination zu verbessern. Seit er hier war, hatte seine Muskelkraft zugenommen, und seine Bewegungen wurden wieder zielgerichteter. Er verschüttete nicht mehr jedes Getränk, aß selbstständig und musste beim Sprechen nicht mehr jedes Wort überlegen.

Aber noch stand er jeden Morgen vor dem Spiegel und fragte

sich, woher seine vielen Narben stammten. Die Narben, die ihm mein Halbbruder zugefügt hatte, um ihn verbluten zu lassen.

Bastian wusste nicht mehr, wer Susanne war und dass der Mann seiner Halbschwester in Rom geboren wurde. Er erinnerte sich jetzt wieder an das Erdbeerkompott, das er mir bei unserem Kennenlernen übers Shirt geschüttet hatte, und auch daran, dass wir Freunde waren.

Doch nicht mehr.

Manchmal, wenn er mich ansah, glaubte ich, dass er es fühlte. Das *Mehr* zwischen uns, doch dann lenkte er das Gespräch auf Stefan. Inzwischen bin ich sicher, dass er Angst hatte. Angst, ich könnte noch immer nicht verstehen, was er für mich empfand. Und daher zeigte ich es ihm, jeden Tag.

»Es klappt von Tag zu Tag besser«, sagte Weinsheim neben mir, während seine Tochter zu Bastian lief, um ihn zu begrüßen. Ich wandte mich Eric zu und musste meine Aussage von vorhin revidieren. Er sah nicht scheiße, sondern wütend und besorgt gleichermaßen aus.

»Was ist passiert?«

»Er hat mich gebeten, dir das zu geben«, erwiderte er tonlos und reichte mir mehrere Notizhefte, die teilweise aussahen, als hätten sie mindestens ein Jahrzehnt auf dem Buckel.

Fest grub ich meine Nägel in die Handflächen. »Was ist das?« Vom wem die Hefte stammten, brauchte ich nicht zu fragen, ich wusste es.

»Jonas' Tagebücher. Er möchte, dass du sie liest.«

Ich lachte freudlos. »Wozu? Kein einziges Wort auf einer dieser Seiten macht seine Taten ungeschehen. Meine Eltern, Stefan, Nadine, Dr. Hoffmann und Susanne Weiß bleiben tot.« Und ob Bastian je wieder der Alte werden würde, stand in den Sternen.

Weinsheim trat näher. In den vergangenen Wochen, in denen er Bastian fast jeden Tag im Krankenhaus und später in der Rehaklinik besucht hatte, waren wir Freunde geworden. Und dennoch wusste ich noch immer nicht, warum er so gut wie nie lächelte. »Ich bin nur der Bote und nicht Jonas' Gewissen.«

Ich hob die Augenbrauen. »Er hat sich entschuldigt?«

»Du weißt, dass er nicht redet. Weder mit seinem Anwalt noch mit sonst jemandem. Doch er hat mir erlaubt, die Tagebücher zu lesen. Daher kennen wir zumindest den Grund für all das.«

»Den kenne ich bereits.«

»Annika, ich glaube nicht, dass er sich entschuldigen will. Ich denke, ihm ist wichtig, dass du verstehst, was er als Kind durchstehen musste. Warum er geworden ist, wie er ist. Ich wünschte manchmal, die Welt wäre schwarz oder weiß, das würde mir meinen Job erleichtern. Aber das ist sie nicht. Jonas ist als Kind jahrelang schwer misshandelt worden, aber niemand hat ihm geholfen, obwohl die Anzeichen da waren. Seine Lehrer, seine Nachbarn, nicht einmal seine Großeltern und die Ärzte in den Krankenhäusern, in die er von seinem Stiefvater gebracht wurde, haben die richtige Schlussfolgerung aus seinen Wunden gezogen. Auch Dr. Hoffmann glaubte Jonas' narzisstisch veranlagtem Stiefvater, dass sich der Junge in seiner Trauer um seine Mutter selbst verletzte. Weil er vor sich einen ehrbaren Universitätsprofessor hatte, ließ er sich von ihm blenden.«

»Das tut mir leid«, sagte ich und wusste – Gott vergib mir – in dem Moment nicht, ob ich meine Worte ehrlich meinte. »Aber weder Bastian noch Janina oder all die Menschen, die er getötet hat, haben ihn gequält. Auch meine Mutter nicht, nicht einmal mein Vater oder Dr. Hoffmann. Ich weiß, dass beide an dem, was Jonas passiert ist, nicht ganz unschuldig sind. Ich will auch nicht entschuldigen, dass mein Vater getan hat, als hätte er keinen Sohn. Ich verstehe es nicht, doch ich kann ihn auch nicht mehr fragen, warum er uns Jonas verschwiegen hat.« Zittrig nahm ich einen tiefen Atemzug. »Ich verstehe seine Schmerzen, seine Enttäuschung und seine Wut. Was ich nicht begreife, ist, wieso er nie ein Wort zu mir gesagt hat. Wir haben beinahe zwei Jahre Tür an Tür gewohnt.«

»Lies sie«, erwiderte Weinsheim und drückte mir die Hefte in die Hand. »Er hatte Angst. Entsetzliche Angst, dass du ihn wie dein Vater ablehnen würdest. Und aus dieser Angst wurde nach und nach Hass. Auf dich, auf dein Leben, auf dein Glück.«

Er hat mir fast alles genommen, wollte ich schreien, nur presste ich meine Lippen aufeinander, bevor ein Ton meine Kehle verließ. *Himmel hilf, ich kann ihm nicht verzeihen, auch wenn mein Herz um dieses Kind weint. Dieses Kind, das Jonas einst war.*

Ich konnte ihm wegen dem, was er Janina und Bastian angetan hatte, nicht verzeihen. Wegen ihm musste ich meinen Ehemann, meine beste Freundin und meine Eltern beerdigen, die qualvoll im Rauch des Feuers erstickt waren, das er gelegt hatte. Er hatte Susanne Weiß getötet und Dr. Hoffmann gefoltert, bevor er ihn erstach. Sie alle hatten den Tod nicht verdient, keiner. Besaß ich das Recht, meinem Halbbruder in ihrem Namen zu verzeihen? Nein, ich denke nicht.

»Ich werde sie lesen, nur nicht heute.« Ich wusste nicht, ob es mein seltsames Pflichtgefühl war, das mich das sagen ließ, oder ob die Worte von meinem Mitgefühl stammten, das zusammen mit der Erinnerung an meine eigene Kindheit meinen Hals zuschnürte. Ich war damals oft traurig gewesen, weil ich mich zu Hause eingesperrt fühlte und weil ich keine Freunde hatte. Aber eins wusste ich immer, dass mich meine Eltern liebten. Jonas hatte bis auf seine Mutter niemanden gehabt, der ihn liebte.

Weinsheim nickte und wandte sich ab. Wegen der angespannten Muskeln in seinen Schultern hielt ich ihn auf. »Was ist passiert?«, wiederholte ich meine Frage von vorhin.

Er drehte sich ein Stück weit zu mir. »Ein neuer Fall.«

»So schlimm?«, fragte ich leise.

Er nickte. »Kurz bevor die Opfer ermordet werden, können sie noch einen Notruf absetzen.«

»Aber ihr kommt zu spät?«, schlussfolgerte ich.

»Das auch. Doch was noch viel entsetzlicher ist, die Opfer wissen vor ihrer Ermordung genau, wie sie sterben werden.« Weinsheim nahm einen tiefen Atemzug. »Auf so grausame Weise, wie ich es mir nicht einmal in meinen schlimmsten Albträumen ausmalen könnte.«

»Du weißt nicht, was Qual bedeutet. Ich werde es dich lehren«

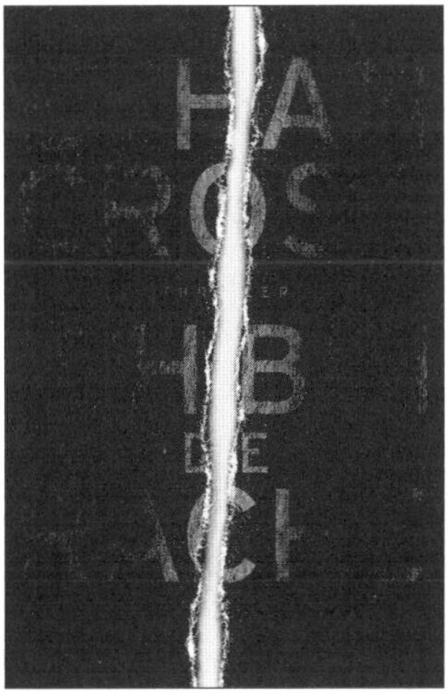

Ethan Cross
ICH BIN DIE RACHE
Thriller
Aus dem amerikanischen
Englisch von
Dietmar Schmidt
496 Seiten
ISBN 978-3-404-17778-3

Oft schon hat der Serienmörder Francis Ackerman jr. seinem Bruder, dem Regierungsagenten Marcus Williams, und dessen Kollegen geholfen, die grausamsten Verbrechen aufzuklären. Mittlerweile ist dem Killer das Agenten-Team der Shepherd Organization sogar irgendwie ans Herz gewachsen. Als die Shepherd-Agentin Maggie in die Hände des berüchtigten Serientäters „The Taker" fällt, nimmt Ackerman deshalb sofort die Verfolgung auf. Die Suche führt ihn und Marcus tief in das Herz eines Indianerreservats in New Mexico. Um den Taker aus seinem Versteck zu locken und Maggie zu retten, zettelt Ackerman einen blutigen Krieg an – einen Krieg, der viele Opfer fordern wird. Auf beiden Seiten.

Bastei Lübbe

Lesejury